CAROLINE LINDEN

L'HÉRITAGE CARLYLE – 3

Il faisait si doux, ce printemps-là

Traduit de l'anglais (États-Unis)
par Julie Guinard

W0339888

J'AI LU

J'AI LU POUR elle

Si vous souhaitez être informée en avant-première
de nos parutions et tout savoir sur vos auteures préférées,
retrouvez-nous ici :

www.jailu.com

Abonnez-vous à notre newsletter
et rejoignez-nous sur Facebook !

Titre original
ALL THE DUKE I NEED

Éditeur original
Avon Books, an imprint of HarperCollins Publishers, New York.
All rights reserved.

© P.F. Belsley, 2022

Pour la traduction française
© Éditions J'ai lu, 2022

Pour Gretchen et Fred.
Vive les histoires qui finissent bien !

Prologue

1767, Carlyle Castle

Ce ne fut pas un mariage en grande pompe. Après tout, la mariée n'était plus de première jeunesse, et l'élu de son cœur, encore plus âgé qu'elle, était veuf.

Mais la mariée en question adorait s'amuser et comptait bien en profiter. Si la cérémonie s'était déroulée dans l'intimité, la célébration qui la suivit fut grandiose et festive.

Des tentes et des chapiteaux avaient été dressés dans la cour du château de Carlyle, et une équipe de charpentiers avaient construit une piste de danse en bois. Un somptueux buffet faisait le régal des invités, et un quatuor à cordes jouait sous les fenêtres de la salle à manger. Comme pour bénir cette union, un chaud soleil brillait dans un ciel céruléen et une petite brise rafraîchissait les danseurs. Au crépuscule, des valets de pied suspendirent des dizaines de lanternes entre les arbres et les tentes, illuminant la cour presque comme en plein jour.

Assise dans la plus grande tente, Sophia Constance St. James, duchesse de Carlyle, observait la scène avec satisfaction. Cela ressemblait davantage à une fête de village qu'à un bal londonien, ce qui était exactement ce qu'avait souhaité sa fille. Et il n'y avait pas eu de réception au château depuis... Seigneur, des années !

C'était merveilleux d'entendre de nouveau des rires résonner entre les murs de pierre.

Attendrie, elle repéra Jessica parmi la foule, son visage radieux levé vers son mari. À l'autre bout de la pelouse, le rire tonitruant de Stephen éclata. Il organisait probablement une partie de boules ou un tournoi de tir à l'arc. Son benjamin était ainsi. Il avait largement participé aux préparatifs des festivités, et c'était lui qui avait invité toute la paroisse St. Mary, église dont il deviendrait prochainement le pasteur. Tous les nobles, propriétaires terriens, marchands et fermiers à dix miles à la ronde étaient présents.

Le couple de jeunes mariés regarda soudain dans sa direction et le cœur de la duchesse se gonfla d'orgueil maternel. À presque trente ans, sa fille était encore ravissante. Elle portait une robe de crêpe argent qui scintillait au crépuscule, et des petites roses étaient piquées dans son chignon. Mais c'était son sourire lumineux qui enchantait sa mère.

— Vous êtes là, maman, dit Jessica en s'asseyant près d'elle sur le canapé.

Elle tendit les bras vers son mari.

— Donnez-la-moi, Miles.

Imposant dans son uniforme militaire, Miles Kirkpatrick était grand, le teint sombre, et ses cheveux bruns grisonnaient aux tempes. Mais son expression était chaleureuse et tendre tandis qu'il confiait la petite fille à sa femme. Il se tourna ensuite vers sa nouvelle belle-mère et s'inclina.

— C'est une journée exquise, madame, et d'extrême bonheur. Je vous remercie du fond du cœur.

Elle haussa les sourcils.

— Je ne fais que recevoir les invités, colonel. C'est ma fille et vous qui formez la partie exquise.

Il sourit, et Jessica approuva en riant. Puis elle jeta un coup d'œil autour d'elle et demanda :

— Où est Johnny ?

— Il était fatigué, il est rentré, répondit la duchesse.

Le duc avait mis un point d'honneur à voir sa sœur mariée. Il l'avait même accompagnée jusqu'à l'autel, mais cela l'avait épuisé. Il n'était resté qu'une demi-heure sous l'une des tentes avant de regagner le château.

— Ah, dit Jessica. J'irai le voir demain matin pour le remercier.

Un éclat de rire lui fit tourner les yeux vers l'endroit où se tenait son jeune frère.

— Et je saurais gré à Stephen de ne pas déclencher une émeute.

La duchesse sourit.

— Jamais il ne ferait une chose pareille.

— Pas *là* où vous risquez de le voir, murmura malicieusement sa fille.

À cet instant, la fillette sur ses genoux bâilla à s'en décrocher la mâchoire. Son père chuchota quelque chose, mais Jessica se contenta de lui caresser les cheveux en souriant.

— Pauvre Pippa, nous t'avons fait veiller bien tard. Tu es très fatiguée, ma chérie ?

L'enfant secoua la tête d'un air déterminé.

— Allons, Pippa, c'est l'heure d'aller se coucher, déclara son père. Où est Asmat ?

L'ayah indienne était sa nounou.

— Je sais pas, dit l'enfant en nouant les bras autour du cou de Jessica. Je veux rester avec maman.

Les jeunes mariés échangèrent un regard. De l'autre côté de la pelouse, les musiciens étaient passés des danses de salon aux danses campagnardes plus endiablées qu'adorait Jessica.

— Laissez-la-moi, proposa la duchesse. La nounou ne va sûrement pas tarder.

Jessica fit un câlin à la petite fille et demanda :

— Vous êtes sûre, maman ?

— J'ai élevé quatre enfants. Je pense être capable de m'occuper d'une seule petite fille.

Elle agita la main.

— Allez ! Dansez et amusez-vous.

— Si vous insistez.

Jessica se leva et déposa la petite sur le canapé. Elle se pencha pour lui murmurer quelques mots, ses cheveux blonds effleurant les boucles brunes de la fillette, puis se redressa.

— Nous serons juste là-bas, dit-elle, autant pour la duchesse que pour l'enfant.

— Je sais où vous serez, répliqua sa mère, pince-sans-rire. Pars tranquille, ma chérie.

Le colonel mit un genou en terre et déposa un baiser sur le front de sa fille, encadrant de ses mains son petit visage. La fillette agrippa un bouton de son habit écarlate. Il lui chuchota quelques mots, lui fit lâcher le bouton et lui embrassa les doigts avant de se redresser.

— Merci, madame, dit-il en s'inclinant tandis que lady Jessica adressait une grimace amusée à sa mère.

— Envoyez chercher Asmat si…

— Oui, oui, la coupa la duchesse en agitant de nouveau la main. C'est à croire que vous ne me faites pas confiance.

Le colonel pâlit, inquiet, mais Jessica éclata de rire.

— Bien sûr que si ! Nous ne voulions pas vous importuner, mais puisque vous insistez…

Elle fit un petit signe joyeux à la fillette et prit la main de son mari pour l'entraîner vers la piste de danse.

La duchesse observa l'enfant, qui soutint son regard. Jessica lui avait bien sûr dit que le colonel Kirkpatrick avait une petite fille, mais c'était la première fois qu'elle la rencontrait.

— Tu t'appelles Philippa.

— Philippa Noor un-nisa Kirkpatrick, répondit-elle avec une assurance étonnante.

— Ton père t'appelle Pippa.

— Papa et Pippa, acquiesça-t-elle avant d'ajouter après un silence : et maintenant, maman, puisque Ammi est partie.

Ammi devait être sa mère, décédée un an plus tôt. Sa Grâce hocha doucement la tête. Elle savait ce que c'était que de perdre un être cher.

— Et vous, vous vous appelez comment ?

Sa Grâce haussa les sourcils.

— Sophia Constance St. James, duchesse de Carlyle.

La petite plissa le nez d'un air dégoûté.

— Tu pourrais peut-être m'appeler autrement, suggéra la duchesse, amusée.

— Vous êtes une daadee ? demanda Philippa avec curiosité.

— Qu'est-ce qu'une daadee ?

— L'ammi d'Ammi. Elle m'a donné ça avant qu'on prenne le bateau pour venir ici.

Philippa tapota le pendentif en or et jade accroché au collier de perles autour de son cou. Il était bien trop ornementé pour son âge, mais Jessica, qui avait lu tout ce qu'elle pouvait trouver à propos de l'Inde, lui avait expliqué qu'il n'était pas inhabituel là-bas que les enfants portent des bijoux.

— Ah.

La duchesse hocha la tête, et fit une petite grimace. Elle n'était pas grand-mère – pas encore.

— Aimerais-tu m'appeler Daadee ?

Le petit visage s'éclaira.

— Oui !

— Dans ce cas, je serai Daadee, décréta Sa Grâce, sous le charme.

— Daadee, répéta Philippa gaiement.

— Es-tu contente d'avoir une maman ?

Philippa hocha la tête.

— Maman a une belle robe.

La duchesse sourit, ravie.

— C'est vrai. Et toi aussi.

Philippa glissa du canapé et tournoya sur elle-même en regardant sa robe jaune se déployer autour d'elle, puis elle sautilla sur place pour faire voleter les rubans.

— C'est mon papa qui me l'a offerte.

— C'est très gentil à lui.

De toute évidence, le colonel était fou de sa fille. C'était étonnant pour un homme de son âge et de sa profession. La duchesse n'avait jamais vu de militaires sentimentaux.

Philippa remonta sur le canapé.

— Vous aussi, Daadee, vous avez une belle robe.

La duchesse baissa les yeux sur sa tenue de soie bleu nuit agrémentée de somptueuses broderies et de dentelle de Bruxelles.

— Merci, répondit-elle, de nouveau amusée.

La fillette était sagement assise sur le canapé quand un autre bâillement la saisit.

— Tu es fatiguée ?

— Non, non, non ! affirma Philippa en secouant la tête, avant de se trahir par un nouveau bâillement.

— Tu aimerais peut-être boire un verre de lait ?

La fillette la considéra d'un œil soupçonneux avant d'acquiescer. La duchesse leva la main et un valet s'approcha.

— Qu'on apporte un verre de lait frais pour Mlle Kirkpatrick.

L'homme hocha la tête et s'éloigna.

Il revint quelques minutes plus tard avec ledit verre de lait. La duchesse le tendit à l'enfant qui le but d'un trait. Elle poussa un soupir d'aise et ses paupières se fermèrent.

Bien sûr qu'elle était fatiguée. Elle avait trois ans et la journée avait été longue. La duchesse n'en était pas moins impressionnée par sa force de caractère. À cet âge-là, Stephen aurait été un véritable diable, hurlant et gesticulant ; quant à Johnny, il aurait probablement déjà mordu quelqu'un. Enfants, ses garçons étaient des créatures sauvages et débordantes d'énergie.

C'est alors que, à la stupéfaction de Sa Grâce, Philippa posa le verre et grimpa sur ses genoux. Elle se tortilla pour trouver sa position préférée, puis leva la tête et contempla la duchesse. Un petit sourire creusa une fossette sur ses joues, puis elle ferma ses grands yeux noirs et s'endormit.

Un instant, la duchesse resta pétrifiée. Elle avait spontanément entouré Philippa de ses bras bien que cela fît très longtemps que personne ne s'était assis sur ses genoux. L'enfant poussa un soupir frémissant, se lova contre elle et Sa Grâce resserra son étreinte.

Elle resta longtemps assise à respirer le parfum de la petite fille, à s'émerveiller de la texture soyeuse de ses cheveux de jais. Son sommeil était si profond, si confiant. Par moments, elle remuait la bouche comme si elle suçait son pouce, ce qui lui rappela Jessica petite. Un sourire affectueux éclaira le visage de Sa Grâce. Ce serait agréable d'avoir de nouveau un enfant dans la maison – et bientôt d'autres, espérait-elle. Jessica était mariée à présent, et Stephen n'allait certainement pas tarder à fonder un foyer.

Plongée dans ses pensées, elle mit du temps à se rendre compte qu'on chuchotait derrière elle. La tente, remarquablement aménagée, était à présent plus calme, car la plupart des invités étaient rassemblés autour de la piste de danse. La gouvernante avait envoyé des bonnes pour commencer à ranger, et deux d'entre elles débarrassaient les tables où les invités avaient dégusté du gigot d'agneau, des beignets de homard, et un plat parfumé appelé curry, confectionné à partir d'une recette personnelle du colonel.

— Elle est bien brunâtre, hein ? chuchota l'une des bonnes.

— Il paraît que sa mère était une de ces concubines indiennes, répondit l'autre sur le même ton. C'est quand même bizarre qu'un homme comme le colonel ramène une fille illégitime.

La première bonne gloussa.

— Elle se remarque en tout cas, c'est sûr.

— Je me demande combien de temps ils vont la garder, chuchota la première. Dès que lady Jessica aura un bébé, et que celle-là aura l'air tellement différente...

— Vous, là-bas, lança la duchesse sèchement.

Il y eut un tintement de porcelaine et les deux bonnes se turent.

— Approchez, toutes les deux.

Blêmes, les deux filles s'avancèrent en hâte et s'inclinèrent. Sa Grâce les toisa sans cacher son mécontentement.

— Comment vous appelez-vous ?

— Sarah Wood, madame, murmura la première d'une voix tremblante en s'inclinant de nouveau.

— Jane Carter, Votre Grâce, souffla la deuxième.

— Vous avez si peu à faire que vous puissiez rester ainsi à cancaner ?

La duchesse haussa les sourcils tandis qu'elles secouaient vigoureusement la tête.

— Vous vous croyez supérieures à cette enfant, si j'ai bien compris.

— Non, Votre Grâce, murmura l'une des deux tandis que l'autre secouait de nouveau la tête, l'air affolée.

La duchesse les dévisagea froidement, puis :

— Tant mieux. Je ne tolérerai pas cela sous mon toit. Sarah Wood, allez chercher une couverture pour ma petite-fille. Jane Carter, emportez ces nappes à la buanderie.

Les bonnes bredouillèrent des excuses, s'inclinèrent une fois de plus et s'éloignèrent précipitamment.

Sarah Wood revint en courant quelques minutes plus tard avec une couverture, qu'elle drapa avec soin sur l'enfant endormie. La duchesse la congédia d'un hochement de tête, encore courroucée par leur conversation.

Personne ne dénigrait ni ne se moquait de ses invités, à plus forte raison d'une enfant innocente qui faisait désormais partie de sa famille. Elle contempla le petit visage angélique qui reposait contre son bras et sentit un morceau de son cœur fondre. Daadee. Elle n'était pas grand-mère, mais presque. En faisant attention de ne pas réveiller son précieux fardeau, la duchesse s'installa plus confortablement.

Plus tard dans la soirée, les jeunes mariés revinrent. La robe de Jessica était un peu froissée et son chignon avait perdu quelques roses, mais elle rayonnait de bonheur. Le sourire du colonel s'effaça lorsqu'il découvrit où était Philippa.

— Oh, le pauvre petit trésor ! s'écria doucement Jessica.

— Je suis navré, madame, dit son époux en tendant les bras. Permettez-moi de la reprendre.

— Pourquoi ?

Il rougit.

— J'aurais dû aller chercher Asmat pour qu'elle la mette au lit.

— Je m'en occupe, déclara la duchesse. Allez vous amuser, mes enfants. Ne gâchez pas le jour de votre mariage. Ne vous inquiétez pas pour elle… ni pour moi.

Jessica sourit. D'une main légère, elle caressa les cheveux soyeux de Philippa.

— Merci, maman.

— C'est trop gentil, madame, murmura son mari.

— Cela me fait plaisir, assura la duchesse, sereine. Je veillerai sur elle aussi longtemps que vous aurez besoin de moi.

1

1787, Londres

— Tu as fait *quoi* ?

William Montclair afficha un grand sourire devant l'expression incrédule de son frère.

— Ah, j'ai réussi à te faire lever le nez de tes livres de comptes ! dit-il avec un clin d'œil.

Les livres de comptes étaient une pomme de discorde. Jack s'en préoccupait telle une vieille femme tatillonne, comptant et recomptant chaque colonne deux fois. Alors que Will préférait ne même pas les ouvrir, maintenant moins que jamais, vu les mauvaises nouvelles qu'ils contenaient.

Jack referma bruyamment le grand cahier et se leva d'un bond.

— Bon sang, Will, arrête de plaisanter !

— Je ne plaisante pas.

Après avoir pris une noix dans le saladier, Will s'adossa à son siège et posa un pied botté sur un coin du bureau.

— On m'a offert un poste.

— Tu as *déjà* un poste, nom de nom !

Will haussa une épaule et brisa la coquille.

— Mais il s'agit d'une bonne situation. C'est bien payé, et je ferai la connaissance de gens importants.

Avec un hochement de tête entendu, il ajouta :

— Tu as cru à une farce, pas vrai ?

Jack le fusilla du regard.

— C'en est une.

— N'est-ce pas toi qui m'as dit pas plus tard que l'autre jour que nos finances étaient désastreuses ?

Will fronça les sourcils en recueillant la noix parmi les fragments de coquille.

— Ou était-ce un autre frère ? ajouta-t-il.

— Bien sûr que nous sommes à sec, ça fait presque quatre mois que nous sommes ici. Mais la meilleure manière de remplir les caisses, c'est de monter cette affaire, pas de prendre un boulot d'Anglais.

— Le moyen le plus rapide d'obtenir de l'argent consiste à trouver quelqu'un qui va nous en donner, répliqua Will.

— Au lieu de faire ce que papa attend de nous ?

— Tout ce que j'aurai à faire, c'est de gérer une ferme, expliqua Will avant de gober la noix.

Jack le dévisagea avec stupeur.

— Et tu comptes gagner combien avec cet emploi ?

— Plus que tu ne le crois, éluda Will. Je ne ferai pas ça toute ma vie, uniquement le temps de nous renflouer un peu.

Son frère secoua la tête en marmonnant, et Will lâcha son atout :

— D'ailleurs, je pensais que tu serais content de te débarrasser de moi.

À la longueur du silence qui suivit, Will comprit qu'il avait visé juste. C'était Jack le plus doué des deux dans leur entreprise, sans parler de sa passion et de l'énergie qu'il y consacrait. Will était nommément responsable, mais en vérité, cela ne lui plaisait pas.

À Boston, il avait aimé, pourtant. Son père l'avait chargé de l'entretien des navires, et il adorait cela. Il inspectait tous les bateaux de la proue à la poupe, grimpait sur les gréements et examinait les coques. Il avait fait son apprentissage auprès d'un charpentier de marine pendant plusieurs années tandis que Jack était placé chez un commerçant pour apprendre la comptabilité. Ces choix avaient été avisés, car tous deux étaient comme des poissons dans l'eau dans leurs domaines respectifs. Et puis leur père les avait envoyés à Londres pour y créer leur compagnie de transport maritime.

En théorie, ils auraient dû former un tandem parfait, pourtant, ils n'avaient pas réussi à travailler en harmonie. Jack trouvait qu'on lui avait assigné les aspects les plus fastidieux, quand bien même il n'aimait pas être sur le pont d'un navire, et Will avait l'impression qu'il suffoquerait s'il devait rester assis derrière un bureau toute la journée.

Ainsi, après quatre mois de prises de bec et de frustration, il avait trouvé une solution bénéfique pour tous les deux.

— Mais ce n'est pas ce que papa nous a demandé de faire, insista son frère, mal à l'aise.

— Il ne pouvait pas savoir que ce serait si difficile de trouver des clients à Londres, objecta Will. Il s'agit juste de mieux répartir le travail. Je vais nous remettre à flot, et tu vas te consacrer à cette filiale.

Jack pianota sur sa hanche. Il commençait à fléchir, séduit à l'idée d'avoir le champ libre chez Montclair & Fils.

— Combien de temps comptes-tu t'occuper de cette ferme ?

Will fit la grimace.

— Combien de temps faudra-t-il pour nous renflouer ? Je dirais, pas plus de quelques mois. Un an tout au plus.

— Un an !

— Fais notre fortune avant et je démissionnerai, répliqua Will en souriant.

Jack se rembrunit.

— Et si j'ai besoin d'aide ? Si papa nous a envoyés tous les deux à Londres, c'est parce que cela représente beaucoup de travail, Will.

— Engage un employé. Il travaillera pour moins cher que moi.

— Et probablement mieux, ricana son frère.

— Probablement, concéda Will, parce que cela ajoutait de l'eau à son moulin.

Ce n'était pas le moment de défendre ses compétences.

Jack tourna les yeux vers la fenêtre et s'abîma un long moment dans la contemplation des quais, en contrebas, qui grouillaient de marins et de dockers chargeant et déchargeant la multitude de navires. Londres était une plate-forme commerciale névralgique, et ils savaient tous les deux que l'entreprise Montclair pouvait prospérer ici. La longue guerre avec l'Angleterre était terminée, et rien ne pouvait davantage apaiser les rancunes que des profits dans les deux camps.

— Cela ne me plaît pas, marmonna Jack.

— Quelle partie ? voulut savoir Will. L'apport soudain d'un revenu régulier ? La fin de nos disputes pour la moindre dépense ?

Il claqua des doigts.

— Je sais ! Ce doit être la perte de ma compagnie et l'angoisse à l'idée d'avoir notre appartement pour toi tout seul.

Jack lui adressa un regard sombre. Ils vivaient à l'étroit depuis qu'ils avaient quitté Boston, d'abord à bord du navire, puis dans le petit appartement qu'ils avaient loué à Wapping.

— Pourquoi es-tu si désireux de prendre ce poste ?

Will détourna les yeux. Il reprit une noix dans le saladier.

— Envie de changer de décor.

— C'est si terrible de travailler avec moi ? demanda son frère d'une voix crispée.

— Non ! s'écria Will en bondissant sur ses pieds. Ce n'est pas cela. C'est… ceci.

Il désigna d'un geste le minuscule bureau.

— Je déteste être enfermé. Rester assis là jour après jour à éplucher des registres et à compter chaque sou, ça va me pousser à boire. J'ai besoin d'action.

Jack regagna son siège d'un pas lent.

— Que vas-tu dire à papa ?

— Je ne vois aucune raison de lui dire quoi que ce soit. L'hiver approche, et je ne prendrai mes quartiers dans la propriété qu'au printemps.

— Donc, tu seras toujours ici ?

Will acquiesça.

— Mais je pourrai m'offrir un meilleur logement. Et t'aider avec Montclair & Fils, si besoin.

— Néanmoins, tu me céderais le contrôle ?

Ces paroles lui firent un drôle d'effet. Il avait toujours été le chef, l'instigateur, l'autorité, dans tout ce qu'ils entreprenaient, qu'il s'agisse de faire entrer secrètement un chiot dans la maison quand ils étaient enfants, ou de créer une succursale de l'entreprise familiale à Londres. Jack et lui n'avaient qu'un an d'écart, mais la hiérarchie n'avait jamais été remise en question. À quoi cela ressemblerait-il de recevoir des ordres de Jack au lieu de les lui donner ? Il chassa ce scrupule.

— Oui.

Son frère poussa un soupir.

— Je ne peux pas t'en empêcher, hein ? Alors, autant faire contre mauvaise fortune bon cœur.

— En effet.

— Mais si ça tourne mal, je le dirai à papa, l'avertit Jack.

Will fit la grimace.

— Pour qu'il traverse l'océan et nous rosse tous les deux ? Si chacun fait ce qu'il a à faire, tout se passera bien. Il n'aura même pas à le savoir.

— Tu veux le lui cacher ! s'exclama Jack, les yeux étrécis par un regain de suspicion. Will, à quoi tu joues ?

— À rien. Je t'ai dit la vérité. Mais rien ne garantit que je réussirai, tu comprends ? Je ne suis peut-être pas doué pour l'agriculture. Imagine que je me fasse renvoyer ?

Il secoua la tête d'un air triste.

— Cache ta joie à cette idée. Je préférerais qu'on ne parle pas de ce projet sur tous les toits. Si je suis viré, je rappliquerai la queue entre les jambes, et rempli d'humilité.

Jack éclata de rire.

— D'humilité ! Toi ?

— Mais si je réussis, enchaîna Will en coiffant son chapeau, alors Montclair & Fils sera florissant, et je reviendrai avec un tas de nouvelles relations. C'est ce que papa attend de nous, non ?

— Ma foi... oui.

Will sourit et attendit. Jack soupira de nouveau.

— D'accord, je n'en parlerai à personne. Mais j'ai ta parole, pas plus d'un an.

— Je te le jure sur mon honneur, répondit Will en s'inclinant. Au revoir, mon frère, ajouta-t-il en français.

Jack continuait à le dévisager d'un air dubitatif lorsque Will referma la porte.

Le bureau qu'ils avaient loué se trouvait dans l'une des innombrables ruelles labyrinthiques longeant la Tamise. Will emprunta la rue tortueuse, esquivant les gamins en haillons qui espéraient lui faire les poches et enjambant le caniveau qui courait au milieu des pavés. À sa gauche, les mâts des bateaux se dressaient par-dessus les toits telle une forêt d'arbres dénudés, y compris ceux du *Mary Catherine*, le navire qui les avait amenés d'Amérique, Jack et lui. Dans son dos, le dôme doré de la cathédrale Saint-Paul étincelait, et en traversant Bridge Street, il discerna la masse sinistre de la prison de Fleet au nord. On leur avait parlé de cet endroit où l'on envoyait les gens qui ne pouvaient pas rembourser leurs dettes. Au sud, la surface argentée de la Tamise miroiterait sous le soleil.

Il aimait Londres bien plus qu'il ne s'y était attendu. Il avait entendu dire que c'était une ville surpeuplée et sale, où la misère et le crime sévissaient à deux pas des demeures élégantes de ducs et de princes. Ce n'était pas tout à fait faux : le quartier des quais était pouilleux, surpeuplé, et parfois dangereux. Mais Will avait passé ses heures libres à arpenter la capitale et il la trouvait merveilleuse. Boston avait beau être très animée, ce n'était rien comparé à Londres, où les rues étaient éclairées le soir venu et où le fracas des roues des voitures résonnait sur les pavés jusque tard dans la nuit. Il y avait des concerts et des théâtres et des jardins de plaisir et des musées comme il n'en avait jamais vu. Jack et lui avaient déboursé deux shillings pour visiter l'armurerie royale et la ménagerie à la Tour de Londres, et ils avaient été impressionnés par l'édifice vieux de sept cents ans.

Il remonta Fleet Street et tourna dans Chancery Lane, avant de s'engager dans une petite cour. Ces maisons étaient au moins aussi anciennes que celles qui se trouvaient près des quais, mais elles suintaient l'argent et le pouvoir. Ici, on était loin de la poussière des fabriques de cordage ou de la puanteur du marché aux poissons.

Il poussa une porte et salua l'employé.

— J'aimerais m'entretenir avec M. Edwards. Il m'attend.

— En effet, monsieur.

L'employé prit sa carte et disparut dans un couloir. Trop agité pour s'asseoir, Will accrocha son chapeau au portemanteau et se mit à marcher de long en large. La pièce lambrissée était élégamment décorée, avec deux élégants fauteuils de part et d'autre de la cheminée, et le bureau de l'employé près de la fenêtre. C'était beaucoup plus grandiose que leur cabinet de travail miteux.

Quelle mouche l'avait piqué ? se demanda-t-il pour la dixième fois. Malgré l'assurance dont il avait fait preuve devant son frère, il se posait moult questions.

C'était effectivement une farce qui l'avait amené ici, au départ. Il se promenait sur la place, à côté, admirant les maisons, lorsqu'il avait littéralement percuté Roger Edwards. Après quelques excuses mutuelles, l'avoué l'avait interrogé sur son accent. Il avait été fasciné par ce que Will lui avait raconté de l'Amérique. Et en moins de temps qu'il n'en faut pour le dire, les deux hommes avaient fait plusieurs fois le tour de Lincoln's Inn, l'université de droit, après quoi, Edwards l'avait invité dans un café voisin. Ils étaient restés encore une heure à bavarder, d'abord des affaires de Will, puis de celles de M. Edwards.

Il était l'avoué d'une vieille famille aristocratique et était à Londres afin d'embaucher un nouveau régisseur, le précédent, âgé et malade, ayant été contraint à prendre sa retraite. L'homme lui avait parlé avec franchise, et même affection, du domaine et de la famille, comme s'il en faisait partie. Will avait été séduit par la vision bucolique qu'avait peinte l'avoué, et lorsque ce dernier s'était lamenté sur ses difficultés pour dénicher un régisseur convenable, les mots avaient jailli malgré lui de sa bouche.

« Cela me semble entrer dans mon domaine de compétences. »

Il n'en revenait pas d'avoir dit cela. Plus ahurissant, Edwards l'avait considéré un moment avant de demander :

— Vous aimeriez avoir ce poste, alors ?

Et pour quelque raison inexplicable, Will avait répondu :

— Je crois que oui.

La porte s'ouvrit dans son dos.

— Par ici, monsieur Montclair.

L'employé le fit passer dans un petit couloir donnant dans une pièce encore plus spacieuse et mieux meublée.

L'avoué était debout derrière son bureau. Mince et de haute taille, les cheveux bruns clairsemés, il frisait la soixantaine. Il était tout de noir vêtu et des lunettes cerclées de métal étaient perchées sur son nez. Lorsque Will entra, il s'inclina poliment.

— Monsieur Montclair.

— Monsieur Edwards.

Will dissimula son incertitude croissante derrière une courbette élaborée.

— Me voici, comme promis.

L'avoué esquissa un sourire.

— Vous m'en voyez ravi. Asseyez-vous, je vous en prie.

Derrière l'homme de loi, les étagères étaient tapissées de grands registres et d'épais ouvrages de droit. Dieu tout-puissant, serait-il obligé de rester assis dans un bureau comme celui-ci, entouré de livres rébarbatifs ? Comment avait-il pu s'imaginer à la hauteur de la tâche ?

— Alors, avez-vous une réponse à me donner ? s'enquit M. Edwards lorsque tous deux furent assis.

Le soleil qui pénétrait par les hautes fenêtres se reflétait sur ses lunettes, dissimulant ses yeux. Son expression ne trahissait rien. Le cœur de Will tambourinait dans sa poitrine. Il pouvait encore se dédire, renoncer à cette entreprise saugrenue et dire à Jack qu'il avait changé d'avis.

— J'ai quelques questions à vous poser.

Il appuya ses mains moites sur ses cuisses.

— Concernant mon logement sur la propriété...

Edwards hocha la tête.

— Bien sûr. Il y a un cottage réservé au régisseur. Il n'est pas immense, mais très confortable pour un célibataire.

Il marqua une pause, avant de sourire.

— Je me rends compte que je ne vous ai pas demandé si vous aviez une femme et des enfants.

— Je n'ai ni l'un ni l'autre.

— Dans ce cas, je suis certain que vous trouverez cela amplement suffisant. Il y a aussi un cabriolet réservé au régisseur, ainsi que des chevaux fournis par l'écurie de Sa Grâce. Et vous bénéficierez des produits des fermes. Je présume que vous ne disposez pas de personnel de maison ?

Will secoua brièvement la tête et Edwards poursuivit :

— Vous pourrez engager les domestiques dont vous aurez besoin directement au château ou dans la ville voisine, ce qui sera certainement le plus commode, car ils ont l'habitude.

Will se racla la gorge.

— Tout cela me semble satisfaisant.

Et même très généreux.

— Mais vous m'avez dit que le régisseur devrait d'abord rester quelque temps à Londres. Pour quelle raison ?

Edwards sourit de nouveau.

— Cela fait maintenant presque deux ans que je m'occupe du domaine de Carlyle – depuis que l'ancien régisseur est tombé malade, en fait. Je crains d'avoir mis au point mes propres méthodes et modes de fonctionnement, et je souhaiterais les voir se perpétuer. Après quelques mois de formation, je pense que vous serez prêt à assurer vous-même la gestion.

Avait-il vraiment besoin de plusieurs mois de formation loin du lieu de la fonction ?

— Ne vaudrait-il pas mieux commencer sur place ? risqua Will.

L'avoué le considéra longuement. Il aurait aimé que le soleil se déplace plus vite, qu'il puisse discerner ses prunelles.

— Je dois rester à Londres la plus grande partie de l'hiver. C'est plus pratique de vous avoir sous la main.

L'argument était imparable. Will n'insista pas.

— Je suppose que l'hiver constituera une sorte de période d'essai, histoire de vous assurer que mon travail vous satisfait.

M. Edwards baissa le menton. Le reflet aveuglant sur ses lunettes disparut, et William vit son regard perçant et évaluateur.

— Si vous avez changé d'avis, monsieur…

— Non.

Will s'éclaircit la voix et se redressa.

— Cependant, je n'aimerais pas me trouver à la rue dans quelques semaines. Il faut un certain temps pour maîtriser une fonction aussi importante, et j'aurais apprécié d'avoir certaines garanties.

Le petit sourire réapparut.

— Ah, fit l'homme de loi. Si nous établissions un contrat pour une durée de six mois ? Si vous souhaitiez renoncer plus tôt au poste, je ne vous en empêcherais pas, naturellement.

— Non, dit Will presque avant qu'il ait fini sa phrase. Vous n'avez pas à vous inquiéter à ce sujet. Va pour six mois.

M. Edwards lui promit de rédiger un contrat, et Will prit congé. Après s'être vanté de pouvoir les renflouer durant les mois à venir, il voulait être certain d'en avoir la possibilité. D'ici le printemps et la saison des expéditions, Jack aurait trouvé des clients et leur entreprise aurait le pied à l'étrier. Quant à lui, il en aurait probablement assez de gérer le domaine ducal et serait pressé de reprendre la mer.

Et dans le cas contraire… Ma foi, il aurait satisfait sa curiosité.

Et cela suffirait.

2

1788, Carlyle Castle

— Le nouveau régisseur est enfin arrivé, annonça Mme Potter en sélectionnant des herbes médicinales et des potions dans sa réserve privée.

Philippa Kirkpatrick sourit. La saga du nouveau régisseur de Carlyle Castle avait pris des allures de mélodrame. L'ancien avait cessé ses activités deux ans plus tôt. L'avoué de Carlyle, M. Edwards, qui avait désespérément besoin d'aide pour gérer le patrimoine, avait plaidé sa cause pendant des mois avant que Sa Grâce accepte à contrecœur qu'il en engage un autre l'été précédent. L'homme de loi n'avait pas perdu de temps. Il avait trouvé un certain M. Montclair lors de son voyage à Londres. Durant tout l'hiver, ce dernier avait travaillé en ville sous la supervision de M. Edwards dans le but de prendre les rênes au château au printemps.

Il était enfin là. C'était si rare de voir une personne nouvelle à Carlyle que l'arrivée imminente de M. Montclair intriguait les occupants du château depuis des semaines – y compris la gouvernante, apparemment.

— Ah oui ? Et quelle impression vous a-t-il faite ? demanda Philippa.

— Il ne correspond pas du tout à ce que j'attendais, répondit Mme Potter d'un ton guindé.

Elle commença à écraser dans un mortier de la lavande séchée et du sel d'Epsom. Le duc de Carlyle avait attrapé un rhume et le médecin avait recommandé des bains chauds. Les domestiques étaient en train de remplir la baignoire.

— Je me demande ce qu'en pensera Sa Grâce.

— Que voulez-vous dire ? Qu'a-t-il de si surprenant ?

Mme Potter secoua brièvement la tête.

— J'aime autant ne rien dire, mademoiselle Kirkpatrick. Faites-vous votre opinion.

C'était sa phrase préférée. « Faites-vous votre opinion », lançait-elle régulièrement, et les conclusions qu'elle attendait étaient évidentes. La duchesse prétendait que Mme Potter cherchait simplement la confirmation que ses impressions étaient correctes, cela dit, Sa Grâce était la seule à oser la contredire.

— Bien sûr, répondit Philippa. A-t-il été présenté à Sa Grâce ?

Mme Potter laissa échapper une espèce de ricanement.

— Il faudrait que M. Edwards soit idiot, ce qu'il n'est pas.

Sa curiosité piquée, Philippa retira son tablier.

— Non, il ne l'est certes pas, confirma-t-elle. Faites porter vos sels de bain directement dans les appartements de Sa Grâce le duc lorsqu'ils seront prêts, s'il vous plaît.

Elle sortit et se mit en quête de l'avoué.

Philippa était peu ou prou la maîtresse de maison. C'était elle qui décidait des menus avec Mme Potter et donnait des ordres à la cuisine. C'était elle qui approuvait les comptes domestiques et supervisait la rénovation du salon de musique et de la salle à manger après une fuite d'eau désastreuse. C'était elle qui encadrait les jardiniers et surveillait les tableaux qui devaient être déplacés pour être protégés du soleil, elle qui détenait les clés des armoires abritant l'argenterie et la porcelaine. Elle ne recevait pas, parce qu'il y avait très peu, voire pas du tout, d'invités au château.

C'était une position inhabituelle, mais qu'elle adorait. Carlyle Castle était la seule maison dont elle se souvenait, et les St. James l'unique famille qu'il lui restait. Le duc, doux et fragile, était pour elle comme un oncle bienveillant. La duchesse la traitait depuis toujours en grand-mère aimante. Philippa lui rendait son amour au centuple. Elle comprenait la duchesse mieux que n'importe qui d'autre, soupçonnait-elle.

Elle savait la duchesse déjà très méfiante au sujet de son nouveau régisseur.

M. Edwards chantait les louanges de ce dernier depuis qu'il l'avait engagé, et semblait enchanté à l'idée de l'installer à Stone Cottage, la maison affectée aux régisseurs de Carlyle. Plus ses rapports étaient élogieux, cependant, plus Sa Grâce était convaincue que l'avoué tentait de dissimuler quelque chose de terrible à propos de cet homme.

— Je n'ai jamais vu M. Edwards aussi enthousiaste s'agissant de qui que ce soit, se plaignait-elle à Philippa. Je n'ose imaginer quels défauts il s'efforce de camoufler !

Comme à son habitude, la duchesse ne mâchait pas ses mots. Philippa avait entendu dire que les domestiques pariaient déjà sur le temps qu'il faudrait au nouveau régisseur pour donner son congé. Entre la duchesse qui s'attendait à devoir le renvoyer sur-le-champ et la curiosité croissante de toute la maisonnée, des lavandières au majordome, le pauvre homme pourrait bien tourner les talons et s'enfuir, quelle que soit la chaleur de l'accueil que lui réservait M. Edwards.

À quoi diable pouvait bien ressembler ce Montclair ? Philippa doutait que l'avoué, qui avait dû négocier âprement pour avoir l'autorisation d'engager un régisseur, l'ait choisi à la légère.

Dans la galerie de portraits, elle croisa Emily Calvert. Mlle Calvert avait été fiancée à lord Stephen avant son bouleversant décès prématuré. Alors que l'anniversaire de cette tragédie approchait, la duchesse avait invité la pauvre jeune fille quelques jours au château pour qu'ils lui rendent hommage tous ensemble.

Philippa aimait bien Mlle Calvert. Elle portait encore le deuil et avait consacré toute l'année, depuis le drame, à venir en aide aux opprimés. Lord Stephen était le pasteur de Sainte-Marie, et Emily aurait fait une femme de pasteur idéale. Elle était bonne, patiente et douce, et capable d'une écoute aussi rare qu'empreinte de compassion.

— Avez-vous vu M. Edwards ? demanda-t-elle à Philippa. Je viens de recevoir une lettre de ma mère. Un arbre est tombé sur l'école à Kittleston et a sérieusement endommagé la toiture. Je ne voudrais pas ennuyer qui que ce soit, mais… je soupçonne le duc de ne pas être au courant, et pourtant il a toujours été si généreux.

— Il voudra l'être, et je suis certain qu'il souhaitera aider, la rassura Philippa. Il se rappellera combien lord Stephen était dévoué aux élèves de cette école.

Tout le monde faisait comme si le duc prenait les décisions. En réalité, c'était la duchesse qui avait le dernier mot. C'était elle qui se rappellerait la passion de lord Stephen pour enseigner aux enfants ses classiques préférés, pour grimper sur une chaise et hurler tel un roi Lear dément, pour se faufiler derrière une porte, une cape sur la tête, afin de représenter la tentation du docteur Faust. Il avait été très apprécié à Kittleston, en particulier par les plus jeunes.

— Je l'espère, dit Emily avec gratitude. Sa Grâce est la bonté incarnée, de même que M. Edwards.

Philippa sourit.

— Justement, je le cherchais. Quand je l'aurai trouvé, je lui dirai que vous souhaitez lui parler.

— Merci, mademoiselle Kirkpatrick.

Un valet lui indiqua la pelouse au sud de la propriété. Des siècles plus tôt, c'était la basse-cour du château, mais la duchesse en avait fait un jardin clos, avec au centre une grande étendue d'herbe baignée de soleil. Quand elle était petite, Philippa y pique-niquait avec sa belle-mère et des enfants du domaine.

La main en visière au-dessus des yeux, elle scruta le jardin et repéra deux hommes qui contournaient la glycine et venaient dans sa direction. L'un d'eux était M. Edwards, sérieux et familier, avec ses lunettes cerclées de métal sur lesquelles le soleil se reflétait. L'autre devait être le nouveau régisseur.

À sa vue, Philippa s'arrêta net.

Malgré les craintes de la duchesse, Philippa n'avait pas de parti pris particulièrement radical s'agissant de cet homme. Elle s'était imaginé un grand gaillard solide, le genre d'homme qui commandait le respect. Lunettes sur le nez, il devait passer ses journées penché sur des registres. Un costume brun, voire gris – curieusement, Philippa était certaine de ce détail. Il serait peut-être guindé avec le regard perçant, ou replet et affable, mais il porterait des vêtements sombres.

L'homme qui accompagnait l'avoué ressemblait à un pirate. Ses cheveux noirs retenus par son chapeau lui touchaient les épaules. Il arborait une redingote bleu vif à revers blancs, et des bottes de capitaine de vaisseau. Son gilet en brocart jaune n'aurait pas déparé à la cour du roi de France. Il avait même – et elle faillit étouffer un cri – un anneau d'or à l'oreille.

Et il était jeune, tellement plus jeune qu'elle ne s'y attendait. La duchesse avait marmonné que M. Edwards avait embauché « un garçon qui ne paye pas de mine », mais pour Sa Grâce, le terme

« garçon » pouvait s'appliquer à un quadragénaire. Cet homme-là n'avait pas plus de trente ans.

M. Edwards l'aperçut et lui fit signe. Son compagnon leva la tête et Philippa cessa de respirer. Un visage mince, bronzé, un long nez, une bouche sensuelle incurvée sur un sourire espiègle, et des yeux bruns qui l'observaient avec un intérêt flagrant.

Il était tout simplement sublime. D'une beauté canaille, diabolique et dangereuse.

Oh, il n'allait pas plaire à la duchesse !

— Mademoiselle Kirkpatrick, dit M. Edwards comme ils la rejoignaient, permettez-moi de vous présenter M. William Montclair, le nouveau régisseur de Carlyle. Montclair, voici Mlle Kirkpatrick, la chère confidente et dame de compagnie de Sa Grâce.

Déstabilisée, Philippa fit une révérence.

— Enchantée, monsieur.

— Tout le plaisir est résolument pour moi, mademoiselle Kirkpatrick, murmura-t-il en décrivant un grand moulinet avec son chapeau.

— Je montrais à M. Montclair une partie de la propriété, reprit M. Edwards. Il est familiarisé avec les plans du domaine, naturellement, mais cela n'a rien à voir avec la réalité.

Il semblait extrêmement content de lui.

— Ah, dit-elle.

Philippa s'efforçait de rester concentrée sur l'avoué, mais elle avait beau faire, son regard ne cessait de dériver vers M. Montclair. « On ne dévisage pas les gens », se tança-t-elle – précepte qu'il avait visiblement jeté aux oubliettes, à en juger par la manière dont il la fixait sans vergogne.

— Comment trouvez-vous le château, monsieur ?

Un coin de sa bouche se retroussa, comme s'il partageait une blague.

— Magnifique, bien sûr. Les descriptions de M. Edwards ne lui rendaient pas grâce.

Sa voix, grave et bien modulée, était mâtinée d'une pointe d'accent français.

Il était habillé comme un pirate, avait une allure de canaille et un accent français. La duchesse n'allait pas l'aimer *du tout*.

— Vous aurez amplement l'occasion de juger par vous-même, dit-elle avec un sourire.

— Je m'en réjouis d'avance, répondit-il avant de la gratifier d'un clin d'œil.

Un *clin d'œil*.

Elle se tourna vivement vers M. Edwards.

— Mlle Calvert souhaitait vous dire un mot.

— Vraiment ? s'étonna-t-il.

— Oui.

Parce que Philippa sentait le regard de M. Montclair peser sur elle, elle rougit et continua à parler alors qu'un mot suffisait.

— Je viens de la croiser dans la galerie des portraits, et elle vous cherchait. C'est important, semble-t-il.

— Très bien, dit M. Edwards. Montclair, si vous voulez bien m'excuser, ajouta-t-il à l'adresse de son compagnon.

Philippa rougit davantage en se rendant compte qu'elle avait fait passer la demande de Mlle Calvert pour une urgence.

— Je ne sais pas si elle est toujours dans la galerie. Elle a pu se rendre au jardin, ou à la…

Elle s'interrompit et se mordit la lèvre. « La crypte », avait-elle failli dire. Où lord Stephen était enterré.

— Bien sûr, dit l'avoué, l'air vaguement perplexe. Je la trouverai.

Avec un bref sourire, il s'inclina et s'éloigna.

— Pas une bien-aimée, apparemment, dit M. Montclair dans le silence qui suivit.

— Une bien-aimée ?

Il lui adressa un sourire paresseux et intime.

— Je n'avais encore jamais vu M. Edwards aussi animé. Pendant un moment, je me suis dit qu'il était impatient de retrouver sa dulcinée. Qu'il avait donc un cœur.

Philippa se raidit.

— Bien sûr qu'il a un cœur ! C'est un homme bon et compatissant, très consciencieux...

Il haussa une épaule.

— C'est un avoué.

Philippa le fusilla du regard.

— Mlle Calvert est la gouvernante ? s'enquit-il.

Insensible à sa réprobation, il lui emboîta le pas tandis qu'elle reprenait la direction de la maison.

— Non. C'est une invitée, répliqua-t-elle sans le regarder.

De près, il était encore plus séduisant, et une lueur narquoise semblait pétiller dans les profondeurs de ses yeux sombres.

— Une invitée ! répéta-t-il, surpris. On m'avait dit que le château était littéralement fermé aux étrangers.

— Qui vous a dit cela ?

— Edwards.

— Non ! s'exclama-t-elle. Jamais il ne dirait une chose pareille...

— Pas en ces termes, concéda-t-il, mais j'ai bien saisi l'idée.

La duchesse ne serait pas la seule à ne pas l'aimer, décida Philippa. Elle non plus, sûrement.

— Eh bien, vous vous êtes trompé, monsieur. Le château est juste un peu isolé. Sa Grâce le duc ne reçoit pas de visites, et Sa Grâce la duchesse privilégie une vie calme.

— Et ? demanda-t-il.

Philippa fronça les sourcils.

— Et quoi ?

— Et vous ? Vous recevez des visites ? Ou vous privilégiez aussi une vie calme ?

Elle s'arrêta et lui adressa un regard sévère dont la duchesse aurait été fière.

— En quoi cela vous regarde-t-il ?

Il lui sourit.

— Simple curiosité. Le duc et la duchesse ne sont pas les seules personnes qui vivent ici. Je suis responsable du domaine, vous savez, y compris de l'entretien des routes et des bâtiments qui s'y trouvent. J'ai besoin de savoir si elles sont très fréquentées, et donc susceptibles d'être endommagées.

L'espace d'un instant, Philippa en demeura sans voix. Quelle impertinence !

Elle décida que l'ignorance était sa seule excuse. Une extrême ignorance, ce qui était mauvais signe. Il n'était pas anglais et ne connaissait pas les us et coutumes de ce pays. À peine arrivé au château, à propos duquel il ne savait strictement rien, il se livrait déjà à des indiscrétions. Elle se contenta de secouer la tête en songeant qu'il ne ferait pas long feu, et s'éloigna. Il resta à ses côtés.

— J'ai dépassé les bornes ?

Elle ne répondit pas et il lui adressa de nouveau son sourire de pirate.

— Je vous demande pardon, mademoiselle Kirkpatrick. Je ne voulais pas vous offenser. J'ai simplement été surpris.

— Par quoi ? ne put-elle s'empêcher de demander.

— Eh bien… par vous.

Elle s'arrêta net, et le considéra en écarquillant les yeux.

— Par moi, monsieur Montclair ? Pour quelle mystérieuse raison vous ai-je surpris ?

Il afficha de nouveau cette expression humble et innocente qui ne lui inspirait déjà aucune confiance.

— M. Edwards m'avait juste dit que Mlle Kirkpatrick était la dame de compagnie de la duchesse.

Elle raidit le dos.

— Et cela vous suffit pour me dénigrer.

Il leva les mains.

— Pas du tout ! Vous... ne ressemblez pas à ce à quoi je m'attendais.

— Bien sûr. Vous vous attendiez à une personne plus âgée, plus mûre et plus digne.

Il avait commencé à hocher la tête tandis qu'elle parlait, et quand elle eut terminé il lui adressa un grand sourire.

— Exactement.

— Je comprends. Je m'attendais exactement à la même chose du nouveau régisseur.

Son visage trahit sa surprise, et elle le gratifia d'un sourire victorieux.

— Déconcertant, en vérité. Bienvenue à Carlyle, monsieur Montclair.

Sur ce, elle esquissa une vague révérence et le planta là.

3

M. Edwards rejoignit Will.

— Je vous demande pardon, monsieur, dit-il en traversant en hâte la cour.

Will sourit poliment. Edwards avait raison de lui demander pardon de l'avoir laissé à la merci de Mlle Kirkpatrick. Cela faisait bien longtemps qu'on ne l'avait pas remis à sa place avec une aussi élégante brutalité. Et plus longtemps encore de la part d'une jolie femme.

Elle ne l'aimait pas, cela crevait les yeux.

— Mlle Kirkpatrick m'a tenu compagnie.

Le soleil se refléta sur les lunettes d'Edwards tandis qu'il se tournait vers le château. La jeune femme en question était partie depuis longtemps.

— Vous auriez pu m'avertir, ajouta Will. Je crains de ne pas lui avoir fait très bonne impression.

— Pourquoi cela, monsieur Montclair ?

Edwards croisa les mains dans son dos, on aurait dit un précepteur essayant de lui expliquer un passage de Cicéron.

— Je ne m'attendais pas que la dame de compagnie de la duchesse soit aussi jeune.

Avec un sourire coupable, il ajouta :

— Je n'ai pas réussi à dissimuler ma stupeur.

Edwards le considéra un instant avant de répondre :

— Ma foi...

Il toussota.

— Mlle Kirkpatrick n'est pas simplement une dame de compagnie. Son père a épousé lady Jessica, la fille du duc, lorsque Mlle Kirkpatrick n'était qu'une enfant. Elle a été élevée ici au château, et le duc et la duchesse l'aiment beaucoup.

Le message était clair. Mlle Kirkpatrick faisait partie de la famille, et il avait intérêt à la traiter comme telle s'il souhaitait rester.

Ce qui était le cas. Mais la curiosité le rongeait, et pendant qu'il y était, autant poser la question maintenant.

— Et elle vit ici plutôt qu'avec ses parents ? C'est faire preuve d'un dévouement hors du commun. Elle aussi doit beaucoup aimer la duchesse.

Après un silence, M. Edwards répondit :

— Oui. Lady Jessica est décédée il y a huit ans. Le colonel Kirkpatrick a été tué en Inde l'année suivante.

— Seigneur ! s'écria Will. C'est terrible.

— En effet, répondit Edwards. Sa Grâce et elles se sont mutuellement réconfortées pendant ces années véritablement éprouvantes, et depuis lors.

Will hocha la tête gravement.

— Mlle Calvert fait également partie de la famille ?

Cette fois, Edwards se détourna.

— Elle était fiancée à lord Stephen lorsqu'il est mort. Elle est bien sûr très chère aux Carlyle, et vous pouvez considérer qu'elle fait presque partie de la famille.

— Je comprends, murmura-t-il, à présent sérieux. Tant de morts…

Edwards accéléra le pas. Ils franchirent une grille et s'engagèrent sur un chemin qui descendait en pente douce.

— Les écuries sont par ici, dit l'avoué en indiquant une allée bifurquant vers la droite. Autrefois, elles se trouvaient à l'intérieur de l'enceinte, mais le troisième duc l'a fait déplacer et agrandir. Il a construit un haras impressionnant.

— Ah bon ? s'étonna Will.

Depuis plusieurs mois qu'il examinait les comptes et les plans de la propriété, il n'avait pas entendu parler d'élevage équin.

— Tous les chevaux ont été vendus il y a plus de vingt ans, soupira Edwards. Mais les écuries sont restées. Je vais m'arranger pour qu'on vous apporte votre calèche à Stone Cottage.

Le regard de Will s'attarda sur la coupole de l'écurie, qui dépassait du faîtage. Apparemment, bien des parties du domaine avaient été vendues ou réduites, ces vingt dernières années. S'il avait repéré les transactions, il ignorait pourquoi. Il avait toujours cru que les Anglais vivaient pour accroître leur patrimoine, non pour le diminuer.

Stone Cottage était à un mile du château. Comparée à ce dernier, la maison paraissait minuscule, mais Will la trouva absolument parfaite. Large et basse, avec ses pierres claires et son toit de chaume, elle semblait faire partie intégrante du paysage. Deux pignons pointus se dressaient de part et d'autre de la porte d'entrée, et il y avait trois petites fenêtres à l'étage. Devant la maison, un charmant jardin était déjà verdoyant.

— Mme Grimes, la femme de l'ancien régisseur, aimait beaucoup ce jardin, dit M. Edwards en ouvrant la grille dans le mur de pierre. Je lui ai promis que je veillerai à ce qu'on en prenne soin.

Will contempla les plantes, bien taillées malgré l'aspect sauvage de l'ensemble.

— Je n'ai aucune idée de ce qu'on doit faire dans un jardin.

Edwards sourit brièvement.

— Mlle Kirkpatrick continuera peut-être de l'entretenir, dans ce cas. C'est elle qui s'en occupe depuis le départ des Grimes.

— Je vous prie, faites-lui savoir qu'elle est la bienvenue pour s'en occuper aussi longtemps qu'il lui plaira. Je lui en serai très reconnaissant, et je jure solennellement de ne pas la déranger et de ne faire du mal à aucune plante.

Edwards affichait encore ce curieux petit sourire.

— Vous pourrez le lui dire vous-même, lors du thé, demain.

— Du thé ?

— Oui. Sa Grâce souhaite vous rencontrer. À 14 heures.

Will s'attendait à faire la connaissance de son employeur tôt ou tard, mais il se rendit compte qu'il avait espéré repousser le moment le plus possible. Ce qui était idiot dans la mesure où il travaillait pour le duc depuis plus de six mois.

— J'y serai, dit-il avec vigueur pour étouffer ses scrupules.

Edwards marqua une pause, la main sur la poignée de la porte.

— Soyez ponctuel et soignez votre mise. Si vous ne faites pas bonne impression à la duchesse…

— Peut-être ne devrais-je pas déballer mes affaires, au cas où ? plaisanta Will.

La bouche d'Edwards se pinça, et le sourire de Will s'évanouit.

— Bien, monsieur.

L'avoué hésita.

— Jusqu'à présent, j'ai été très satisfait de vos progrès, dit-il, l'air de choisir ses mots avec soin. Sa Grâce le sait, et elle estime mon jugement. C'est une femme intelligente et perspicace. Cependant, elle aurait souhaité un régisseur plus âgé et plus expérimenté, et si vous lui donnez l'impression d'avoir des manières impulsives et intempestives…

— Je comprends, le coupa Will en hochant la tête.

— Elle va vous passer au crible, insista Edwards.

Après réflexion, il ajouta :

— Préparez-vous comme si vous alliez rencontrer le père d'une jeune fille dont vous êtes amoureux, et que vous désiriez à tout prix obtenir son approbation afin de l'épouser.

Will lui coula un regard oblique. À ce point ?

— Je vois.

Edwards le scruta un instant, avant de soupirer.

— Je l'espère.

Sur cette note encourageante, il ouvrit la porte et entra dans la maison. Will le suivit avec plus d'appréhension qu'il n'en avait ressenti depuis ce fameux jour, l'été passé, où il avait accepté ce poste.

Le cottage était simple, propre et lumineux. Un couloir le traversait de l'avant à l'arrière, où le jardin potager menait lui-même sur la cuisine. Le salon se trouvait sur la gauche, la salle à manger à droite. Adjacente au salon, une pièce confortable dotée d'un bureau dont tout un mur était tapissé d'étagères et d'armoires. Edwards lui tendit un trousseau de clés pour les tiroirs et les rangements. À l'étage, trois chambres, une grande et deux petites. Seule la grande était meublée. Toutes les fenêtres avaient été ouvertes et une odeur de savon flottait dans l'air.

— Voilà, vous avez tout vu, déclara Edwards lorsqu'ils eurent terminé. On va vous apporter les registres et les autres archives. Mme Blake et sa nièce Camilla vous suffiront en attendant que vous engagiez d'autres domestiques.

Will hocha la tête. Les deux femmes, qui étaient en train de nettoyer l'évier de la cuisine, l'avaient gratifié d'une révérence en le dévisageant avec surprise. Elles aussi devaient s'attendre à quelqu'un de plus âgé. À l'évidence, il lui faudrait déployer de gros efforts pour gagner la confiance des gens de Carlyle.

— Merci, monsieur Edwards. Demain matin, je ferai un tour de la propriété à cheval.

Cela sembla faire plaisir à l'avoué.

— Je vais prévenir Ned qu'il fasse préparer votre monture pour 8 heures.

— Plutôt 7 heures, dit Will en observant le ciel. Mon père me sortirait du lit sans ménagement si je dormais aussi tard.

Edwards dressa visiblement l'oreille.

— Se lever tôt est une excellente habitude à inculquer à son fils.

Will éclata de rire.

— C'est uniquement parce qu'il était lui-même horriblement lève-tôt ! Mon frère et moi regrettions qu'il ne boive pas davantage, il se serait levé plus tard de temps en temps.

— Ah, votre père est abstinent ?

Leur père était actif et passionné, avec de l'énergie à revendre. Il avait plus important à faire que de s'abrutir dans l'alcool, et attendait de ses fils qu'ils tiennent le même rythme que lui.

Parler de son père rappela à Will que son activité de régisseur demeurait un secret bien gardé pour tous les membres de sa famille à l'exception de Jack. Ç'avait été assez facile à dissimuler tant qu'il était à Londres, mais il habitait maintenant à quatre-vingt-dix miles de la capitale. Si son père découvrait ce qu'il faisait… Il pouvait numéroter ses abattis !

— C'est bon pour la santé, répondit-il vaguement. Ned est le palefrenier ?

— Oui. Dans quelques jours, l'écurie du cottage sera prête, enchaîna Edwards. Elle était en cours de réparation et les travaux ont duré plus longtemps que prévu, mais pour le moment, vous avez celle de Carlyle à votre disposition.

— Parfait.

Après le départ de l'avoué, Will regagna la cuisine et entreprit de se faire apprécier. Si Mme Blake était réticente, Camilla était ouvertement curieuse.

C'était une jeune fille d'environ quatorze ans aux yeux brillants, qui parlait à toute vitesse. Il lui suffit d'une demi-heure de conversation durant laquelle il répondit à ses questions à propos de l'Amérique et de Londres pour que Camilla le considère avec un respect teinté d'admiration. Will se rappela qu'il avait eu cet âge-là, et qu'il était merveilleux qu'un adulte vous accorde son attention. Mme Blake se radoucit notablement tandis qu'elle l'écoutait bavarder avec Camilla. Elle promit de lui laisser une casserole de ragoût pour son dîner.

— Et je pourrai revenir demain matin si vous avez besoin d'un petit déjeuner, proposa-t-elle.

Will déclina d'un geste de la main.

— Inutile de vous embêter. Je sais cuisiner.

Elle le balaya du regard.

— Ah oui ? En tout cas, il y a tout ce qu'il faut au château si vous changez d'avis. M. Grimes s'arrêtait toujours pour manger un morceau.

Il sourit.

— C'est une excellente idée. Merci.

Il attrapa une pomme dans la corbeille à fruits et refit le tour de la maison en prenant son temps. C'était la première fois qu'il avait une maison à lui et, même si elle ne lui appartenait pas, ce serait la sienne pendant quelques mois.

Le salon, peint d'un jaune ensoleillé, était meublé avec simplicité. Clairement conçu pour le travail, le bureau était moins gai quoique tout aussi lumineux. La plupart des étagères contenaient encore des livres, comme si le locataire précédent venait de partir.

M. Grimes avait été régisseur à Carlyle pendant trente ans, lui avait dit Edwards, et avant cela, il était métayer. Il était né et avait grandi sur les terres de Carlyle. Edwards était devenu lyrique – pour un homme si réservé – à propos de la culture de Grimes, de son expérience et de sa sagacité. Will lorgna avec une vague inquiétude les épais volumes traitant de l'élevage, avant de s'en détourner résolument.

Mordant dans la pomme, il s'approcha de la fenêtre. La vue sur la façade ouest du château était magnifique. Le soleil de la fin d'après-midi nimbait d'argent les vieux murs de pierre, et donnait l'impression que les tours crénelées étaient les pointes d'une couronne, rivalisant de hauteur avec celle de la tour orientale.

Il sourit. Carlyle Castle, le joyau coiffant la plus haute colline du comté.

Il se laissa tomber dans le fauteuil, s'y adossa et posa les pieds sur le bureau. Dans quoi s'était-il embarqué ?

Depuis plus de six mois, Edwards lui expliquait la structure du patrimoine et son fonctionnement. Will avait étudié une multitude de cartes, de rapports, de documents, d'archives concernant les récoltes et la production, l'historique de la famille dans la région, et les listes de tous les métayers et domestiques que comptait le domaine. Il savait d'où provenaient les revenus de la famille, quelles terres ils possédaient, et combien ils dépensaient. Cela s'était révélé plus intéressant qu'il ne l'avait escompté, mais Will était très heureux de voir enfin le château et le duché. Tout cet apprentissage l'avait tellement intrigué qu'il bouillait de curiosité et d'impatience.

Pour l'instant, Carlyle Castle surpassait ses attentes. Magnifique, le château ne ressemblait à rien de ce qu'il avait pu voir en Amérique et rivalisait à ses yeux avec la Tour de Londres. Il n'avait aperçu qu'une fraction des terres, des champs verdoyants aux forêts anciennes et aux rivières étincelantes, sous des cieux d'un bleu éclatant. On n'était qu'à quatre-vingt-dix miles de Londres, mais un monde séparait cet endroit de la capitale. Oui, il avait été stupéfait par tout ce qu'il avait découvert.

Y compris la dame de compagnie de la duchesse. Will avait imaginé que Mlle Kirkpatrick était une vieille fille guindée d'une cinquantaine d'années, menant constamment quatre ou cinq activités de front. Avec le recul, il se rendait compte que ce portrait ressemblait fortement à celui de sa tante Emilie.

La vraie Mlle Kirkpatrick faisait à peu près la même taille que sa tante, mais la ressemblance s'arrêtait là. Elle avait quelques années de moins que Will, des cheveux noirs brillants et une peau foncée lumineuse. Ses yeux avaient des éclats ambre et vert sous ses sourcils sombres, et sa bouche pulpeuse était on ne peut plus tentante.

Will jeta son trognon de pomme par la fenêtre et croisa les mains derrière sa tête. Un petit sourire flotta sur ses lèvres tandis qu'il se remémorait son expression stupéfaite lorsqu'elle avait posé les yeux sur lui. *Stupeur partagée, mademoiselle.*

Quoi qu'il en soit, il n'était pas là pour flirter avec une jolie fille. Avant qu'il quitte Londres, deux jours plus tôt, Jack lui avait rappelé sa promesse.

— Tu m'as donné ta parole ! avait-il lancé au moment où Will grimpait en selle. Cinq mois de plus, et c'est fini.

Encore faudrait-il survivre à la rencontre du lendemain avec la duchesse.

4

Le nouveau régisseur mettait Carlyle en émoi.

Philippa entendit une femme de chambre dire qu'il ressemblait à un pirate et qu'il était probablement là pour piller le château. L'une des lavandières était convaincue qu'il était français et venu tuer des Anglais. Le palefrenier qui lui apporta sa jument trouvait qu'il avait tout du bandit de grand chemin, à voir la façon dont il montait à cheval.

Ces conjectures n'étaient que sottises, mais Philippa devait concéder une chose : elle ne croyait pas non plus possible que William Montclair soit un simple régisseur.

L'une des accusations inquiétait tout particulièrement la duchesse.

— Un Français, gémit-elle le lendemain matin au petit déjeuner. Je savais que rien de bon ne pouvait découler des recherches de M. Edwards en France ! Il a ouvert la porte aux charlatans et aux imposteurs, et nous allons être submergés.

— M. Edwards affirme qu'il a été parfaitement respectable et digne d'éloges.

Mlle Calvert s'empourpra. Elle n'avait pas l'habitude de contredire la duchesse.

— Et il ne laisserait jamais une personne en qui il n'a pas confiance ne serait-ce que jeter un coup d'œil à Carlyle, ajouta-t-elle. Je suis sûre que M. Montclair ne peut pas être mal intentionné, même s'il est français.

Sa Grâce marmonna en buvant une gorgée de thé.

— Pippa, qu'as-tu pensé de lui ? Toi qui lui as parlé.

Depuis la veille, Philippa réfléchissait à la meilleure façon de répondre à cette question. D'un côté, elle était convaincue que la duchesse ne l'aimerait pas. Mais en même temps, elle ne voulait pas l'influencer. L'homme reconnaîtrait peut-être qu'il n'avait pas fait l'impression la plus favorable et s'amenderait.

— Je suis d'accord avec Mlle Calvert, M. Edwards a eu largement l'occasion d'observer M. Montclair. À l'évidence, il ne pense pas qu'il puisse avoir de viles motivations, je serais donc encline à lui laisser faire ses preuves.

Un pli soucieux se creusa entre les sourcils de la duchesse.

— Vraiment ? Tu as souvent raison. Je m'efforcerai d'accorder le bénéfice du doute à ce jeune homme. Car il est très jeune, n'est-ce pas ? Mme Potter a dit qu'il avait presque l'air d'un adolescent.

Philippa s'efforça de ne pas repenser au sourire entendu du régisseur.

— Rassurez-vous, madame, c'est un adulte.

Très séduisant, qui plus est.

— Il est assez âgé pour être capable d'accomplir un excellent travail. C'est assurément la priorité.

La duchesse soupira. Elle paraissait fatiguée, soudain, et anxieuse, bien qu'elle gardât le dos parfaitement droit. Alarmée, Philippa se demanda si l'état du duc s'était aggravé. Au cours de l'année écoulée, la santé de Sa Grâce avait été très précaire. Il souffrait depuis plusieurs semaines d'une petite toux sèche, comme l'automne précédent, et tout le monde espérait que le printemps le revigorerait.

— Je réserve mon jugement, déclara finalement la duchesse. Je suppose que je n'ai pas le choix ! Mais au moins, nous allons enfin rencontrer cet homme. Je l'ai invité à prendre le thé cet après-midi.

Philippa leva vivement les yeux.

— Pardon ?

— Oui, répondit la duchesse, recouvrant un peu d'énergie. À 13 heures dans le salon bleu. Tu viendras ?

— Bien sûr.

Elle espérait que M. Edwards l'avait aidé à se préparer à cet entretien.

Les mains d'Emily Calvert voletèrent nerveusement.

— Je... je ne pense pas que je devrais être présente. Veuillez m'excuser, Votre Grâce, je...

— Naturellement, mademoiselle Calvert.

La duchesse agita la main pour couper court à ses excuses et se leva.

— Je dois aller m'occuper du duc. Si le beau temps se maintient, nous demanderons peut-être la voiture pour une petite promenade tout à l'heure. Cela lui fera du bien de prendre un peu l'air.

Philippa acquiesça. Elle avait raison, mais le duc acceptait rarement les promenades, en dépit des espoirs de sa mère. La duchesse partie, Emily se tourna vers Philippa.

— Je ne l'ai pas offensée, au moins ?

Philippa sourit et lui tapota la main. Emily avait maigri ; ses doigts étaient fins et froids.

— Pas du tout. Vous n'avez aucun besoin de rencontrer le nouveau régisseur.

Emily se mordit la lèvre.

— Je ne voudrais pas paraître ingrate...

— Bien sûr que non ! Nous sommes ravis de vous avoir à Carlyle.

Cela ne parut pas la réconforter.

— Je ne me sens pas à ma place, ici, dit-elle à voix basse. Du vivant de Stephen, c'était facile de ne pas trop penser au château. Il m'assurait qu'il avait l'intention de vivre à Kittleston, même après...

Elle se tut et rougit, terriblement gênée.

Philippa contempla son assiette. « Même après la mort du duc », acheva-t-elle mentalement. Si Stephen était encore en vie, ce serait lui l'héritier, qui continuerait à leur rendre visite régulièrement, son rire tonitruant résonnant dans les couloirs du château. Si Stephen avait vécu, la duchesse n'aurait pas eu à batailler avec M. Edwards à propos du nouveau régisseur. Elle aurait laissé Stephen s'en occuper et se serait consacrée à la santé du duc, ou aurait peut-être gâté un petit-fils ardemment espéré.

— À présent, je sais que ç'aurait été impossible, avoua Emily. On aurait eu trop besoin de lui ici. Je serais venue avec lui et j'aurais fait de mon mieux pour remplir les fonctions de maîtresse de maison, mais... ç'aurait été un désastre.

Elle promena un regard impuissant autour du salon, avec ses meubles sculptés tapissés de soie saphir, ses tapis somptueux, ses tableaux de maîtres.

— J'aurais fait une duchesse épouvantable.

— Je suis certaine que vous auriez su vous montrer à la hauteur, affirma Philippa.

La jeune femme lui adressa un sourire fugace.

— J'aurais détesté cela. Stephen me manque affreusement, et il me manquera toujours, mais... pas cela.

Emily ferait une merveilleuse épouse de pasteur. En revanche, gérer une demeure de la taille de Carlyle était une tout autre histoire.

— Je doute que quiconque puisse remplacer Sa Grâce, répondit-elle avec diplomatie.

— Si quelqu'un en est capable, ce ne peut être que vous, objecta Emily avec un petit sourire penaud.

— Tss, tss ! Quoi qu'il en soit, le capitaine St. James et M. St. James sont mariés tous les deux. J'ai raté ma chance, hélas !

Le capitaine St James était l'héritier présomptif actuel, et son cousin Maximilian le suivant dans la dévolution successorale.

Emily s'esclaffa.

— Ils ne savent pas ce qu'ils perdent.

Philippa leva les yeux au ciel en souriant.

— Je retourne à Kittleston, lui annonça Emily. Cet après-midi même. Sa Grâce a été très bonne de me recevoir, mais il est temps que je rentre.

— Je comprends, dit Philippa qui ne put s'empêcher d'ajouter : Que ne donnerais-je pour vous accompagner ! Ce serait le prétexte idéal pour ne pas rencontrer le nouveau régisseur.

Cette fois, le sourire d'Emily était teinté d'espièglerie.

— J'avoue que cet avantage n'est pas étranger à ma décision.

Will éperonna Gringolet pour grimper la colline. Il dépassa Stone Cottage et galopa jusqu'à l'écurie du château. Il allait être en retard.

Les sabots du cheval résonnèrent sur les pavés tandis qu'il franchissait au trot le porche voûté donnant dans la cour. Il sauta à terre et observa les lieux tout en retirant son habit et son chapeau. Il savait, pour avoir examiné les plans, que les cuisines se trouvaient derrière lui, mais pour le reste, il n'était pas certain. Seigneur, cet endroit était gigantesque !

Il sortit précipitamment sa montre de la sacoche où il l'avait glissée. Son père la lui avait offerte à son départ de Boston en lui répétant qu'il ne devait jamais faire attendre les autres. Il lui restait vingt minutes avant de rencontrer la duchesse. « Soyez ponctuel et soignez votre mise », lui avait conseillé M. Edwards.

Will rangea sa montre avec une grimace. Il aurait de la chance s'il remplissait ces deux critères aujourd'hui.

Personne en vue. Il tapa des pieds pour ôter le plus gros de la boue sur ses bottes, arracha presque son foulard et se débarrassa de son gilet tout en marchant d'un pas vif vers la pompe, qu'il actionna furieusement. Lorsque l'eau coula, il se pencha et glissa le visage dessous. Il recommença à pomper et s'aspergea les bras pour nettoyer le sang. Puis il se redressa, écarta ses cheveux de son visage, et découvrit une bonne qui le dévisageait, les yeux écarquillés.

Il lui adressa un sourire gêné.

— Bonjour, savez-vous où je pourrais trouver M. Edwards ?

La jeune fille demeura bouche bée.

— William Montclair, à votre service, dit-il en s'inclinant brièvement.

Il essuya l'eau qui lui coulait dans les yeux.

— Nous nous sommes déjà rencontrés ?

Le panier qu'elle tenait à la main heurta le sol avec un bruit mat.

— Mon... monsieur Montclair ? bredouilla-t-elle.

Will continua à sourire tout en réalisant qu'il devait ressembler à un meurtrier en fuite, couvert de sang et de boue.

— Lui-même. Et M. Edwards... ?

Elle battit des paupières.

— Oh. Oh, mon Dieu, monsieur ! Oui, je... je vais le chercher.

Elle fila vers une porte de l'autre côté de la cour, abandonnant sa lessive éparpillée sur les pavés.

Bon sang ! Non seulement il serait en retard, mais sa mise n'aurait rien de soignée. Il baissa les yeux sur son torse. Sa chemise trempée lui collait à la poitrine, l'eau n'avait même pas nettoyé tout le sang. Il la tira de son pantalon et commença à en essorer les pans.

— Monsieur Montclair !

C'était tout juste si M. Edwards ne courait pas. Il avait l'air furieux et incrédule.

— Le pont, à quatre miles d'ici... commença Will en levant la main.

— Ne vous avais-je pas dit d'être ponctuel et de *soigner* votre mise ?

Le ton de l'avoué était cinglant.

— Qu'est-ce qui vous prend de vous présenter ainsi ? Sa Grâce vous attend !

— C'est pourquoi je suis venu directement, répondit Will en continuant à essorer sa chemise. Repasser par Stone Cottage m'aurait retardé encore davantage. Il y a eu un accident sur le pont, et une charrette en route pour le marché a basculé dans l'eau. Je suis tombé sur le fermier et sa femme qui essayaient désespérément de sauver leurs cochons.

Edwards marqua une pause.

— Le pont qui se trouve sur la route du Sud ?

— Oui, près de la ferme des Smith.

Edwards jura, ce qui stupéfia Will. L'avoué ne prononçait jamais un mot plus haut que l'autre. C'est alors qu'Edwards se précipita vers la porte la plus proche, l'ouvrit et cria :

— Frank ! Venez tout de suite !

En se retournant, il aperçut la lavandière, qui observait la scène avec le plus grand intérêt.

— Dites à M. Heywood que j'ai besoin de vêtements de rechange pour M. Montclair immédiatement. Et de chaussures. Allez ! Filez ! aboya-t-il comme elle hésitait et regardait Will. Nous n'avons que quelques minutes pour vous rendre présentable, dit-il à l'adresse de ce dernier, la mine sombre. Retirez cette fichue chemise.

Will s'exécuta.

— Il faut envoyer quelqu'un pour bloquer la route, dit-il tandis qu'Edwards le poussait vers la lingerie.

Les deux lavandières qui se trouvaient à l'intérieur levèrent la tête de leur repassage, arrondirent les yeux, choquées, puis se précipitèrent dehors, obéissant au geste irrité de M. Edwards.

— Je vais m'en occuper, déclara sèchement l'homme de loi en refermant la porte. Commençons par éviter que vous soyez renvoyé. Les bottes, vite.

Lorsqu'un valet frappa, apportant des habits propres, Will ne portait que son pantalon et séchait ses cheveux avec une serviette qu'avait dénichée Edwards avant de la lui lancer.

— Tenez, dit-il en lui tendant les vêtements. Vous faites à peu près la taille d'un valet, espérons que cela vous ira.

Un autre valet arriva, une paire de chaussures dans chaque main. Edwards lui fit signe, et sans un mot les deux domestiques s'avancèrent vers Will.

L'avoué les regarda habiller Will. Il ne brisa le silence que pour demander :

— C'est du sang sur votre visage ?

Le menton levé pour que le valet noue sa cravate, Will croassa :

— Oui, monsieur. Des planches se sont fendues, et le cheval...

— Lavez cela, ordonna Edwards à l'un des valets.

Personne ne s'était occupé ainsi de Will depuis qu'il était enfant et que sa mère le débarbouillait. Quoi qu'il en soit, en quelques minutes, il fut propre et habillé, chaussé de souliers à peine trop petits.

Edwards leva les yeux de sa montre de gousset pour l'inspecter.

— Il faudra que cela fasse l'affaire, soupira-t-il. Venez.

Will eut presque du mal à le rattraper tandis qu'ils traversaient la cour pour se diriger vers l'avant du château.

— Il a fallu abattre le cheval. Ils n'avaient que celui-là, et je voudrais leur en prêter un de l'écurie...

— Oui, oui.

Edwards ouvrit une porte et lui fit signe de passer.

— Pour ce faire, vous devez garder votre poste, lui rappela-t-il.

Il le précéda dans un couloir d'une telle beauté et d'une telle élégance que Will déplora de ne pas avoir le temps de l'admirer.

Tout en se faisant bousculer, il se demanda si ce n'était pas un peu ridicule. La duchesse comprendrait sûrement. C'était son métayer qu'il avait pris le temps de secourir.

— J'ai trouvé plus important d'apporter mon aide. Mme Smith était dans la rivière jusqu'à la taille…

— Nous verrons cela plus tard.

Edwards s'engagea dans un imposant escalier en pierre à double révolution et grimpa les marches deux à deux. Will le suivit en grimaçant dans ses chaussures trop étroites. Ils empruntèrent un autre couloir au pas de course, traversèrent quatre pièces attenantes, jusqu'à ce qu'Edwards s'arrête devant une haute porte ornementée. Will l'imita. L'avoué déclara à voix basse :

— Monsieur Montclair, ce n'est pas le moment de plaisanter. Je n'exagère pas lorsque je dis que votre emploi dépend entièrement de cet entretien. Vous comprenez ?

Will se racla la gorge, soudain inquiet.

— Oui, monsieur.

Edwards le scruta et rendit son verdict :

— Très bien.

Il frappa à la porte, redressa les épaules, et un instant plus tard, un laquais l'ouvrit en grand.

5

Avant même que la porte s'ouvre, Will s'était interdit de rester bêtement bouche bée, quoi qu'il découvre. Mais dès qu'il pénétra dans la pièce derrière M. Edwards, il fut saisi d'émerveillement. C'était d'une somptuosité inimaginable.

Les murs tendus de soie étaient presque entièrement recouverts de tableaux jusqu'au plafond – qui était lui-même une œuvre d'art en soi. S'élevant à vingt pieds, il était sculpté et orné de boucliers, d'animaux empaillés et de choses que Will était incapable d'identifier. Deux piliers en pierre se dressaient telles des sentinelles de part et d'autre de la salle, la divisant en deux, et Will comprit que, contrairement aux autres pièces qu'il avait vues, celle-ci allait d'un mur à l'autre du château, avec des fenêtres donnant sur la campagne à l'est, et d'autres sur la cour à l'ouest. Seules lesdites fenêtres, cintrées et profondément enchâssées, indiquaient que la construction datait de plusieurs centaines d'années.

À l'extrémité, la cheminée massive en marbre blanc était encadrée de bois sculptés. Face à l'âtre, une table basse, assortie d'un canapé raffiné et de trois fauteuils disposés en arrondi. Et devant le canapé, la duchesse, debout.

Will découvrit Mlle Kirkpatrick, à gauche de la duchesse, éblouissante dans une robe vert jade. Il l'aurait volontiers admirée, mais aujourd'hui il devait concentrer son attention sur la vieille dame qui tenait son sort entre ses mains.

À en juger son expression, ses chances étaient minces.

Petite et ronde, elle lui arrivait à peine à la poitrine. Sa tenue et sa coiffure étaient à la dernière mode de Londres, mais toutes deux d'un gris triste, à l'exception de la dentelle blanche autour de son cou. Elle étrécit les yeux en le parcourant du regard, et Will sut d'emblée qu'Edwards n'avait pas exagéré : apparaître à ce rendez-vous les cheveux humides et vêtu comme un valet risquait de lui coûter cher.

M. Edwards s'immobilisa et s'inclina cérémonieusement.

— Votre Grâce, permettez-moi de vous présenter M. William Montclair.

La duchesse pinça les lèvres tandis que Will s'inclinait à son tour en murmurant :

— Votre Grâce. Mademoiselle Kirkpatrick.

La duchesse le considéra longuement, avant de fixer son avoué d'un œil glacial. Une conversation entière sembla se transmettre dans ce regard. Elle se contenta toutefois de dire :

— Asseyez-vous, je vous en prie.

Et elle-même prit place sur le canapé.

Will hésita, mais Edwards recula d'un pas en lui indiquant d'un infime signe de tête qu'il devait prendre le fauteuil en face d'elle. Avec l'impression qu'il venait de pénétrer dans un tribunal, Will s'assit. Il essaya d'accrocher le regard de Mlle Kirkpatrick, cherchant désespérément trace d'un encouragement ou d'un soutien, mais elle arrangeait ses jupes autour d'elle. Un gros matou roux sortit de sous son siège, le dos rond, et elle se pencha pour l'écarter doucement.

Will carra les épaules et croisa le regard de la duchesse sans ciller. « Affronte ton destin comme un homme », dirait son père.

La duchesse lui rendit son regard sans ciller.

— Mademoiselle Kirkpatrick, voulez-vous sonner pour le thé ? dit-elle ;

— Oui, madame.

Will avait oublié combien sa voix était agréable. Son regard dériva vers elle tandis qu'elle se levait pour aller tirer le cordon à côté de la cheminée. Une longue boucle brune drapait son épaule et mettait en valeur son cou délicat. Sa peau d'un bronze chaud contrastait avec le ruché blanc de sa robe.

— Monsieur Montclair.

Il tourna vivement les yeux vers la duchesse.

— Oui, madame.

Elle l'examinait en fronçant les sourcils.

— Portez-vous une livrée ?

Il s'éclaircit la voix.

— Oui, il y a eu...

— Et vos cheveux sont mouillés, poursuivit-elle.

À cet instant, une goutte glissa le long de sa tempe. Will n'osa pas l'essuyer. La duchesse plissa les yeux.

— Ne vous a-t-on pas informé de ce rendez-vous, monsieur Montclair ?

— Si, madame...

— N'a-t-on aucune manière en Amérique ? Non, bien sûr, répondit-elle avant même qu'il puisse ouvrir la bouche. Vous ne possédez pas d'effets personnels appropriés ?

Il jeta un coup d'œil à Edwards, dont l'expression parfaitement impassible ne lui était d'aucun secours.

— Si, madame... essaya-t-il, mais elle l'interrompit de nouveau.

— Et cependant vous vous présentez en vêtements de laquais. Cela fait sept mois que vous êtes employé comme régisseur ici, monsieur, et je crois – elle lança un nouveau regard perçant à Edwards – qu'on vous a correctement renseigné sur tous les aspects de ce poste. Si c'est ainsi que vous choisissez de soigner votre mise, je préfère ne pas imaginer comment vous abordez vos responsabilités vis-à-vis de ce domaine.

Cette fois, il attendit, histoire d'être certain qu'elle avait terminé. Puis il se pencha en avant et la contempla d'un air de défi.

— Mes vêtements ont été abîmés parce que j'ai secouru un métayer qui a voulu traverser un pont dangereux. Les planches se sont brisées, son cheval a été blessé et sa cargaison de porcelets a versé dans la rivière. J'ai dû enfiler ceci – il désigna la livrée – parce que ma propre tenue, parfaitement appropriée, est dans la cour, trempée, crottée et maculée de sang.

— De sang ! s'écria-t-elle.

Will hocha la tête.

— Le cheval agonisait, et M. Smith était trop bouleversé pour faire le nécessaire. C'est moi qui ai dû abréger les souffrances de la pauvre bête avant de sauter dans la rivière pour aider à sauver les cochons. M. Edwards m'avait effectivement recommandé d'être ponctuel et soigné, mais je n'ai pu répondre qu'à l'une de ces exigences, et, comme vous le voyez, j'ai choisi la ponctualité.

Il inclina la tête.

— J'espère que ce genre d'accident ne survient que rarement au domaine, mais je ne pouvais laisser M. et Mme Smith dans une telle détresse simplement pour arriver bien habillé. Madame, pensa-t-il à ajouter.

Puis il se renfonça dans son siège et attendit la sentence.

Un silence tonitruant emplissait la pièce. Le léger cliquetis des rouages d'une horloge fit sursauter tout le monde.

— Les cochons ont-ils été sauvés ? s'enquit Mlle Kirkpatrick.

Avec un coup d'œil dans sa direction, il répondit :

— Tous sauf un.

Elle le regardait enfin, l'air songeur.

— Je m'en réjouis. Merci, monsieur Montclair, de les avoir aidés.

Sa mauvaise humeur n'était pas retombée, et il ajouta :

— Si ce pont avait été correctement entretenu, rien de tout cela ne serait arrivé.

Cette remarque lui vaudrait probablement d'être renvoyé, à défaut du reste. Will n'en avait cure. Si la duchesse s'attendait qu'il prenne davantage soin de sa tenue pour obtenir son approbation plutôt que de s'intéresser au travail pour lequel on l'avait engagé, alors il se ferait congédier de toute façon tôt ou tard.

— Bien, dit la duchesse.

Elle semblait se demander qui fusiller du regard en premier. Elle choisit M. Edwards.

— Étiez-vous au courant pour ce pont, de toute évidence vétuste ?

— Non, madame. Je crois qu'il s'agit d'un pont peu fréquenté…

— Et cependant, il requiert à présent des réparations conséquentes.

Elle se tourna de nouveau vers Will.

— Peut-il être réparé, ou faudra-t-il le reconstruire ?

Il fléchit les mains sur les accoudoirs du fauteuil.

— Je n'oserais m'avancer sans l'avoir fait inspecter par un ingénieur. La rivière semble avoir grossi depuis l'édification du pont, et les piliers sont considérablement érodés. Je soupçonne que réinstaller des planches ne pourra être qu'une mesure provisoire.

— Hmm.

La duchesse continuait de le fixer d'un regard aigu, quoique moins dur.

— Ce sera votre première mission.

Il acquiesça d'un hochement de tête.

— Je suggère également que tous les autres ponts soient examinés dans les plus brefs délais, tant sur les terres de Carlyle qu'à Kittleston. Je ne me rappelle pas avoir vu de rapports techniques récents dans les archives du domaine, et l'effondrement d'un pont peut avoir des conséquences tragiques – comme nous venons de le constater.

Elle fronça les sourcils, mais se radossa à son siège.

— Oui. Faites cela.

— Et je souhaite envoyer aux Smith un cheval de l'écurie ducale, poursuivit-il. Jusqu'à ce qu'ils puissent s'en procurer un. La perte qu'ils ont subie aujourd'hui était… bouleversante.

Mme Smith avait sangloté et appelé le pauvre animal Billy. Les doigts de M. Smith tremblaient tellement qu'il n'avait pas pu appuyer sur la détente, et c'est Will qui avait dû lui prendre le pistolet des mains pour mettre fin à l'agonie de Billy.

Elle haussa les sourcils.

— Un cheval ?

— Sans cheval, ils ne peuvent pas apporter leurs marchandises au marché ni s'occuper des champs. Par conséquent, ils seront incapables de payer leur loyer. Les laisser sans cheval revient à les renvoyer de la propriété.

Will serra la mâchoire.

— En outre, leur cheval a été tué sur les terres du domaine, sur un pont entretenu par Carlyle – ou qui aurait dû l'être. Donc oui, madame, je crois que nous leur en devons un.

Les yeux ronds de la duchesse se posèrent sur M. Edwards. L'avoué s'agita sur son siège.

— C'est un geste raisonnable et compatissant, Votre Grâce. Je suis d'accord avec M. Montclair.

— Bien.

La vieille dame demeura silencieuse un moment. Le soleil faisait étinceler les bagues serties de pierres précieuses sur ses doigts.

La bonne entra à point nommé, chargée d'un grand plateau. Tout le monde parut accueillir cette diversion avec soulagement. M. Edwards s'éclaircit la voix et adressa un regard perçant à Will, qui ne sut comment l'interpréter. Mlle Kirkpatrick gratifia la domestique qui disposait le contenu du plateau sur la table d'un sourire chaleureux.

Pour sa part, Will avait l'impression qu'on avait ôté un poids de ses épaules. Il avait dit ce qu'il avait sur le cœur, et si elle le congédiait, au moins il aurait fait ce qui était juste.

Mlle Kirkpatrick prépara le thé. Will l'observa en silence, étrangement intéressé par le rituel. Le service était d'un rouge vif à bords dorés. On aurait dit des pierres précieuses, et non pas de simples tasses et soucoupes. Elle versa un nuage de lait dans une tasse, puis le thé, et la tendit à la duchesse. Pour M. Edwards, elle mit davantage de lait et ajouta un sucre. L'avoué la remercia.

Puis elle jeta un coup d'œil à Will :

— Comment prenez-vous le thé, monsieur ?

Il s'agita sur son siège, mal à l'aise.

— Comme il vous plaira, mademoiselle Kirkpatrick.

Elle fronça les sourcils, mais n'insista pas. Elle ne versa pas de lait et mit un sucre avant de lui tendre la tasse et la soucoupe. Will les tint gauchement pendant qu'elle préparait son thé de la même manière.

La duchesse n'avait cessé de l'observer.

— Monsieur Montclair, dit-elle, vous venez d'Amérique.

— Oui, madame.

Cela sembla la revigorer, et ses yeux redevinrent perçants.

— Tout ceci doit être très différent de ce à quoi vous êtes habitué.

Sans réfléchir, il promena brièvement le regard dans la pièce.

— En effet, dit-il, ironique.

Sa Grâce coula un regard furieux à M. Edwards.

— Faites-moi donc l'amabilité de me convaincre que vous êtes à la hauteur.

Ce qui suivit relevait davantage de l'inquisition que de n'importe quel examen initié par un précepteur ou même son père. Elle l'interrogea sur des détails précis concernant la propriété, les fondements de la gestion, tout et n'importe quoi, depuis fixer des loyers jusqu'à choisir des métayers. Pour la première fois, Will se félicita qu'Edwards l'ait gardé à Londres pendant sept mois ; il s'agissait de le préparer à cette rencontre, réalisait-il. L'interrogatoire parut interminable alors qu'il ne s'écoula probablement pas plus d'une demi-heure avant que la duchesse tende sa tasse et se carre dans le canapé avec un petit grommellement.

Avait-il réussi ? Il jeta un coup d'œil à Mlle Kirkpatrick, mais elle affichait un visage aimablement dénué d'expression lorsqu'elle prit la tasse et la reposa sur le plateau.

La duchesse se leva soudain et les deux hommes bondirent sur leurs pieds. Sa Grâce balaya une dernière fois Will du regard, avant de déclarer :

— Je vous reverrai dans trois jours, monsieur Montclair. J'espère en apprendre davantage sur ces ponts. Au revoir.

Les hommes posèrent leurs tasses, celle d'Edwards vide, celle de Will intacte, et s'inclinèrent. Une fois dans le couloir, la porte refermée, Edwards exhala lentement.

— J'ai l'impression que ça s'est bien passé, commenta Will, le cœur encore battant. Elle s'attend que je sois encore là dans trois jours.

Avec un petit rire surpris, Edwards lui donna une bourrade.

— Oui, mon garçon, je crois que vous vous en êtes plutôt bien tiré. Mais je ne vous conseille pas de renouveler votre entrée.

Will sourit et baissa les yeux sur sa livrée. Elle était à la fois plus élégante que tout ce qu'il possédait, avec son serge vert de qualité, sa dentelle dorée et ses boutons brillants, et très humble, car c'était la tenue d'un domestique. Pas étonnant que la duchesse l'ait pris de haut.

— La prochaine fois, j'aurai des nouvelles de ces ponts, ce qui risque de ne pas me rendre plus agréable à ses yeux.

Souriant, Edwards répliqua :

— Non, non, apportez votre rapport, je crois que vous avez impressionné Sa Grâce plus que vous ne l'imaginez.

La duchesse se décomposa dès que la porte se fut refermée sur les deux hommes.

— Oh, Pippa, dit-elle avec un soupir inquiet, que dois-je faire ?

Philippa lui servit une nouvelle tasse de thé avant de répondre.

— Je trouve qu'il a bien fait de prêter secours aux Smith. J'irai leur rendre visite demain.

— Oui, oui.

La duchesse but une gorgée de thé.

— Tout de même, se présenter de la sorte ! Où a-t-il été chercher une livrée de laquais ?

— M. Edwards a dû la lui procurer.

Avec un bruit de détresse, Sa Grâce s'exclama :

— On se demande à quoi il ressemblait avant !

Il avait parlé de sang. À cette pensée, l'estomac de Philippa se contracta.

— Il n'empêche, il m'a paru bien informé, tu ne trouves pas ? murmura la duchesse, de nouveau anxieuse.

C'était le cas. Philippa était aussi surprise que la duchesse par ses réponses rapides et claires à chacune de ses questions concernant le domaine. Son apparence, avec cette livrée de valet et ses cheveux humides rabattus en arrière, l'avait prise de court, mais il n'avait pas perdu ses moyens pour autant. Le choc que lui avait causé l'accident était évident, de même que sa sollicitude vis-à-vis des Smith.

— J'ai apprécié son attitude envers les Smith, répondit-elle. Il aurait pu repartir à cheval et leur envoyer des secours au lieu de les aider lui-même.

— Tu crois que c'était un alibi pour sa tenue ? s'enquit Sa Grâce en fronçant les sourcils.

— Je demanderai à Gerald et à Jilly ce qui s'est passé.

— Oui, merci, dit la duchesse, soulagée. S'il a menti…

— J'en doute, objecta Philippa. Ce serait beaucoup trop facile de le démasquer.

Elle savait, sans vraiment comprendre pourquoi, qu'il avait dit la vérité. William Montclair ne se résumait pas à son apparence.

6

Avant son arrivée, tout le monde s'interrogeait sur William Montclair. Maintenant qu'il avait traversé la cour torse nu et trempé, toutes les femmes ne parlaient plus que de lui à Carlyle.

— Il a retiré sa chemise comme ça, madame, en la passant par-dessus sa tête ! Daisy et Phyllis ont dit qu'elles n'avaient jamais rien vu de tel, s'émerveilla Marianne, la bonne de Philippa. Il n'y a jamais eu autant d'excitation à la lingerie.

— Il est aussi bien fait qu'une de ces statues grecques osées, rapporta Josie, des cuisines. On était toutes pressées contre la fenêtre à essayer de le voir.

— Bien bâti, ce jeune homme, s'autorisa même Mme Potter, oubliant manifestement sa réprobation initiale.

Philippa entendit tout cela avec un mélange de scepticisme et d'agacement. Comment toutes les femmes du château avaient-elles réussi à être présentes pendant cette unique minute de quasi-nudité dans la cour ? Et comment se pouvait-il qu'elles soient toutes d'accord pour dire que cette vision inconvenante en valait la peine ?

Ce devait être la nouveauté et la surprise, décida-t-elle. N'importe quel autre domestique qui se serait dénudé aurait été congédié sans préavis. On manquait sérieusement de jeunes gens séduisants à Carlyle, et le nouveau venu, beau garçon même tout habillé, avait déjà retenu leur attention.

Philippa aurait toutefois aimé qu'elles cessent d'en parler. Cela suffisait à lui faire regretter de ne pas avoir assisté à la scène.

Elle partit dans la calèche. Les Smith étaient un jeune couple – ils s'étaient mariés l'année passée –, mais leurs familles étaient métayers à Carlyle depuis longtemps. Philippa avait toujours connu Jilly et Gerald. Ils venaient aux pique-niques autrefois, quand la duchesse s'inquiétait qu'elle ne voie pas suffisamment d'autres enfants.

En chemin, elle passa devant Stone Cottage. Seules les cheminées étaient visibles par-dessus la colline et les arbres, et elle se demanda à quoi s'occupait M. Montclair aujourd'hui. Peut-être apercevrait-il un enfant en train de se noyer au cours de ses inspections et plongerait-il de nouveau dans une rivière. S'il revenait ruisselant au château une deuxième fois, il serait ouvertement acclamé et applaudi, des cuisines à la buanderie.

Elle poussa un soupir, mécontente de ses divagations. Il avait agi avec noblesse. Du moins, apparemment. Ce serait très décevant que les Smith racontent une autre version de l'histoire.

Lorsqu'elle descendit de la voiture, deux poules sortirent l'accueillir, suivies par Jilly Smith. Un sourire éclaira son visage à la vue de Philippa. Elle chassa les volatiles et fit une révérence.

— Bonjour, mademoiselle Pippa.

Philippa lui retourna sa révérence.

— Bonjour, Jilly. Nous avons entendu parler du terrible accident survenu hier, et Sa Grâce souhaitait que je vienne prendre de vos nouvelles, à tous les deux.

— C'est très aimable, dit Jilly.

Son sourire se fit tremblant.

Philippa lui toucha le bras pour la réconforter avant de demander prudemment :

— M. Montclair était là, je crois ?

— Oh, oui, Dieu merci ! s'exclama Jilly, dont le visage s'éclaira. Il a jailli au détour du virage juste après que le pont a craqué. Gerry avait pris un coup sur la tête, mademoiselle, et il était encore tout tremblant, alors M. Montclair, il a sauté directement dans l'eau et il est ressorti avec un cochon sous chaque bras.

Elle secoua la tête.

— Il est resté jusqu'à ce que tous les cochons soient en sécurité, et Billy...

Elle se tut et ses yeux s'emplirent de larmes.

— Oui, dit Philippa en lui pressant les mains. Le duc a ordonné une inspection immédiate de tous les ponts du domaine. Personne ne se doutait que c'était aussi dangereux.

— Ça faisait un moment que Gerry s'en inquiétait, mais on était déjà en retard parce que deux cochons s'étaient échappés et on a dû les attraper. C'est le chemin le plus court pour aller à Kittleston, alors on a pris le risque. Mais tout d'un coup...

Son menton tremblota, et elle se tamponna les yeux avec un coin de son tablier. Philippa lui pressa la main.

— Vous aurez à votre disposition un cheval de Carlyle pour aussi longtemps qu'il le faudra.

Jilly hocha la tête.

— M. Montclair en a amené un ce matin. Gerry... S'il vous plaît, mademoiselle, ne soyez pas fâchée, ajouta-t-elle avec anxiété. Gerry était très en colère, et ça ne lui ressemble pas, à cause de ce pont.

— Je n'en doute pas.

— Je lui ai dit de tenir sa langue. M. Grimes n'aimait pas qu'on lui parle sur ce ton, mais Gerry n'a rien voulu savoir. Il était furieux quand M. Montclair est arrivé. Je… je ne voudrais pas qu'il se sente offensé, mademoiselle Pippa.

Le régisseur avait donc entendu les doléances de Gerald Smith. Philippa se représenta le pirate penché en avant sur son siège, vêtu d'une livrée empruntée à un laquais et tenant tête à la duchesse de Carlyle. Elle se demanda comment il avait réagi face aux attaques d'un métayer.

Après sa visite à Jilly, elle décida d'aller voir les dégâts par elle-même. Elle sut qu'elle était sur la bonne route parce qu'elle découvrit une pancarte clouée à un arbre sur laquelle avaient été peints à la hâte les mots *Pont hors service*.

Deux hommes se tenaient sur ledit pont. Elle reconnut la silhouette solide et les cheveux bruns bouclés de Gerald Smith dans l'homme qui abattait une hache sur les planches du pont. Son compagnon lui tournait le dos. Plus grand et plus mince, il avait calé une pile de planches cassées sur son épaule. Gerry posa sa hache et s'abrita les yeux de sa main lorsqu'elle s'approcha, et M. Montclair se retourna.

Le cœur de Philippa tressaillit. Il n'avait retiré que sa veste aujourd'hui, mais ses manches étaient roulées au-dessus des coudes, et dans sa chemise blanche, sa carrure apparaissait remarquable. Quand il la vit, il se dirigea vers une charrette et y laissa tomber les planches, puis il attendit qu'elle le rejoigne.

— Mademoiselle Kirkpatrick, dit-il avec une de ses révérences plongeantes.

Philippa se demanda si tous les Américains se saluaient ainsi.

— Ai-je oublié, et manqué, un autre rendez-vous crucial avec Sa Grâce, et êtes-vous venue me chapitrer ?

— Non, monsieur Montclair, répondit-elle en actionnant le frein. Je souhaitais voir le pont par moi-même.

Un lent sourire lui incurva les lèvres.

— Parfait.

Elle posa les rênes et accepta sa main pour descendre. Il avait retiré ses gants de travail, et Philippa sentit la chaleur de sa paume à travers les siens. Sans réfléchir, elle secoua légèrement sa main dès qu'il la lâcha. Il le remarqua et détourna les yeux sans cesser de sourire.

Elle rejoignit Gerry et le salua, toujours agacée par M. Montclair.

— Mon cher Gerry, quel plaisir de vous revoir, bien que pour une si terrible raison. Je suis tellement soulagée que Jilly et vous n'ayez pas été blessés.

Il rougit.

— Mademoiselle Pippa – mademoiselle Kirkpatrick –, non, nous n'avons pas été blessés, mais ce pont…

Il s'interrompit un instant avant de conclure :

— Ça fait longtemps qu'il avait besoin d'être réparé, mademoiselle.

— Il tombe en ruine, confirma M. Montclair en se frayant un chemin précautionneusement jusqu'au trou sur le pont.

Il se baissa et arracha une planche, qu'il brandit.

— Je ne devrais pas être capable de le démanteler à mains nues.

Philippa s'efforça de ne pas regarder les mains nues en question, ni ses avant-bras, ni la manière dont ses muscles avaient joué lorsqu'il avait arraché la planche.

— Non, assurément, réussit-elle à répliquer. Que faut-il faire ?

Gerry se racla la gorge et dansa d'un pied sur l'autre.

— On pourrait le réparer…

— Il faudrait le détruire et le reconstruire en pierre, déclara M. Montclair, qui regagna la berge pour jeter la planche cassée sur le tas, dans la charrette. Cette rivière a un courant trop variable pour un pont de bois.

Elle hocha la tête.

— Mme Smith m'a dit que vous leur aviez déjà amené un cheval.

Il désigna du menton les deux animaux qui broutaient paisiblement non loin de là.

— Le gris. Jemmy, le garçon d'écurie, l'appelle Atlas.

— Il a l'air très fort, en effet.

— Il va nous rapporter ça, puis il ira chez Smith un mois ou deux, dit-il avec une petite tape sur la charrette.

Elle hocha la tête. C'était très généreux de sa part, mais les Smith le méritaient.

— Mademoiselle Kirkpatrick, dit-il.

Elle le regarda. Il observait le pont, le visage plissé, ébloui par le soleil. De minuscules rides formaient un éventail au coin de ses yeux, comme s'il souriait souvent. Peut-être n'était-il pas aussi jeune qu'elle le pensait.

— Puis-je vous poser une question franche ?

— N'est-ce pas ce que vous faites depuis le début ? murmura-t-elle.

Il lui adressa un regard de biais, auquel elle répondit par un sourire.

— Je vous en prie, monsieur.

— La duchesse espère que je vais inspecter tous les ponts du domaine en l'espace de trois jours ? Nous parlons de neuf mille arpents, des miles et des miles de routes, et au moins une douzaine de ponts.

Elle haussa un sourcil.

— Vous pensez qu'elle n'était pas sérieuse ?

Il se figea.

— Ce n'est pas ce que j'ai dit.

Philippa haussa le deuxième sourcil.

— Si par extraordinaire vous le *pensiez*, laissez-moi vous dire que oui, Sa Grâce était sérieuse. Elle attendra un rapport quelconque sur les douze ponts, ne serait-ce que pour s'assurer que vous savez où ils se trouvent et que vous les avez tous examinés. Vous n'êtes pas à la hauteur de la tâche ?

Il l'avait écoutée en silence, contractant la mâchoire une ou deux fois. Puis il lui fit face et plongea les yeux dans les siens. Pendant un moment, ils demeurèrent ainsi, captifs d'une sorte de conflit muet, jusqu'à ce qu'il lui adresse son sourire de pirate.

— Ne dites jamais cela, mademoiselle Kirkpatrick. Je suis à la hauteur de toute tâche que vous m'assignerez.

Philippa avait l'impression qu'elle allait entrer en combustion spontanée.

— Très bien, souffla-t-elle.

Gerry Smith les rejoignit avec une nouvelle cargaison de planches à jeter dans la charrette.

— Voilà, toutes les cassées sont là. Est-ce que je dois en clouer quelques-unes à l'entrée du pont pour en interdire l'accès ?

M. Montclair détacha enfin les yeux de Philippa.

— Oui. Cela n'empêchera aucun garnement de les escalader, mais je ne veux pas qu'un autre cheval puisse passer.

Gerry déglutit tandis qu'il récupérait des planches intactes.

— Je vais inspecter la totalité des ponts de Carlyle afin de m'assurer qu'aucun autre n'est dangereux, annonça Montclair.

— Il y a celui de la route de Northampton, le renseigna Gerry, à la surprise de Philippa.

M. Montclair l'écouta en hochant la tête.

— Il y en a aussi un à deux miles au nord d'ici. Il ne m'inspire pas confiance non plus.

Gerry se gratta le menton avant d'ajouter :

— Et celui qui est au sud de Kittleston, pour franchir la Nene. Je ne crois pas qu'il se trouve sur les terres de Carlyle à proprement parler, mais si le château voulait bien dire un mot en faveur de sa réparation…

— Tant que cela ? s'exclama Philippa. Ils sont tous en si mauvais état ? Comment est-ce possible ?

Gerry garda le silence, baissa les yeux et son cou s'empourpra.

— C'est un processus relativement simple, dit M. Montclair en croisant les bras.

Ses avant-bras étaient hâlés. Apparemment, cet homme se dévêtissait plus souvent qu'à son tour.

— On commence par ne pas y prêter attention, puis on continue à ne pas les réparer, et tôt ou tard, n'importe quel pont finira par s'écrouler.

Pippa rougit.

— Mais pourquoi y en a-t-il autant qui présentent un danger ? insista-t-elle.

Il haussa les sourcils avec une expression exagérément hautaine. Ce devait être ainsi, supposa-t-elle avec une irritation croissante, qu'à ses yeux elle le toisait.

— On ne prête attention à *aucun* d'entre eux, et tôt ou tard ils finissent *tous* par s'écrouler…

— Oui, j'ai compris, rétorqua-t-elle sèchement. Mais M. Edwards…

Elle se tut, se rappelant que l'avoué passait la moitié de son temps à Londres.

— M. Grimes n'aurait jamais autorisé une telle négligence, et il était encore là il y a deux ans !

M. Montclair haussa lentement les épaules, puis les mains.

La colère la saisit.

— Êtes-vous en train de dire que *M. Grimes* les a négligés ?

Gerry agita les pieds.

— Il se faisait vieux, mademoiselle…

Certes. Cependant, la duchesse le tenait en haute estime.

— Et M. Edwards ? demanda-t-elle, changeant d'angle d'attaque. Il a aussi négligé le domaine ?

— Vous parlez du M. Edwards qui a passé le plus clair des sept derniers mois à Londres ? répliqua M. Montclair.

Elle l'aurait volontiers frappé – d'autant qu'il avait raison, bon sang.

— Je ne peux pas croire que ce soit si catastrophique, dit-elle entre ses dents. Ce domaine est bien entretenu !

M. Montclair bascula sur ses talons.

— Vous l'inspectez régulièrement, mademoiselle Kirkpatrick ?

Elle serra les poings. Ce fut un miracle que le regard qu'elle lui lança ne le consume pas.

— Je vis ici, monsieur ! Et contrairement à vous, je ne viens pas juste d'arriver de Dieu sait où !

— D'Amérique, la renseigna-t-il, visiblement ravi de l'avoir mise en colère. Où, je le soupçonne fortement, les ponts nécessitent le même entretien qu'en Angleterre.

— Comme si vous saviez tout, au bout de deux jours !

Gerry s'éclaircit la voix, et les deux adversaires se figèrent. Le fermier avait reculé, et sa tête était enfoncée dans ses épaules comme celle d'une tortue.

— Mademoiselle Kirkpatrick, peut-être devriez-vous faire faire le tour du domaine à M. Montclair. Entre vous qui le connaissez si bien, et lui qui le verrait d'un œil neuf…

Si elle se fiait à l'expression surprise de M. Montclair, la suggestion ne lui plaisait guère. Philippa non plus ne l'appréciait pas. Lui faire visiter Carlyle ne relevait pas de ses attributions.

Mais elle était en colère, et indignée qu'il dénigre ainsi Carlyle. Aussi se tourna-t-elle vers lui et répondit-elle presque malgré elle :

— Vous avez peut-être raison. M. Montclair a beau avoir lu quantité de livres de comptes et de rapports, étant étranger ici, il ne peut pas comprendre le domaine et ses habitants. Il a indubitablement grand besoin des conseils de quelqu'un qui connaît parfaitement Carlyle.

Il se rembrunit brièvement et elle sourit.

— À moins qu'il n'ait besoin de l'avis de personne. Après tout, il a déjà vu des ponts, en Amérique.

Il pinça les lèvres et se tourna vers Gerry.

— C'est une excellente suggestion, Smith. La montagne de connaissances de Mlle Kirkpatrick sera inestimable.

Il donna une claque sur le flanc de la charrette.

— Rapportez les débris à l'écurie. Ils sont prévenus.

Gerry hocha la tête et s'éloigna sans demander son reste. Philippa supposa qu'il regrettait être descendu du pont pour venir lui parler, à voir l'énergie avec laquelle il se mit à enfoncer les clous dans les planches pour en interdire l'accès.

M. Montclair se dirigea vers les chevaux attachés, et Philippa cilla. Il la traita avec une désinvolture flagrante.

— Je n'ai aucun désir de vous infliger ma présence si vous la trouvez tellement déplaisante, lança-t-elle dans son dos.

Il s'arrêta, pivota et revint vers elle jusqu'à ce qu'elle soit obligée de renverser la tête pour le regarder dans les yeux.

— Pas du tout, mademoiselle Kirkpatrick, dit-il d'une voix grave qui la fit frissonner. Je serai enchanté d'avoir l'honneur de votre compagnie et extraordinairement reconnaissant de bénéficier de votre vaste érudition concernant Carlyle. Voulez-vous que nous partions à cheval demain matin à 7 heures ?

Elle battit des paupières.

— 7 heures ?

— Comme vous l'avez dit, il y a beaucoup à inspecter et le temps nous est compté.

Il avait retrouvé son habituelle nonchalance, et sa voix était si sourde qu'elle la sentait résonner à l'intérieur de sa poitrine.

— Mais loin de moi le désir de vous imposer mes horaires matinaux si vous les trouvez tellement déplaisants.

Oh, cet homme ! Elle carra les épaules, redressa le menton, et déclara :

— 7 heures.

Il s'inclina très bas, mais Philippa eut l'impression qu'il s'agissait juste de dissimuler un autre de ses sourires de pirate. Elle se dirigea vers la calèche avec la désagréable sensation qu'elle venait de s'engouffrer dans un piège. Elle regagna le château sans un regard en arrière.

Will alla attacher Atlas à la charrette tout en se remémorant sa conversation avec Mlle Kirkpatrick. Il trouva trois façons dont il aurait pu répondre à ses piques et qui n'auraient pas abouti à un tour de la propriété en sa compagnie.

Il s'était fixé des lignes de conduite strictes pour ces quelques mois à Carlyle. Se mêler de ses affaires. Faire ce pour quoi on le payait. Garder l'œil et l'oreille à l'affût pour apprendre ce qu'il pouvait, mais se taire afin de ne pas trahir ses secrets.

Il soupira, mécontent de lui. La veille, il avait peu ou prou semoncé la duchesse, et voilà qu'il provoquait Mlle Kirkpatrick.

Le problème, c'est qu'il avait vu la manière dont elle avait souri à Gerry Smith. Quand elle était heureuse, son visage semblait s'illuminer, ses yeux sombres étincelaient, ses sourcils se haussaient avec grâce, sa bouche sublime s'incurvait pour exhiber la petite fossette sur sa joue... Ce sourire avait perturbé au moins deux règles dans la tête de Will. Il voulait le revoir.

Smith revint et accrocha son marteau à la charrette.

— J'espère que je n'ai pas causé d'ennuis.

— Pas du tout, répondit Will en finissant de boucler le harnais. Je serai content d'avoir le point de vue éclairé de Mlle Kirkpatrick.

Il déroula ses manches et demanda :

— Vous semblez bien vous connaître.

L'homme rougit de nouveau.

— En effet. Ma femme, Jilly, était souvent invitée au château, pour que la jeune demoiselle ne soit pas trop seule. Et de temps en temps, ils organisaient un pique-nique ou des jeux, et conviaient tous les enfants des métayers.

Will boutonna ses poignets et fit remarquer :

— Malheureusement, je l'ai prise à rebrousse-poil.

— Oui, confirma Gerry en toussotant.

Will attendit, puis :

— Vous auriez un conseil à me donner, peut-être ?

— Ne prenez pas à la légère la gestion du domaine, dit Gerry en enfilant sa veste. Ça ne lui plairait pas.

— Elle est à ce point dévouée à Grimes et à Edwards ? s'étonna Will.

Selon lui, Grimes aurait dû partir à la retraite bien plus tôt qu'il ne l'avait fait. Edwards avait avoué à Will qu'il n'était pas mécontent de déléguer la responsabilité du domaine à quelqu'un d'autre, preuve qu'il n'avait jamais souhaité cette charge.

Smith haussa les épaules.

— Elle les aime bien, c'est sûr, mais... c'est à cause de Sa Grâce que Grimes est resté aussi longtemps en poste, et qu'il a fallu deux ans à Edwards pour engager un nouveau régisseur. Si vous dites du mal d'eux, Mlle Pippa voit ça comme une condamnation de la duchesse, or, il y a peu de choses susceptibles de la mettre davantage en colère. Elle est farouchement attachée à Sa Grâce.

Will enfila sa veste. Voilà qui expliquait son exaspération. Elle était magnifique quand elle s'emportait. Aujourd'hui, dans sa robe abricot dont les broderies de couleurs vives faisaient luire sa peau comme du cuivre bien astiqué, elle lui avait évoqué une flamme. Et, tel un papillon de nuit, il semblait éprouver pour elle une fascination fatale, au point de voleter trop près de ladite flamme.

— Du reste... enchaîna Gerry d'une voix plus douce, personne ne vous le dira, mais il faut que vous le sachiez : c'est Mlle Pippa qui gère ce domaine. Bien sûr, Sa Grâce a le dernier mot, ajouta-t-il devant le regard stupéfait de Will. Mais Mlle Pippa connaît mieux que quiconque la duchesse, qui lui fait entièrement confiance.

Tiens donc.

— Et qu'en est-il du duc ?

Le visage de Smith se ferma.

— Je n'en sais rien, monsieur, marmonna-t-il en grimpant sur la charrette.

Cela faisait des mois que Will essayait de comprendre pourquoi le duc n'était jamais impliqué dans aucune décision concernant le domaine. Edwards avait dit qu'il était souffrant, mais il commençait à se demander s'il existait vraiment. Il n'avait trouvé aucune lettre de lui, aucune liste d'instructions, pas même un message transmis par l'intermédiaire d'Edwards. Même ici au château, il n'avait absolument rien vu indiquant la présence de cet homme. Edwards éludait chaque fois qu'il y faisait allusion, et Smith venait d'en faire autant.

— À propos de Mlle Kirkpatrick, dit-il pour retenir Smith, pourquoi un tel dévouement ? Si j'ai bien compris, elle n'a aucun lien du sang avec la famille…

Smith sourit.

— Non, c'est plus précieux que ça. Depuis le décès de lord Stephen l'année dernière, il n'y a plus aucune chance d'avoir un héritier. Mlle Pippa est ce qui se rapproche le plus d'une petite-fille que la duchesse n'a pas eue, et n'aura jamais. Ses parents sont morts, elle n'a personne d'autre ici en Angleterre. Sa Grâce est sa seule famille.

— Je comprends, murmura Will. Mlle Pippa ?

Smith rougit.

— C'est comme ça qu'on l'appelait quand on était petits.

Il desserra le frein et le salua, un doigt sur sa casquette.

— Mais je ne vous conseille pas de l'appeler ainsi.

Will éclata de rire.

— Ça, je m'en doutais.

Smith sourit et la charrette s'ébranla. Will alla récupérer son cheval, qui s'était aventuré vers les berges de la rivière en quête d'herbe tendre. Il n'était pas question qu'il se laisse de nouveau prendre au dépourvu par cette jeune femme.

La journée du lendemain s'annonçait très intéressante.

7

Le lendemain matin, lorsqu'il arriva au château, elle l'attendait.

Un palefrenier tenait les rênes d'une jolie jument baie. Gringolet secoua la tête et hennit, et la jument réagit en agitant la queue avant de se détourner. Will sourit. Même son cheval dédaignait le sien.

— Bonjour, monsieur Montclair.

Mlle Kirkpatrick s'avança en tapotant sa jupe d'amazone avec sa cravache.

— Je commençais à désespérer de vous voir.

— Je n'ai jamais déçu une dame, mademoiselle Kirkpatrick.

Il sauta à terre et exécuta une profonde révérence. Elle fit la moue. Elle le trouvait ridicule et il en tira un plaisir irrationnel.

— Bien. Comme vous l'avez dit, nous avons beaucoup de chemin à parcourir, et aucune raison de tergiverser.

Elle se dirigea vers le marchepied, et Will en profita pour l'admirer tandis que le palefrenier l'aidait à monter en selle.

Elle était particulièrement jolie ce matin, ce qui l'enchanta et le consterna tout à la fois. Son habit d'amazone safran était ajusté à la taille, qui paraissait d'autant plus fine que ses jupes étaient amples. Des broderies écarlates ornaient les manchettes et le bord de sa veste. Le morceau de tissu arachnéen qui couvrait sa gorge était retenu par une broche dorée en forme d'étoile sertie de rubis et de perles. Il avait vu des dames faire du cheval à Londres, pâles créatures en vert sombre et marron. Si la coupe des vêtements de Mlle Kirkpatrick était indéniablement anglaise, les couleurs chatoyantes devaient être indiennes et lui allaient merveilleusement.

Comment rester de marbre lorsqu'elle apparaissait dans cette tenue ?

Voyant qu'il la contemplait fixement, elle arqua un sourcil impérieux. Jamais il n'avait vu de sourcils plus expressifs.

— Nous n'allons pas à cheval, monsieur ?

Il cligna des yeux.

— Quoi ?

Elle tourna la tête et laissa échapper un soupir impatient. Les rubans de son chapeau, une petite chose noire à ruchés placée de guingois sur ses boucles brunes, voletèrent autour de sa tête.

— Vous avez l'intention de parcourir le domaine à pied ?

— Non, répondit-il avant de remonter en selle. En route.

La veille, il avait étudié les cartes afin de graver dans sa mémoire l'emplacement précis de chaque construction, du large pont de pierre menant au château à la plus humble passerelle enjambant un ruisseau. Il dirigea sa monture vers le nord.

— Nous n'allons pas vérifier les ponts signalés par M. Smith ? s'étonna Mlle Kirkpatrick.

— J'y suis allé hier, dans la mesure où Smith estimait qu'ils avaient besoin de réparations en urgence.

— Et ? insista-t-elle. C'est le cas ?

Il hocha la tête.

— Quel genre de travaux faut-il réaliser ? Présentent-ils un danger ? Avez-vous dû les condamner ? Avez-vous déjà envoyé des hommes travailler dessus ?

Il feignit la stupeur.

— Mazette, mademoiselle Kirkpatrick, je n'étais pas préparé à un interrogatoire en bonne et due forme !

Elle rougit et son regard se durcit.

— Pardonnez-moi, monsieur, je supposais que vous connaîtriez les réponses à des questions aussi simples.

— Je les connais, répliqua-t-il avec dignité. Mais je ne m'attendais pas que *vous* les posiez.

Il avait la quasi-certitude qu'elle rêvait de le frapper avec sa cravache.

— Et pourquoi cela ? Dans la mesure où vous avez pris la peine de m'obliger à quitter mon lit à l'aube...

— Cela fait près de deux heures que le soleil est levé, murmura-t-il.

— Et que vous avez insisté pour bénéficier de ma compagnie ainsi que de ma « vaste érudition » concernant le domaine. Je pensais que vous vous conduiriez en gentleman et me parleriez avec honnêteté et courtoisie.

— En gentleman ! s'esclaffa-t-il. Je n'ai aucune idée de ce que les Anglais considèrent comme un comportement de gentleman. Répondre à toutes les questions que l'on vous pose en fait-il partie ?

Elle tira sur les rênes de son cheval.

— Monsieur Montclair, tout ceci n'est-il qu'une considérable perte de temps pour moi ?

Il décrivit de petits cercles autour d'elle afin de ne pas arrêter sa monture.

— Encore une devinette que je ne peux résoudre. Dois-je à présent attribuer une valeur à votre temps et à la manière dont vous le passez ?

Elle ferma les paupières. Ses cils dessinèrent deux croissants sombres sur ses joues. Sa bouche était pincée par l'exaspération. Lorsqu'elle rouvrit les yeux et le foudroya du regard, il aurait pu roussir.

— Permettez-moi de vous donner un petit conseil avisé. Vous trouvez peut-être spirituel de tourner en dérision chacune de mes paroles, mais si vous traitez

Sa Grâce avec la même impertinence, vous serez congédié sur-le-champ. Et vous l'aurez bien mérité.

Will immobilisa son cheval et se pencha vers elle.

— Pardonnez-moi, mademoiselle Kirkpatrick, vous exprimez-vous au nom de mon employeur ? Nul ne m'en avait averti, et en toute autre circonstance, j'aurais été en vérité réticent à discuter des affaires de mon employeur avec quelqu'un d'autre que lui-même.

Elle prit une profonde inspiration et exhala lentement. Au prix d'un effort considérable, Will garda les yeux rivés sur son visage et non sur le mouvement de sa poitrine. Bon sang ! Elle était splendide, à cheval.

— Carlyle est un vaste domaine. Sa Grâce se repose naturellement sur des personnes de confiance dont elle apprécie les points de vue indépendants et avisés.

— En effet, le domaine est immense. On n'avait pas confiance en Grimes ?

Mlle Kirkpatrick cilla.

— Bien sûr que si.

— Et en M. Edwards ?

— Absolument !

Will hocha la tête, songeur.

— Dans ce cas, comment se fait-il que ni l'un ni l'autre n'aient révélé la vérité à propos de l'état de ces ponts ?

Ses lèvres parfaites s'entrouvrirent de stupéfaction.

— Smith a raison, reprit-il. Il aurait fallu effectuer ces réparations voilà des années, ainsi que sur bien des bâtiments. Le moulin, à deux miles d'ici... J'ai cru comprendre qu'il servait au domaine ?

Elle acquiesça, circonspecte.

— Il nécessite également une bonne réfection. Au moins la moitié des métayers que j'ai rencontrés ont besoin d'une chose ou d'une autre, et la plupart d'entre eux avouent que cela dure depuis longtemps. Vous allez me demander s'ils en ont averti Grimes ou Edwards, la devança-t-il alors qu'elle ouvrait la bouche. Plusieurs ont essayé, et on leur rétorquait chaque fois : « L'année prochaine. Rafistolez ça et continuez du mieux que vous pouvez. » C'est ce qu'ils ont fait. Mais à un moment donné, ça lâche, et quand c'est le cas, les conséquences peuvent être terribles, comme nous l'avons constaté hier.

Elle se mordit la lèvre, visiblement soucieuse.

Will se rappela ce que lui avait dit Smith. Si Mlle Kirkpatrick était effectivement en charge du domaine, il venait de l'accuser de négligence, ce qui n'était pas vraiment son intention. « N'insiste pas », s'ordonna-t-il. Il ne put toutefois s'empêcher de demander :

— Comment se fait-il que le duc ne supervise pas lui-même ces choses-là ?

Mlle Kirkpatrick semblait plongée dans ses pensées.

— La duchesse le fait, murmura-t-elle. Je... je soupçonne, peut-être, que les gens ne lui ont pas révélé l'ampleur des problèmes car personne ne voulait ajouter à ses soucis.

Elle leva vivement la tête.

— Est-ce par manque de fonds que les réparations n'ont pas été effectuées ?

L'avait-elle mal entendu, ou avait-elle délibérément mentionné la duchesse et non le duc.

— Non. Le domaine est prospère. Vous devriez demander à Edwards pourquoi rien n'a été fait.

Lui-même se posait la question. Edwards n'était ni idiot ni paresseux.

Elle le considéra sans irritation ni impatience cette fois, mais le front plissé par une inquiétude sincère.

— Quelle est l'ampleur des travaux ?

Il hésita, flatta l'encolure de son cheval qui tendait le cou pour atteindre l'herbe sur le côté du sentier.

— Ne devrais-je pas en discuter directement avec le duc ? Il s'agit de son domaine. Si des gens ont eu peur d'accabler la duchesse, peut-être...

— Monsieur Montclair, vous n'avez aucune raison de vous entretenir avec le duc.

— Pourquoi ? demanda Will, sautant sur l'occasion. Cela ne l'intéresse donc pas ?

Elle sursauta comme s'il l'avait frappée.

— Qu'est-ce qui vous fait croire cela ?

— Parce que je n'ai eu aucune nouvelle de lui depuis sept mois, que ce soit en personne ou par courrier. Je trouve fort étrange qu'il ne souhaite pas rencontrer l'homme qu'il a engagé pour administrer son patrimoine. Après tout, la duchesse m'a bien inspecté à la loupe quand je suis arrivé, et ce malgré la succession de lettres remplies d'instructions qu'elle m'a fait parvenir à Londres.

Les lettres avaient été envoyées à M. Edwards, mais il les avait transmises à Will au bout d'un mois. Elles semblaient avoir été écrites par la duchesse, et portaient sa signature à la fin. Elles étaient toujours rédigées avec des formulations telles que « Sa Grâce le duc désire » ou « Sa Grâce le duc souhaite », mais il n'avait rien reçu du duc lui-même.

La jument de Mlle Kirkpatrick choisit cet instant pour se montrer rétive. Elle s'agitait en secouant la tête. La jeune femme se pencha pour lui caresser l'encolure tout en lui murmurant des paroles apaisantes. Il lui fallut quelques instants pour calmer la jument. Quand ce fut fait, Mlle Kirkpatrick avait également recouvré sa maîtrise d'elle-même et recommençait à avancer. Will fit volter Gringolet pour cheminer à côté d'elle. Il se demandait si elle avait éperonné délibérément sa monture pour éviter de répondre à sa question.

— Inutile de vous inquiéter pour Sa Grâce, dit-elle au moment où Will décidait qu'elle allait l'ignorer. Rien ne se fait sans son approbation.

— Et il ne souhaite pas que je lui sois présenté, même brièvement ?

Elle avait retrouvé sa superbe. Elle le considéra en haussant un sourcil.

— Et pourquoi le souhaiterait-il, monsieur ?

Will garda le silence.

— On vous a engagé pour gérer ce domaine. Vous avez vous-même reconnu qu'il y a beaucoup à faire. Je vous conseille de vous y mettre au lieu de rêver d'un entretien avec Sa Grâce.

Elle lui coula un nouveau regard avant d'ajouter :

— Après votre ahurissante apparition devant la duchesse, je m'étonne que vous souhaitiez une autre entrevue du même genre.

Il pinça les lèvres. Elle savait pertinemment pourquoi il s'était présenté en livrée. Mais il entendit le message : il ne rencontrerait pas le duc. Et personne ne lui expliquerait pourquoi.

Il enfonça les talons dans le flanc de son cheval pour accélérer l'allure.

— Comme vous dites, madame.

Philippa tenait les rênes si serrées que c'était un miracle qu'Evalina ne se soit pas cabrée. Pourquoi M. Montclair voulait-il absolument rencontrer le duc ?

M. Edwards avait dû lui expliquer la situation, mais il ne devait pas le croire. À la moindre occasion, il évoquait Sa Grâce, cherchant à soutirer des renseignements dont il n'avait nul besoin. Il faudrait qu'elle dise à M. Edwards de faire passer le message avec plus de conviction.

Les choses commençaient mal. M. Montclair s'était engouffré dans Carlyle à la façon d'un ouragan, bouleversant l'équilibre établi. Il avait massacré sa première entrevue avec la duchesse. À présent, tout le monde dans le comté savait probablement qu'il s'était à demi dénudé dans la cour et avait rencontré Sa Grâce en tenue de domestique. Qu'il ait néanmoins réussi à ressembler à un capitaine de pirates dans cet accoutrement était sans doute moins connu, mais Philippa le savait, elle. Jamais personne n'aurait pu prendre cet homme pour un laquais.

Elle devait toutefois admettre qu'il semblait savoir de quoi il retournait. Ils atteignirent le premier pont au bout d'une demi-heure. C'était une solide structure en pierre qui lui paraissait parfaitement saine. Le régisseur sauta toutefois à bas de son cheval et fit plusieurs allers et retours dessus. Il retira même ses bottes et ses bas pour patauger dans la rivière et examiner les piliers.

— Je n'ai pas pensé à apporter de serviette, dit-elle comme il remontait la berge boueuse.

— Moi, si, heureusement.

Pieds nus, il rejoignit son cheval et fourragea dans sa sacoche.

— Mon aventure de l'autre jour m'a servi de leçon, ajouta-t-il avec un clin d'œil.

Philippa détourna les yeux, regrettant qu'il soit capable de la faire rougir aussi facilement. C'était probablement un libertin, un de ces débauchés londoniens qui exerçaient un puissant attrait sur les femmes innocentes qui en oubliaient toute retenue. Elle avait lu des histoires choquantes dans les journaux. Elle lui jeta un coup d'œil pendant qu'il enfilait une botte. Son regard s'attarda sur son postérieur – les basques de sa veste étaient tombées sur le côté. Elle n'avait pas pour habitude de contempler les postérieurs masculins, mais ce qu'avaient dit les filles de la buanderie devait être vrai, même s'il avait toujours son pantalon...

Elle détourna la tête en tressaillant. C'était bel et bien un diable ; il avait suffi qu'il se penche pour qu'elle, une demoiselle pudique et respectable, ne puisse s'empêcher de le contempler d'une manière inappropriée.

Il retourna à son cheval et sortit un carnet de la sacoche. Il l'ouvrit, puis commença à griffonner.

Encore.

Et encore.

— Pour l'amour du ciel, monsieur, qu'avez-vous constaté ? finit-elle par demander.

— Et vous ?

Philippa se tourna vers le pont.

— Il est vieux, répondit-elle prudemment.

— Pas tant que cela, objecta-t-il sans cesser d'écrire.

Elle fronça les sourcils et observa plus attentivement. Il s'agissait d'un simple pont de pierre doté de trois voûtes, juste assez large pour permettre le passage d'une charrette. Jadis pavé, il était à présent en terre compactée.

— Y a-t-il quelque chose de caché dessous qui a attiré votre attention ?

Il referma son carnet.

— Ce n'est pas caché. Approchez-vous davantage.

Philippa fit avancer Evalina. Elle commençait à se sentir très bête, mais elle avait beau s'approcher, elle ne voyait toujours rien d'anormal. Elle sentait son regard sur elle tandis qu'elle recherchait une faiblesse apparemment évidente aux yeux de cet homme.

Leur discussion de la veille lui revint à l'esprit. « Ce domaine est bien entretenu », avait-elle affirmé, mais elle n'avait rien trouvé à répondre lorsqu'il lui avait demandé si elle l'inspectait régulièrement.

Car ce n'était pas le cas. Elle s'occupait du château et supervisait les comptes. Elle lisait les rapports qu'Edwards adressait à la duchesse et répondait à ses questions à propos de ce qu'il y avait à faire – jamais il n'avait suggéré qu'on procède à des réparations. Elle rendait visite aux métayers chaque trimestre, et personne ne s'était jamais plaint auprès d'elle.

De toute évidence, cela ne suffisait pas ; sa défaillance avait conduit au désastre. Si elle avait pris le temps de faire le tour du domaine plus souvent, elle aurait peut-être réalisé que des travaux d'entretien étaient indispensables. Si la duchesse résistait lorsqu'il s'agissait d'innovations radicales, elle tenait à ce que les infrastructures soient bien entretenues.

Philippa réfléchit. Était-ce l'aversion de Sa Grâce pour les améliorations qui avait empêché Grimes et Edwards de les suggérer ?

Elle descendit de cheval et s'approcha du pont, déterminée à trouver ce qu'avait vu M. Montclair. Elle avait déjà trahi la confiance de la duchesse, cela ne se reproduirait plus. Elle fit courir sa main sur le parapet, et le mortier s'effrita.

— Il se désagrège !

— Un peu.

Il était juste derrière elle. Philippa sursauta. Il tendit la main et creusa un peu du bout du doigt.

— Cela peut se remplacer. Ce sont les fissures des piles qui m'inquiètent davantage.

— Les piles ?

Il appuya les coudes sur le parapet à côté d'elle et se pencha. Philippa l'imita un peu gauchement. Au-dessous, l'une des arches du pont était docilement traversée par la rivière.

M. Montclair ôta son chapeau et se pencha jusqu'à ce qu'il ait presque la tête en bas, puis il tendit le bras.

— Vous voyez ces fissures qui lézardent le côté, entre les pierres ? Je crains qu'elles ne soient profondes et ne menacent la solidité du pilier. S'il cède, tout le pont s'écroulera.

Philippa se pencha un peu plus. Ses orteils touchaient à peine le sol. Elle voyait bien les crevasses, mais jamais elle ne les aurait remarquées si on n'avait pas attiré son attention dessus.

En revanche, Grimes ou Edwards auraient dû les voir, ou au moins charger quelqu'un de vérifier ce genre de choses.

— Les archives de Grimes indiquent que seules des réparations minimes ont été effectuées au cours de ses dernières années d'exercice en tant que régisseur, dit M. Montclair. Il y a quelques années, des inondations dans le Northumberland ont balayé plusieurs ponts. Je ne veux pas que ça arrive ici.

Philippa en avait entendu parler. Cela lui avait paru apocalyptique, et très éloigné.

— Que faut-il faire ? demanda-t-elle.

Il posa le menton sur son bras et tourna la tête vers elle.

— Engager un ingénieur qui contrôlera l'ensemble des ponts, puis des géomètres experts et des ouvriers qui feront les réparations. Et il faut procéder à des inspections régulières afin de les maintenir en bon état.

Sa posture, courbé au bord d'un pont, était loin d'être digne. Ses longs cheveux s'étaient échappés de leur lien et étaient emmêlés autour de son visage. Elle aussi devait être décoiffée.

— Excellent plan, reconnut-elle. À mon avis, personne n'avait imaginé que vous devriez entreprendre d'emblée une tâche de cette envergure.

Il esquissa un sourire.

— À quoi bon attendre pour se faire remarquer ?

À quoi bon, en effet ? Sans réfléchir, elle toucha sa main posée sur le parapet.

— Merci pour votre gentillesse vis-à-vis des Smith.

Un instant, son regard croisa le sien. Il était immobile, le visage indéchiffrable. Puis il lui adressa ce sourire de pirate rusé, et ses yeux étincelèrent.

— Je ne suis donc pas qu'un imbécile bon à rien, finalement.

Philippa retira vivement sa main et se redressa. Elle lissa ses cheveux et rajusta son chapeau.

— Cela reste à voir. Je me suis contentée d'admettre que vous aviez fait preuve d'une certaine compétence, laquelle est d'autant plus bienvenue qu'elle était inattendue.

Il rit tandis qu'elle retournait vers son cheval.

— C'est la chose la plus gentille que vous m'ayez jamais dite, mademoiselle. Je chérirai ces paroles.

Philippa s'abstint de commentaire. Dès qu'elle commençait à le respecter, peut-être même à l'apprécier, il fallait qu'il gâche tout.

Evalina s'était approchée du cheval de M. Montclair, et les deux animaux paissaient côte à côte. Lorsque Philippa prit les rênes et l'éloigna, la jument secoua la tête et essaya de se rapprocher de l'étalon. Les deux chevaux hennirent avec irritation, et Philippa fulmina silencieusement. Même son cheval la narguait. Elle claqua de la langue et tira de nouveau sur les rênes. Evalina la suivit enfin en agitant la queue de façon provocante.

C'est alors que Philippa se rendit compte qu'elle avait un problème : elle n'avait ni marchepied, ni souche, ni grosse pierre à proximité.

Elle rougit. Elle pouvait certes grimper en selle, mais ce ne serait guère gracieux, et cela l'obligerait à soulever ses jupes jusqu'à une hauteur indécente. La dernière chose qu'elle souhaitait, c'était de montrer ses jambes à M. Montclair, qui ne manquerait pas d'afficher un sourire narquois.

— Nous continuons ?

Il avait rejoint son cheval, qu'il avait enfourché avec une aisance écœurante.

Philippa contempla le pommeau de la selle.

— J'arrive.

Avec un peu de chance, il partirait devant et elle pourrait monter pendant qu'il lui tournait le dos.

— Ah.

Elle entendit un bruit sourd, et le découvrit à côté d'elle.

— Un problème ?

— Pas du tout, répliqua-t-elle d'un ton tranchant. Je vais me débrouiller.

— Bien sûr. Pardonnez-moi de plaisanter. Puis-je ? ajouta-t-il après s'être raclé la gorge.

À la surprise de Philippa, il posa un genou à terre et lui tendit la main. Il lui jeta un coup et détourna le visage, mais elle avait eu le temps de le voir s'empourprer. Comme il ne bougeait pas, il tapota son genou.

— Montez dessus.

C'était la solution la plus digne. Elle rassembla ses jupes et sa cravache, agrippa le pommeau et posa le pied sur son genou avant de se hisser en selle.

— Merci, dit-elle sans le regarder tandis qu'elle arrangeait ses jupes.

— Ce fut un honneur, milady.

— Je ne suis pas une lady, dit-elle d'un ton égal en faisant avancer Evalina. N'usez pas de ce terme avec moi.

Il grimpa en selle et se mit au pas à côté d'elle.

— On m'a appris à traiter toutes les femmes comme des ladies. Je ne veux pas risquer le fouet parce que les Anglais ont des règles à propos de qui est ou n'est pas une dame.

— Qui vous fouetterait ?

— Ma mère, si elle le découvrait, répondit-il en souriant. Si je jure de ne plus jamais me montrer aussi respectueux, vous me promettez de ne pas le lui dire ?

Philippa pinça les lèvres.

— Vous prenez toujours tout à la légère, monsieur Montclair ?

— Non, je suis d'une gravité impitoyable lorsqu'il s'agit de réhabiliter ce domaine.

— Réhabiliter !

— Il a été négligé, riposta-t-il sans s'émouvoir. Je suis navré si cela vous offense, vous, le duc ou la duchesse, mais c'est la vérité. Si le duc veut quelqu'un qui lui mentira en lui assurant que tout va bien, autant me renvoyer maintenant.

Elle arrondit les yeux.

— Personne ne vous a demandé de mentir !

— Tant mieux.

Lorsqu'ils regagnèrent le château plusieurs heures plus tard, elle était plus que prête à lui dire au revoir. Il descendit de cheval et fut aux côtés d'Evalina avant qu'elle ait eu le temps de s'éloigner. Sans mot dire, elle le laissa l'aider à mettre pied à terre. Elle était de mauvaise humeur avant même qu'il lui adresse la courbette plongeante qui lui servait de révérence assortie d'un sourire arrogant. Avec un bref hochement de tête, elle tendit les rênes d'Evalina au palefrenier et entra dans le château.

Elle s'efforça de se calmer tandis qu'elle se changeait. La duchesse s'attendrait à un compte rendu de l'excursion. Que lui dire sans perdre patience et tempêter contre M. Montclair ?

Elle pouvait louer son éthique professionnelle et son énergie. En l'espace de quelques jours, il avait sillonné tout le domaine. De nombreuses personnes l'avaient salué sur leur passage, et la plupart semblaient admiratives. À chaque arrêt, il prenait des notes. Philippa avait renoncé à l'interroger, car il l'avait déjà impressionnée en remarquant des anomalies à peine perceptibles, et parce qu'elle était convaincue que, de toute façon, il ne la renseignerait pas. En outre, il admettait volontiers qu'il lui restait encore beaucoup à apprendre, bien qu'il soit manifestement très au fait des dossiers de Grimes – si clairement défaillant soient-ils.

Penser à M. Grimes la fit hésiter devant la porte du salon de la duchesse. Sa Grâce avait beaucoup apprécié cet homme, qui était arrivé à Carlyle en même temps qu'elle. Lorsqu'il avait évoqué le sujet de sa retraite, elle l'avait exhorté à rester, jusqu'à ce que sa santé l'empêche irrémédiablement de continuer à travailler. Philippa se rappela le désarroi qu'avait suscité cet événement. Elle se demandait maintenant si la duchesse n'aurait pas dû écouter le régisseur et l'autoriser à partir dès qu'il en avait émis le souhait.

Non, elle n'aborderait pas ce sujet aujourd'hui. Ce qui était fait était fait. Grimes recevait une pension confortable et vivait dans un cottage sur la côte. M. Montclair quant à lui s'attaquait aux problèmes à sa manière choquante, mais efficace. Elle frappa et entra.

— Le ciel soit loué, te voilà enfin !

La duchesse allait et venait dans la pièce en se tordant les mains.

— Entre, ma chérie.

— Que se passe-t-il ?

— La France.

Sur cette annonce tragique, Sa Grâce souleva Percival, son gros chat roux, du sofa et s'assit. L'animal se lova sur ses genoux et tendit une patte pour lui toucher le menton, ce qui lui arracha un sourire réticent.

— Mon Dieu, dit Philippa.

Sans attendre qu'on le lui demande, elle tira le cordon de la cloche. Avec des nouvelles de la France, du thé s'imposait.

— Il y a... des progrès ?

La duchesse lui adressa un regard furibond.

— Des progrès, ce serait de ne pas avoir de nouvelles du tout !

Philippa demanda à la bonne d'apporter des gâteaux supplémentaires avec le thé.

— Je savais que cela arriverait, fulmina Sa Grâce après le départ de la bonne. Je le savais ! Et cependant, M. Edwards persiste à chercher. J'espère qu'il sera content quand ce domaine sera plongé dans d'épouvantables controverses et qu'on n'y pourra plus rien faire !

— Il a donc trouvé quelqu'un ?

Il n'était pas exagéré de dire que le sort de Carlyle dépendait des nouvelles reçues de France. La duchesse savait depuis la mort de Stephen qu'il existait peut-être en France un héritier pour le duché, mais pour diverses raisons, elle avait obstinément refusé d'envisager cette possibilité.

D'une part, un successeur français ferait renaître l'un des plus gros scandales du siècle. Presque cent ans plus tôt, Frederick St. James avait épousé une héritière française, Anne-Louise de Lionne, qui avait pour marraine la reine française Marie-Thérèse. Le mariage entre la ravissante jeune fille de dix-sept ans et l'arrogant héritier du duché de Carlyle avait été arrangé dans une tentative complexe – et, s'avéra-t-il, vaine – d'apaiser des relations hostiles entre l'Angleterre et la France. Comme il était prévisible, ce fut un désastre. Anne-Louise mit au monde trois fils avant de s'enfuir et de retourner en France en emmenant le cadet, Thomas.

Frederick vilipenda sa femme, la traitant d'adultère et de voleuse avant d'interdire que l'on prononce son nom sur ses terres. Il fit même – incident tristement célèbre – fouetter plusieurs domestiques qui avaient répandu des rumeurs selon lesquelles le petit Thomas était en réalité le fils d'un diplomate français, et que Frederick avait été cocufié dans son propre lit.

La duchesse, qui avait épousé le fils aîné de Frederick, George, décrivait son beau-père comme un homme froid et dur. Elle avait confié à Philippa qu'elle avait de la compassion pour la pauvre Anne-Louise disparue depuis longtemps, qui aurait été sa belle-mère. En revanche, elle ne lui pardonnait pas d'avoir enlevé Thomas, qui était, qui que soit son père, le prochain héritier de Carlyle d'après la loi anglaise.

Personne ne l'avait vu ni n'avait entendu parler de lui depuis qu'il s'était volatilisé, quatre-vingt-sept ans auparavant. Aux yeux de la duchesse, c'était là la preuve qu'il était mort, mais M. Edwards lui avait fait remarquer maintes fois que s'il avait des descendants mâles légitimes, ils seraient également des héritiers. Qui plus est, ils supplanteraient dans l'ordre successoral les deux cousins anglais déjà retrouvés et préparés pour la succession, Andrew St. James et Maximilian St. James.

C'était la deuxième raison, et la principale, du désespoir de la duchesse. Elle avait fini par se faire à l'idée que l'un des deux St. James hériterait du titre et du domaine. Malgré son scepticisme initial quant à leurs compétences, tous deux avaient fini par l'impressionner. Un héritier français signifierait que tous ces efforts et tout le travail accompli avec eux auraient été inutiles, et ses espoirs seraient de nouveau anéantis.

La duchesse soupira et pressa les mains sur ses tempes.

— Non, pas de nouvelles convaincantes de la France. Uniquement une énième piste possible, un énième lien éventuel. À la façon d'un roulement de tambour menaçant, d'un bruit de pas qui ne se transforme jamais en un individu en chair et en os.

Elle posa Percival sur le canapé, se leva et recommença à arpenter la pièce.

— Si seulement ce pays pouvait partir en fumée !

— Non, dit aussitôt Philippa. En aucun cas.

— Non, bien sûr, je ne le souhaite pas. Tout ce que je veux, c'est une réponse définitive !

Philippa garda le silence, sachant que la duchesse voulait surtout une réponse définitive *spécifique*.

— Qu'a appris M. Edwards ?

— Lis toi-même, répondit la duchesse en indiquant une lettre posée sur la table. J'en ai assez.

Philippa la parcourut. C'était un rapport de l'enquêteur dépêché par M. Edwards en France.

— Il a survécu, dit-elle doucement, stupéfaite.

Anne-Louise était retournée chez son père avec son fils et y était restée quelques années. Sa famille avait les faveurs du roi, mais était tombée en disgrâce après la mort de Louis XIV. Anne-Louise et son fils avaient disparu pendant plusieurs années. L'enquêteur avait toutefois trouvé la preuve que le petit Thomas avait atteint l'âge adulte. Il s'était enrôlé dans un régiment de cavalerie français vers l'âge de vingt-deux ans.

— Il a survécu ! S'est-il marié ? A-t-il eu un fils ? Ce sont les seules questions qui comptent.

Le thé était arrivé pendant que Philippa lisait et la duchesse, qui s'était assise, lui tendit une tasse.

— Il faudra du temps pour le découvrir. Cela remonte à loin.

La duchesse poussa un nouveau soupir et but une gorgée de thé. Philippa replia la lettre et la posa de côté.

— Comment va le duc, ce soir ?

— Comme d'habitude, répondit Sa Grâce d'une voix tremblante.

Il serait difficile de l'apaiser, aujourd'hui.

— J'ai passé la journée avec M. Montclair, dit Philippa pour changer de sujet.

La duchesse tourna vivement la tête.

— Oui, c'est vrai. Est-il encore arrivé déguisé en je ne sais quoi ?

Philippa sourit.

— Non, il était habillé tout à fait normalement.

— A-t-il été insolent ? Je le congédierai s'il t'a manqué de respect !

— Non, madame. Nous avons vu plusieurs ponts aujourd'hui.

Elle hésita, s'exhortant à garder pour elle son agacement. La duchesse n'avait pas besoin d'autres sujets d'inquiétude, et surtout pas d'une nouvelle dispute avec M. Edwards concernant le régisseur.

— Je crois qu'il est consciencieux et scrupuleux. Il craint que certains éléments du domaine n'aient pas été suffisamment entretenus, et souhaite y remédier aussi vite que possible.

— Pas suffisamment entretenus ? Par exemple ?

— Un pont s'est écroulé, rappela Philippa. Il est difficile de le contester. Je suis certaine que M. Montclair se présentera demain avec une liste détaillée.

La vieille dame poussa un soupir.

— Sans aucun doute. Et quand il aura tout remis en ordre, un Français viendra et prendra tout.

— Daadee, dit Philippa en venant s'asseoir près d'elle, ne nous inquiétons pas avant que ce soit nécessaire.

La duchesse se tordit les mains.

— Je crains que ce jour n'approche plus vite que prévu, Pippa.

8

Will découvrit bientôt que les ponts n'étaient que le début de ce qui méritait d'être remis en état à Carlyle.

Plusieurs routes étaient dangereuses à cause des ornières et de la végétation envahissante. Tout le système de drainage du moulin était à réviser, les maisons des métayers avaient besoin de nouvelles toitures, de nouvelles cheminées, de nouveaux puits. Par moments, il avait l'impression de surgir au milieu d'une propriété restée en sommeil depuis trente ans. Ce qui le plongeait dans des abîmes de perplexité.

Il dénicha une grande carte du domaine qu'il afficha au mur. Il y épingla des notes là où des travaux étaient nécessaires. Il engagea un assistant, le benjamin du meunier, qui était doué pour les chiffres et écrivait très proprement. Il demanda à Josiah de parcourir les rapports de M. Grimes à la recherche de réparations ou d'améliorations qui auraient été sollicitées et jamais exécutées, ajoutant ces précisions sur sa carte à mesure que Josiah les découvrait. Bientôt, la carte fut couverte de notes, certains endroits en exhibant trois ou quatre.

Préparer son rapport sur les ponts pour la duchesse l'obligea à veiller tard, de même que vérifier et revérifier ses notes ainsi que les divers documents laissés par l'ancien régisseur. Il fit en sorte de se présenter dans ses propres habits, impeccable, et en avance.

M. Edwards l'examina d'un œil sévère avant de se détendre un peu.

— Je suis soulagé de voir que vous n'avez croisé aucun cataclysme en chemin, monsieur Montclair.

— Moi aussi.

Cette fois, il était beaucoup mieux préparé. Une lingère avenante avait répondu de bonne grâce à ses questions lorsqu'il lui avait apporté ses vêtements à laver, il savait donc à présent que la duchesse avait été une grande héritière, qu'elle avait bon cœur bien qu'il lui arrive parfois de s'emporter, et qu'à Carlyle, sa parole faisait loi. Il apprit également qu'on ne voyait jamais le duc, mais que la duchesse l'adorait. Daisy avait volontiers confessé qu'elle ne l'avait pas vu depuis au moins deux ans.

— Je crois qu'il est de santé fragile, avait-elle dit d'un ton de conspiratrice. D'après Phyllis, il ne peut pas marcher et il a besoin d'un de ces fauteuils à roulettes.

Will réfléchit à tout cela tandis qu'il suivait Edwards dans les couloirs. Aujourd'hui, il avait tout loisir d'observer les lieux, depuis les lambris ornementés recouvrant la partie inférieure des murs jusqu'aux gigantesques tapisseries suspendues au-dessus. Les sols étaient recouverts de carrés de marbre noir et blanc ou de parquet ciré. D'épais et somptueux tapis en couvraient d'immenses étendues. Quelque chose lui disait qu'il n'avait vu qu'une fraction de la splendeur du château.

Cette fois, Edwards l'emmena dans une autre direction.

— C'est la salle des Tapisseries, lui annonça-t-il lorsqu'il s'arrêta devant une porte fermée. L'une des pièces préférées de la duchesse. C'est probablement bon signe qu'elle ait souhaité vous recevoir ici aujourd'hui.

Will sourit.

— C'est probablement bon signe qu'elle me reçoive tout court.

Edwards réprima un sourire.

— Tout à fait, monsieur.

Il carra les épaules et frappa. Presque aussitôt, un laquais ouvrit la porte, les fit entrer avant de s'éclipser discrètement.

Cette pièce était plus petite, plus intime, mais non moins impressionnante que le salon. Les murs étaient en effet recouverts de tapisseries qui parurent anciennes aux yeux de Will. Des chevaliers à cheval se livraient à des joutes et chassaient le cerf sous le regard de dames portant des voiles. Des léopards et des roses, dont Daisy lui avait dit que c'étaient les insignes de Carlyle, étaient omniprésents, ce qui signifiait que les tapisseries avaient été créées pour la famille. Les hautes fenêtres étaient ornées de vitraux qui jetaient des reflets de lumière chatoyants, décuplés par l'immense trumeau au-dessus de la cheminée. Le mobilier était élégant, quoique moins formel que dans le salon. Le thé attendait déjà sur la table.

Comme la dernière fois, Mlle Kirkpatrick et la duchesse l'attendaient debout. La duchesse était vêtue du même genre de tenue. Mlle Kirkpatrick portait une rangée de perles assorties d'un pendentif autour du cou, et une robe vert pâle qui semblait douce et vaporeuse, et donnait l'impression qu'il serait très agréable de la tenir dans ses bras.

Will s'arracha à sa contemplation, troublé par cette pensée. Il s'inclina profondément devant la duchesse pendant qu'Edwards saluait les dames. Cette fois encore, il prit le siège situé en face de Sa Grâce, tandis que Mlle Kirkpatrick et Edwards se plaçaient discrètement mais résolument de côté. La jeune femme servit le thé.

— Comment avez-vous trouvé les ponts ? s'enquit Sa Grâce en le fixant de ses petits yeux sombres.

— Ils ont tous besoin de réparations, à des degrés divers.

Elle prit une brève inspiration. Will l'ignora et posa sa tasse intacte sur la table avant d'ouvrir son carnet.

— Je souhaiterais qu'un arpenteur-géomètre et un ingénieur les évaluent afin d'avoir une estimation plus détaillée.

Il lui tendit la liste qu'il avait préparée.

La duchesse la contempla comme si elle risquait de la mordre. Mlle Kirkpatrick se pencha pour prendre la feuille. Un pli soucieux lui barra le front tandis qu'elle la lisait. Will s'éclaircit la voix.

— Outre les ponts, d'autres parties du domaine sont préoccupantes. J'ai commencé un relevé. Entre les routes, le moulin et les fermes, il faudra des fonds pour apporter les rénovations nécessaires.

— Les rénovations !

— Oui, madame.

— Je ne vous ai pas demandé de rénover, dit la duchesse d'un ton sec. Uniquement de réparer.

Will soutint son regard sans ciller.

— Ce serait une perte de temps et d'argent que de réparer les installations actuelles plutôt que de les moderniser.

Elle étrécit les yeux, et le regard qu'elle adressa à M. Edwards était positivement venimeux. Elle but une gorgée de thé et ne dit rien.

— Assurément, ce ne serait pas une perte, intervint Mlle Kirkpatrick en insistant discrètement sur le dernier mot. Peut-être… inefficace ?

— Éminemment inefficace.

Il devina que sa remarque était destinée à la duchesse et adopta sa stratégie.

— Ce serait aussi coûteux. S'il s'agissait de mon domaine, je ne dépenserais jamais autant sans escompter des améliorations conséquentes.

La vieille dame produisit un petit bruit scandalisé.

— Il ne s'agit *pas* de votre domaine, dit-elle froidement, mais de celui du duc, qui ne souhaite faire que des réparations.

Mlle Kirkpatrick soupira et ferma les yeux un instant. Elle replia la liste et la lui rendit. Will la dévisagea. Était-ce toute l'attention qu'on allait lui accorder, après avoir passé trois jours pour la mettre au point ? Apparemment. Il glissa le papier dans son carnet, qu'il referma sèchement.

— Fort bien. Si c'est tout ce que vous souhaitez faire, c'est tout ce que je ferai.

La duchesse le considéra d'un air soupçonneux.

— Et ?

Il jeta un coup d'œil à Mlle Kirkpatrick dans l'espoir qu'elle l'aiderait, mais elle se contenta de lui adresser un regard maussade.

— Et… quoi, madame ?

— Est-ce tout ?

Un instant, ils s'affrontèrent en silence. Will n'avait aucune idée de ce qu'elle souhaitait entendre.

— Oui, répondit-il enfin. Si vous ne désirez pas discuter d'améliorations, il n'y a rien à ajouter.

Elle tourna un regard mécontent vers l'avoué.

— Monsieur Edwards, deux mots. Monsieur Montclair, vous pouvez partir.

Il crut un instant qu'elle voulait dire définitivement, mais Mlle Kirkpatrick lui indiqua la porte du regard. Espérant qu'elle avait l'intention de plaider sa cause, Will se leva, s'inclina et sortit.

Dans le couloir, il poussa un soupir exaspéré. Pas d'améliorations. Uniquement des réparations. C'était ridicule ! À quoi bon nettoyer les fossés de drainage, alors qu'il suffisait de quelques travaux pour en aménager d'autres, beaucoup plus adaptés ? Tant pis, après tout, s'il se faisait renvoyer et retournait à Londres avant la date prévue…

La porte se rouvrit dans son dos. L'espace d'un instant, il entendit la voix de la duchesse, visiblement en colère.

— ... pas ce que nous avions convenu ! J'avais demandé un homme raisonnable et mûr, et vous m'amenez cet individu...

Mlle Kirkpatrick referma la porte. Elle avait les joues joliment empourprées. Maintenant qu'il était sur le point d'être renvoyé, il n'y avait pas de mal à apprécier son charme.

— Avez-vous écouté un seul mot de ce que je vous ai dit l'autre jour ?

Seigneur, c'était la colère qui lui colorait les joues.

— J'ai écouté tous les mots, madame.

— Je vous ai conseillé de ne pas vous montrer impertinent avec Sa Grâce, vous vous en souvenez ?

Il se redressa, piqué au vif.

— En quoi ai-je été impertinent ? Je lui ai fourni le rapport qu'elle m'a demandé, et elle l'a écarté sans même y jeter un coup d'œil.

— Je l'ai lu !

— Et vous ne lui avez pas trouvé d'intérêt.

Elle rougit de plus belle.

— C'est faux.

— Quoi qu'il en soit, ce n'est de toute évidence pas vous qui prenez les décisions. « Il ne s'agit pas de votre domaine, mais de celui du duc, imita-t-il. Uniquement des réparations. »

Mlle Kirkpatrick serra les poings.

— J'ai essayé de vous montrer comment présenter les choses judicieusement à Sa Grâce, mais apparemment vous n'avez besoin d'aucun conseil !

Elle avait raison. Will commençait à regretter de ne pas avoir pris davantage de pincettes. Il tapota son carnet contre sa cuisse.

— Pourquoi ne peut-on rien améliorer ?

Elle prit une profonde inspiration.

— Sa Grâce a été désarçonnée quand vous avez affirmé que presque tout avait besoin de réparations et d'améliorations. Je vous avais mis en garde…

— Oui, fit-il avec un hochement de tête. Oui, c'est vrai. J'aurais dû vous écouter. Je vous prie de m'excuser.

Cela parut désamorcer partiellement sa colère. Ses joues étaient toujours roses, mais son visage se détendit et elle lissa ses jupes. Sans réfléchir, Will contempla ses mains. Sentant qu'il allait se faire renvoyer – c'était peut-être déjà fait, et Edwards sortirait pour lui annoncer la nouvelle –, il n'avait rien à perdre à admirer une dernière fois Mlle Kirkpatrick.

— La duchesse a beaucoup de sujets d'inquiétude, reprit celle-ci. Vos informations l'ont prise de court, non seulement pour ce qu'elles impliquent, mais parce qu'elles signifient que les personnes en qui elle avait toute confiance n'ont pas été à la hauteur.

Toujours agacé, toujours désespérément fasciné par la jeune femme qui se tenait devant lui, Will haussa les épaules.

— Pour être franc, j'ai plutôt sous-estimé la situation. C'est comme si tout le domaine était resté figé dans l'état où il était il y a trente ans.

Curieusement, elle ne discuta pas.

— À quel point les choses ont-elles pu se détériorer ? demanda-t-elle. Peut-être, dans le processus de réparation, pourrait-on apporter quelques modernisations qui… eh bien, ne se verraient pas trop.

— Êtes-vous en train de suggérer que j'agisse contre les ordres exprès de Sa Grâce ?

À travers la porte, il entendait la voix courroucée de la duchesse qui s'en prenait à l'avoué – ou plus exactement, à lui, par procuration.

— On ne me renvoie pas suffisamment vite à votre goût ?

Un éclair de colère s'alluma dans ses pupilles, mais une femme de chambre choisit ce moment pour passer. Elle s'arrêta brièvement pour s'incliner, et Mlle Kirkpatrick hocha la tête en réponse. Dès que la domestique eut disparu, elle fit signe à Will de la suivre dans une alcôve dont la fenêtre donnait sur le parc.

— Lui dire qu'il faut apporter des améliorations sonne comme un reproche, c'est une façon de dire qu'elle a laissé Carlyle se dégrader, expliqua-t-elle à voix basse. Vous devez formuler les choses différemment. Elle n'est pas têtue, juste réticente.

— Réticente ? Elle est en train de passer un savon mémorable à Edwards. Mademoiselle Kirkpatrick, vous devez admettre qu'il ne s'agit pas d'une simple réticence.

Avec un geste irrité de la main, elle répliqua :

— Vous pourriez vous faciliter considérablement la vie en essayant de la comprendre, monsieur.

Il la dévisagea.

— Comment diable suis-je censé accomplir un tel exploit ? J'ai passé moins d'une heure en sa présence et j'ai dû me défendre en permanence.

Elle poussa un soupir et fronça les sourcils.

— Je vais devoir vous l'apprendre.

Will se raidit.

— Je vous en prie, ne vous sentez pas obligée. Si le duc est mécontent de mon travail, je suis prêt à en assumer les conséquences.

Elle lui adressa un regard noir.

— Voilà, dit-elle en pointant le doigt sur lui. Cela, par exemple. Toujours faire allusion au duc alors que c'est à la duchesse que vous devez rendre des comptes.

Il se pencha vers elle.

— Et pourquoi cela ?

Sans se laisser impressionner, Mlle Kirkpatrick répondit :

— Vous n'avez aucune raison de le rencontrer. Tout ce que fait la duchesse, c'est à la demande de Sa Grâce, et avec son approbation explicite. Vous comprenez ?

C'est alors que Will eut une révélation : le duc ne souffrait pas seulement physiquement, mais aussi mentalement. Il hocha la tête.

— Vous n'êtes ici que depuis quelques jours et vous avez déjà déclaré que le domaine a été sérieusement négligé.

— C'est la vérité.

— Monsieur Montclair ! explosa-t-elle. Vous n'avez donc ni tact ni bonnes manières ?

Il esquissa un sourire contrit.

— Vous parlez comme ma mère.

— Je... Quoi ?

Bouche bée, elle haussa les sourcils.

— Je comprends ce que vous voulez dire, la rassura-t-il. J'aurais pu m'y prendre autrement. J'admets avoir été...

Stupéfait. Indigné. Furieux.

— ... surpris que la gestion d'un domaine ducal de cette taille laisse autant à désirer. Il ne s'agit pas d'argent, comme je l'ai constaté à Londres lorsque M. Edwards m'a enseigné les rouages de la comptabilité du patrimoine. Je vois maintenant qu'il ne s'agit pas non plus de désintérêt. Il ne reste donc que l'ignorance, non ?

Elle se contenta de le dévisager, sans cesser d'afficher cette expression déconcertée qui le fascinait.

— La duchesse ignore l'ampleur de ce laisser-aller, dit-il doucement. Bien sûr que ce n'est pas sa faute. Quelqu'un - Grimes ou Edwards, je ne sais pas - a dû lui assurer que l'on s'occupait de tout, alors que ce n'était pas le cas.

— Oui, dit-elle. C'est cela.

Will haussa les épaules.

— Je n'ai aucune idée des motivations de Grimes, quant à Edwards, il ne vit pas ici. Encore maintenant, il retourne à Londres tous les quinze jours. Je présume qu'il n'habitait pas ici avant de m'engager.

— Non, dit-elle après une longue pause. Il venait fréquemment, mais pour d'autres raisons.

Will s'interrogea sur ces raisons. Des problèmes juridiques ?

— Et si nous décidions d'une trêve, mademoiselle Kirkpatrick ?

Il la sentit se raidir.

— Dans l'intérêt de Carlyle, ajouta-t-il. J'étais sincère tout à l'heure. C'est ridicule de réparer des choses qui peuvent être améliorées pratiquement avec le même budget.

Il hésita.

— Je suppose que le duc ne connaît pas ces méthodes nouvelles qui sont plus efficaces, et peut-être cela empêche-t-il la duchesse d'approuver les rénovations.

Le regard qu'elle lui adressa était étrange : toujours méfiant, mais aussi scrutateur, comme si elle se demandait dans quelle mesure elle pouvait lui faire confiance.

Will écarta les bras.

— Quelle entourloupe craignez-vous de ma part ?

— Une escroquerie, je suppose.

— Vous croyez qu'Edwards ne réclamera pas des comptes pour chaque shilling dépensé ? s'esclaffa-t-il avant de reprendre son sérieux pour ajouter : On m'a engagé pour accomplir une mission. À présent, on m'ordonne ne pas l'exécuter du mieux que je peux. Que feriez-vous à ma place ?

Elle le regarda sans ciller. La mèche noire tombant sur son épaule brillait à la lumière du soleil et sa robe d'un bleu des mers du Sud chatoyait. De près, il s'aperçut que son collier n'était pas un simple pendentif mais un disque de métal en or délicatement filigrané.

— À votre place, j'essayerais quand même de faire de mon mieux, répondit-elle finalement. Sachant que mon employeur risque de ne pas remarquer les améliorations mineures ou moins évidentes effectuées dans le cadre des réparations. Je présenterais ces améliorations comme d'heureuses découvertes.

— Vous pensez donc que je devrais agir sans son approbation.

Elle leva le menton.

— La duchesse a donné son accord explicite pour procéder à des réparations.

— Hmm.

Will se demanda jusqu'à quel point la jeune femme s'immisçait dans les échanges de la duchesse.

— Et si elle découvre que j'ai autorisé une réparation qui, techniquement, consisterait en un remplacement complet de l'élément en question ?

Mlle Kirkpatrick inspira profondément, gonflant sa poitrine. Will se força à garder les yeux sur son visage. S'il n'était pas renvoyé, finalement, mieux valait garder ses distances.

— Vous pourriez dire… qu'il y a eu des difficultés d'approvisionnement en matériaux, de sorte que d'autres, différents et nouveaux, devront faire l'affaire.

Elle marqua une pause, mais Will ne dit rien.

— Ou peut-être… si vous estimez que, par exemple, un pont doit être entièrement reconstruit, vous pourriez dire que les ouvriers ne savent pas bâtir autrement que dans le style actuel.

— Je vois, dit-il. Appeler tout et n'importe quoi une réparation.

— Quelque chose dans ce goût-là. Je suppose que je pourrais… vous conseiller…

Derrière eux, une porte s'ouvrit et se referma. Will se retourna, M. Edwards approchait. Mlle Kirkpatrick recula d'un pas.

— Veuillez m'excuser, messieurs…

Will leva la main.

— Restez, s'il vous plaît. Alors, demanda-t-il à l'avoué qui les rejoignait, comment se présente mon destin, monsieur ?

— Pas très bien, je le crains.

Il sourit.

— Je suis renvoyé ?

— Non, fit Edwards en le foudroyant du regard.

— Vous m'en voyez stupéfait.

— Pas autant que moi, marmonna Edwards. Puis-je vous dire un mot, mademoiselle Kirkpatrick ? ajouta-t-il en esquissant un sourire.

— Bien sûr, répondit-elle, visiblement soulagée.

Will s'inclina et se détourna pour partir.

— Monsieur Montclair, l'interpella Mlle Kirkpatrick, si cela ne vous ennuie pas, j'aimerais continuer à m'occuper du jardin de Stone Cottage.

— Vous ne m'ennuyez jamais, assura-t-il. J'en serais absolument enchanté, mademoiselle Kirkpatrick.

— Merci. Je passerai demain matin, dit-elle avec un regard entendu.

Pour le « conseiller » au sujet de la duchesse. Dissimulant un sourire, Will s'éloigna.

Philippa espéra qu'il l'avait comprise. Ce n'était pas parce qu'il n'avait pas été renvoyé aujourd'hui que la duchesse n'envisagerait pas de le faire demain. Ce qu'elle ne souhaitait pas voir arriver, réalisa-t-elle non sans surprise.

Elle essaya de chasser cette pensée et se tourna vers M. Edwards. Il semblait en colère, et jeta un coup d'œil par-dessus son épaule pour être certain que M. Montclair était parti avant de déclarer :

— Je dois vous demander une faveur, mademoiselle Kirkpatrick.

— Elle voulait le congédier, n'est-ce pas ?

— En effet, soupira-t-il. C'est ma faute. Je lui ai enseigné tout ce qu'il y avait à savoir quant aux affaires du domaine, mais je ne lui en ai pas dit assez concernant la famille qui en est propriétaire. Je dois remédier à cela au plus vite.

Philippa savait ce qu'il allait lui demander.

— Peut-être puis-je me rendre utile.

La gratitude éclaira le visage de l'avoué.

— Ma chère mademoiselle Kirkpatrick, c'est exactement ce que j'espérais. Nul n'est mieux placé que vous pour lui expliquer les choses.

— À votre avis, pourquoi est-il aussi direct ? Est-ce parce qu'il est américain ?

Philippa n'avait jamais vu personne déclarer effrontément à la duchesse qu'elle se trompait.

— Je ne sais pas, avoua Edwards en soupirant de nouveau. Cependant… Sa Grâce endure énormément d'épreuves en ce moment. J'aurais dû demander à M. Montclair de faire preuve de délicatesse.

Philippa se raidit. La duchesse n'était pas fragile.

— Je lui parlerai, en espérant qu'il sera réceptif. Je ne pense pas que ce soit un imbécile.

— Loin de là, dit M. Edwards. Merci, mademoiselle Kirkpatrick.

Philippa regagna la salle des Tapisseries. La duchesse se tenait devant la fenêtre, une tasse de thé entre les mains.

— Êtes-vous tous tombés d'accord pour décréter que je suis folle ? demanda-t-elle avec humeur.

— Bien sûr que non, répondit Philippa en la rejoignant. Vous n'avez même pas lancé le service à thé à la tête de qui que ce soit.

Un sourire réticent adoucit son visage maussade.

— Ce serait dommage !

Elle inclina la tasse étincelante. Maximilian St. James, l'un des héritiers, lui avait offert ce service et elle l'aimait beaucoup.

— Si vous voulez mon avis, je crois que le défaut de M. Montclair tient à son impatience, déclara Philippa. Je pense qu'il veut bien faire.

— En démolissant tout pour *améliorer*, marmonna la duchesse.

— Ma foi, s'il existe un meilleur moyen de faire les choses, pourquoi ne pas saisir l'occasion ? À plus forte raison si ce qui est ancien est en piètre état.

— L'ancien a fait ses preuves depuis des décennies. Contrairement au nouveau.

— En effet, concéda Philippa, prudente. En même temps, on peut bénéficier de nouvelles méthodes. Ces tasses à thé ont été recouvertes d'une glaçure qui n'existait pas avant que Bianca St. James l'invente. Les nouvelles routes sont beaucoup plus lisses, et bientôt des canaux apporteront le charbon de tout le pays. C'est indéniablement un progrès, non ?

La duchesse renifla.

— Tu es en train de dire que je suis une vieille dame timorée.

— Non, protesta Philippa.

— Ma foi, c'est le cas, je suppose. Laissons le capitaine ou à Maximilian le soin de décider des améliorations. Ou le Français, si c'est lui l'héritier ! Qu'il s'occupe de M. Montclair.

La duchesse retourna s'asseoir en poussant un soupir.

— Vous seriez rassurée si je gardais un œil sur lui ?

C'était l'intention de Philippa de toute façon, mais elle ne voulait pas le faire à l'insu de la duchesse.

Cette dernière leva les yeux au ciel.

— Ma chère enfant, je ne souhaiterais imposer cela à personne.

— Cela me fait plaisir, assura Philippa en riant. Cela m'aiguisera l'esprit.

Elle avait parlé d'un ton léger, mais Sa Grâce releva la tête, soudain alerte.

— Oui, c'est peut-être une bonne idée. Et quand tu iras à Londres, tu seras habituée à affronter les canailles impertinentes.

Philippa tressaillit à l'évocation de la capitale, où la duchesse lui avait suggéré d'aller chercher un mari. « Tu dois penser à ton avenir, lui disait-elle régulièrement, et à fonder un foyer. »

Car bien sûr elle ne pourrait pas rester indéfiniment à Carlyle. À la mort du duc, quelqu'un d'autre prendrait possession des lieux : le capitaine St. James, vraisemblablement, peut-être Maximilian. La duchesse quitterait le château, et elle l'accompagnerait sans doute, mais Daadee avait soixante-seize ans. Un jour ou l'autre, Philippa n'aurait plus ni foyer ni famille.

Elle ne serait pas pauvre. Son père lui avait laissé une somme respectable, et la duchesse avait déclaré qu'elle comptait lui léguer sa fortune personnelle. Elle aurait donc les moyens de s'offrir une maison.

En revanche, elle n'aurait pas de famille. Elle avait perdu sa mère, son père, sa belle-mère… La santé du duc était précaire, et la duchesse était âgée. Elle aurait voulu s'accrocher à eux de toutes ses forces, ne jamais les quitter, et certainement pas pour un libertin londonien – qui au demeurant devrait être aveuglé par son argent pour passer outre son teint si peu anglais.

— Oui, dit-elle en s'obligeant à sourire. Je suppose que j'irai à Londres un jour ou l'autre.

Cela ferait plaisir à la duchesse qu'elle abonde en son sens, et entre M. Montclair et les nouvelles inquiétantes reçues de France, la duchesse avait besoin de raisons de se réjouir.

Son visage s'éclaira notablement.

— Je vais écrire à lady Beauchamp pour organiser ta visite.

— Vous ne viendrez pas avec moi ? s'étonna Philippa.

— Je dois rester ici pour m'occuper de Johnny. Tu seras entre de bonnes mains avec Diana. Elle connaît tout le monde en ville, ainsi que les meilleurs modistes.

Diana, comtesse douairière de Beauchamp, avait été la meilleure amie de la belle-mère de Philippa. Si celle-ci devait quitter la duchesse, c'était auprès de tante Diana qu'elle souhaitait aller.

— Je serais ravie de la revoir.

— Parfait ! Oh, ma chérie, cela me ferait tellement plaisir de te voir mariée et heureuse !

Les yeux de la vieille dame s'embuèrent.

— J'aimerais plus que tout danser à ton mariage.

— Je ne me marierai que si vous me promettez de le faire, répliqua Philippa avec une sévérité feinte.

La duchesse s'esclaffa. Elle ne riait guère ces derniers temps, et le cœur de la jeune femme se dilata. Elles parlèrent de Londres, et Philippa déclara à la duchesse qu'elle allait lui commander une robe afin qu'elle la porte à son mariage, ce qui fit rire cette dernière de bon cœur.

C'est alors que Philippa se fit deux promesses : premièrement, elle irait à Londres. Elle avait beau n'en avoir aucune envie, qu'elle trouve un mari comblerait la duchesse de joie, et il serait égoïste de la priver de cette joie.

Deuxièmement, elle allait transformer William Montclair en un régisseur convenable et respectueux qui ne contrarierait plus jamais la duchesse.

9

Le jardin était un prétexte idéal pour se rendre à Stone Cottage. Mme Grimes, qui aimait beaucoup jardiner, avait tout appris à Philippa. Lorsque les Grimes avaient quitté Carlyle, Philippa avait promis de ne pas laisser la place aux mauvaises herbes.

Ces deux dernières années, c'était devenu sa petite charmille personnelle. La maison lui offrait un refuge paisible à l'écart du château. En descendant la colline avec la calèche, elle se prépara à la trouver changée.

Elle constata avec plaisir qu'il n'en était rien. Les fenêtres et la porte étaient ouvertes et les rideaux flottaient dans la brise. Une odeur de pâtisserie lui parvint tandis qu'elle serrait le frein, et elle la huma avec bonheur. Mme Blake était une excellente cuisinière. Ragaillardie, Philippa espéra que peut-être on l'inviterait à boire le thé.

Après être allée saluer Mme Blake et Camilla, elle se mit au travail. Le jardinage avait quelque chose de réconfortant et de gratifiant. Les tulipes ne la taquinaient jamais, les clématites ne la mettaient jamais en colère.

Une bonne heure plus tard, elle s'occupait de la partie située sur le côté de la maison lorsqu'elle découvrit une chose qui n'avait rien à faire là. Un morceau de bois peut-être, se dit-elle jusqu'à ce qu'elle le remue avec sa binette.

Elle plissa le nez. C'était un trognon de pomme. Et – elle commença à compter – il y en avait beaucoup. Certains étaient racornis et marron, d'autres plus récents. Ils étaient tous assaillis par les insectes.

Juste en dessous d'une fenêtre ouverte.

Philippa se redressa. Mme Blake lui avait dit qu'il travaillait dans le bureau, et elle le vit à l'intérieur, occupé à écrire.

— Monsieur Montclair.

Il fit la sourde oreille.

— Monsieur Montclair !

— Oui ? dit-il sans cesser d'écrire.

— Êtes-vous responsable de ceci ? demanda Philippa avec irritation en brandissant un trognon de pomme.

— Sans doute, répondit-il distraitement.

Le trognon vola avant même qu'elle se rende compte de ce qu'elle faisait. Il rebondit sur un coin du bureau et roula sur son papier.

— Ma parole, vous venez de me lancer quelque chose ? s'écria-t-il.

Son ton offusqué lui fit oublier sa stupeur en réalisant qu'elle lui avait jeté un trognon de pomme.

— En effet, confirma-t-elle en levant le menton.

— Pourquoi ?

— Pourquoi y a-t-il une douzaine de trognons de pomme dans mon jardin ? s'indigna-t-elle en en ramassant un autre.

Il se détendit. Ce scélérat se permit même de lui sourire.

— C'est *mon* jardin, si vous tenez à être précise.

Cette fois, elle jeta le trognon de pomme volontairement, et il l'esquiva juste à temps.

— Arrêtez ! cria-t-il.

Elle en lança un autre.

— On ne jette pas ses trognons de pomme par la fenêtre !

Il les esquiva tout en se protégeant la tête avec ses bras.

— Qu'est-ce qui vous prend ?

— Le jardin est envahi d'insectes à cause de vous !

Il la fusilla du regard, et avant qu'elle ait compris ce qui lui arrivait, elle reçut une poignée de noix.

— Vous m'avez jeté des noix à la figure ! s'écria-t-elle.

Il marqua une pause. Les mains sur les hanches, il contempla le saladier posé à côté de son bureau.

Les yeux de Philippa passèrent des noix gisant dans la poussière à l'homme qui refusait de croiser son regard. En vérité, on aurait dit qu'il rougissait. Elle se mit à rire, et fut très vite incapable de s'arrêter.

— Je suis désolée, haleta-t-elle entre deux éclats de rire.

Elle dut s'appuyer contre le mur de la maison, la main plaquée sur l'estomac.

— Oh mon Dieu…

Il se pencha par la fenêtre en fixant d'un air menaçant les noix éparpillées.

— Elles n'étaient pas belles, celles-là, décréta-t-il, déclenchant un nouveau fou rire chez Philippa.

Quand elle se fut suffisamment calmée pour parler, il la regardait, les coudes sur le rebord de la fenêtre, un sourire penaud aux lèvres.

— Nous sommes quittes pour un match nul ?

Essoufflée, elle s'éventa de la main et secoua la tête.

— Pas question ! Vous me causez une grosse charge de travail, maintenant que les escargots et les fourmis ont infesté cette section, et de surcroît vous avez gâché des noix délicieuses.

— C'est vrai, reconnut-il en se frottant la mâchoire. Je devrais décider de recevoir vingt coups de fouet.

Il hésita.

— Il reste des noix dans le saladier. Voulez-vous entrer et leur épargner ma colère ?

— Volontiers, dit-elle en retirant ses gants de jardinage. J'avais l'intention de me faire inviter à boire le thé.

Il rit.

— Je vais demander à Mme Blake d'en préparer.

Philippa fit le tour du jardin. Elle repéra un autre trognon de pomme dans le réséda et le jeta dans son seau, avec les branches mortes et les mauvaises herbes. Elle l'imaginait sans peine assis à son bureau et jetant négligemment les trognons de pomme par la fenêtre. Elle secoua la tête et contourna la maison. Il était déjà dans la cuisine.

— Et du thé, disait-il au moment où elle atteignait la porte.

— Du thé, monsieur ? répéta Mme Blake, stupéfaite.

— Pour Mlle Kirkpatrick.

Des voix s'exclamèrent, comme si cela expliquait tout :

— Aaah !

M. Montclair se retourna et découvrit Philippa sur le seuil.

— Par ici, dit-il en indiquant la maison. Camilla va apporter un plateau.

Philippa lui emboîta le pas. À sa grande surprise, un jeune garçon se leva de derrière un étroit bureau lorsqu'ils pénétrèrent dans le vestibule. Petit, mince, il avait des cheveux bruns ébouriffés.

— Madame… Mademoiselle, dit-il, s'inclinant en hâte.

— Josiah, j'ignorais que vous travailliez pour M. Montclair.

Il jeta un coup d'œil nerveux au régisseur.

— C'est bon, Josiah, ça ira pour aujourd'hui, dit ce dernier.

Après s'être de nouveau incliné, le garçon fila vers la cuisine.

Philippa retira son chapeau et pénétra dans le bureau. Sur le mur d'en face, juste à côté de la fenêtre, une immense carte était accrochée, sur laquelle étaient épinglés une multitude de petits morceaux de papier.

— Qu'est-ce que c'est ?

— Carlyle, répondit-il en s'immobilisant près d'elle.

— Je sais, dit-elle. Mais ceci ?

Il garda le silence. Philippa s'approcha pour lire ce qui était écrit sur les bouts de papier.

— Revoir chaume toitures, réparer conduits de cheminée, reconstruire clôtures, murmura-t-elle. Ce sont les travaux à faire ?

— Oui.

Elle promena le regard sur la carte.

— C'est... c'est à ce point ? demanda-t-elle, interdite.

Certaines notes semblaient mineures – *fenêtres fissurées* –, mais d'autres étaient importantes – *drainage de tous les champs*.

Il haussa les épaules.

— Faire tout cela prendra des mois, mais je voulais une inspection exhaustive.

— Et Josiah Welby ?

— Il m'aide à recueillir et à classer les rapports des métayers.

Philippa acquiesça en silence, impressionnée par la quantité de notes.

— Voulez-vous aller dans le parloir... euh, le salon ? proposa-t-il. Je suppose que c'est l'endroit convenable pour prendre le thé.

— Oh, non, nous sommes très bien ici.

Elle était hypnotisée par cette carte. Elle contourna le grand bureau et tira une chaise. M. Montclair se rassit à sa place et écarta un trognon de pomme égaré sur le plateau.

— Je suis désolée, dit-elle en se sentant rougir.

— Désormais, je veillerai à les jeter dans la cheminée.

— Ils attirent les insectes, or les insectes dévorent les plantes.

— Toutes mes excuses au jardin, et à la jardinière.

Son plateau entre mes mains, Camilla hésita sur le seuil jusqu'à ce que M. Montclair lui fasse signe d'entrer. Elle le posa sur la table, et Philippa étouffa un cri.

— Oh, Seigneur !

— Oui, mademoiselle. Mme Blake s'est rappelé que vous adoriez cela. Elle a commencé à en préparer dès que vous êtes arrivée.

— Vous lui transmettrez mes remerciements les plus chaleureux.

Camilla rougit, fit une révérence et disparut.

Philippa surprit M. Montclair en train d'observer le plateau chargé de petites boules brillantes.

— Je n'ai jamais rien mangé de plus délicieux, affirma-t-elle avant d'en déposer une sur une assiette qu'elle lui tendit.

— Vraiment ? fit-il en haussant un sourcil.

Elle attendit qu'il y goûte et sourit triomphalement quand il arrondit les yeux. Elle se servit à son tour. Ces petits beignets étaient parfumés à la cardamome avant d'être enrobées de sirop à l'eau de rose.

— Qu'est-ce que c'est ? voulut savoir M. Montclair.

— Des *gulab jamun*. Ma mère était indienne, et mon père disait qu'elle adorait cela. Moi aussi, d'ailleurs. Quand nous sommes arrivés en Angleterre, mon ayah m'en a confectionné. Elle a donné la recette à Mme Blake avant de retourner en Inde.

Avec un sourire mi-figue mi-raisin, elle ajouta :

— Asmat affirmait qu'ils n'avaient pas le même goût qu'en Inde, mais que c'était meilleur que n'importe quel plat anglais.

— Elle n'a pas tort, reconnut M. Montclair en se resservant.

— Vous êtes allé en Inde ?

— Non, mais je me nourris de cuisine anglaise depuis bientôt un an.

Philippa éclata de rire. Les *gulab jamun* l'avaient mise d'excellente humeur, comme toujours. Sans réfléchir, elle suça le sirop sur ses doigts.

De l'autre côté du bureau, M. Montclair s'étrangla et se mit à tousser.

— Oh, mon Dieu...

Elle fit mine de se lever, mais il l'arrêta d'un geste et se détourna en se raclant la gorge. Lorsqu'il lui fit de nouveau face, son visage était rouge.

Philippa prit la théière et remplit une tasse.

— Pourquoi ne buvez-vous pas de thé ? s'enquit-elle.

— Qu'est-ce qui vous fait croire ça ?

— Nous avons pris le thé deux fois et vous n'en avez pas bu une gorgée.

— Ah, dit-il en agitant la main. Je n'y suis pas habitué.

— On n'en boit pas en Amérique ?

Il baissa les yeux.

— Beaucoup moins depuis quinze ans.

— Ah c'est vrai ! Vous autres Américains l'avez jeté dans le port.

Elle ajouta une cuillerée de miel dans son thé.

— Et vous n'aimez pas beaucoup cela. Que préférez-vous ?

— Le café. Le cidre.

Avec un sourire espiègle, il ajouta :

— Le rhum, le vin et la bière.

— Vous voulez essayer ? demanda-t-elle en lui tendant la tasse.

Il hésita longuement avant de la prendre d'un geste gauche.

— Si cela vous fait plaisir.

— Cela vous attirera les bonnes grâces de la duchesse.

— Ah, fit-il avec un sourire ironique. Bien sûr.

Elle prépara une autre tasse. La duchesse prenait du sucre, mais Philippa préférait le miel de Carlyle, Mme Blake s'en était souvenue.

— Votre père est français ? demanda-t-elle en français avant de boire une gorgée.

Il lui coula un regard vaguement perplexe et quelque peu méfiant.

— Oui, répondit-il en français.

— Et votre mère ?

— Elle est québécoise. De Montréal.

Philippa repassa à l'anglais pour poursuivre :

— La première chose que vous devez savoir au sujet de Sa Grâce, c'est qu'elle n'aime pas beaucoup les Français.

— Comment cela… le peuple français ?

— Les Français en général, oui.

Il la dévisagea, stupéfait.

— Pourquoi ?

— Un vieux scandale familial, se contenta-t-elle de répondre. Votre accent…

— Je n'ai pas l'accent français !

— Peut-être pas en Amérique, mais ici, il se remarque.

Philippa jeta un coup d'œil à la tasse oubliée dans sa main.

— Vous aimez ?

Il s'empressa de goûter une gorgée.

— C'est exquis. À propos des Français…

— C'est irrationnel, je vous l'accorde, mais elle ne changera pas d'avis.

Pas à moins qu'un messager n'apporte la preuve définitive que lord Thomas était mort sans avoir engendré d'enfant.

— Votre deuxième handicap est d'être nouveau à Carlyle.

— Je vois, dit-il en étrécissant les yeux.

— M. Grimes est né et a été élevé ici, c'est pourquoi la duchesse lui faisait confiance. Même M. Edwards, qui est l'avoué de la famille depuis presque trente ans, n'est toujours pas au-dessus de tout soupçon à ses yeux.

Will posa sa tasse.

— C'est pour cela que rien n'a changé depuis des décennies.

— Oui. Ce n'est pas tout à fait rationnel non plus, mais c'est ainsi que travaille Sa Grâce.

Il contempla longuement sa tasse, l'air songeur.

— Parce que le duc est incapable de gérer lui-même le domaine, dit-il en relevant les yeux.

Philippa faillit recracher son thé.

— Monsieur Montclair !

Il se pencha en avant, les yeux rivés sur elle.

— C'est la vérité, n'est-ce pas ? Toutes les responsabilités reposent sur les épaules de la duchesse, et elle a peur de commettre une erreur, aussi se contente-t-elle de maintenir les choses en l'état.

Elle demeura aussi immobile qu'une statue, ce qui était aussi révélateur que si elle avait répondu : « Oui, c'est exactement cela. »

Le visage de M. Montclair s'adoucit.

— Dans ce cas, je comprends mieux, dit-il, presque d'un ton d'excuse.

Bouleversée, elle lui saisit la main.

— C'est un secret extrêmement grave, chuchota-t-elle. Personne en dehors de Carlyle ne doit être au courant.

— Pourquoi ?

Philippa se mordit la lèvre et jeta un coup d'œil par-dessus son épaule. La porte était ouverte pour respecter les convenances, mais la maison était silencieuse. Elle baissa cependant davantage la voix pour répondre :

— Si jamais une enquête était diligentée, et le duc considéré comme…

Aliéné, c'était le terme juridique, mais Philippa le haïssait.

— S'il était jugé inapte à porter le titre, Sa Majesté désignerait un comité pour gérer le domaine et être responsable de Sa Grâce. Un duché n'est pas un domaine ordinaire. Vous comprenez certainement qu'une mère se batte farouchement pour empêcher que son fils soit confié à des inconnus.

— Et l'héritier ? Ce garçon mérite certainement mieux que de recevoir un patrimoine englué dans le passé depuis trente ans.

Philippa hésita. Que répondre ? Les gens de Carlyle avaient vu Maximilian et le capitaine St. James, les deux cousins les plus proches, lorsque la duchesse les avait convoqués un an plus tôt. Le capitaine avait même passé deux mois ici et fait plusieurs fois le tour de la propriété pour rencontrer les métayers.

Mais M. Montclair était encore un étranger, il n'avait pas besoin de connaître tous les détails.

— Ce ne sera pas le cas, répondit-elle, puisque votre mission consiste à tout arranger. Pouvez-vous le faire ?

Il fléchit les doigts, et Philippa se rendit compte qu'elle lui agrippait toujours la main. Elle la lâcha en tressaillant.

— Oui.

Elle poussa un soupir de soulagement, et il ajouta en esquissant un sourire rusé :

— Mais vous devrez me guider. Histoire que je ne construise pas par erreur une grange neuve extravagante.

Philippa laissa échapper un petit rire contraint.

— Je ferai de mon mieux, cependant, si vous ne suivez pas mes conseils, ce sera peine perdue.

— Je jure d'écouter attentivement chacune de vos paroles.

— Je l'espère.

Elle marqua une pause, puis :

— À quoi ressemblait votre dernier domaine ?

Mieux valait probablement commencer par là. Philippa s'y connaissait un peu en gestion, quoique pas suffisamment.

— Mon dernier domaine ?

— Celui que vous gériez avant de venir à Carlyle. Je présume qu'il était plus petit.

— Beaucoup plus petit, dit-il en détournant les yeux.

— On ne vous laissait certainement pas carte blanche, là-bas.

Un étrange sourire lui incurva les lèvres.

— Non.

Elle haussa les sourcils et attendit.

— C'est mon premier poste de régisseur d'une propriété foncière, avoua-t-il.

Elle resta bouche bée. M. Edwards n'avait pas pu confier la responsabilité de Carlyle à un individu totalement dépourvu d'expérience.

— L'un dans l'autre, je trouve que les choses se passent bien jusqu'ici, poursuivit-il. Qu'en pensez-vous ?

— Je... je...

Elle avala une gorgée de thé.

— À quoi diable avez-vous pensé lorsque vous avez accepté ce poste ?

Comment avait-il pu se croire à la hauteur de la tâche ? Elle dirait deux mots à M. Edwards au sujet de ce flagrant accès de folie.

— J'étais à Londres pour affaires.

— Pour affaires.

— Notre entreprise familiale, une compagnie de transport maritime.

Il se pencha et posa les coudes sur le bureau.

— Entre nous, mademoiselle Kirkpatrick, je préfère ceci.

— Ah bon ? dit-elle bêtement.

— De loin, répondit-il doucement sans cesser de la regarder. Surtout en ce moment.

Encore sous le choc de son aveu, elle le dévisageait, l'œil vide. Puis, comme si on lui avait administré une tape sur la tête, elle se rendit compte de ce qui se passait. Il *badinait* !

Un sursaut d'énergie la traversa. Il y avait quelque chose de presque magnétique chez lui, la courbe tentante de sa bouche, l'admiration dans son regard, la manière dont il la contemplait. C'était un bel homme, capable de la troubler rien qu'en retroussant ses manches. Philippa était tout à la fois sur le qui-vive et gênée.

Elle n'avait aucune expérience du badinage. Le capitaine St. James et M. St. James étaient séduisants, mais aucun ne l'avait dévisagée ainsi.

C'était... exaltant. Elle se sentit soudain insouciante et téméraire, raison pour laquelle, sans doute, elle inclina la tête de côté avec coquetterie avant de répondre :

— Alors vous devez avoir envie de plaire.

Les yeux de M. Montclair étincelaient.

— En effet. Comment puis-je vous plaire, s'il vous plaît ?

— En ayant confiance en mes conseils.

Elle prit un autre *gulab jamun* sur l'assiette et mordit dedans

— N'avais-je pas raison à propos de ces gourmandises ?

— Entièrement.

Philippa faillit s'étrangler. La manière dont il fixait sa bouche était littéralement grisante. Ses yeux s'assombrirent et se mirent à luire comme des braises, son expression était tendue et absorbée. Elle réussit à déglutir et s'humecta les lèvres. Un muscle tressaillit sur sa mâchoire ferme. Tandis qu'elle posait le reste du beignet, elle vit son regard suivre sa main, puis remonter le long de son bras et jusqu'à ses yeux.

Son cœur battait violemment, mi-affolé, mi-excité. Personne ne l'avait jamais avertie que flirter était aussi électrisant.

— Que désirez-vous d'autre ? murmura-t-il.

— J'aimerais que vous fassiez un effort pour charmer la duchesse.

Les mots étaient sortis spontanément. M. Montclair se figea. Son visage demeura un instant inexpressif, puis il éclata de rire.

— Seigneur, j'ai cru que vous parliez sérieusement ! s'exclama-t-il.

Mortifiée, Philippa se raidit. Elle s'était méprise. Ou, plus vraisemblablement, il n'avait pas badiné avec elle parce qu'elle l'attirait, mais par intérêt : bien qu'elle ne soit pas son employeur, elle s'en approchait. Peut-être avait-il pensé que c'était le meilleur moyen de ne pas se faire congédier.

Elle se leva.

— Il est évident que non, monsieur Montclair, déclara-t-elle froidement. Le charme dépasse clairement vos compétences. Si vous m'envoyez une liste des travaux que vous estimez les plus urgents, j'en parlerai à Sa Grâce. Il est peu probable que vous échappiez une troisième fois au renvoi si vous essayez de lui présenter quoi que ce soit vous-même. Bonne journée.

Elle récupéra son chapeau et ses gants et s'en alla, les joues en feu.

Will agrippa les accoudoirs de son siège pour s'empêcher de la suivre. S'il ouvrait la bouche, il se répandrait en excuses. S'il la regardait, il oublierait complètement qu'il s'était juré de ne pas s'attacher à Carlyle.

Ce fut seulement lorsqu'il entendit les roues de la calèche cliqueter sur le chemin qu'il bondit sur ses pieds et se mit à arpenter le bureau. Il était là depuis à peine quinze jours, et il enfreignait déjà ses propres règles.

« Je sais ce que je fais », s'était-il vanté auprès de son frère. Imbécile ! Aucun de ses plans n'avait prévu que la duchesse aurait une dame de compagnie ravissante, dotée d'un esprit de répartie vivifiant, et qui lui jetait des coups d'œil provocants sous ses longs cils noirs...

— Arrête, s'ordonna-t-il en plaquant la main sur ses yeux

Oui, elle lui plaisait. Oui, il la désirait. Mais elle n'était pas pour lui, alors mieux valait cesser de flirter avec elle avant de s'attirer de sérieux ennuis.

Il laissa retomber sa main. Son regard se posa sur la carte. Voilà pourquoi il était là. Il commençait déjà à se soucier des gens de Carlyle, si dévoués envers la famille et cependant si reconnaissants parce qu'il promettait de les aider. Souvent, des hommes lui saisissaient la main, les larmes aux yeux, et parvenaient à peine à le remercier. Ils avaient besoin de lui. Il ne pouvait les laisser tomber maintenant, même si, apparemment, il s'y prenait souvent de la pire manière possible. La duchesse semblait déjà sur le point de le congédier.

Avec un soupir, il s'appuya des deux mains contre le mur et courba la tête. Cinq mois. Dans cinq mois, il aurait terminé sa mission, et alors peu importerait ce que Philippa Kirkpatrick pensait de lui.

10

Au cours des semaines qui suivirent, Will s'en tint strictement à son plan et travailla avec acharnement. Levé à l'aube, il sillonnait le domaine et rendait visite à tous les métayers et aux gens qui y résidaient. Il alla jusqu'à Kittleston et s'entretint avec les villageois, car Carlyle exerçait une grande influence sur la bourgade. Lorsqu'il rentrait à Stone Cottage pour dîner chaque soir, Josiah l'attendait avec encore davantage de travail : des rapports d'ingénieurs et d'experts, des factures de commerçants… Il avait cinq mois pour remettre de l'ordre dans ce domaine et il comptait les exploiter au maximum.

Chaque lundi et chaque jeudi, il déposait un résumé des travaux en cours au château pour Mlle Kirkpatrick. Il veillait à passer de bonne heure, si bien qu'il croisait fréquemment les laitières et les filles de cuisine qui commençaient leur journée. Chaque lundi et chaque jeudi soir, quand il rentrait chez lui, sa réponse l'attendait sur le bureau.

Il consacrait plus de temps qu'il n'était raisonnable à lire ces lettres. Elle avait une jolie écriture, et il avait réalisé que les lettres censées être envoyées par la duchesse lorsqu'il était à Londres avaient en fait été rédigées par elle. Il avait supposé qu'elles venaient d'un secrétaire particulier, mais, bien sûr, à qui d'autre la duchesse confierait-elle des détails si sensibles ?

Ses lettres étaient longues, remplies de justifications détaillées lorsqu'elle refusait une proposition et d'explications quant à la manière dont les choses s'étaient toujours faites. Fréquemment, une pointe d'humour transparaissait, comme lorsqu'elle écrivait qu'il avait l'autorisation de draguer l'étang du moulin, *de la manière la plus efficace, qu'elle soit traditionnelle ou aussi révolutionnaire que vous pourriez l'inventer ; personne ne s'intéresse guère au dragage*. Cela l'amusait beaucoup, et il aurait aimé répondre sur le même ton.

Mais c'était impossible. Il avait déjà pris trop de risques. Aussi s'abstenait-il de faire de l'esprit et rédigeait-il des lettres impersonnelles et insipides.

Un beau jour, cependant, il dut se rendre au château pendant la journée. Edwards était revenu de Londres et désirait qu'il lui fasse un rapport de vive voix. Will avait l'intention d'en profiter pour obtenir l'autorisation d'exécuter les projets les plus onéreux. Deux ponts devaient être démantelés et remplacés, et il avait de bons arguments pour en construire deux nouveaux. Il se rendit au château à cheval, armé de ses rapports d'ingénierie et des propositions des constructeurs, dont les montants s'élevaient à plus de deux mille livres sterling. Pour une somme pareille, Edwards pouvait affronter lui-même la duchesse.

Ce dernier possédait son propre bureau au château, mais Will ne savait pas où exactement. Il traversa les cuisines en suivant une bonne odeur de gâteau. La pâtissière était la belle-sœur de Mme Blake, et les deux femmes entretenaient une amicale rivalité. Entre ses longues journées de labeur et ses chevauchées à travers le domaine, Will avait toujours faim et en profitait pleinement. Ce matin-là, il eut droit à une tartelette aux cerises surmontée de crème fouettée.

— Dionysos en personne s'évanouirait d'extase s'il pouvait goûter votre cuisine, dit-il à Mme Amis.

— Flatteur ! dit-elle en secouant la tête. Prenez-en une autre, monsieur Montclair.

— Pour vous faire plaisir, alors.

Il prit la tartelette qu'elle lui tendait avec un clin d'œil, et s'en alla.

Le majordome lui annonça que M. Edwards était avec Sa Grâce. Peu soucieux de croiser la duchesse, Will répondit qu'il attendrait dehors. L'été était enfin là et la journée était particulièrement agréable. N'ayant pas souvent le temps de profiter du soleil, il trouva une porte donnant sur l'extérieur et sortit.

Il ne savait pas trop où il se trouvait. À l'exception de la cour des communs, il n'avait pas vu grand-chose du château. Quoi qu'il en soit, l'endroit était magnifique et avait dû être au summum de sa splendeur un mois plus tôt, il y avait des tulipes qui perdaient leurs derniers pétales un peu partout. Il noua les mains dans le dos, ferma les yeux et offrit son visage au soleil.

Une porte s'ouvrit sur sa droite. Pensant qu'Edwards venait le chercher, Will rouvrit les yeux et pivota.

Ce n'était pas l'avoué. Deux laquais en livrée sortirent du mobilier : une chaise longue, une table, un repose-pieds, et un paravent peint exquis. Ils agencèrent tout cela sur une petite terrasse presque dissimulée derrière la haie bien taillée. Une bonne apporta un plateau en argent contenant de la vaisselle en porcelaine et des verres en cristal, et le posa sur la table.

Il s'était apparemment introduit dans l'un des endroits privés de la famille. Il recula vivement pour ne pas provoquer les foudres de la duchesse au moment où la porte-fenêtre s'ouvrait. Deux autres domestiques sortirent avec une chaise à porteurs sur laquelle était assis un vieil homme.

Il portait un magnifique peignoir sur sa chemise et son pantalon, et un bonnet de velours sur sa tête, le genre qu'utilisaient les vieux messieurs pour dormir.

Quelques cheveux gris en dépassaient. Les domestiques descendirent les marches et aidèrent l'homme à s'installer sur la chaise longue.

Il avait probablement été grand, jadis, mais il était à présent courbé et décharné. Lorsqu'il posa la main sur l'épaule d'un domestique pour s'y appuyer, on aurait dit une araignée. Une bague en or sertie d'une émeraude étincela au soleil.

C'est alors qu'il leva les yeux et aperçut Will.

— Ah, Lemuel ! s'écria-t-il d'une voix rauque et faible.

Il tendit les bras comme pour l'étreindre.

— Enfin de retour de Brobdingnag !

Pris de court, Will s'esclaffa. Il connaissait *Les Voyages de Gulliver*, ç'avait été l'un de ses livres préférés quand il était enfant.

— Et je vous rapporte les compliments de Glumdalclitch, mon bon monsieur, répondit-il avec une courbette.

Le visage du duc – car il ne pouvait s'agir que du duc de Carlyle – s'éclaira. Il fit signe à Will de s'approcher. Le domestique se pencha pour lui murmurer quelque chose à l'oreille, mais il l'écarta d'un geste.

— Venez, appela-t-il. Venez me raconter vos aventures.

Will se raidit. Il avait répondu sans réfléchir et ne savait plus que faire. Il jeta un coup d'œil par-dessus son épaule dans l'espoir de voir M. Edwards apparaître, même si cela devait lui valoir une réprimande.

Mais le duc attendait, la main toujours levée pour le saluer. Valait-il mieux s'excuser et tourner les talons, ou obéir à l'ordre de celui qui était réellement son employeur ? Il serait probablement renvoyé, pour s'être introduit ici. Bon sang ! Pourquoi n'avait-il pas attendu Edwards dans son bureau ?

Will traversa la pelouse à pas lents.

Tandis qu'il s'approchait, l'expression du duc se fit perplexe. Will s'arrêta au bord de l'herbe et s'inclina.

— William Montclair, Votre Grâce. Le nouveau régisseur.

— Quoi ? dit l'homme. Non, pas du tout.

Will se figea et le duc le considéra en fronçant les sourcils.

— Que pouvez-vous me dire de Brobdingnag ?

Will jeta un coup d'œil nerveux au valet du duc, un grand Noir à lunettes aux larges épaules, qui se distinguait des laquais par son élégant costume en flanelle grise. L'homme lui désigna du regard la chaise à côté du duc, et bien qu'il ait l'impression que la voix cassante de la duchesse allait retentir à tout moment pour lui ordonner de quitter les lieux, Will alla s'asseoir.

Le duc se pencha pour le scruter.

— Vous avez vraiment vu les géants ? demanda-t-il, ses yeux pâles pleins d'espoir. Glumdalclitch ?

Will sourit. Glumdalclitch était la jeune géante qui s'était occupée de Lemuel Gulliver pendant son séjour à Brobdingnag.

— La femme la plus gentille que j'aie jamais rencontrée, monsieur.

Le duc applaudit d'un air ravi.

— Sont-ce là les vêtements qu'elle vous a confectionnés ?

Will baissa les yeux sur sa tenue de tous les jours.

— Hélas, non ! Ils ont été perdus dans la malle quand on m'a embarqué pour Brobdingnag.

— Ah, oui ! Je me souviens. Un cercueil flottant, marmotta le duc.

Will acquiesça.

— On m'a offert quantité d'habits durant mes voyages. Ceux-là viennent de...

Il s'interrompit. Où Gulliver avait-il terminé ses voyages ?

— De chez les Yahoos ? suggéra le duc.

Will fit la grimace.

— Oh, ils sont usés depuis longtemps ! Ceux-là sont anglais.

Le duc parut déçu.

— Êtes-vous réconcilié avec votre famille, après tant d'années passées loin d'eux ?

La gorge de Will se noua. Il songea à son père, qui leur avait lu *Les Voyages de Gulliver* à Jack et à lui, tant d'années auparavant. À sa mère, qui s'était pliée à leur désir de recréer les mondes fantastiques décrits par Swift en les laissant dormir dans des tiroirs de bureau ou en fabriquant une commode géante dans les bois. À son frère, qui le laissait l'entraîner dans tous ses projets insensés, jusqu'à celui-ci, à Carlyle. À sa petite sœur, qui avait pleuré quand on lui avait dit qu'elle ne pouvait pas venir en Angleterre, alors qu'elle était convaincue que ce serait une aventure.

William leur mentait à tous depuis des mois. Il ignorait comment, ni même s'il pourrait s'amender.

— Non, monsieur, murmura-t-il. Pas encore.

— Ah, dit Carlyle en faisant mine de lui donner une bourrade. Cela viendra, mon garçon. Ne baissez jamais les bras.

Will réussit à sourire.

— Merci.

Une petite toux leur fit lever les yeux. M. Edwards était là, blême et courroucé.

— Qui est là ? demanda le duc avec irritation.

En apercevant Edwards, il leva les yeux au ciel.

— Oh, vous ! À moins que vous ne m'apportiez des nouvelles de Laputa, disparaissez !

— Je crains que non, Votre Grâce. J'ai besoin de M. Montclair…

— Qui ? aboya le duc.

M. Edwards s'immobilisa comme s'il avait reçu une gifle. Will se racla la gorge.

— Je vous demande pardon, monsieur, je dois partir avec ce monsieur. Il ressemble étrangement à Munodi.

Le visage du duc s'éclaira.

— Ça par exemple, mais oui ! Ma foi, nous allons être plus avisés que les Laputiens et lui prêter attention. Vous pouvez disposer.

Il inclina la tête tel un monarque congédiant un sujet.

Will se leva et s'inclina.

— Je vous souhaite une bonne journée, monsieur.

— Moi de même.

Carlyle s'adossa à son siège en fredonnant d'un air satisfait.

Will suivit l'avoué, qui l'emmena dans son bureau au pas de charge. Une fois la porte refermée, il se tourna vers Will.

— Que diable faisiez-vous ?

Le ton était cassant et Will se raidit.

— J'attendais notre rendez-vous lorsque le duc est sorti. Il m'a vu et m'a appelé.

— Ah oui ?

Jamais Will n'avait vu Edwards aussi furieux.

— Et qu'avez-vous dit à Sa Grâce ?

— Nous avons parlé des *Voyages de Gulliver*.

Devant l'expression d'Edwards, Will précisa :

— Le livre. Je l'adorais quand j'étais enfant. J'ai l'impression que Sa Grâce l'aime également beaucoup.

— C'est tout ? demanda Edwards d'un air soupçonneux.

Will réfléchit.

— Oui. Il semblait penser que je rentrais de Brobdingnag, le pays des géants.

La colère parut déserter brusquement Edwards. Ses épaules s'affaissèrent, il porta la main à son front, et poussa un soupir tremblant.

— S'il est perturbé, ou indisposé, ou même s'il souffre d'un refroidissement demain, vous devrez en rendre compte à la duchesse.

Froissé, Will se rembrunit.

— Il m'a parlé le premier. J'étais censé faire la sourde oreille ? C'est le duc.

Edwards se frotta le visage. Lorsqu'il releva la tête, il avait recouvré une bonne partie de son sang-froid.

— Bien sûr. Asseyez-vous.

Il alla s'installer derrière son bureau et Will prit un siège, se sentant injustement accusé.

— La santé de Sa Grâce est fragile dans le meilleur des cas, expliqua l'avoué. Tout ce qui le perturbe ou ébranle son équilibre est une source d'inquiétude. Vous n'auriez pas dû sortir dans le jardin des Tulipes, mais apparemment, il n'y a pas eu de mal.

— Je vous en prie, interrogez l'homme qui s'occupait de lui, riposta William, agacé. Il a assisté à l'échange, c'est même lui qui m'a fait signe de m'asseoir.

L'avoué soupira de nouveau.

— Je le ferai si nécessaire.

En d'autres termes, si la duchesse l'exigeait.

— Qui est Munodi ? demanda-t-il à brûle-pourpoint.

— Pardon ? Ah ! fit Will. Le seul homme doté de raison et de discernement dans un pays d'hurluberlus.

— Hum.

Esquissant un sourire réticent, Edwards demanda :

— Je devrais être flatté, alors ?

— Ma foi, oui, c'était censé être un compliment.

— Très bien, dit l'avoué avant de s'éclaircir la voix. Quels sont vos projets aujourd'hui ?

Ah oui ! Will avait presque oublié la raison de sa venue. Il sortit les propositions et les plans de la poche de sa veste, et les étala sur le bureau.

— Je souhaiterais des fonds pour ceci.

11

La nouvelle que M. Montclair avait abordé le duc se répandit presque aussitôt que M. Edwards eut quitté le salon.

— Quoi ? s'exclama la duchesse d'une voix aussi acérée qu'une lame.

Le valet s'inclina davantage.

— M. Amis m'a envoyé vous en informer sur-le-champ, Votre Grâce.

Philippa se crispa, inquiète, tandis que la duchesse prenait une inspiration tremblante.

— Merci, Henry, dit-elle. Vous pouvez disposer.

Dès qu'il fut sorti, Sa Grâce se tourna vers Philippa.

— Cet homme ! siffla-t-elle, ses yeux lançant des éclairs. J'aurais dû le congédier il y a des semaines !

Philippa garda le silence. Elle n'avait raconté à personne sa visite à Stone Cottage. Chaque fois qu'elle y repensait, elle se demandait ce qu'elle aurait dû faire différemment, mais ne trouvait jamais de réponse satisfaisante.

Elle tenait parole et donnait des conseils à M. Montclair, quoique uniquement par lettre. Deux fois par semaine, elle trouvait une lettre de lui à côté de son assiette au petit déjeuner. Elle avait d'abord hésité à les lire devant la duchesse, à tort. Il n'écrivait rien de plus alarmant que le besoin d'un nouveau plancher dans une partie de l'écurie. Elle mettait toutefois beaucoup plus de temps qu'elle n'aurait dû pour rédiger ses réponses. Trop souvent, elle se laissait emportait, se montrait trop familière ou demandait si Mme Blake avait refait des *gulab jamun*, et elle devait alors tout recopier.

Seule consolation : il semblait faire de l'excellent travail. Elle avait mené sa petite enquête et découvert avec consternation qu'il n'avait pas menti s'agissant de l'état général du domaine. M. Montclair était un bien meilleur régisseur que M. Grimes.

Si seulement il avait un brin de jugeote et s'en tenait à ses tâches. À sa décharge, il aurait été mieux renseigné sur la marche à suivre si elle n'était pas si lâche.

— Ce n'est peut-être pas si grave, dit-elle à la duchesse. Où M. Montclair a-t-il pu voir le duc ? Dehors, probablement.

Après un long hiver cloîtré dans ses appartements, le duc allait mieux. La duchesse, qui croyait fermement au pouvoir réparateur du soleil et de l'air pur, insistait pour qu'il sorte lorsqu'il faisait beau, ce qu'il avait fait deux fois, à son immense joie.

À cette suggestion, la vieille dame redressa la tête.

— Allons voir. Et je le jure devant Dieu, si M. Montclair l'a importuné…

Elle secoua la tête et sortit du salon d'un pas vif, Philippa sur ses talons. Il leur fallut quelques minutes pour gagner l'aile du château réservé à la famille. Le duc y avait de grands appartements, qu'il quittait rarement. Des années auparavant, la duchesse avait créé pour son fils un jardin privé juste devant sa suite dans l'espoir qu'il sorte davantage. Philippa et sa belle-mère y avaient planté une multitude de bulbes de tulipes, pour surprendre le duc au printemps, d'où son nom de jardin des Tulipes. Mais le duc mettait rarement le nez dehors.

Aujourd'hui, cependant, il était sorti. M. Amis, son valet de pied personnel, les aperçut. Il dit quelques mots au duc, qui se reposait sur une chaise longue. Carlyle ouvrit les yeux et leur fit signe.

— Bonjour, mère, bonjour Pippa.

La duchesse lui prit la main.

— Quel plaisir de te voir ici, Johnny !

— Oui, oui...

Il sourit, mais ses paupières papillotèrent et se fermèrent.

— Le soleil est éblouissant, n'est-ce pas ?

La duchesse se tourna vers M. Amis, qui déplaça sans bruit le paravent.

— J'ai appris que tu avais eu de la visite, dit-elle en s'asseyant à côté de son fils.

— Hmm ? Oui ! Lemuel est revenu, mère !

Et il se mit à rire. Philippa arrondit les yeux, incrédule. Cela faisait des mois que le duc n'avait pas ri.

— Vous vous rendez compte ?

— Non, dit la duchesse d'une voix enrouée. Je... Comment l'as-tu reconnu ?

Le duc avait le regard lointain, comme s'il réfléchissait.

— Je l'ignore. Il avait changé. Peut-être n'était-ce pas Lemuel, et cependant il semblait connaître... Mais trop vite, Munodi l'a emmené.

Il soupira.

— J'espère qu'il reviendra. J'aimerais qu'il me parle du pays des Houyhnhnms.

La duchesse tressaillit.

— Je suis certaine qu'il le fera, dit-elle d'une voix douce.

— Mère ? Vous le direz à Jessica ? Elle voudra aussi entendre parler du pays des Houyhnhnms.

— Oui, mon chéri, dit la duchesse encore plus doucement. Tu as raison.

Le duc se détendit et regarda Philippa.

— Et toi, ma chère Pippa, tu adoreras l'écouter raconter ses histoires.

Elle sourit.

— J'en suis sûre, monsieur.

Elles restèrent avec lui une demi-heure. Le duc de Carlyle était un être paisible ; on n'avait pas besoin de beaucoup parler ni de faire grand-chose. Aujourd'hui, il était de très bonne humeur, fredonnait doucement, et il posa même une question sur les fleurs. Lorsque son visage devint gris et qu'il cessa de sourire, la duchesse demanda aux domestiques de le ramener à l'intérieur. Elle s'attarda avec Philippa sur la terrasse ensoleillée.

Pendant quelques minutes, la duchesse garda le silence, le front plissé.

— Cela m'ennuie de l'admettre, mais cet homme semble avoir un effet bénéfique sur Johnny, déclara-t-elle abruptement. Il faudra qu'il revienne afin de voir s'il peut recommencer.

Philippa hocha la tête.

— Je le lui demanderai.

— Surtout qu'il ne dise rien de nature à le bouleverser. Ne jamais évoquer les affaires du domaine ! Qu'il parle des Lilliputiens ou d'autres contes, ce qui amuse le duc. Mais sois très claire avec M. Montclair, Philippa. S'il lui cause la moindre anxiété ou contrariété, je...

Elle s'interrompit et détourna les yeux.

— Bien sûr, Daadee.

Philippa couvrit la main de la duchesse de la sienne, et la vieille dame s'y accrocha avec une force surprenante.

— As-tu vu comme il a ri ? chuchota-t-elle. Cela faisait si longtemps... Si M. Montclair peut faire rire Johnny...

Elle ferma les yeux et des larmes perlèrent à ses cils.

— Je trouverai le moyen de supporter cet homme s'il est capable de rendre mon fils heureux.

Philippa lui pressa la main.

— Je vais lui parler, promit-elle.

Elle partit aussitôt à sa recherche avec l'impression que son cœur s'était logé dans sa gorge.

Elle ignorait que M. Montclair serait là aujourd'hui. Marianne, sa femme de chambre, lui avait dit qu'il continuait à apporter son linge au château et passait souvent dans les cuisines tôt le matin. Il semblait fort populaire à l'étage des domestiques, bien qu'il n'ait plus ôté ses vêtements depuis ce fameux jour si choquant.

Il devait avoir rendez-vous avec M. Edwards. Cependant lorsque Philippa frappa à la porte, elle ne trouva que l'avoué, qui affichait une expression renfrognée.

— Montclair ? Il est parti. Je présume que la duchesse a entendu parler de sa conversation avec Carlyle.

Philippa hocha la tête.

— Je suis là pour en parler.

— Je l'ai déjà fait.

— Non, dit Philippa avec réticence. Je dois l'inviter à revenir.

L'homme de loi leva brusquement la tête.

— Le duc n'avait pas été d'aussi bonne humeur depuis longtemps. La duchesse souhaite vérifier si la présence de M. Montclair pourrait avoir sur lui un effet bénéfique durable – après qu'il aura reçu les instructions nécessaires, bien sûr.

— Ma foi, murmura Edwards, stupéfait. Très bien.

Il se leva et fit quelques pas.

— Remarquable, dit-il dans sa barbe.

— Que voulez-vous dire ?

Philippa s'en voulait d'avoir envie de savoir ce qu'avait fait M. Montclair. Ses lettres, aussi terre à terre que les sujets qu'elles abordaient, la captivaient – comme sa description humoristique d'un « toit qui servirait plus avantageusement de clôture » et sa demande de démolir un abri de jardin branlant « dans le plus profond respect pour les artisans médiévaux qui l'ont construit ».

Elle s'en voulait de tressaillir chaque fois que Marianne prononçait son nom, et elle s'en voulait de n'avoir pas le courage d'aller le voir à Stone Cottage.

— Pardonnez-moi, mademoiselle Kirkpatrick, dit Edwards en lui jetant un coup d'œil, qu'avez-vous dit ?

Trop gênée pour répéter sa question, elle demanda :

— Pourquoi M. Montclair était ici ?

— Pour des affaires concernant le domaine. Il y a deux ponts à remplacer et il faut en construire deux nouveaux.

Edwards prit un papier couvert d'une écriture qu'elle connaissait bien. Elle fixa le document, les diagrammes étiquetés avec des flèches dans tous les sens, si étroitement reliés que l'ensemble donnait l'impression de former des ovales et des triangles. Elle se souvint de la carte géante tapissée de notes. Elle se le remémora, examinant minutieusement le pont, se rappela qu'il avait volé au secours de Jilly et de Gerald Smith. Elle le revit à son bureau, penché vers elle, les paupières mi-closes et aux lèvres ce sourire qui l'échauffait tout entière.

Elle s'ébroua.

— Comment s'en sort-il ?

— Bien, répondit Edwards. Et il avance vite. Cet homme ne fait que travailler. J'espère que Sa Grâce ne l'en estime que davantage. Il n'a même pas le temps d'être impertinent.

— Il ne vient jamais au château, murmura Philippa, sachant que c'était sa faute.

— Vraiment ? s'étonna Edwards.

— Il m'envoie une liste de ses travaux les lundis et jeudis pour approbation.

L'avoué ne fit aucun commentaire et Philippa s'en alla, mécontente, et pas mieux renseignée quant aux activités de M. Montclair ni à l'endroit où elle pourrait le trouver.

Elle prit la calèche pour se rendre à Stone Cottage, mais Mme Blake lui annonça qu'il était sorti et rentrait rarement avant le crépuscule. Camilla ajouta qu'il partait tôt le matin, et que si elle voulait le voir il fallait venir très tôt.

Forte de ce renseignement, elle se présenta à 7 heures le lendemain, pour apprendre qu'il était parti depuis une heure. Furieuse de s'être levée si tôt pour rien, elle lui laissa un message dans lequel elle demandait à s'entretenir avec lui. À son retour à Carlyle, Marianne l'informa qu'il était venu au château ce matin, qu'il avait ri et plaisanté avec Mme Amis à l'office. La moitié des filles de cuisine étaient amoureuses de lui, ainsi que toutes les femmes de chambre, lui rapporta Marianne, ce qui ne fit que contrarier davantage Philippa.

Le lendemain, alors qu'elle s'attendait qu'il passe il n'en fit rien, pourtant M. Edwards avait laissé échapper incidemment qu'il avait vu M. Montclair au moulin cet après-midi-là, occupé à surveiller le dragage de l'étang et du canal à vannes.

Philippa envoya un message plus direct à Stone Cottage dans lequel elle fixait un horaire auquel elle espérait le voir. Il lui retourna sa missive après avoir griffonné en bas de la page : *Malheureusement, je ne peux honorer ce rendez-vous – W.M.*

Elle était vraiment en colère, à présent. Elle demanda au cocher de préparer une voiture et envoya un garçon monter la garde en haut du mur ouest afin qu'il la prévienne lorsque M. Montclair rentrerait.

Dès que Tommy accourut pour l'avertir, elle se mit en route.

Quand elle arriva à Stone Cottage, il était à l'écurie. Philippa traversa le jardin au pas de charge, furieuse d'en être réduite à agir ainsi.

— Monsieur Montclair, dit-elle sèchement à la porte de l'écurie, vous voilà.

Il lui jeta un coup d'œil par-dessus son épaule, puis recommença à brosser son cheval. Son manteau et son pantalon étaient poussiéreux, et ses bottes couvertes de boue.

— Oui, me voilà.

— Cela fait plusieurs jours que je désire vous parler.

— Je manque de temps. Toutes mes excuses.

Il se retourna et la gratifia d'une courbette moqueuse avant de lancer l'étrille dans un seau.

— Cela ne peut pas être traité par écrit ? demanda-t-il en emmenant son cheval dans un box.

— Non. Pourquoi avez-vous refusé de répondre à mes convocations ?

— Manque de temps, répéta-t-il en versant de l'eau dans l'abreuvoir. Que se passe-t-il, mademoiselle Kirkpatrick ?

— Il s'agit du duc, et de votre conversation avec lui.

Il marqua une pause, lui tournant toujours le dos. Puis il suspendit le seau d'avoine à un crochet, referma la porte de la stalle, et passa devant elle pour gagner la maison.

Vexée, Philippa lui emboîta le pas.

— Vous *souhaitez* qu'on vous renvoie ?

Il s'arrêta et se retourna.

— Allez-y. Faites-le.

Elle cilla. Sa voix tremblait de colère contenue. Il faisait si sombre qu'elle ne voyait pas son expression sous le rebord de son chapeau. Et soudain, il lui apparut qu'il l'avait évitée délibérément.

Comme elle ne disait rien, il écarta les bras.

— Demandez-moi de faire mes valises et de retourner à Londres, tout cela pour avoir dit quelques mots à un vieillard solitaire. Je trouverais la punition bien dure, mais il faut dire que j'ai osé enfreindre l'un des commandements de Sa Grâce.

— Non, dit-elle doucement. Non, je… je voudrais que vous reveniez parler au duc.

Il la considéra un instant, puis il pivota et gagna la maison. Une lampe était allumée, qu'il l'apporta dans son bureau. Philippa le suivit, indécise.

Il retira sa veste et son chapeau, les jeta sur une chaise. Une assiette couverte d'un torchon l'attendait sur le bureau, ainsi qu'une bouteille de vin et un verre.

— Asseyez-vous, dit-il avant de sortir de la pièce.

Philippa hésita. Il revint un instant plus tard avec un deuxième verre.

— Je vous en prie, asseyez-vous, répéta-t-il en se laissant tomber sur sa chaise.

Il remplit les deux verres et lui en tendit un.

Philippa vit là un geste de bonne volonté. Il souleva le torchon de l'assiette, révélant des morceaux de poulet rôti, des carottes, des petits pois et une purée de panais, ainsi qu'une part de gâteau.

— Je vous demande pardon, je n'ai rien mangé depuis l'aube, dit-il en la balayant du regard. Je vous proposerais bien des rafraîchissements, mais j'imagine que vous avez déjà dîné.

Elle rougit

— Oui, en effet. Je vous en prie, ne vous gênez pas pour moi.

— Parfait.

Il prit un pilon et mordit dedans.

Elle s'assit sur la même chaise que la fois précédente et se demanda qui d'autre s'était assis là, avait parlé avec lui… flirté avec lui. Aucune importance, décida-t-elle.

— Sa Grâce a été intriguée par votre conversation avec le duc.

Il se contenta de hausser un sourcil et continua de manger.

— *Les Voyages de Gulliver* ? dit-elle en risquant un sourire. C'était l'un des livres préférés de Sa Grâce.

— C'est ce que j'ai cru comprendre.

— Il a été enchanté, improvisa-t-elle. La duchesse était ravie. Elle vous supplie de bien vouloir revenir pour discuter à nouveau de Gulliver.

Il l'étudia en mastiquant, puis but une gorgée de vin.

— C'est tout ?

Elle battit des paupières.

— Ma foi… s'il y a d'autres histoires… Peut-être Robinson Crusoé ?

Elle essaya de se rappeler les romans que les garçons avaient pu lire. Il devait y avoir des livres dans la vieille salle de classe. Elle aurait dû vérifier.

— Pardonnez-moi, mais la dernière fois que nous avons parlé du duc, vous m'avez annoncé sans détour que je ne le croiserais jamais et que je ne devais pas poser de questions. Et maintenant, vous souhaitez que je vienne le voir ?

Philippa contempla ses mains. Elle n'était pas étonnée qu'il lui rende la monnaie de sa pièce.

— Nous avons peu de visites au château. Il a été content de vous rencontrer. Votre conversation a semblé toucher une corde sensible chez lui, elle lui a fait énormément plaisir.

Elle releva les yeux.

— Mais il faut que vous compreniez… Vous ne devez pas parler avec lui des affaires du domaine, ni de politique, ni de quoi que ce soit qui puisse le perturber.

Il lui adressa un sourire – pas son sourire de pirate canaille, espiègle et plein d'humour, mais un sourire cynique.

— Il n'a pas toute sa tête, dit-elle gravement. Il vous a appelé Lemuel, n'est-ce pas ?

— Que lui est-il arrivé ?

Philippa se mordit la lèvre.

— Il est né diminué ? insista M. Montclair.

— Non, murmura-t-elle. Il a...

Elle se tut.

Sa vie durant, le duc de Carlyle avait été un personnage doux mais distant. Philippa avait écouté avec lui les histoires que leur lisait sa belle-mère, Jessica. Ils riaient beaucoup, à l'époque, et elle avait adoré ces séances. Quand elle avait été assez grande pour poser des questions sur la santé du duc, Jessica lui avait tout expliqué en pleurant.

Elle lui avait également parlé du petit garçon qu'il était, réservé mais spirituel, consciencieux et sincère, et toujours prêt à faire des bêtises. La duchesse lui avait raconté que le duc et son frère avaient failli se tuer en dévalant la colline sur leurs chevaux de bois, qu'ils lui avaient causé une grande frayeur en escaladant les murs du château, qu'ils avaient adoré Jessica et l'avaient choyée quand elle était petite, la portant à tour de rôle sur leurs épaules, lui installant une balançoire sous le grand chêne. Stephen avait été jaloux de sa sœur, car ses frères aînés étaient déjà en pension lorsqu'il était né, et il n'avait pas eu droit à leurs attentions.

— Il a été blessé, dit-elle à M. Montclair. Jeune homme. Un accident de cheval... Il a reçu un coup de sabot.

Elle se toucha la tempe gauche.

— Son bonnet le cache, mais son crâne présente une sorte d'encoche. Il est resté inconscient pendant près d'une semaine. La famille a craint qu'il ne se réveille jamais. Et lorsqu'il a ouvert les yeux, il n'avait plus toutes ses facultés. Il est doux, gentil et très aimant, ajouta-t-elle farouchement. Mais ses souvenirs ne sont pas fiables. Il est incapable d'analyser des problèmes ou d'argumenter sans s'épuiser.

L'expression de Will s'était assombrie à mesure qu'elle parlait.

— Je suis vraiment navré. Quel genre de jeune homme était-il, avant ? Vous le savez ?

— C'est arrivé des années avant ma naissance. Je n'ai jamais eu la chance de le connaître tel qu'il était alors. Ma belle-mère m'a dit qu'il était charmant et aimable. Doté d'un grand sens de l'humour, et subtil. Son frère aimait le taquiner, mais il prenait bien la plaisanterie. Ils formaient un sacré duo, paraît-il.

— Le pauvre garçon, dit M. Montclair en s'adossant à son siège.

— Vous avez demandé pourquoi ce domaine semble englué dans le passé depuis trente ans. Ce sont les trente années durant lesquelles il n'y a plus eu de duc capable de s'en occuper. Sa Grâce a été blessé à peine quelques mois après la mort de son père. Lord Stephen aurait dû hériter, mais c'était un homme de clergé, qui trouvait plus de sérénité dans ce rôle-là. La duchesse a endossé ce lourd fardeau, et a fait tout ce qui était en son pouvoir pour préserver le domaine.

— Pour le capitaine St. James.

— Oui. À la mort de Stephen, elle l'a convoqué, ainsi qu'un autre cousin, Maximilian, qui hériterait au cas où le capitaine ne survivrait pas.

— Pourquoi ne vit-il pas ici, si tout ceci doit lui appartenir un jour ?

Philippa sourit.

— Il est écossais, ainsi que sa femme. Ils préfèrent vivre à Stormont Palace, à côté de Perth. M. Edwards correspond avec lui.

— Le duc lui a offert Stormont Palace, dit M. Montclair. J'ai vu l'acte.

— En cadeau de mariage, précisa Philippa. En réalité, cela faisait trop de propriétés à entretenir pour la duchesse. Stormont Palace ne faisait pas partie des biens inaliénables, et M. Edwards lui conseillait de la vendre.

— En la donnant au capitaine, elle demeure dans la famille, murmura M. Montclair. Et quand le capitaine héritera du reste, elle réintégrera le patrimoine ducal.

— Oui. Viendrez-vous revoir le duc ?

Il parut troublé, et s'intéressa de nouveau à son dîner.

— Je vous demande pardon, mademoiselle Kirkpatrick, mais je ne suis pas certain que ce soit une bonne idée. J'ai, semble-t-il, un talent rare pour contrarier la duchesse quoi que je fasse.

Elle s'avança au bord de sa chaise.

— Je vous accompagnerai. Je vous promets d'endosser toute la responsabilité et de vous avertir si nécessaire, ainsi que de me porter garante de votre conduite auprès de la duchesse.

Comme il gardait le silence, elle ajouta :

— C'est Sa Grâce qui m'envoie. Elle désire que vous alliez le voir lui, pas elle.

Il esquissa un sourire.

— C'est peut-être une aubaine, insista-t-elle, le sentant faiblir. Vous n'avez pas besoin de voir la duchesse, en revanche, vous avez toutes les chances de gagner son estime.

Finalement, il éclata de rire.

— Alors que mon travail remarquable sur le domaine ne suffira pas ?

Philippa en resta bouche bée.

— Ce n'est pas grave, reprit-il en agitant la main. Mais la santé du duc doit être fluctuante. Je ne peux pas me permettre d'attendre au château le moment propice pour lui rendre visite.

— Je vous enverrai un mot le matin s'il n'est pas dans un bon jour, promit-elle. Soit dit en passant, vous n'avez pas besoin d'adopter un rythme de travail aussi effréné. Carlyle existe depuis des centaines d'années.

Le sourire de Will s'évanouit.

— Non, le temps presse, marmonna-t-il. Mais le jeu en vaut peut-être la chandelle.

Philippa était si contente qu'elle ne lui demanda pas ce qu'il entendait par là.

— Merci. Demain vous conviendrait-il ?

La duchesse lui demandait tous les jours si le régisseur avait accepté de revenir, son irritation s'agissant de M. Montclair le disputant à son désir désespéré de voir le duc sourire et rire de nouveau.

Il la considéra un moment, puis :

— Je ne peux m'empêcher de craindre que cela ne soit qu'une occasion supplémentaire de lui déplaire. Un mot de travers et je serai renvoyé. Je suis plus doué pour reconstruire des granges et réparer des routes, mademoiselle Kirkpatrick.

— Non, non, dit-elle en reposant son verre. Je vous en prie, venez. Je vous promets de vous conseiller.

Elle se rendit compte un peu tard qu'elle avait déjà fait cette promesse, et n'avait pas tenu parole. Elle rougit violemment.

M. Montclair dut deviner à quoi elle pensait, car il se racla la gorge et baissa les yeux.

— Je vous prie de m'excuser, dit-il doucement. Je vous ai offensée la dernière fois que vous êtes venue et je le regrette.

— Offensée !

Un rire nerveux lui échappa.

— Non, je… Moi aussi, je vous prie de m'excuser. J'avais promis de vous guider dans votre relation avec la duchesse et j'ai manqué à mon engagement. Je sais qu'elle est exigeante, enchaîna-t-elle après une hésitation. Elle m'est très chère, comme une grand-mère. Pour vous, en revanche...

Elle s'interrompit, et M. Montclair haussa un sourcil.

— Elle est difficile à satisfaire, reconnut Philippa. Très difficile, parfois. Mais je vous assure qu'elle est contente de votre travail. M. Edwards a fait l'éloge de vos initiatives et de vos projets, or elle a confiance en son opinion.

Elle n'ajouta pas que les louanges de M. Edwards avaient également le don d'inquiéter la duchesse, ni qu'elle-même avait compris l'intérêt des propositions de M. Montclair et convaincu la duchesse de les approuver. Elle ne voulait pas qu'il soit renvoyé pour toutes sortes de raisons qu'elle préférait ne pas examiner de trop près.

— Cela m'a fait plaisir à moi aussi de voir le duc heureux, et si vous veniez lui apporter de nouveau un peu de joie, je vous en serais infiniment reconnaissante. S'il vous plaît.

Enfin, un sourire sincère lui incurva les lèvres.

— Dans ce cas, je ne vois pas comment refuser.

12

Ces semaines de travail assidu avaient eu un avantage : la conscience de Will s'était complètement émoussée.

Cette fois, lorsqu'il chevaucha en direction du château, il entendit à peine la petite voix dans sa tête – qui ressemblait désagréablement à celle de son frère – lui rappeler qu'il partait dans trois mois et ne devait flirter avec personne. Il allait passer la journée avec Mlle Kirkpatrick et s'en réjouissait bien plus qu'il ne l'aurait dû.

Il avait fallu qu'elle déboule dans son écurie, mécontente et impatiente et si belle qu'il pouvait à peine la regarder, pour qu'il se rende compte qu'elle lui avait terriblement manqué. Aucune lettre ne pouvait compenser sa présence physique ; sa façon de parler du duc, son expression lorsqu'elle lui avait demandé de revenir, son visage si rayonnant quand il avait accepté l'avaient fasciné.

S'il n'y prenait garde, ce sourire à lui seul était capable de gâcher tous ses plans et tous ses projets.

Ce jour-là, au lieu de passer par la cour des communs, il se présenta dans le somptueux vestibule orné d'armes antiques. Tandis que Heywood allait prévenir Mlle Kirkpatrick, il examina une statue de Persée tenant la tête tranchée de Méduse. La voix de Jack résonna sous son crâne : « Ce sera ta tête, si tu n'es pas prudent. »

— Monsieur Montclair !

Il leva les yeux et le sol parut tanguer sous ses pieds. Mlle Kirkpatrick descendait l'escalier d'un pas vif, un sourire ravi aux lèvres. Elle soulevait sa jupe jaune, et il aperçut une fine cheville gainée d'un bas blanc sur lequel courait une broderie rouge.

Il dut fermer les yeux et prendre une profonde inspiration. Cette vision fugitive avait suffi à faire naître en lui une excitation comparable à un volcan sur le point d'entrer en éruption. « Arrête ! » *s'*ordonna-t-il.

— Quelque chose ne va pas ? demanda-t-elle, le souffle un peu court, et il redescendit sur terre.

— Non, non, tout va très bien.

Il lui sourit, et quelque chose en lui sembla bondir et exploser à la façon d'un feu d'artifice quand elle lui rendit son sourire. Sans réfléchir, il lui offrit son bras et elle le prit, ce qui causa un nouveau chahut dans sa poitrine et noya totalement l'avertissement qui retentissait dans son cerveau.

— J'ai pensé que nous pourrions faire un détour par l'ancienne nursery pour vérifier s'il y a d'autres livres dont se souviendrait le duc, dit la jeune femme en l'entraînant vers l'escalier.

Il lui coula un regard en coin.

— Oh. J'imaginais…

— Quoi ? l'encouragea-t-elle lorsqu'il s'interrompit.

— Je pensais qu'une simple conversation avec le bonhomme suffirait.

Les sourcils délicats de Mlle Kirkpatrick se froncèrent.

— Vous parlez du duc, le gronda-t-elle. Et je vous ai promis de vous guider. Mieux vaut prévoir plusieurs sujets de conversation, vous ne croyez pas ?

— Absolument, répondit-il en s'arrachant à la contemplation de sa poitrine, sur laquelle il avait une vue plongeante.

Dans le sage décolleté de sa robe, ses seins ronds étaient mis en valeur par un liseré de dentelle blanche qui se détachait sur le cuivre chaud de sa peau.

Ils traversèrent des pièces élégantes ornées de moulures ouvragées et des salons tapissés de soie. Il vit des tableaux deux fois plus hauts qu'un homme et six fois plus longs, des armures et des statues de marbre. S'il avait été seul, il se serait arrêté pour tout contempler, bouche bée, comme le provincial qu'il était.

Le temps qu'ils atteignent un couloir relativement ordinaire, recouvert en son centre d'un tapis banal et dénué de toute œuvre d'art, Will ne savait plus où il était. Dans la tourelle méridionale, supposa-t-il, mais Mlle Kirkpatrick ouvrit une porte et il oublia le reste.

— C'est la nursery ?

Si le plafond était moins haut et raffiné qu'à l'étage inférieur, plusieurs fenêtres laissaient entrer le soleil. Il y avait là des petites tables avec des chaises assorties, des étagères couvertes de livres et de jouets. Un cheval de bois sur roulettes se tenait dans un coin.

— Oui, répondit-elle en se dirigeant vers la bibliothèque. J'ai été la dernière enfant à l'utiliser, quoique sporadiquement. Ma belle-mère, lady Jessica, n'aimait pas cet endroit et j'ai pris la plupart de mes leçons ailleurs.

Will s'approcha du cheval et lui toucha la tête. Sa crinière, clairsemée et ébouriffée par les années, était faite de vrai crin de cheval.

— Vous êtes montée dessus ?

— Oh, non ! dit-elle en le rejoignant.

Elle lissa la couverture de laine élimée sous la selle en cuir.

— Il appartenait au duc. Il s'appelle Nestor.

— L'Argonaute, murmura Will, fasciné.

Il caressa de nouveau la crinière et ajouta :

— Nestor a combattu les centaures, a été pourchassé par le sanglier de Calydon et est parti à la guerre avec une armure en or.

— Vraiment ? dit Mlle Kirkpatrick. Je l'ignorais. Maman disait que ses frères faisaient la course sur Nestor et...

Elle s'interrompit et promena les yeux autour d'elle.

— Il devrait y en avoir un autre. Je me rappelle avoir entendu parler d'une terrible collision quand ils étaient enfants.

Will grimaça.

— Je n'en doute pas ! Mon frère et moi avons souvent fait la course en dévalant imprudemment la colline. Le chemin qui va du château à Stone Cottage est en pente douce.

Elle éclata de rire, surprise.

— Mais oui ! C'était là qu'ils faisaient la course !

— Les garçons sont tous les mêmes où qu'ils vivent.

— Je me demande où est passé l'autre cheval. D'après maman, ses frères adoraient ces chevaux et se disputaient, même plus grands, pour savoir lequel était le meilleur, de Nestor ou de l'autre.

Will se détourna.

— Vous êtes une famille de sportifs, à ce que je vois.

Plusieurs étagères étaient couvertes de battes de cricket, de cerceaux, de ballons, de maillets de croquet, de quilles, de volants et de raquettes de badminton, de matériel de tir à l'arc. Une pellicule de poussière recouvrait le tout. Les cordes des arcs étaient détendues, les raquettes voilées.

— Oui. La duchesse considérait que l'exercice était bon pour les enfants et les encourageait à sortir le plus possible.

Will prit une raquette de badminton et donna un coup dans le vide. Mlle Kirkpatrick sourit et lança un volant. Pris de court, Will plongea et l'atteignit juste avant qu'il touche le sol.

— Combien d'enfants y a-t-il eu ici ?

Il fit rebondir le volant sur le cordage détendu.

— Quatre, mais peu rapprochés. Le duc avait quinze ans, je crois, lorsque lord Stephen, le benjamin, est né.

À son tour, elle s'empara d'une autre raquette et Will lui lança obligeamment le volant. Elle frappa plus fort qu'il ne s'y était attendu, et il dut sauter par-dessus une petite chaise pour le renvoyer.

— Ce n'était donc pas un adversaire à la hauteur.

— Non, répondit-elle en contournant vivement la table pour rattraper le volant. Le duc et lord William étaient plus proches en âge, ils n'avaient que deux ans d'écart.

— Et lady Jessica ?

Il envoya délibérément le volant vers l'autre extrémité de la pièce pour le plaisir de la voir étouffer un cri et courir en retroussant sa jupe.

— Elle avait huit ans de moins que le duc ! cria-t-elle en lui lançant le volant à la figure.

Will leva sa raquette et, d'une torsion du poignet, tapa le volant plus qu'il ne le frappa. Avec une exclamation surprise, Mlle Kirkpatrick s'élança. Elle rata le volant, et perdit l'équilibre en se prenant les pieds dans ses jupes qu'elle avait lâchées. Instinctivement, Will bondit en avant et ouvrit les bras.

Elle tomba lourdement contre lui et se raccrocha spontanément à ses bras tandis qu'ils basculaient en arrière. Will atterrit sur le dos, mais ne sentit pratiquement rien comme elle s'écroulait sur lui, douce, souple et parfumée.

Le temps suspendit son vol. Il n'avait aucune règle à laquelle obéir pour ce genre de situation, du moins il ne se le rappelait pas. Il avait cessé de badiner ; il l'avait évité le plus possible. Et cependant, elle était là, sur lui, dans ses bras, le visage à quelques centimètres du sien, échevelée et les joues roses, et si tentante qu'il n'avait qu'une envie, oublier qui il était et pourquoi il était là, ne serait-ce que l'espace de quelques minutes.

Il ferma les yeux et s'efforça désespérément de se répéter que cette femme était hors de portée, qu'il quitterait Carlyle dans quelques mois. Et que même si ces problèmes disparaissaient comme par magie, les mensonges qu'il avait racontés à tout le monde demeureraient.

— Oh ! souffla-t-elle en bataillant pour se relever.

Ses cheveux s'étaient détachés et tombaient autour de son visage en vagues soyeuses. Elle essaya de les repousser d'une main, mais s'affala sur lui. Ses seins se pressèrent contre son torse, et son parfum le submergea.

— Vous vous êtes fait mal ? parvint-il à demander.

Toutes ses gesticulations ne faisaient qu'accroître son tourment.

— Non, répondit-elle, les joues en feu.

Son pouls battait rapidement à la base de son cou, presque aussi vite que celui de Will. De près, ses yeux bruns étaient pailletés d'or et de vert. Leurs regards se croisèrent, et Will se figea.

Il devrait l'aider à se relever. Il devrait faire une remarque légère pour détendre l'atmosphère. Il devrait détourner le regard afin qu'elle puisse se redresser dignement.

Au lieu de cela, il pensa : « Embrassez-moi. »

Elle s'humecta les lèvres avant de murmurer :

— Merci.

Sa voix était douce et enrouée. Comme celle d'une amante.

— Pour quoi ? demanda-t-il, son cœur tambourinant contre ses côtes.

— Pour m'avoir rattrapée.

Il contempla le plafond.

— Disons que j'ai surtout amorti votre chute.

— Peu importe, je vous en suis reconnaissante.

Il réussit à hocher la tête et garda les yeux rivés sur une toile d'araignée au-dessus de lui.

— Tout le plaisir fut pour moi.

« Embrassez-moi, embrassez-moi, embrassez-moi », supplia le démon dans sa tête. Ses lèvres étaient si proches des siennes. Il avait les muscles tellement tendus qu'il doutait de pouvoir bouger, et il était si excité qu'il valait mieux qu'il s'en abstienne.

Il serait certainement jeté dehors manu militari – et même mis aux fers – si qui que ce soit savait ce qu'il s'imaginait faire à cette demoiselle de qualité, pupille du duc de Carlyle, à savoir, l'embrasser à perdre haleine. Poser les lèvres sur les renflements de ses seins. Glisser les mains sous ses jupes. Retirer le reste de ses épingles et…

Elle se redressa, le soulageant de son poids. La poitrine de Will se gonfla comme s'il n'avait pas respiré depuis dix minutes. Les yeux toujours fixés au plafond, il lui tendit la main. Elle s'en saisit le temps de se mettre debout. Puis elle lui tourna le dos pour rajuster sa robe et rattacher ses cheveux.

Will s'en félicita. Cela lui laissa le temps de se ressaisir, de se lever à son tour, de mettre de l'ordre dans sa tenue, et de dissimuler, à défaut de supprimer, son érection. « Imbécile, fulmina la voix dans sa tête. Garde tes distances avec elle ou tu vas tout gâcher. »

Il le savait. Depuis le début. Et chaque fois qu'il pensait pouvoir enfreindre une de ses règles sans risque, il finissait par la désirer encore plus.

— Merci, répéta-t-elle, beaucoup plus placide et calme que lui, apparemment.

— Je vous en prie, dit-il en tirant sur son gilet avant de se diriger vers l'étagère.

Aller voir le duc et repartir.

— De quels livres parliez-vous ?

Le cœur de Philippa battait si fort qu'elle arrivait à peine à remettre ses épingles à cheveux. Elle s'était affalée sur lui avec toute la grâce d'un sac de son et avait failli l'embrasser.

Il savait que ce contact entre leurs corps l'avait paralysée. Elle l'avait lu dans ses yeux quand ils étaient devenus sombres et brûlants, l'avait senti dans la tension de ses muscles. Elle avait *tout* senti de son corps allongé sous le sien, et à sa grande honte, elle avait eu envie de rester là.

Elle avait été à deux doigts de l'embrasser. Mais c'était sa faute à lui, car c'est lui qui contemplait sa bouche sans dissimuler son désir. Elle avait essayé de ne pas penser que c'était son pouls à elle qui s'était affolé, que c'était elle qui avait ressenti une bouffée euphorique, et elle encore qui avait été sur le point de plaquer sa bouche sur la sienne lorsque – merci ô Dieu miséricordieux – il avait détourné les yeux et permis à son cerveau de recommencer à fonctionner.

Il se leva et se détourna, et elle lui en fut reconnaissante. Elle pressa ses mains tremblantes sur ses joues et ne fut pas surprise de les découvrir brûlantes. Seigneur, elle devait être toute rouge.

Il dit quelque chose et se dirigea vers la bibliothèque, calme et détendu, comme s'ils ne s'étaient pas retrouvés allongés par terre un instant plus tôt. Il avait eu la cuisse entre ses jambes, et un frisson d'excitation la parcourut à ce souvenir, délicieux...

Il se pencha pour examiner les livres. Aujourd'hui, il portait des vêtements ordinaires, vert foncé et gris, ceux d'un régisseur, et il n'en paraissait que plus fringant. Elle avait été horrifiée de découvrir qu'elle rêvait de le toucher, d'appuyer le visage contre son cou, de presser encore davantage son corps contre le sien. Elle avait eu envie de l'embrasser et de sentir ses mains sur elle, là, à même le sol.

Philippa plaqua la main sur sa bouche. Elle désirait le régisseur et ne pouvait s'en empêcher.

— Ah, voici notre ami Gulliver !

Il sortit un livre et le feuilleta.

— Les enfants d'un duc sont en droit d'avoir une bibliothèque bien garnie.

Philippa le rejoignit. Jamais cette pièce ne lui avait paru aussi petite, aussi tranquille. Aussi intime.

— La duchesse y tenait, dit-elle en prenant un livre au hasard. Je crois qu'elle faisait la lecture à ses enfants tous les soirs quand ils étaient petits.

— Une mère aimante.

— Oui.

Les pensées de Philippa bondissaient comme autant de sauterelles. Elle avait été allongée sur lui. Elle avait été à deux doigts de poser sa bouche sur la sienne. Elle avait été si proche qu'elle avait vu les paillettes d'or dans ses yeux et senti son savon à barbe.

Pour la première fois de sa vie, elle regretta passionnément de ne pas être une de ces lavandières qui avaient vu à quoi il ressemblait sans sa chemise.

— Qu'est-ce qui vous passionnait ?

Elle sursauta violemment et faillit lâcher son livre.

— Pardon ?

— Quelles histoires vous plaisaient ? demanda-t-il en lui jetant un coup d'œil. Quand vous étiez enfant.

Ses cheveux tombaient sur ses épaules, luisant comme de l'ébène au soleil. N'étaient-ils pas attachés en catogan, tout à l'heure ?

— Je ne m'en souviens plus, chuchota-t-elle.

Il fronça les sourcils. Cette façon qu'il avait d'incliner légèrement la tête de côté lui donnait un air espiègle et séducteur alors même qu'il était tout à fait sérieux.

Mais peut-être que tout cela était le fruit de son imagination. Peut-être était-ce son absence d'expérience avec les messieurs qui justifiait un tel cataclysme. Pour quelle autre raison serait-elle complètement bouleversée par cet homme exaspérant ? Un homme avec lequel elle n'avait aucun avenir possible. C'était mal de désirer sentir son corps contre le sien, et scandaleux de rêver d'enfouir le visage au creux de son cou, et absolument dévergondé d'imaginer ses bras autour d'elle et sa bouche...

Elle eut soudain l'impression de suffoquer. Elle remit le livre en place d'un geste brusque.

— Ne faisons pas attendre le duc.

Tournant les talons, elle sortit en courant presque.

13

M. Amis les attendait devant les appartements du duc.

— Sa Grâce est de bonne humeur aujourd'hui, mademoiselle Kirkpatrick. Il est de nouveau dehors. La duchesse a envoyé deux fois un laquais vérifier si M. Montclair était arrivé.

Philippa lui fit signe de parler plus bas et s'approcha pour chuchoter :

— Faites-lui savoir qu'il est là, et dites-lui que je viendrai la trouver lorsqu'il s'en ira.

— Bien, mademoiselle, répondit-il en s'inclinant.

Philippa guida M. Montclair à travers l'enfilade de pièces. Un valet ouvrit la porte-fenêtre donnant sur la terrasse ensoleillée où le duc était assis. À la vue de la jeune fille, son visage s'illumina.

— Chère Pippa !

Sous le regard stupéfait de sa nièce, il se leva de la chaise longue – maladroitement, et en s'appuyant sur une canne, mais il se leva. Elle ne l'avait pas vu debout depuis l'été précédent.

— Mon oncle, comme vous avez bonne mine !

Elle prit la main qu'il lui tendait et la pressa affectueusement contre sa joue.

— Le soleil vous réussit.

Il pouffa.

— C'est ce que dit mère. Ma foi, elle a peut-être raison.

Son regard se porta derrière elle.

— Ah, vous êtes enfin revenu me voir !

M. Montclair exécuta sa révérence habituelle.

— C'est un grand plaisir que d'avoir été invité à revenir, monsieur.

— Invité ! répéta Carlyle en secouant la tête. Vous êtes toujours le bienvenu.

Il se rassit un peu gauchement et leur indiqua les deux fauteuils.

— Prenez place.

Philippa s'assit à côté de la table tandis que M. Montclair prenait l'autre siège. C'est alors qu'elle se rendit compte qu'il avait apporté l'exemplaire des *Voyages de Gulliver*. Le duc le remarqua aussi.

— Vous êtes venu avec votre journal ?

M. Montclair hocha la tête.

— Pour le cas où je devrais me rafraîchir la mémoire.

Carlyle tendit la main et le régisseur lui donna le livre. Le duc l'ouvrit et soupira gaiement.

— Là, nous avons inscrit nos noms et nos paris.

Il se pencha sur la page de garde, et souligna les mots d'un doigt tremblant.

— Pippa, tu vois ce qui est écrit ? Combien en ai-je gagné ?

Surprise, elle s'empara du livre. Et retint son souffle en découvrant l'écriture enfantine et l'encre délavée. Elle commença à lire :

— *John Frederick et William Augustus jurent de consigner ici toutes leurs aventures et mésaventures, et de les partager l'un avec l'autre jusqu'à la fin de leurs jours.*

La gorge nouée, elle tourna la page.

— *William parie un shilling que John sera pris comme animal de compagnie par un Brobdingnag, et John parie un shilling que William...*

Elle marqua une pause, saisie. Il était écrit : *que William sera perdu en mer dans une malle.*

— Que William sera adopté par un Houyhnhnm, dit-elle à la place, choisissant l'une des rares histoires dont elle se souvenait.

M. Montclair s'agita.

— Je dirai que vous êtes ex aequo, Votre Grâce.

Le duc esquissa un petit sourire perplexe.

— Hélas ! Je croyais avoir gagné… Peu importe. Racontez-moi comme cela s'est passé avec Munodi lorsqu'il vous a emmené, l'autre fois.

— Très bien, répondit le régisseur sans s'émouvoir. C'est une bonne chose que vous lui ayez confié les rênes de Carlyle.

Philippa frémit. Il avait promis de ne pas évoquer le domaine. Le duc cligna des yeux.

— Ah oui, oui ! Ma mère l'estime, je crois. Et que fait-il ?

— Nous construisons quelques ponts, poursuivit Montclair tranquillement. Peut-être voudriez-vous venir en voiture surveiller les travaux.

Le duc retomba contre le dossier de sa chaise, stupéfait. Philippa agrippa les accoudoirs de son fauteuil pour ne pas bondir et plaquer la main sur sa bouche M. Montclair.

— Ma foi, murmura Carlyle, apparemment déconcerté. Croyez-vous ?

Il se tourna vers elle et demanda :

— Ma chère Pippa, qu'en penserait mère ?

Elle ouvrit la bouche, puis hésita. Depuis des mois, la duchesse souhaitait ardemment que le duc fasse un tour de voiture. Cela l'emportait-il sur l'interdiction qu'avait M. Montclair de parler du domaine ?

— Je crois qu'elle serait très heureuse de se joindre à vous pour une promenade en voiture, répondit-elle prudemment. Dois-je lui poser la question ?

— Excellente idée, dit Carlyle, soulagé. Vas-y maintenant, afin que nous puissions organiser le voyage.

Involontairement, Philippa jeta un coup d'œil à M. Montclair, qui lui rendit calmement son regard comme s'il n'avait pas la moindre idée du bouleversement qu'il venait de causer. Il écarquilla les yeux et esquissa un haussement d'épaules, l'air de dire *pourquoi pas ?*. Philippa se leva.

— J'y vais, mon oncle.

Il lui attrapa la main lorsqu'elle passa devant la chaise longue.

— Dis-lui que j'ai envie de faire cette sortie. Et... demande-lui d'inviter Jessica.

D'un ton mélancolique, il ajouta :

— Cela fait si longtemps que je ne l'ai pas vue.

Philippa se contenta de hocher la tête, craignant que sa voix ne trahisse son émotion. Depuis plusieurs mois, il n'avait quasiment pas évoqué Jessica. Elle s'empressa de regagner la maison. Une fois à l'intérieur, elle s'essuya les yeux avant d'enfouir son visage entre ses mains. Dieu qu'elle aurait aimé que Jessica puisse venir !

— Tout va bien ?

La voix de M. Montclair la fit sursauter. Il posa doucement la main sur son épaule et la scruta.

— Je suis navré, murmura-t-il.

— Vous ne deviez pas parler de Carlyle, dit-elle avec sévérité en essayant de ne pas renifler tandis qu'elle fouillait dans ses poches, vainement. Et j'ai envie de vous en vouloir pour n'en avoir fait qu'à votre tête, mais je ne peux même pas, car la duchesse sera tellement heureuse que le duc fasse un tour de voiture.

M. Montclair lui tendit son mouchoir.

— Je dois également m'excuser pour cela ?

Elle le prit et se tamponna les yeux.

— Non !

Elle le regarda et demanda :
— Pourquoi l'avez-vous quitté ?
Il fronça les sourcils et lui sourit, perplexe.
— Vous étiez bouleversée.
Philippa se moucha, mortifiée.
— Vous auriez dû rester auprès de lui.
— Il m'a permis de partir, et M. Amis est avec lui.
Après un silence, il ajouta :
— Quand il parle de Munodi, il fait référence à M. Edwards. Peut-être s'intéresse-t-il davantage au domaine que la duchesse ne le croit. Voilà pourquoi j'ai pris cette liberté.
Philippa secoua la tête, ne sachant que penser.
— N'en parlez plus jusqu'à mon retour.
— Et s'il m'interroge ?
— Eh bien, vous pourriez repérer un aigle qui vient pour vous emporter et dire que vous devez vous sauver pour rester en vie.
— Gulliver a été emporté par un aigle, mais il a survécu pour raconter ses voyages, objecta-t-il.
— Un vautour, alors.
Il se pencha vers elle. Elle connaissait maintenant cette expression : il la taquinait et la provoquait, et s'amusait de sa réponse agacée.
— Les vautours se nourrissent de cadavres.
Avec un sourire suave, Philippa répliqua :
— Attendez que je revienne, et il pourrait bien y avoir quelque chose de mort pour les vautours.
Il lui adressa son sourire de pirate.
— Vous me planterez une dague dans le cœur, je suppose.
Sans cesser de sourire, elle s'inclina vers lui et lui donna une tape sur le menton.
— Rien d'aussi subtil, monsieur Montclair.
Ses yeux luisaient comme des braises quand il murmura :
— Je serai sur mes gardes.

Elle haussa les sourcils et se pencha davantage, ignorant l'avertissement strident qui résonnait dans son cerveau : pour la deuxième fois de la journée, elle était sur le point d'embrasser cet homme insupportable.

— Pour ce que j'ai en tête, lui assura-t-elle, cela n'aurait pas d'importance. Vous seriez bien incapable de m'arrêter.

Il entrouvrit les lèvres, l'air fasciné. Cette fois, elle eut l'impression que c'était *lui* qui allait l'embrasser, et cette perspective fit décrire à son cœur un triple saut périlleux. Elle sourit et, à sa grande stupeur, papillonna des cils.

— À plus tard, monsieur Montclair.

Dans un froissement de jupes, elle pivota et s'éloigna. Une fois en sécurité de l'autre côté de la porte, elle s'autorisa un grand sourire.

Will retourna auprès du duc, le cœur battant. Dieu que cette femme lui plaisait ! À présent, quand il la taquinait ou se montrait insolent, loin de se mettre en colère, elle semblait grisée et lui répondait sur le même ton. Et lui, idiot qu'il était, trouvait cela presque aussi excitant que si elle s'était jetée sur lui.

Seigneur, quelle journée !

Lorsqu'il apparut, le duc se pencha en avant.

— Pippa a été contrariée ?

— Uniquement à cause moi, dit Will en reprenant sa place. Elle m'a poliment souhaité d'être dévoré par un vautour.

Le duc laissa échapper un gloussement.

— Non ! Pourquoi ?

Will prit un air de chien battu.

— Je ne devais pas parler du travail effectué dans le domaine.

Carlyle agita la main.

— C'est ennuyeux, en effet, mais lorsque c'est vous qui en parlez, cela me semble plus intéressant que quand c'est ma mère...

Son visage s'assombrit.

— Elle s'en sort remarquablement bien, mais je ne lui suis d'aucune aide. Je le devrais, pourtant.

— Chacun a des talents différents.

Will eut la sensation qu'il s'aventurait en terrain dangereux.

— Personnellement, je ne suis pas à l'aise avec les registres comptables. Quand c'est moi qui fais les comptes, il y a toujours un shilling et deux pence qui manquent, et je dois passer le reste de la journée à les retrouver. Mon frère, en revanche, est très doué.

— C'est votre père qui lui a enseigné la comptabilité ?

Will se racla la gorge.

— À vrai dire, c'est notre mère. Mon frère lui ressemble : il est rationnel, ordonné, doué pour les mathématiques.

— Votre mère, répéta le duc dont le regard se fit distant. C'est remarquable.

Pendant une minute, il garda le silence, puis il s'ébroua.

— Vous construisez un pont ?

— Oui, monsieur.

Un nouveau petit sourire apparut sur son visage.

— J'aimerais bien voir cela.

Il referma les yeux et s'appuya au dossier de la chaise longue. M. Amis avança et drapa une couverture sur ses jambes. Le duc ne rouvrit pas les yeux, mais lui tapota la main.

— Désirez-vous que je m'en aille, Votre Grâce ? demanda doucement Will.

— Lisez un peu, répondit-il d'une voix faible. Je ne me rappelle plus de Laputa.

Will prit le livre sur le siège de Mlle Kirkpatrick et le feuilleta. M. Amis déplaça le paravent pour empêcher le soleil d'éblouir Sa Grâce, et Will commença à lire.

La duchesse se leva d'un bond dès que Philippa fit irruption dans le salon.

— Alors ?

— M. Montclair a suggéré que le duc prenne la voiture pour voir le pont en construction…

La duchesse prit une brusque inspiration et plaqua la main sur son cœur, les yeux étincelants de fureur.

— Et mon oncle a dit que cela lui ferait très plaisir, termina promptement Philippa.

Elle retint son souffle, pleine d'espoir. Elle trouvait M. Montclair extrêmement agaçant, mais aussi fascinant et amusant, et beaucoup trop séduisant pour son bien.

— Sa Grâce m'a envoyée vous demander si vous vouliez l'accompagner.

Un instant, la duchesse sembla pétrifiée. Puis ses yeux s'arrondirent de surprise et non de colère, et tandis qu'elle retombait lentement sur son fauteuil, Philippa eut peur qu'elle ne s'évanouisse.

— Il veut sortir en voiture… chuchota-t-elle.

Elle se couvrit la bouche de la main et ferma les yeux. Philippa ne fut pas surprise de voir perler des larmes au bord de ses paupières.

Soudain, Sa Grâce se leva et sortit précipitamment. Philippa lui emboîta le pas, devinant où elle se rendait.

Le salon du duc avait été la chambre à coucher avant que la duchesse rénove la suite, après sa blessure. À présent, la vaste pièce du rez-de-chaussée était la chambre à coucher, avec une salle de bains carrelée et un vestiaire, et à l'étage se trouvait le bureau. C'était une pièce magnifique, dotée de hautes fenêtres offrant une vue époustouflante. Parfois, la duchesse implorait le duc pour qu'il monte prendre le thé et profite du paysage, mais l'endroit ne servait plus à grand monde.

La duchesse alla droit vers les fenêtres, en ouvrit une sans bruit, et les deux femmes tendirent l'oreille.

La terrasse, juste en dessous, était baignée par le soleil de l'après-midi. Philippa jeta un coup d'œil. Son chapeau repoussé en arrière, M. Montclair était assis nonchalamment dans son fauteuil, une jambe tendue devant lui. Il tenait le livre d'une main et agitait l'autre tout en lisant. Allongé sur sa chaise longue, Carlyle avait les mains croisées sur l'estomac et un petit sourire aux lèvres. Il avait les yeux fermés. À la grande surprise de Philippa, M. Amis avait pris place dans le deuxième fauteuil et semblait aussi intéressé que le duc par l'histoire que racontait Montclair.

— *Nous avons eu deux services de trois plats chacun,* lut M. Montclair.

Pour la première fois, Philippa réalisa qu'il n'y avait plus trace d'accent français dans sa voix.

— *Pour le premier, il y avait une épaule de mouton découpée de manière à former un triangle équilatéral, une pièce de bœuf rhomboïdale, et un boudin cycloïde. Le deuxième service consistait en deux canards ficelés en forme de violons ; des saucisses et du boudin noir ressemblant à des flûtes et à des hautbois, et des tendrons de veau en forme de harpe.*

— De harpe, répéta le duc avec ravissement. Charles, voyez si Mme Carter pourrait servir des tendrons de veau en forme de harpe.

M. Amis hocha la tête.

— Oui, monsieur.

— Je suis sûr qu'elle en sera capable, déclara M. Montclair. Vous avez la chance d'avoir de merveilleuses cuisinières à Carlyle.

— Vraiment ? dit le duc, qui semblait en douter.

— Absolument, monsieur, confirma M. Montclair. L'autre jour, on m'a servi des tartelettes aux cerises dignes des dieux.

— Vous avez aimé ces tartes, Votre Grâce, murmura M. Amis.

— Oh… Oui, je m'en souviens.

Carlyle agita la main.

— Continuez à lire, s'il vous plaît.

À l'étage, la duchesse agrippa la main de Philippa.

— Il a l'air tellement heureux, chuchota-t-elle. Et il veut faire un tour de voiture ?

— Pour aller voir l'un des ponts en construction.

— Nous irons. Dites à M. Montclair que nous irons demain si le temps le permet.

Elle garda le silence quelques minutes. La voix de Montclair leur parvenait, mais Philippa ne pensait pas que la duchesse écoutait.

— Comment est-ce possible ? demanda-t-elle doucement comme si elle se parlait à elle-même. Lui ai-je refusé quelque chose de vital pendant toutes ces années ?

Philippa lui étreignit la main.

— Non !

— À mon insu, dit la duchesse. Involontairement, mais en le privant néanmoins.

Il n'y avait pas de réponse à cela. Philippa songea que Jessica avait fait la lecture au duc pendant des heures. Il écoutait, appréciait, souriait… mais pas ainsi. Un éclat de rire monta jusqu'à elles. Les trois hommes étaient pris d'un fou rire. Lorsqu'elle se pencha, M. Amis s'essuyait les yeux, les épaules de M. Montclair étaient secouées par le rire, et le duc s'esclaffait, l'air très content de lui. C'était *lui* qui avait fait la blague, réalisa-t-elle en sursautant. Carlyle.

La duchesse et elle écoutèrent encore un moment, jusqu'à ce que les bruits de la conversation et des rires s'estompent.

— Faites-le venir, dit la duchesse, et Philippa s'élança dans l'escalier pour intercepter le régisseur.

— Bien joué, murmura M. Amis tandis qu'ils quittaient la terrasse.

— Ne soyez pas étonné si vous me voyez pour la dernière fois, grimaça Will.

L'homme le regarda, une lueur amusée dans les yeux.

— J'en serais grandement étonné.

— J'ai parlé de choses que je n'étais pas censé évoquer.

Il n'avait pas pu s'en empêcher.

— Quand la duchesse l'apprendra, elle risque fort de me renvoyer.

Mlle Kirkpatrick était allée tout lui raconter, et elle n'était pas revenue. Cela lui semblait de mauvais augure. Le sourire du domestique s'élargit.

— Vous n'avez pas entendu la fenêtre s'ouvrir à l'étage ? Je pense que Sa Grâce était aux premières loges.

Will n'osait imaginer l'expression de la duchesse tandis qu'ils échangeaient des blagues. Assurément, il serait sur la route de Londres dans moins de vingt-quatre heures.

— Cela fait dix ans que je suis ici, j'ai rarement vu le duc aussi animé et heureux, reprit Amis. Je pense que cela fera très plaisir à Sa Grâce.

Il marqua une pause.

— J'étais très curieux de faire votre connaissance, monsieur Montclair. Ma femme m'a parlé de vos visites à la cuisine.

— Ah, vous êtes l'heureux mari de Mme Amis !

Amis pouffa.

— En effet. Vous l'avez impressionnée, et fort peu d'hommes peuvent s'en vanter.

— Enfin quelqu'un à Carlyle qui ne me trouve pas inférieur à M. Grimes, répliqua Will avec un petit sourire sans joie.

— Détrompez-vous, répliqua Amis. Il était temps qu'il parte.

— Ah oui ?

Will l'aurait volontiers interrogé, mais Amis se retourna en entendant un bruit de pas. Mlle Kirkpatrick descendait l'escalier d'un pas rapide. Cette fois, Will garda les yeux sur son visage et non sur ses chevilles. Elle avait l'air anxieuse.

— Il semblerait que nous ne soyons pas amenés à nous revoir, murmura-t-il au valet de chambre.

— Ne préparez pas vos bagages tout de suite, répondit ce dernier. Oui, mademoiselle Kirkpatrick ?

— J'aimerais dire un mot à M. Montclair.

Elle leva les yeux vers lui, et le cœur de Will bondit. Son visage était empourpré, comme lorsqu'elle s'était retrouvée allongée sur lui. Il dut lutter pour afficher une expression impassible.

— Oui, mademoiselle.

Elle rougit davantage.

— Suivez-moi, dit-elle en pivotant et remontant précipitamment l'escalier.

— Souhaitez-moi bonne chance, marmonna-t-il.

— Dites-en et faites-en le moins possible, lui conseilla Amis à voix basse. Et soyez excessivement humble.

Will gravit l'escalier. Mlle Kirkpatrick l'attendait sur le palier. À son grand étonnement, elle lui prit le bras et l'emmena auprès de la duchesse, qui se tenait près de la fenêtre ouverte.

— Le voici, madame, annonça-t-elle gaiement.

Il lui jeta un coup d'œil stupéfait. On aurait dit qu'elle présentait un ami perdu de vue depuis longtemps ; elle se tourna vers lui et lui adressa un grand sourire.

— Merci de nous accorder un moment, monsieur.

Voilà pourquoi de graves ennuis s'annonçaient, songea Will. Il avait beau s'efforcer de se discipliner, il avait beau s'en tenir à ses règles, un seul sourire comme celui-là le plongeait dans les affres du désir.

— Tout le plaisir est pour moi, parvint-il à articuler.

Les yeux de Philippa s'illuminèrent, et elle lui pressa doucement le bras. Il avait bien répondu, et il en fut ravi. Il s'inclina devant la duchesse, avec simplicité pour une fois, comme l'avait recommandé M. Amis.

— Bonjour, Votre Grâce.

Un pli barra le front de la duchesse.

— Monsieur Montclair, commença-t-elle, l'air indécise, le duc semble beaucoup apprécier votre compagnie.

Will se contenta d'incliner la tête. La duchesse parut déconcertée par son silence.

— Bien. Mlle Kirkpatrick me dit qu'il souhaite aller inspecter la construction d'un pont. Est-ce exact ?

— C'est ce que j'ai compris, madame.

— De quoi d'autre avez-vous parlé avec Sa Grâce ?

N'avait-elle pas écouté par la fenêtre ?

— Des *Voyages de Gulliver*, madame. De tartelettes aux cerises, et de courses de chevaux.

— De courses de chevaux ! s'exclama-t-elle.

— Oui, madame.

Elle prit une inspiration, relâcha lentement son souffle.

— Je vois, dit-elle en tripotant le galon qui ornait sa robe.

— Si le temps le permet, nous pourrions organiser cette sortie demain, intervint Mlle Kirkpatrick. Cela vous conviendrait-il, monsieur ?

— Tout ce que vous désirez me convient, mademoiselle Kirkpatrick.

Il pensait avoir parlé d'un ton égal, sans la moindre trace d'émotion. Pourtant, elle entrouvrit les lèvres et ses yeux s'assombrirent, et Will réalisa qu'elle était attirée par lui. Cela ne l'aidait certes en rien – en fait, il aurait dû regagner Stone Cottage en courant –, il n'empêche qu'un flot de bonheur le submergea, si puissant qu'il faillit chanceler.

— Parfait, murmura-t-elle.

Elle se racla la gorge, et il la regarda avec gourmandise s'humecter les lèvres.

— Midi ? demanda-t-elle d'une voix plus haut perchée que d'ordinaire.

— Comme il vous plaira, mademoiselle Kirkpatrick.

Elle sourit.

— Bien, dit la duchesse abruptement. À demain, monsieur Montclair.

Demain. Le sang lui rugissant aux oreilles, Will s'inclina de nouveau et quitta la pièce.

14

Le lendemain matin, Philippa se réveilla d'excellente humeur. Le soleil brillait, la journée s'annonçait magnifique. Le duc s'était levé tout seul et riait. Ils allaient se promener en voiture, la duchesse serait aux anges.

Et M. Montclair chevaucherait à côté d'eux.

Elle enfila sa robe préférée, une chemise à la reine toute douce, en mousseline vaporeuse. Le corset et le jupon roses qu'elle portait dessous lui donnaient un éclat rosé, semblable à la tenue que portait sa mère sur le portrait suspendu au mur de sa chambre.

Tandis que Marianne la coiffait, Philippa contempla le tableau. C'était un magnifique portrait ; son père avait engagé l'un des meilleurs peintres de Hyderabad pour l'exécuter. Noor un-nisa lui souriait, ses grands yeux sombres à la fois doux et espiègles. Son père disait qu'elle avait l'air douce et docile, mais qu'elle s'était battue férocement pour ce qu'elle voulait – en l'occurrence, un soldat anglais sans importance particulière. Son père avait refusé, la première fois que papa lui avait demandé sa main. Noor avait déployé des efforts acharnés pour convaincre son père de consentir à ce mariage.

Philippa adorait cette histoire.

Lorsqu'elle descendit prendre son petit déjeuner, elle trouva à côté de son assiette une lettre de Fanny

Beauchamp, la plus jeune fille de tante Diana, et la seule qui n'était pas mariée. Elle l'ouvrit et découvrit qu'elle regorgeait de projets concernant sa visite imminente. *Je vous emmènerai voir tout et tout le monde. J'ai tellement hâte de ces retrouvailles, ma chère Pippa ! Je suis enchantée que vous veniez bientôt ! Nous vous garderons jusqu'aux premiers frimas !*

— Fanny Beauchamp semble croire que je suis pratiquement en route pour Londres.

La duchesse, qui donnait de petits morceaux de jambon à Percival, leva les yeux.

— Excellente idée ! Je vais faire préparer la voiture pour jeudi.

Philippa replia la lettre.

— Daadee, nous avions convenu que je ne partirais pas tout de suite.

— *Tu* l'avais convenu.

La duchesse tendit un morceau de fromage au chat, qui le fit tomber d'un coup de patte.

— Je trouve que tu devrais cesser de tergiverser.

— Pourquoi ?

— Je te connais, mon enfant, dit Sa Grâce en chassant Percival de la table. Le mois prochain, la semaine prochaine, demain, dis-tu lorsque tu n'as pas envie de quelque chose. Il n'y a rien à craindre de Londres ! Plus tôt tu iras, plus tu auras de chances de rencontrer quelqu'un de merveilleux.

Encore une allusion au fait qu'elle serait seule au monde si elle ne trouvait pas de mari.

— Je suppose qu'il y aura encore des gens intéressants à Londres le mois prochain.

— Peut-être pas ! Mieux vaut partir maintenant pour te donner le temps de faire le tri parmi les quelques hommes dignes de toi sur la quantité d'autres qui ne le sont pas.

Philippa éclata de rire.

— Vous êtes bien pressée de vous débarrasser de moi.

La duchesse ne rit pas.

— Tu regardais M. Montclair très curieusement hier.

Son rire s'étrangla dans sa gorge.

— Vraiment ? demanda-t-elle comme une idiote.

— J'ai beau être une vieille dame, je ne suis pas aveugle, répliqua Sa Grâce d'un ton acerbe. C'est un beau garçon.

Le visage brûlant, Philippa sentit son cœur battre si fort que ses mains en tremblaient.

— Vous trouvez ?

L'expression sévère de la duchesse se mua en inquiétude.

— C'est le seul célibataire entre vingt et cinquante ans sur ce domaine, n'est-ce pas ? Ma chérie, je suis navrée. C'est entièrement ma faute.

Mi-horrifiée, mi-mortifiée, Philippa se figea.

— Comment cela ?

Elle n'était même pas capable de former une phrase cohérente.

La vieille dame soupira.

— Va à Londres. Rencontre des jeunes gens de ton âge au lieu de moisir avec une vieille dame dans un château rempli de souvenirs.

Elle toucha la joue de Philippa.

— À Londres, tu verras quantité de jeunes gens charmants et séduisants qui méritent ton attention.

Contrairement à M. Montclair. La duchesse ne le dit pas, mais Philippa l'entendit.

Elle détourna les yeux en se mordant la lèvre. Elle savait que c'était mal d'éprouver une telle attirance pour M. Montclair. Il était régisseur – un subalterne. Elle était une héritière, à défaut d'être noble. C'était inapproprié, et pourtant… elle ne pouvait s'empêcher de penser à lui.

Peut-être la duchesse avait-elle raison. Si elle allait à Londres, peut-être rencontrerait-elle un jeune homme – ou même plusieurs – qui lui ferait battre le cœur, et oublierait-elle l'éclat espiègle dans le regard de M. Montclair, la manière dont il lui donnait envie de crier et de l'embrasser pour le réduire au silence, et de tomber à nouveau sur lui de tout son long pour qu'il la regarde avec ce désir...

Elle inspira un grand coup. La duchesse avait-elle raison ? Certainement. Elle était naïve. Elle irait à Londres, apprendrait à flirter et à discerner une canaille d'un gentleman, et rencontrerait quelqu'un qui ferait bondir son cœur. Quelqu'un qui lui conviendrait, comme disait la duchesse.

Impulsivement, elle étreignit la main de la vieille dame.

— Merci, Daadee, de vous soucier de moi.

La duchesse lui sourit avec tendresse.

— Ma chère enfant, comment pourrait-il en être autrement ? Diana va te tenir occupée du matin au soir. Je suis convaincue qu'une douzaine de jeunes gens vont rivaliser pour obtenir ta main...

— Une douzaine ! s'esclaffa Philippa. Un ou deux suffiraient amplement, merci. S'il y en a une douzaine, comment choisir ?

— Ah, cette fois, je suis en mesure de te répondre, déclara la duchesse. J'ai reçu onze demandes en mariage quand j'étais jeune fille. Et je ne compte pas ceux qui ont demandé ma main à mon père alors que j'étais enfant. Juste ciel, les choses qu'ils m'ont dites ! Que de mensonges !

Elle soupira.

— Quels que soient ses défauts, le duc n'était pas menteur.

— Mais je n'ai pas votre charme, plaisanta Philippa. Ni votre jeunesse ! J'aurai vingt-quatre ans cette année, madame.

— Tu as davantage de bon sens que moi. J'ai choisi l'ambition et la vanité.

Elle fixa un regard perçant sur Philippa.

— Tu dois choisir quelqu'un qui t'adore.

La duchesse ne s'était pas souciée de cela. Son mari, le quatrième duc, était arrogant et tyrannique, et il l'avait épousée – fille unique d'un riche banquier, âgée d'à peine seize ans le jour de leur mariage – pour sa dot. Il était mort depuis trente ans et ne manquait à personne.

— Je l'espère également, dit Philippa à la duchesse, préférant l'espoir au réalisme.

Elle ramassa la lettre et se leva.

— Rendez-vous à midi.

Elle regagna sa chambre à pas lents. La duchesse avait dû écrire à Diana dès qu'elle avait accepté d'aller à Londres, et avant même d'avoir remarqué son attirance pour le régisseur.

Ce n'est qu'une passade, se dit-elle. Elle n'y penserait plus dès qu'elle rencontrerait d'autres messieurs, ou cesserait de le croiser, lui. Elle se remettrait de ce moment de folie…

Elle s'immobilisa. Elle n'avait rien fait de mal. C'était lui qui passait son temps à la provoquer, à flirter avec elle et à l'inciter à se conduire stupidement. S'il ne l'avait pas fait tomber sur lui, c'était lui qui avait commencé ce jeu de badminton, et elle n'avait pas pu résister.

Philippa soupira. C'était là le problème : elle était devenue trop sérieuse. Entre la santé du duc et la recherche du nouvel héritier, le château avait été paralysé par l'anxiété. Avec son espièglerie et sa tendance à se moquer des traditions, M. Montclair avait apporté une légèreté bienvenue, et Philippa ne voyait aucune raison de nier que cela lui plaisait.

Fort bien. Elle s'autoriserait à s'amuser un peu, même avec lui. Peut-être, si elle cessait d'être aussi choquée et déstabilisée par tout ce qu'il faisait, arrêterait-il de se donner autant de mal. Ou peut-être que sa propre fascination diminuerait dès lors qu'elle ne réagirait plus à ses plaisanteries et à ses pitreries.

Ce qui signifiait qu'elle n'avait plus aucune raison de l'éviter.

15

À la surprise et au soulagement de Will, la visite du duc sur le chantier du pont fut un succès, et à dater de ce jour, il fut attendu au château deux fois par semaine. En outre, le duc remonta en voiture pour aller inspecter d'autres travaux, généralement avec la duchesse. Will plaida sa cause pour ne pas avoir à les accompagner, mais la duchesse refusa. Mlle Kirkpatrick lui expliqua plus tard qu'elle souhaitait que le duc profite d'autant de « compagnie masculine » que possible. Résultat, les progrès au domaine ralentirent considérablement.

Pour être honnête, Carlyle était un type charmant. Will aimait bien lui rendre visite, lui lire à haute voix les contes de son enfance et manger les délicieux desserts préparés par Mme Amis. Si le duc n'était pas très doué pour raconter les histoires, il aimait les entendre, et il émettait des remarques spirituelles et amusantes suffisamment souvent pour que Will se demande s'il avait réellement l'esprit confus ou s'il n'avait tout simplement jamais eu de public approprié.

Et bien sûr, passer du temps avec Sa Grâce signifiait côtoyer Mlle Kirkpatrick. Cela lui plaisait beaucoup trop, mais à présent il n'avait plus le choix. Ni l'un ni l'autre n'évoquèrent ce qui s'était passé dans la nursery. Ils avaient compris la leçon – lui, de ne pas trop s'approcher d'elle, et elle, de ne pas le laisser faire.

Mais tout cela signifiait qu'il avait de moins en moins de temps pour lui, et il était épuisé.

— Que faites-vous là ?

Will souleva son chapeau de son visage et plissa les yeux en découvrant Charles Amis.

— Je travaille ici.

L'autre sourit.

— On vous a engagé pour dormir sur un banc au soleil comme un chat ?

Will se redressa en position assise pour lui faire de la place.

— Je ne dormais pas, j'attends ma lessive. Daisy m'a promis de s'en occuper...

Il bâilla à s'en décrocher la mâchoire, et se frotta le visage.

— Il se peut que je me sois assoupi un moment.

— Vous la courtisez ? s'enquit Amis en s'asseyant près de lui.

Will tressaillit, songeant à Mlle Kirkpatrick, puis réalisa que le valet parlait de Daisy.

— Bien sûr que non.

— Maria m'a dit que la moitié des filles à la cuisine et à la lingerie étaient amoureuses de vous.

— Quoi ? fit Will en fronçant les sourcils.

— Depuis l'incident de la chemise.

Il rougit et Amis éclata de rire.

— Vous n'aurez aucun mal à trouver une femme.

Will s'obligea à faire un geste désinvolte.

— Je ne cherche pas de femme.

— Hmm, pas à la lingerie, vous voulez dire ?

Dieu merci, Maria Amis choisit cet instant pour apparaître, un plateau entre les mains, et Charles se leva.

— J'ai quelque chose pour vous, mes bons messieurs, annonça-t-elle en souriant.

— Vous êtes bénie entre toutes les femmes, madame Amis, déclara Will en lorgnant le plateau.

— Nous sommes nous-mêmes bénis, ajouta Amis en jetant un coup d'œil sous le torchon. Des gâteaux à la crème, c'est ce que je préfère, ma chérie.

— Moi aussi, renchérit Will.

— Je sais bien que ce sont tes gâteaux préférés, Charles, dit Mme Amis en riant. Pourquoi crois-tu que j'en ai apporté lorsque je t'ai vu assis là ? Quant à vous, monsieur Montclair, je sais pertinemment que votre gâteau préféré est celui que vous avez sous le nez !

Tandis qu'elle regagnait la cuisine, Amis tendit à Will une bolée de cidre et posa l'assiette entre eux.

— J'ai rencontré ma femme ici, à Carlyle, dit-il.

Will ne fit qu'une bouchée de son gâteau.

— Je ne risque pas de l'oublier, vous ne cessez de vous en vanter.

— Peut-être aurez-vous cette chance, vous aussi, rétorqua Amis en riant.

— J'ai eu en effet beaucoup de chance de rencontrer Mme Amis à Carlyle, répliqua Will en prenant un autre gâteau. Qu'est-ce qui vous a amené ici ?

— Comme vous, M. Edwards m'a engagé. Le précédent valet du duc n'était plus capable de le soulever lorsque c'était nécessaire. M. Edwards cherchait un grand gaillard bien charpenté, et justement, j'aspirais à un poste plus tranquille. J'étais pugiliste auparavant.

Il hocha la tête devant le regard surpris de Will.

— J'ai remporté dix-huit combats sur vingt.

— Pourquoi avoir arrêté ?

— Ça ne rapportait pas assez pour que j'apprécie de me faire taper dessus.

— Je comprends.

Will tendit les jambes devant lui et s'adossa au mur. Il faisait chaud, dans la cour ensoleillée mais abritée.

— Et dix ans plus tard, vous êtes toujours là. Vous devez vous plaire, ici.

— Oh, oui ! Et pas seulement pour ma Maria. C'est un poste très plaisant. Sa Grâce est un homme bon et doux, et la duchesse est juste et généreuse.

Comme Will haussait les sourcils, Amis ajouta :

— Elle ne s'impatiente qu'avec ceux qui la provoquent.

Il dut paraître dubitatif, car le valet de chambre enchaîna :

— Elle apprécie les compétences, le bon sens et le respect des traditions. En arrivant en retard à un rendez-vous, puis en argumentant avec elle quant à la meilleure manière d'agir, vous n'avez fait montre de rien de tout cela. Elle écoute les suggestions si on les lui présente de manière appropriée. Sinon, elle attend qu'on fasse ce qu'elle ordonne sans discuter.

— Et comment présente-t-on les choses « de manière appropriée » ?

Amis lui jeta un regard étonné.

— C'est votre premier emploi ? On dirait que vous n'avez jamais été sous les ordres de quelqu'un.

— On m'a déjà fait cette réflexion, avoua Will en riant.

Il garda le silence un moment, savourant le cidre et le gâteau.

— C'est en effet mon premier emploi, jusqu'à présent je n'avais travaillé que pour mon père. Mais j'ai envie de bien faire tant que je le peux.

— Tant que vous le pouvez ? Ma parole, vous attendez qu'un oncle d'Amérique meure et vous lègue sa fortune ?

Will s'étrangla sur une gorgée de cidre.

— Grands dieux, non !

Il s'essuya le menton et reposa sa chope.

— La duchesse finira tôt ou tard par perdre patience et me renverra. En attendant…

Il promena le regard dans la cour des communs, s'attarda sur les fenêtres récemment refaites et les pierres couvertes de mousse.

— En attendant, j'espère faire au mieux pour Carlyle.

— Dans ce cas, vous faites cause commune avec Sa Grâce, commenta Amis. Je la plains, vous savez. S'occuper de ce domaine depuis si longtemps a dû être un engagement colossal. Les femmes ne sont pas formées pour endosser ce genre de responsabilités.

— Et beaucoup d'hommes non plus, marmonna Will en songeant à Grimes.

Amis s'esclaffa.

— À côté de ces incapables, on a toutes les qualités ! Ils ont au moins ça de bon, mon ami.

— Absolument, approuva Will.

Assis face à la poterne, ils virent au loin le landau qui regagnait le château. Aujourd'hui, le duc et la duchesse étaient sortis faire une simple petite promenade, ils n'avaient donc pas eu besoin d'escorte. Le soleil se reflétait sur la peinture vernie jaune et sur les lampes argentées.

Le devoir les appelait. Amis fit un signe d'adieu à Will et s'en alla à la rencontre du duc, tandis que Will récupérerait son linge propre. Alors qu'il franchissait la grille à cheval, la voiture s'approcha et il remarqua Mlle Kirkpatrick qui chevauchait derrière. Il inclina la tête comme le véhicule passait devant lui. Le duc leva la main, et la duchesse lui adressa un petit signe de tête. Du moins, lui sembla-t-il.

Mlle Kirkpatrick hocha la tête en passant devant lui. Elle était lumineuse dans son habit d'amazone safran et orange. Pour quelque raison inconnue, cela incita Will à ôter son chapeau et à se courber sur sa selle.

Elle ralentit, lui lança un regard perçant. Puis un lent sourire éclaira son visage, creusa sa fossette, et elle afficha un air presque suffisant – ou mutin ? Arquant un sourcil, elle le gratifia d'un *clin d'œil*.

Sous le choc, Will recula. Elle enfonça les talons dans les flancs de son cheval et s'éloigna au trot sans se retourner. Il la suivit des yeux jusqu'à ce qu'elle soit hors de vue.

Dieu tout-puissant ! Son cœur tambourinait, ses muscles étaient contractés et il souriait comme un demeuré.

Miséricorde, qu'allait-il devenir ?

Josiah vint à sa rencontre à la porte de Stone Cottage, une lettre à la main.

— C'est arrivé pour vous, monsieur. Un cavalier express l'a apportée de Londres.

Le sourire de Will s'évanouit.

— Merci. Des nouvelles des maçons du pont de Northampton Road ? demanda-t-il en fourrant la lettre dans sa poche tout en se dirigeant vers son bureau.

— Pas encore, monsieur, répondit Josiah en trottinant à côté de lui. Mais M. Gaskin est passé pour vous faire savoir que les pierres n'ont pas été livrées pour le pont de la route du château.

— Cela fait deux semaines que nous attendons cette livraison, grommela Will en tirant sa chaise et fouillant parmi une pile de papiers sur son bureau à la recherche du devis du maçon.

Les pierres avaient été promises quinze jours plus tôt, et le fournisseur ne prenait même pas la peine d'envoyer une explication ou un mot d'excuse.

— Prévenez M. Dodds que si les pierres ne sont pas là jeudi prochain, ce n'est pas la peine qu'il nous les envoie, ni qu'il espère de nouvelles commandes de Carlyle.

— Tout de suite, monsieur.

Josiah prit quelques feuilles et alla vers le bureau de la salle à manger où Will lui avait installé une table afin qu'il vérifie tous les documents qui entraient et sortaient. Puisqu'il n'y prenait jamais ses repas, autant utiliser la pièce.

Will parcourut les notes que Josiah avait laissées sur son bureau. Malgré son jeune âge, ce garçon était devenu inestimable. Très au fait de tous les détails de la propriété, il ferait bientôt un excellent secrétaire, ou même un futur régisseur.

Ce dont Carlyle aurait grand besoin lorsque lui-même partirait.

Carrant les épaules, il sortit la lettre de Jack de sa poche. Qu'est-ce qui pouvait bien nécessiter un messager express ? « Il a intérêt à ce que ce soit urgent », se dit-il en brisant le cachet. Aussitôt, il regretta sa pensée. Non, il ne l'espérait pas. Il espérait que Jack était simplement Jack, pointilleux et exigeant, et agacé que son frère n'ait pas répondu à ses deux dernières lettres.

Seul le premier paragraphe était consacré aux réprimandes. Le reste était positif, et même enthousiaste : Jack avait un client potentiel.

Pas seulement cela. *Un client important*, écrivait-il avec moult fioritures et soulignements au cas où Will n'aurait pas tout à fait saisi ce que cela signifiait. *Tellement important que papa sera heureux si nous remportons ce marché. Il faut que tu rentres à Londres immédiatement pour m'aider à finaliser la transaction.*

Will posa un pied sur le bord du bureau et inclina sa chaise jusqu'à ce qu'elle ne repose plus que sur les deux pieds arrière. Il avait un souci, là. Il avait négligé de demander à Edwards l'autorisation de retourner à Londres en cas de besoin. Il ne pouvait pas s'absenter comme cela. Du reste, il n'avait pas envie de retourner à Londres – pas tout de suite.

« Pas avant longtemps », lui chuchota une petite voix. Pas tant qu'il aurait des choses à faire ici au château, des choses importantes, comme réparer les toitures et les conduits de cheminées chez les métayers, construire des routes et des ponts pour faciliter les transports au sein du domaine. Pas tant qu'il serait invité à lire Gulliver au duc, à goûter les tartelettes de Mme Amis et à passer une heure ou deux dans les magnifiques jardins du château. Et certainement pas tant que Philippa Kirkpatrick lui ferait des clins d'œil et lui répondrait du tac au tac.

Il se passa la main sur le visage. Il avait beau faire, il n'arrivait pas à garder ses distances. Chaque fois qu'elle s'approchait, il avait l'impression qu'une force invisible l'empêchait de s'écarter, tel un clou perdu irrésistiblement attiré par un aimant. Jack serait horrifié que cela lui plaise autant. Son frère le trouvait déjà agité et impulsif. Si Will admettait qu'il rompait sa promesse solennelle de revenir à Londres dès que son frère le lui demanderait à cause d'une femme – à plus forte raison d'une femme trop riche et trop belle pour un homme comme lui –, Jack était tout à fait capable de débarquer à Carlyle pour l'en extraire de force.

Il balança doucement la chaise d'avant en arrière tout en réfléchissant. Que dire à Jack ? Comment gagner quelques semaines de liberté supplémentaire ?

À cette pensée, il laissa la chaise retomber brutalement sur ses pieds. Seigneur, il considérait bel et bien son travail à Carlyle comme une plage de liberté par rapport à Montclair & Fils – superviser la construction de ponts, vider l'étang d'un moulin, diriger une équipe de charpentiers et de maçons pour réparer des tas d'édifices sur ce domaine qui s'apparentait à une petite ville… Même abstraction faite de la voluptueuse Mlle Kirkpatrick, il se plaisait davantage ici.

D'un côté de la balance, sa famille. La compagnie était la passion de son père, et il la lui avait confiée. En retour, Will s'était déchargé de ce fardeau sur les épaules de son frère et leur avait menti à tous afin de satisfaire sa curiosité – ce qui risquait de lui valoir un retour de bâton très douloureux.

De l'autre côté, la possibilité d'échapper à la culpabilité pendant quelques jours supplémentaires, de savourer les sourires de Mlle Kirkpatrick, ses clins d'œil et ses remarques impertinentes.

Une maladie, décida-t-il en saisissant une plume. Une mauvaise toux assortie d'un accès de fièvre. Des pustules et une migraine. Quelques nausées, également. Cela ferait patienter Jack une quinzaine de jours.

Et à l'issue de ce sursis, soit il trouverait un nouveau prétexte pour rester, soit il se serait résigné à partir.

16

La santé physique et morale du duc continuait de s'améliorer. Non seulement il sortait dans le landau une ou deux fois par semaine en compagnie de Philippa et de la duchesse, mais il se joignait même à elles pour dîner de temps en temps. S'il se fatiguait vite, il était plus animé et plus investi que jamais.

Cela suscitait chez la duchesse un mélange de joie et de culpabilité. Alors qu'elle ne cessait de se reprocher son attitude avec lui ces dernières années, Philippa lui avait suggéré gentiment qu'il valait mieux se consacrer à poursuivre ces améliorations. Avec tact, elle n'avait pas évoqué la cause de ces récents progrès. La duchesse lui avait souri d'un air penaud et avait dit :

— Bien sûr, ma chérie, tu as raison.

Et donc, M. Montclair venait toujours au château.

Philippa ne l'aurait jamais reconnu, mais elle l'appréciait chaque jour davantage. L'air semblait devenir plus léger chaque fois qu'il pénétrait dans la pièce, se frottait les mains et s'asseyait pour raconter une anecdote amusante, faisait pouffer le duc et éclater de rire Philippa elle-même. C'était un conteur-né, et il prenait un plaisir évident à sa tâche.

Naturellement, il enfreignait toutes les règles que Philippa essayait de lui exposer sur instruction de la duchesse. Il faisait des blagues à propos du roi, se moquait du Premier ministre, demandait l'opinion du duc sur des questions relatives au domaine, et réussissait à trouver des passages inconvenants ou de mauvais goût dans chaque livre qu'il lisait à voix haute. Si certains choquaient Philippa, Carlyle l'écoutait, un petit sourire aux lèvres. Il aimait les pitreries de M. Montclair, et c'était tout ce qui comptait. C'est ce qu'elle déclara à la duchesse.

— N'est-il pas impertinent ? s'enquit cette dernière après avoir écouté Philippa lui relater une lecture des *Aventures de Roderick Random*. Ce livre est un tissu d'absurdités.

— C'est le duc qui l'a demandé.

La duchesse leva les yeux au ciel et soupira.

— Je suppose que je n'ai pas à discuter si cela amuse Johnny.

— C'est le cas, assura Philippa. M. Montclair lit avec beaucoup de faconde.

Elle ne put s'empêcher de sourire en songeant à la manière dont il avait lu les vengeances du jeune Roderick sur ses méchants maîtres d'école, ses cousins cruels et autres persécuteurs.

La duchesse fit la moue à l'évocation du régisseur.

— J'ai reçu une lettre de Diana ce matin.

Philippa essaya de dissimuler un sursaut coupable. Elle baissa les yeux sur sa broderie.

— J'espère qu'elle va bien ?

— Fort bien, et elle est pressée de te recevoir. Tu dois absolument décider d'une date, ma chérie, sans quoi, c'est elle qui viendra te chercher, assura la duchesse d'un ton léger.

Philippa rit. Elle avait consenti à ce voyage à Londres, mais n'avait pas encore réussi à éprouver la moindre impatience à cette perspective. Elle essayait, affichait une expression joyeuse chaque fois que le sujet était abordé, et elle avait accepté toutes les propositions de la duchesse pour une nouvelle garde-robe. Elle avait correspondu avec Diana dans l'espoir que les sorties prévues lui donneraient envie.

Elle avait très envie de voir le Théâtre Royal, les acrobates à l'amphithéâtre Astley, et la ménagerie de la Tour de Londres. Elle se réjouissait de visiter les jardins du Ranelagh et l'Académie royale et d'assister à un concert à l'abbaye de Westminster. Elle était même intriguée par l'enthousiasme de Diana s'agissant des boutiques londoniennes, des délicats gantiers aux chapeliers les plus exquis.

Mais elle n'avait pas hâte d'être confrontée aux exigences sociales de la capitale. Lorsque Diane évoquait les bals masqués, les réceptions et les soirées mondaines de toutes sortes, cela l'inquiétait considérablement. Elle craignait de ne pas posséder la grâce et le charme nécessaires pour avoir du succès à Londres.

À Carlyle, elle était sûre d'elle et à l'aise, dans un environnement familier et aimé, entourée de gens qui la connaissaient et qu'elle connaissait. À Londres, elle ne serait qu'une jeune fille de la campagne supplémentaire, naïve et intimidée, le genre de filles sur lesquelles fondaient les escrocs et les chasseurs de dot dans les romans, et qui ne faisaient que décevoir leurs proches. Ici, elle ne manquait jamais d'assurance – excepté en présence d'un certain régisseur, mais qui ne serait pas déstabilisé par M. Montclair ?

Le fil se cassa dans ses doigts crispés.

— Zut !

— Tu t'es fait mal, ma chérie ? demanda la duchesse avec sollicitude.

— J'ai cassé mon fil. Il y aura un nœud derrière ces fleurs.

— Je n'ai jamais été très douée pour la broderie, je l'avoue. J'ai toujours dû faire des nœuds sur l'envers. À Londres, les modistes font tout, et crois-moi, leur travail est remarquable. Tu n'auras pas besoin de broder si cela ne te plaît pas.

Percival sauta sur les genoux de Sa Grâce, qui lui grattouilla le menton.

— Puis-je dire à Diana de t'attendre la semaine prochaine ?

Philippa se figea. *Non, pas encore...* L'été au château lui manquerait, c'était sa saison préférée. Elle voulait continuer à entendre les récits de Roderick Random. Elle voulait continuer à voir l'insupportable et séduisant M. Montclair.

— Pas encore, Daadee, répondit-elle, le cœur battant. J'espérais emporter ce boléro, et il ne sera pas terminé avant au moins quinze jours.

La duchesse jeta un coup d'œil surpris audit boléro. Philippa avait reproduit un modèle de lotus et de coquelicots que lui avait envoyé sa grand-mère d'Inde. Elle n'en était qu'à la moitié.

— Cela fait déjà un moment que tu travailles dessus.

— Je vais me dépêcher, promit-elle. N'écrivons pas tout de suite à Diana. Accordez-moi encore une semaine.

Après un silence, la duchesse s'enquit d'un ton soigneusement neutre :

— Y a-t-il une raison pour que tu rechignes à partir ?

Philippa se sentit rougir jusqu'à la racine des cheveux. La duchesse faisait-elle allusion à M. Montclair ? Ou était-ce sa conscience coupable, parce que M. Montclair figurait parmi les raisons pour lesquelles elle ne souhaitait pas partir ? Elle pensait l'avoir cerné, maintenant. Il prenait un malin plaisir à la choquer ? Elle s'appliquait à ne pas laisser voir qu'elle l'était. Il s'amusait à flirter avec elle ? Elle répondait avec impertinence. Il se réjouissait de la taquiner ? Elle l'imitait.

Elle n'était plus troublée ni en colère en sa présence. Désormais, elle sortait de leurs rencontres exaltée et prête à davantage encore. Ce qui était peut-être plus dangereux.

— Bien sûr que non.

Elle rit pour dissimuler le mensonge.

— Mais Carlyle me manquera à sa saison la plus merveilleuse, ainsi que le duc, et vous, puisque vous ne viendrez pas...

— Allons donc ! Tu seras tellement occupée que tu n'auras pas le temps de penser à qui que ce soit ici. À Montclair, par exemple.

— Oh, non, je serai trop occupée à contempler bouche bée toutes les belles choses, en bonne provinciale simplette, et à faire gaffe sur gaffe dans les soirées en me méprenant sur les noms et les rangs des invités, et vêtue d'une chose ignoblement choquante telle qu'un chapeau de l'année passée...

— Arrête ! s'écria la duchesse en luttant pour ne pas rire. Diana te guidera et te protégera.

— De toutes les canailles, les voyous, les coureurs de dot et les escrocs qui tenteront d'abuser de la naïve demoiselle de la campagne que je suis, plaisanta-t-elle. Pauvre tante Diana ! Elle me renverra à la maison dans les quinze jours en se mordant les doigts de m'avoir invitée.

La duchesse s'esclaffa ouvertement.

— Ne dis pas une chose pareille. Tu sais, Diana m'a demandé de t'envoyer vivre avec elle après la mort de Jessica.

— C'est vrai ?

La duchesse acquiesça.

— Elle m'a suppliée de te prendre. Peut-être aurais-je dû accepter. Tu aurais eu la compagnie de filles de ton âge, à Londres, de surcroît. Mais je...

Elle poussa un soupir.

— Je n'ai pas pu me résoudre à me séparer de toi, ajouta-t-elle d'une voix enrouée. Si vite après le décès de ma fille.

Elle caressa Percival tandis que Philippa la dévisageait, stupéfaite.

— Et maintenant, c'est le retour de bâton, reprit la duchesse d'un ton brusque. Tu vas nous manquer, à Johnny et à moi, mais il faut que tu ailles à Londres. Diana sera enchantée de t'avoir, et elle fera en sorte que ton séjour se passe merveilleusement.

Philippa lui prit la main.

— Je ferai de mon mieux, Daadee… mais je crains de me ridiculiser en société.

— Balivernes ! Tu es belle, spirituelle, élégante, et tu vas hériter d'une immense fortune. Cela devrait suffire pour assurer ton succès.

Philippa baissa les yeux sur leurs mains jointes, celle pâle et délicate de la duchesse, veinée de bleu sous la peau ridée ; la sienne, plus grande, plus lisse, plus sombre. Elle se demanda si Sa Grâce avait un avis objectif sur la vie mondaine à Londres.

— Laisse-moi lui écrire que tu arriveras dans quinze jours, l'implora la duchesse.

Elle se força à sourire.

— Si vous voulez.

17

Lorsque le duc annonça qu'il désirait aller à la pêche, Will ne fut pas surpris que l'expédition soit organisée dans les deux jours.

Ce qui l'étonna, en revanche, ce furent les moyens déployés.

De la première voiture débarquèrent quatre domestiques. Ils déchargèrent de la carriole qui les suivait un tapis roulé, une chaise longue, plusieurs coussins et deux tables basses. Ils les disposèrent sous un grand saule pleureur. L'un des domestiques apporta un énorme panier de pique-nique, et un autre une caisse contenant des assiettes et de l'argenterie.

Vêtu de vieux vêtements rapiécés et d'un chapeau de paille qui avait connu des jours meilleurs, son matériel de pêche à ses pieds, Will les observa en silence.

Un autre véhicule arriva bientôt. Mlle Kirkpatrick en descendit, vêtue d'une robe bleue délavée toute simple, mais toujours aussi attirante. Will baissa les yeux ; tout la rendait attirante.

Quand il releva la tête, elle se tenait devant lui, un sourire mutin aux lèvres.

— Pourquoi cette drôle de tête ? demanda-t-elle.

— Je croyais que nous allions pêcher, pas donner une garden-party pour le roi.

— C'est une suggestion de la duchesse.

Les domestiques disposèrent sur les tables un pique-nique suffisant pour nourrir vingt personnes.

— Le duc ne peut pas pêcher dans l'eau, expliqua Mlle Kirkpatrick. Ce serait trop fatigant. Nous voulions nous assurer de son confort.

Will garda le silence. Il regarda Charles Amis aider Carlyle à descendre de voiture et à traverser l'étendue d'herbe. Le duc s'appuyait lourdement sur son valet, une canne dans sa main libre.

— Bonjour, lança-t-il à Will. Alors, ça mord aujourd'hui ?

Il faisait frais et brumeux, exactement le genre de journée qu'aurait choisie son père, songea Will.

— J'ai aperçu des carpes tout à l'heure, répondit-il.

Le duc hocha la tête, satisfait. Amis lui murmura quelque chose, et Carlyle jeta un coup d'œil surpris autour de lui.

— Quoi ? Non, je ne vais pas m'asseoir là, s'indigna-t-il. On ne peut pas pêcher assis dans un fauteuil, Amis. Nous devons trouver un endroit au bord de la rivière.

Will lança un coup d'œil amusé à Mlle Kirkpatrick, qui pinça les lèvres.

— Votre mère ne songeait qu'à votre confort, monsieur.

— Et elle n'est pas là, n'est-ce pas, ma chère Pippa ? glousse le duc. Amis, aidez-moi à trouver un bon endroit...

Et c'est ainsi que le mobilier confortable fut oublié tandis qu'ils descendaient vers la rive. Will portait l'attirail de pêche, et Mlle Kirkpatrick les paniers en osier destinés à recueillir leurs prises. Carlyle examina la rive et arrêta son choix sur un endroit sous le saule où la berge saillait légèrement et permettait d'accéder aux eaux plus profondes. M. Amis prit une canne à pêche et s'installa non loin de là.

— Je fais confiance au jugement de Sa Grâce, dit-il, l'œil pétillant. Et je préfère me mettre en amont, afin que les poissons passent d'abord devant moi.

Carlyle pouffa. À la surprise de Will, Mlle Kirkpatrick retira ses chaussures et ses bas, retroussa ses jupes et les coinça dans ses poches.

— Que faites-vous ? lui demanda-t-il.

— Je vais dans la rivière, monsieur.

— Et si vous tombez ?

Elle fronça les sourcils, vexée.

— Comment osez-vous suggérer une chose pareille ?

Il sourit de toutes ses dents.

— Je voulais juste savoir si je devais me tenir prêt à plonger pour vous sauver.

L'eau tourbillonnait autour des rochers qui émaillaient la rivière, indiquant un fort courant.

— Absolument aucun risque, monsieur. Je sais pêcher *et* nager.

— Les dames anglaises sont bien plus accomplies que je ne l'imaginais !

— Ah oui ? dit-elle en resserrant le ruban de son chapeau de paille. Qui vous a dit que les dames anglaises ne faisaient rien d'autre que broder des nappes assises dans leur salon ?

— Quelqu'un qui ne vous a jamais rencontrée, répliqua-t-il. Si nous faisions un pari, mademoiselle la Championne de la Canne à Pêche ?

— Pourquoi pas ?

Elle lui adressa un sourire suave, l'obligeant pratiquement à fixer sa bouche. Et sa fossette. Seigneur, que cette fossette le tourmentait ! Il s'éclaircit la voix.

— Bien. Un shilling pour celui qui attrape le plus de poissons.

— Et une tarte aux cerises pour la personne qui attrape le plus gros poisson, riposta-t-elle.

— Pari tenu.

Elle accepta la main qu'il lui tendait et le cœur de Will bondit.

— Bonne chance, murmura-t-il avec un clin d'œil.

— La chance n'a rien à voir là-dedans.

Elle prit sa canne, ses appâts et sa bannette, et pataugea dans l'eau jusqu'à un large rocher plat sur lequel elle grimpa.

Will la regarda, abasourdi. Elle ne rougissait plus et ne se fâchait plus lorsqu'il la taquinait. Non, à présent elle répondait du tac au tac et c'était lui qui ne savait pas comment réagir. Cela lui monta à la tête comme du whisky, avec tant de force qu'il lui fallut un moment pour réaliser qu'elle l'avait devancé en trouvant le meilleur endroit possible. Il secoua la tête, retira ses bottes et ses bas et marcha dans l'eau là où le courant était le plus fort. Il serait mouillé, mais le choc de l'eau froide lui remettrait peut-être les idées à l'endroit.

La pêche était une activité paisible. Cela laissait le temps de réfléchir, ou de ne penser à rien. La journée s'annonçait chaude, mais la brume matinale ne s'était pas encore dissipée. Embrumé, loin de l'effervescence du château, Carlyle semblait positivement sauvage.

Cependant, au lieu de s'absorber dans une contemplation silencieuse, Will était troublé et agité. Mlle Kirkpatrick n'était qu'à quelques mètres de lui, et il aurait juré sentir ses yeux posés sur lui. Chaque fois qu'il jetait un coup d'œil par-dessus son épaule, elle regardait ailleurs, mais il était sûr qu'il ne se faisait pas des idées.

Pourquoi te regarderait-elle ? Tu prends tes désirs pour des réalités. Arrête de la lorgner.

Un bruit d'éclaboussure lui fit faire volte-face et il la vit sortir une perche de l'eau.

— En voilà une ! Combien en avez-vous attrapé, monsieur Montclair ?

Il grimaça en sentant son panier vide contre sa hanche.

— Des quantités, madame, répondit-il, et elle éclata de rire.

« Ne la fais pas rire, lui conseillerait Jack. Ne la regarde pas. Ne lui parle pas. »

— Où avez-vous appris à pêcher ?

La question jaillit malgré lui. Au moins, il garda les yeux sur sa canne.

— C'est mon père qui m'a appris.

Elle souriait lorsqu'il lui coula un regard surpris.

— Et vous ?

— C'est aussi mon père.

Sa ligne se tendit enfin et il sortit négligemment une carpe aux reflets argentés.

— Quel âge aviez-vous ? voulut-il savoir.

La canne de la jeune femme ploya, mais le poisson s'enfuit dans un éclat brillant, et elle poussa une exclamation contrariée.

— À peu près six ans, répondit-elle. Papa adorait pêcher. Il était écossais et affirmait qu'on ne pêchait nulle part au monde mieux qu'en Écosse. Il concédait toutefois la deuxième place à Carlyle. Il partait tôt le matin et me hissait sur ses épaules quand je le suppliais de m'emmener.

Elle sourit.

— Quand je dis « supplier », je crois plutôt que je pleurais et gémissais jusqu'à ce qu'il cède. Il acceptait de m'emmener à condition que j'apprenne à pêcher. Il prenait cela très au sérieux. Pendant des années, j'ai cru qu'il était strictement interdit de parler pendant qu'on pêchait.

— Cela devrait être le cas.

— Et pourtant vous me posez des questions. Moi qui gardais un silence de pêcheur respectueux.

— C'est vrai, reconnut-il en souriant.

De nouveau sa ligne se tendit et il sortit un autre poisson de l'eau, une perche cette fois-ci.

— Quand avez-vous réalisé qu'il était possible d'attraper des poissons tout en parlant ?

Une ombre traversa le visage de la jeune femme.

— Après son départ.

L'hameçon manqua le ver et s'enfonça dans son pouce. Will grimaça et plongea la main dans l'eau fraîche.

— Son départ pour l'Inde ?

— Oui.

Sa voix était triste, mélancolique et teintée de colère.

Son père était mort là-bas, lui avait dit Edwards. À Londres, Will avait rencontré quantité de marins qui étaient allés aux Indes orientales. Le périple était long et difficile, pas moins de sept mois – une durée interminable pour Will, qui s'impatientait dès que la traversée de l'Atlantique mettait plus de quatre semaines. Pourquoi le colonel était-il parti en laissant sa femme et sa fille en Angleterre ?

— Que pensait-il de l'Inde ?

— Il trouvait ce pays magnifique. Dans sa fratrie, il était le troisième fils, on n'attendait rien de lui et il avait envie de voir le monde. Il s'est engagé dans l'armée et on l'a rapidement envoyé en Inde. La plupart des hommes de son régiment n'étaient pas ravis, mais lui si.

— J'ignorais que l'armée proposait des séjours touristiques.

Elle éclata de rire.

— Tant s'en faut ! Une chaleur torride, des conditions de vie affreuse, des fièvres qui décimaient les régiments. Mais aussi... Un pays magnifique, des animaux impossibles à décrire, une cuisine qui rendait tout insipide en Angleterre par comparaison, une flore, une musique, des arts éblouissants. Les gens étaient si différents des Anglais, selon lui. Il n'était pas rare de rencontrer un homme parlant quatre langues, et les femmes étaient si vives et aimables. Il aurait voulu rester là-bas à jamais.

Avec une petite grimace, elle ajouta :

— Quoique pas dans l'armée.

Les lèvres pincées, le visage fermé, elle fixait sa canne à pêche.

— La Compagnie des Indes orientales a commencé à attaquer des villes alliées aux Français, et quand ils ont eu des ennuis, ils ont appelé l'armée britannique à la rescousse, dit-elle abruptement. À l'époque, la Compagnie ne se contentait plus de faire du commerce, elle construisait ses propres forts et prélevait des taxes, et papa considérait qu'elle était passée du simple commerçant à celui de tyran et de pillard.

Après un silence, elle ajouta :

— Il n'était pas le seul de cet avis. Le gouverneur d'Inde, M. Hastings, a été destitué pour corruption.

— Alors pourquoi votre père y est-il retourné ? demanda Will d'une voix douce.

— Asmat, mon ayah qui était venue avec nous d'Inde, voulait regagner son pays. J'avais quatorze ans, j'étais assez grande pour ne plus avoir besoin d'une nounou. Papa ne voulait pas qu'elle fasse seule ce long voyage, il l'a donc raccompagnée chez elle. Une fois là-bas… il a appris ce que faisait la Compagnie. C'était un haut gradé, un colonel, il espérait convaincre les autres officiers que ce n'était pas le rôle de l'armée de conquérir l'Inde pour le bénéfice d'une entreprise. Il pensait que, si la Compagnie des Indes perdait le soutien de l'armée britannique, elle serait obligée de se comporter convenablement.

Elle émit un petit bruit dégoûté.

— Il se trompait. Trop de lords au Parlement avaient des intérêts dans la Compagnie. Ils ont envoyé davantage de soldats pour la protéger, ainsi que des officiers idiots et incompétents qui se moquaient éperdument de leurs homologues indiens, ou même des ordres de leurs propres commandants. Cela s'est terminé par un massacre.

Elle se tut, la bouche tremblante, le visage blême.

Miséricorde ! Au diable, les poissons ! Will s'avança jusqu'à son rocher et logea sa canne dans une crevasse.

— Mademoiselle Kirkpatrick, dit-il en lui touchant le coude.

Elle sursauta et faillit lâcher sa canne.

— Pardonnez-moi, je ne voulais pas...

— Ce n'est pas grave, dit-elle en tirant un mouchoir de sa manche pour se tamponner les yeux. Je n'ai jamais l'occasion de parler de lui. Il a fallu huit mois avant que la nouvelle de sa mort nous parvienne, et... il me manque.

Elle observa la rivière. Le soleil commençait à percer le brouillard et l'eau étincelait, si bien qu'elle dut plisser les yeux.

— Et par moments, je l'ai détesté, reprit-elle à voix basse. Comment a-t-il pu nous laisser ici, maman et moi ? Elle avait essayé de l'en dissuader. « Reste, le suppliait-elle. Nous avons besoin de toi. » Et il se tournait vers moi, et... et...

Elle s'essuya les yeux.

— Je sais qu'il voyait ma mère lorsqu'il me regardait. C'est pour elle qu'il est reparti.

Will fronça les sourcils. La mère de Mlle Kirkpatrick n'était-elle pas décédée ?

— Le père de ma mère était un Wakil, un agent de toute confiance à la cour moghole. C'étaient des gens instruits et compétents, et la Compagnie les a chassés et remplacés par des Anglais. Il y a eu une famine, et au lieu de prendre les mesures nécessaires pour nourrir le peuple, la Compagnie a obligé les Indiens affamés à payer des taxes ruineuses. Papa était dégoûté. Il pensait qu'Ammi, ma mère, aurait voulu qu'il tente de leur porter secours, s'il le pouvait.

Elle se tut et regarda au loin.

— C'est noble, n'est-ce pas ? Lorsqu'on constate un tort, ne devrait-on pas essayer de le redresser ? Mais je lui en ai horriblement voulu. C'était mal de nous laisser, maman et moi. Nous avions besoin de lui toutes les deux. Et d'ailleurs, il a échoué. Personne ne l'a écouté et ils l'ont fait tuer.

Son chagrin fendait le cœur de Will. Il lui prit la main sans mot dire.

— C'était le meilleur des hommes, j'ai l'impression, dit-il doucement.

Des larmes brillèrent sur ses cils, qu'elle chassa d'un geste brusque.

— Oui. Quand Ammi est morte, il a voulu me ramener en Angleterre lui-même. Beaucoup de militaires là-bas avaient des femmes et les enfants indiens, mais papa avait vu des hommes se séparer de leurs familles jusqu'à ce qu'ils perdent tout contact. Son commandant a refusé de lui donner un congé, alors papa a menacé de démissionner sur-le-champ.

Elle esquissa un petit sourire.

— Il voulait me confier à sa sœur, à Aberdeen, mais je suis tombée malade, ce qui a retardé notre départ de Londres, et là, il a rencontré lady Jessica, qui est devenue ma maman. Il disait que c'était grâce à moi qu'ils s'étaient mariés, puisqu'il s'était attardé à Londres à cause de moi, en réalité, c'était grâce à lui : rares sont les pères qui auraient repoussé un voyage parce que leur enfant est enrhumé.

Sa main reposait dans la sienne, confiante. Will essaya de ne pas s'arrêter sur cette merveilleuse sensation.

— Maman était une force de la nature, reprit-elle. Un tourbillon de détermination joyeuse ! Elle disait toujours qu'elle était tombée amoureuse de nous deux, papa et moi, et nous... nous l'adorions tous les deux. Elle aimait l'aventure comme le duc, et possédait l'humour et la générosité de Sa Grâce.

Elle se tut et lui coula un regard méfiant, mais Will n'avait aucune envie de protester. Il se contenta de hocher la tête, et il sentit sa main se détendre dans la sienne.

— Mon père adorait la pêche, reprit-elle. Il disait que si je n'étais pas capable de mettre un appât sur un hameçon, je ne mangerais pas le poisson. Bien sûr, il plaisantait, mais à l'époque je l'ignorais. Maman n'aimant pas pêcher, nous partions juste tous les deux. Je suis tombée à l'eau bien des fois. Pas loin d'ici, d'ailleurs.

Elle s'abrita les yeux et tourna la tête à droite et à gauche, avant d'indiquer un endroit un peu plus bas.

— Là-bas, je crois. Il a sauté aussitôt dans l'eau, et nous sommes rentrés tous les deux trempés...

Will sentit que l'heure des confidences était passée.

— Si personne ne tombe à l'eau, ce n'est pas une vraie expédition de pêche, déclara-t-il.

— Cela vous est arrivé ? demanda-t-elle en glissant son mouchoir dans sa manche.

— Tout le temps ! s'exclama-t-il en riant. Surtout en été, quand il faisait très chaud. Mon frère et moi glissions de n'importe quel rocher ou branche sur lesquels nous étions assis... Un grand mystère, ces soudaines pertes d'équilibre les jours de canicule.

— J'espère que vous preniez soin d'attraper quelques poissons pour dîner avant que le soleil vous fasse perdre l'équilibre.

— Toujours. Nous étions deux jeunes garçons affamés, il n'était pas question de négliger nos estomacs.

— Comme vous l'avez fait aujourd'hui ! s'esclaffa-t-elle.

— Je crois que ni vous ni moi n'avons mis beaucoup d'ardeur à remporter notre pari.

Elle haussa un sourcil.

— Êtes-vous en train de l'annuler ?

— Certainement pas.

Il posa les coudes sur le rocher et la regarda en plissant les yeux.

— Mais la conversation était bien plus intéressante.

Ses joues se colorèrent d'un rose délicat.

— Vous avez écouté très patiemment.

— Fasciné, rectifia-t-il, sincère.

Il pourrait l'écouter parler toute la journée, surtout lorsqu'elle lui faisait des confidences aussi chères à son cœur.

— Parlez-moi de votre père, dit-elle.

Il aurait dû le sentir venir. Il agita la main.

— Il aime la pêche et les bonnes histoires.

— Est-il gentil et affectueux ?

Tant qu'on ne lui désobéit pas.

— Hum…

— Vous ne semblez pas convaincu. Seriez-vous venu ici pour vous cacher de lui ?

C'était si près de la vérité qu'il n'eut pas à feindre la stupeur. Il bondit en arrière et plaqua la main sur sa poitrine.

— Dieu du ciel, mademoiselle Kirkpatrick ! De quoi m'accusez-vous, que je doive me cacher de mon propre père ?

Elle plongea les orteils dans la rivière et l'éclaboussa.

— Si je le savais, je ne vous poserais pas la question, non ?

Il rit et récupéra sa canne à pêche.

— Et si je me cachais, je ne le dirais jamais ! Mais vous venez de me rappeler que j'ai un pari à gagner.

Cette fois, il s'avança un peu plus loin en aval. Et lorsque Amis l'appela pour lui dire que le duc était fatigué et désirait rentrer, il avait les pieds engourdis par l'eau glacée. Les autres domestiques étaient repartis avec les meubles envoyés par la duchesse et que personne n'avait utilisés.

— Quel festin nous aurons ce soir ! s'exclama le duc tandis que chacun remettait ses bas et ses chaussures.

Il semblait heureux, mais épuisé.

— Amis, où êtes-vous ?

M. Amis s'avança et le duc passa le bras autour de son cou. Ses jambes se dérobèrent après quelques pas hésitants, et Will bondit pour le rattraper. Amis et lui le soulevèrent et le portèrent jusqu'à la voiture.

Une fois installé sur le siège de cuir, Carlyle sourit et lui tapota le bras.

— Merci, mon garçon, murmura-t-il.

Son visage était cireux, et Will se rappela l'avertissement d'Edwards : si le duc tombait malade, la duchesse l'en rendrait responsable.

— Démarrez, dit-il au cocher dès qu'Amis fut assis.

— Il se sent mal ? s'inquiéta Mlle Kirkpatrick en regardant la calèche s'éloigner.

— Il est fatigué, et peut-être a-t-il eu un peu chaud.

Il se passa la main sur la tête et le lien qui retenait ses cheveux glissa. Il comptait les couper, mais n'en avait pas encore trouvé le temps.

Mlle Kirkpatrick le regardait, les lèvres entrouvertes. Son expression était plus perplexe qu'amicale. Ses yeux s'assombrirent. Fascinés.

Will s'efforça d'imaginer Jack lui flanquant un coup de poing, mais cela ne servit à rien. Il s'imagina affronter la duchesse courroucée, ce qui n'empêcha pas son cœur de continuer à s'affoler. Au désespoir il tourna le dos à la jeune femme et renoua le lien de cuir, soudain maladroit, et découvrit…

L'herbe couchée là où le tapis et les meubles avaient été disposés.

L'endroit vide où s'étaient trouvées la charrette et la voiture.

Les domestiques avaient rechargé le tout et disparu en laissant Mlle Kirkpatrick.

Seule. Avec lui.

18

Philippa avait été si distraite par la vue de M. Montclair les cheveux détachés qu'il lui fallut quelques minutes pour réaliser que tout le monde était parti.

— Ils nous ont oubliés, dit-elle, stupéfaite, avant de se mettre à rire.

M. Montclair, qui s'attachait les cheveux, pivota pour lui faire face.

— Pas moi, j'étais venu à pied.

Elle retint son souffle, avant de rire encore plus fort.

— Uniquement moi, alors ! s'écria-t-elle en portant théâtralement la main à son front. Ciel, quelle indignité !

— Si, dans votre désarroi, vous vous évanouissez, je serai obligé de vous jeter un seau d'eau à la figure pour vous ramener à vous.

Tout en continuant à rire, elle leva les mains.

— Sans façon ! Je vais rentrer à pied également.

M. Montclair sourit et ils se mirent en route. Il y avait à peine deux miles à parcourir, et la duchesse serait contrariée, mais Philippa avait l'esprit léger… grâce à l'homme qui cheminait à côté d'elle.

Inutile de le nier. Ses réactions du tac au tac, ses clins d'œil espiègles et ses taquineries n'avaient fait qu'aggraver les choses. À présent, au lieu de le trouver insupportablement séduisant, elle l'appréciait bien plus qu'elle ne l'aurait dû.

Elle arrivait à peine à croire qu'elle lui avait parlé de son père, d'Ammi et de sa mère. Elle avait beau se dire que c'était parce qu'elle n'avait personne d'autre avec qui les évoquer, elle savait aussi que se confier à lui semblait juste – sans risque. Il ne se moquait pas, ne haussait pas les épaules. Il lui tendait la main pour la réconforter et il l'écoutait. Elle lui avait ouvert son cœur et s'était autorisée à ressentir l'amour, le chagrin et même sa colère qui bouillonnaient en elle. Et il ne lui avait pas dit que c'était mal de ressentir tout cela.

Et puis, il était si gentil avec le duc. Il avait commencé à suivre ses conseils s'agissant de la duchesse. Tout le monde au domaine l'admirait et l'aimait, de M. Amis à Gerry et à Jilly Smith en passant par les domestiques. Et elle n'avait jamais vu Carlyle aussi bien entretenu. Comment avait-elle pu ne pas remarquer les fuites dans les toitures, les dalles de pierre déformées dans la cour ? Il veillait à tout.

Il était exactement ce dont avait besoin Carlyle. Et peut-être ce dont elle-même avait besoin, quoi qu'en pense la duchesse.

— Nous avons oublié de compter les poissons et de trancher pour notre pari, fit-elle remarquer.

— Hélas ! Je le qualifierai gracieusement de match nul.

— Match nul !

— Le temps que nous arrivions au château, toutes les prises auront été rassemblées dans un seul grand panier, vidées et écaillées. Impossible de décider qui a gagné.

— Un gentleman s'avouerait vaincu, souligna-t-elle.

— Une dame ferait-elle un pari ?

— Je ne suis pas une dame.

— Eh bien, je ne suis pas un gentleman.

Elle essayait de ne pas rire.

— Je ne vous ferai plus jamais confiance, monsieur. Vous êtes trop rusé.

— Qu'avions-nous parié, d'ailleurs ? demanda-t-il en se frottant la mâchoire. Ce ne devait pas être très tentant.

— Une tarte aux cerises.

Elle savait qu'il en raffolait.

— Vraiment ?

Il poussa un soupir.

— Quel dommage, ma journée est gâchée...

— Il est encore temps pour qu'il se passe quelque chose de merveilleux.

— Mazette, vous m'intriguez, mademoiselle Kirkpatrick. Que pourrait-il bien se passer ?

Elle croisa les mains dans son dos et contempla le ciel en réprimant un sourire.

— Vous pourriez découvrir un petit chien égaré qui deviendra votre compagnon le plus cher et le plus fidèle.

— Hmm. C'est séduisant. Mais ce petit diable mâchouillerait aussi mes bottes.

— Vous pourriez découvrir une lettre d'un être cher en rentrant chez vous.

Il fit une grimace.

— Elle viendrait de mon frère, qui me reprocherait une chose ou une autre.

Philippa croisa les bras et se tapota la lèvre.

— Laissez-moi réfléchir... Vous pourriez arriver à la maison et découvrir un grand panier de la part de Mme Amis, accompagné d'un message expliquant qu'elle a préparé trop de tartelettes aux cerises et vous supplie de les accepter.

Il éclata de rire.

— *Extrêmement* tentant ! Cependant...

Il s'arrêta, et Philippa l'imita. Les mains dans le dos, il se pencha et lui chuchota :

— Une chose merveilleuse est peut-être déjà en train de se produire.

Elle le dévisagea sans comprendre.

— Une promenade en compagnie d'une charmante jeune femme vous énumérant les surprises agréables qui pourraient survenir.

Sa voix était grave et chaude.

— Que pourrais-je désirer de plus ?

Elle oublia de respirer. Oh, oui ! C'était pour cela qu'elle rechignait à se rendre à Londres. *Lui*.

Et en cet instant, il la regardait comme s'il avait envie de l'embrasser. Ce qu'elle aimerait beaucoup.

Il s'approcha, si près qu'elle discernait les paillettes d'or dans ses yeux. Elle prit une inspiration tremblante, et faillit défaillir en sentant son odeur, mélange de linge propre, de grand air, de savon à barbe, et d'une autre chose qui lui donna envie de presser le nez contre son cou et d'inspirer profondément pour essayer de l'identifier.

Elle leva le menton. Ferma les paupières. Son cœur manqua un battement tandis qu'elle attendait qu'il…

Il recula.

— Il faut abattre cet arbre, il est mort.

Philippa battit des cils. Il avait levé la tête et s'abritait les yeux pour observer les branches au-dessus d'eux. Elle prit une brusque inspiration et il lui jeta un coup d'œil.

Un coup d'œil prudent. La colère s'empara d'elle.

— Monsieur Montclair.

— Oui ?

Il s'était remis en marche et regardait attentivement les arbres, les sourcils foncés. Elle fonça sur lui, les poings serrés.

— Aviez-vous dans l'idée de m'embrasser ?

— Moi, vous embrasser ! s'écria-t-il en feignant la surprise. Certainement pas.

— Vous étiez sur le point de le faire, l'accusa-t-elle.

— Jamais je ne m'imposerais à une dame !

— Vous n'auriez pas eu...

Elle s'interrompit abruptement, le souffle bruyant. *Vous n'auriez pas eu besoin de vous imposer.* Voilà ce qu'elle avait failli lui crier au visage. *Embrassez-moi, espèce de voyou irrésistible !*

Elle avait trop chaud tout à coup, elle étouffait et elle avait l'impression qu'un essaim d'abeilles bourdonnait furieusement à l'intérieur de son crâne.

— Je n'aurais pas eu... ? l'encouragea-t-il.

Philippa secoua la tête avec colère.

— Vous n'auriez pas eu besoin de vous imposer, dit-elle avec raideur. Ce... Ç'aurait été bienvenu.

L'expression de Will changea.

— Malgré tous mes efforts ?

— Pardon ?

— Vous n'êtes pas censée m'apprécier, répliqua-t-il, l'air presque contrarié.

— Mais je vous apprécie, protesta-t-elle avant de froncer les sourcils. Et pourquoi pas ?

— La question serait plutôt : *pourquoi* vous m'appréciez.

Elle se rembrunit davantage encore.

— Par moments – comme maintenant – je le regrette de tout mon cœur.

Il rit.

— Voilà qui ne m'étonne pas !

Toujours souriant, il la dévisagea un instant, puis secoua la tête.

— J'aurais dû m'en douter.

— Vous doutez de... ?

Lui encadrant le visage de ses grandes mains chaudes, il la réduisit au silence en l'embrassant. Ce ne fut pas l'effleurement délicat auquel elle s'était attendue – qu'elle avait espéré avec un trac ingénu. Non, c'était bien davantage, si surprenant et si merveilleux qu'elle dut lui agripper les bras pour ne pas perdre l'équilibre.

Cela parut l'encourager. Repoussant son chapeau, il enfouit les doigts dans ses cheveux avant de les refermer sur sa nuque et de lui incliner le visage pour approfondir son baiser. Le cœur de Philippa s'emballa. Spontanément, ses mains remontèrent le long de ses bras, se replièrent autour de son cou.

William Montclair embrassait comme… comme… C'était de la séduction pure.

Cela allait bien au-delà de son expérience – et même de tout ce dont elle avait entendu dire avec force chuchotements et gloussements par les jeunes filles aux bals ou après l'église. Elle se sentait douce et brûlante, passionnée et agitée, et désirée. Chérie comme un trésor.

— Monsieur Montclair, souffla-t-elle.

La tête lui tournait et elle devait s'accrocher à lui pour ne pas tomber. En tout état de cause, il la tenait toujours, ce qui ne lui laissait pas le choix, mais – Seigneur ! – il était hors de question qu'elle le lâche.

Il rit doucement, le visage contre ses cheveux.

— Après un baiser comme celui-là, vous devriez m'appeler Will.

Éperdue, elle hocha la tête, car il avait les lèvres contre son oreille et la tenait scandaleusement serrée.

— Will. Embrassez-moi encore…

— Avec plaisir, mademoiselle Kirkpatrick.

Il captura sa bouche et Philippa gémit. Elle avait l'impression d'être tombée dans une rivière en crue et de risquer d'être emportée sans ses bras puissants autour d'elle. Il avait un goût de café et de cerise, et elle frissonna de désir.

— Vous…

Elle respirait avec difficulté tandis qu'il déposait de doux baisers sur ses paupières, ses joues en feu, son front, frôlant, s'attardant.

— Vous m'avez appelée Mlle Kirkpatrick...

Elle perçut le grondement silencieux de son rire dans son torse. Elle avait un bras autour de son cou, les doigts dans ses cheveux. De sa main libre, elle agrippa le revers de sa veste et s'y cramponna comme si sa vie en dépendait.

— Comment devrais-je vous appeler ? demanda-t-il dans un souffle.

Philippa se mordit la lèvre pour ne pas gémir. Son corps était si intrigant et fascinant qu'elle était incapable de penser à autre chose. Lâchant sa veste, elle glissa la main dessous. Sous sa paume, son cœur battait aussi vite que le sien. Il fit courir la pointe de la langue sur le lobe de son oreille, et les jambes de Philippa se dérobèrent sous elle tandis qu'elle se laissait aller contre lui.

— Vous m'avez reproché de vous appeler milady, poursuivit-il comme si ses caresses sensuelles ne lui avaient pas embrumé le cerveau. Vous préférez mademoiselle ?

— Oh, taisez-vous si c'est pour dire des bêtises ! s'exclama-t-elle en lui tirant les cheveux.

Il pressa ses lèvres juste sous son oreille.

— Comme il vous plaira.

Elle se plaqua contre lui avec un soupir ravi.

— Je m'appelle Philippa.

Elle se frotta la joue contre sa poitrine en inspirant profondément ; il sentait le linge séché au soleil et rangé avec des sachets de lavande.

— Philippa.

La duchesse était la seule personne à l'appeler ainsi, mais son prénom semblait différent dans la bouche de M. Montclair – Will.

Ses doigts remontèrent le long de sa colonne vertébrale, ralentirent en atteignant le haut de son corsage. Seul son fichu séparait sa peau de la sienne. Elle sentit la chaleur de ses doigts. Elle songea à arracher le fichu pour sentir sa main sur sa nuque dénudée. Telle la caresse d'un amant.

Il prit une inspiration saccadée.

— Les gens jaseraient si je vous appelais par votre prénom.

Elle ne voulait pas penser à cela, ni au fait qu'elle avait envie de continuer à l'embrasser. Et elle ne voulait surtout pas se demander comment elle aurait recouvré son calme de retour au château, devant une duchesse soupçonneuse et prête à l'envoyer à Londres sur-le-champ pour les séparer.

— Cela m'est égal, dit-elle contre son épaule.

— Vous savez ce qu'ils penseraient, et ce qu'ils diraient.

Il lui inclina la tête en arrière et enroula une mèche de ses cheveux autour de son doigt.

— Je ne peux pas vous appeler par votre prénom, mon ange, murmura-t-il.

Mon ange. Elle faillit s'évanouir, un sourire extasié aux lèvres. Elle se hissa sur la pointe des pieds pour l'embrasser.

— Appelez-moi ainsi.

Il ferma les yeux et appuya son front contre le sien.

— Je le souhaiterais tellement.

— Quand nous sommes seuls, proposa-t-elle. Comme maintenant.

Il haussa un sourcil et lui adressa son fameux sourire espiègle.

— Philippa, chuchota-t-il. Mon ange.

— Oui, comme cela.

— Mais uniquement quand nous serons seuls, dit-il entre deux baisers.

Il lui lissa les cheveux et redevint sérieux.

— La duchesse...

Elle posa un doigt en travers de sa bouche.

— Chut.

Un pli soucieux lui creusa le front, et il s'empara de sa main.

— Il faut que je parte.

Philippa cligna des yeux.

— Maintenant ? Pourquoi ?

Il sourit et embrassa les articulations de sa main gauche, puis celles de la droite.

— Ils ne vous ont pas oubliée.

Il la laissa aller et se baissa pour ramasser son chapeau de paille. Alors seulement, elle entendit le bruit de la calèche qui approchait. Au moment où Will lui tendait son chapeau, la voiture apparut au détour de la route.

— Vous aviez raison sur un point.

Son sourire de pirate était de retour.

— Il m'est bel et bien arrivé quelque chose de merveilleux aujourd'hui, mon ange.

Il lui adressa son salut plongeant ridicule et s'éloigna sur la route menant à Stone Cottage.

Et Philippa ne put que rester là, à le suivre des yeux, son chapeau serré entre ses mains, éblouie et en ébullition.

19

Aussi irréfléchi, imprudent et franchement dangereux qu'ait été le baiser avec Philippa Kirkpatrick, Will ne regrettait rien.

S'il la trouvait belle lorsqu'elle était en colère, séduisante même quand elle affichait un air sévère, et fascinante quand elle riait avec lui, rien de tout cela n'était comparable à la vision de la jeune femme tête inclinée en arrière, paupières mi-closes, attendant qu'il l'embrasse.

Il se remémorait ce baiser chaque jour, parfois à chaque heure du jour. Alors qu'il se tenait sur la berge de la rivière, à écouter un maçon, la lumière sur l'eau lui rappelait leur partie de pêche et les pieds nus de Philippa dans l'eau. Il se rappelait leur conversation à propos de son père et leurs taquineries au sujet de ce pari absurde, jusqu'à ce qu'il se rende compte qu'il n'avait rien écouté de ce que lui avait dit le maçon.

Il ne lui restait plus que quelques semaines à savourer sa compagnie. Son année au service de Carlyle s'achevait, et au vu des lettres de plus en plus impérieuses de Jack, il ne pourrait repousser son départ. Il n'y avait rien à attendre de cette histoire. Philippa l'oublierait, il repartirait et l'oublierait aussi.

C'était l'un des nombreux mensonges qu'il se racontait ces derniers temps.

Lorsque l'une des chiennes du château eut des petits, il envoya un message à Philippa pour l'inviter à venir les voir à l'écurie. Elle apparut une heure plus tard, impatiente. Will la précéda jusqu'au box aménagé pour les chiots.

— Oh, les petits trésors ! s'écria-t-elle en tombant à genoux sur la paille sans se soucier de sa robe. Quel âge ont-ils ?

Will s'accroupit près d'elle, souleva un chiot et le lui mit doucement dans les mains.

— Environ trois semaines. Leur mère commence à en avoir assez maintenant qu'ils rampent partout.

Philippa s'esclaffa.

— Je la comprends, avec sept petits !

Le chiot mordilla la manche de sa robe, et elle le souleva pour le presser contre sa joue.

— J'aimerais tellement en prendre un et le garder !

— Qu'est-ce qui vous en empêche ? s'étonna Will.

Elle leva les yeux au ciel.

— Vous imaginez l'expression de la duchesse si je rapportais un chien au château ? On ne reverrait plus jamais Percival.

Il devina que Percival était le gros chat roux qui régnait en maître sur le salon.

— C'est dommage, dit-il en prenant l'un des chiots les plus hardis et en le tenant devant son visage. Tu chasserais un gros matou très distingué ?

L'animal poussa un petit jappement et lui lécha le visage, et Philippa éclata d'un rire cristallin.

— Cela veut dire oui. Tu viens de te priver d'une existence choyée, annonça Will au chien en cherchant un mouchoir dans ses poches. Tu aurais dormi sur des coussins de soie à côté de la cheminée, on t'aurait donné des morceaux de viande choisis…

Philippa se leva, épousseta ses jupes et lui tendit son mouchoir. Au lieu de le prendre pour s'essuyer, Will leva la tête et la contempla. Seigneur, qu'elle était belle ! Ses sourcils dessinaient deux croissants noirs parfaits. Ses yeux ressemblaient à de l'or, sombres sous certains éclairages, étincelants sous d'autres.

En cet instant, ils étaient sombres, ne laissant voir que quelques éclats du feu qui brûlait en elle. Elle se pencha et lui tamponna doucement le visage. Lorsqu'elle l'effleura du bout des doigts, Will inspira profondément, ravagé de désir.

— Suis-je censée vous apprécier aujourd'hui ? chuchota-t-elle en le caressant avec le mouchoir.

— Je l'espère, murmura-t-il.

Elle le prit de court en se penchant pour le gratifier d'un baiser léger. Il l'attira sur ses genoux en lui tenant la taille, bascula sur ses talons, puis sur les fesses. Elle rit, Will sourit, puis captura ses lèvres.

Il aurait pu embrasser cette femme indéfiniment. Elle avait un goût de thé, de miel et d'amande, c'était grisant et délicieux. Elle ouvrit la bouche en gémissant et il crut perdre la tête. Cédant à la tentation, il la serra contre lui et l'embrassa à perdre haleine.

Elle noua les bras autour de son cou.

— Si vous essayez encore de me faire vous détester, dit-elle d'une voix assourdie, vous vous y prenez très mal.

Il rit pour dissimuler la gêne que lui causaient ces paroles.

— C'était à cause des chiots, n'est-ce pas ?

— Bien sûr, répliqua-t-elle. Que voulez-vous que ce soit d'autre ?

Will leva les yeux au ciel.

Ses cheveux étaient adorablement emmêlés et ses yeux brillaient sous ses paupières alourdies. On aurait dit une femme prête à prendre son amant par la main pour l'emmener dans son lit.

— C'est plus que cela, murmura-t-elle en promenant le doigt le long de sa mâchoire. Je n'ai jamais ressenti cela avec des chiots.

La stalle était assez éloignée des chevaux, et la porte fermée, mais un garçon d'écurie risquait d'entrer à tout moment. Il fallait mettre un terme à cette folie. Au lieu de cela, Will fit remonter sa main sur son flanc, frôla ses lèvres des siennes et murmura :

— Et que ressentez-vous exactement ?

Un lent sourire incurva les lèvres de Philippa. Elle se tortilla pour l'enfourcher, ses jupes ondulant autour d'eux. Il se raidit en imaginant ses jambes se refermer sur lui… des bas de soie blancs, des jarretières à ruban rose, une peau satinée couleur de bronze…

Elle noua ses mains derrière sa nuque et déclara avec un sourire impénitent :

— J'ai l'impression que vous êtes ma chose. Est-ce que cela vous plaît ?

Beaucoup trop, nom de Dieu !

— Tout dépend de ce que vous comptez faire de moi, coassa-t-il.

— Hmm.

Elle prit une profonde inspiration et le regard de Will vola vers ses seins ronds et tentants, à peine dissimulés par le fichu vaporeux. Il essaya fiévreusement de faire taire le murmure diabolique dans son oreille lui rappelant qu'il suffisait de la faire basculer et d'écarter ses jupes pour…

— Que me laisseriez-vous faire ?

Sa voix était amusée et séductrice, et le désir crépita dans son corps entier. Il lui prit le visage entre les mains pour empêcher celles-ci de s'égarer.

— Tout ce que vous voudrez, dit-il d'une voix si éraillée qu'il la reconnut à peine.

— Toutes les filles de cuisine disent que vous êtes très beau sans votre chemise.

Il faillit expirer à l'idée d'ôter sa chemise et de sentir ses mains douces sur sa peau.

— Cela m'intrigue, avoua-t-elle dans un filet de voix.

Elle fit courir son doigt sur son cou, sur son nœud de cravate, sur sa poitrine.

— J'ai regretté de ne pas avoir été là lorsque vous avez traversé la cour torse nu...

Il calcula qu'il pouvait se débarrasser de sa veste, de son gilet et de sa chemise en moins d'une minute. Il pouvait satisfaire sa curiosité, la laisser faire de lui tout ce qu'elle voulait...

Non, il ne le pouvait pas. Il ferma les yeux et se concentra sur sa respiration, ce qui se révéla plus difficile que prévu. Elle ne se rendait pas compte de ce qu'elle demandait. Et quand bien même, c'était à lui de la sauver d'elle-même.

Il attrapa sa main vagabonde et la porta à ses lèvres.

— Et moi, que me laisseriez-vous faire ?

Une étincelle s'alluma dans ses yeux.

— Tout ce que vous voudrez.

Il haussa un sourcil et la fit basculer jusqu'à ce qu'ils soient allongés face à face.

— Tout ce que je voudrais ? Et qu'*aimeriez*-vous que je fasse ?

Il pencha la tête et effleura de ses lèvres la courbe d'un sein, écartant d'un doigt le fichu déjà lâche. Sa poitrine était splendide, et il passa la langue le long de son décolleté.

— Oui, murmura-t-elle dans un souffle en lui agrippant la tête pour la plaquer contre sa poitrine. Oui, *ceci*.

Il tendit l'oreille un instant, à l'affût d'un bruit de pas, puis céda à la tentation. Elle enfonça les doigts dans ses cheveux et chuchota des encouragements tandis qu'il déposait une pluie de baisers sur sa peau. Lorsqu'il releva la tête, enivré, la poitrine de Philippa était en grande partie dénudée et elle avait replié une jambe sur sa hanche pour mieux se coller à lui. Il sentait ses mains à l'intérieur de son gilet.

Ses cheveux s'étaient échappés de leurs épingles, et les mèches noires semées de quelques brins de paille l'auréolaient, comme dans ses fantasmes.

— Vous m'ensorcelez, murmura-t-il contre ses lèvres.

Le sourire qu'elle lui adressa était à la fois stupéfait et euphorique.

— Dites-m'en davantage, chuchota-t-elle en tirant sur sa cravate à moitié défaite.

Un bruit dans l'allée le fit se pétrifier. Philippa écarquilla les ycux. Il posa l'index en travers de ses lèvres, et elle le gratifia d'un regard provocant avant de faire la moue et de lui embrasser le doigt.

Il tressaillit. Ce n'était pas parce qu'elle voulait qu'il l'embrasse qu'il devait le faire ici, comme ceci. C'était un voleur, il dérobait ces moments avec elle – mais c'était plus fort que lui.

Il l'aida à se lever et épousseta sa robe pendant qu'elle rajustait sa coiffure et coinçait son fichu dans son corsage. Le bruit de sabots se rapprocha, on entendait maintenant les voix des palefreniers. Will jeta un coup d'œil prudent entre les barreaux en haut de la porte.

— Merci, monsieur Montclair, dit Philippa avec un petit sourire espiègle, de m'avoir montré les chiots.

Ces derniers s'étaient endormis depuis longtemps, blottis les uns contre les autres.

Le visage de Philippa était lumineux. Il entendait encore ses gémissements de plaisir, sentait la soie chaude de sa peau sous sa langue. Elle dut deviner ses pensées, car elle rougit.

— Tout le plaisir fut pour moi, mademoiselle Kirkpatrick, répondit-il suffisamment fort pour qu'on l'entende.

Passant devant lui pour sortir de la stalle, elle chuchota :

— Pas *exclusivement* pour vous.

Puis elle disparut. Elle s'adressa au garçon d'écurie aussi calmement que d'habitude tandis que Will s'accrochait à un barreau en se demandant comment diable il allait réussir à quitter Carlyle.

Ce fut Charles Amis qui lui annonça le départ de Philippa.

Le duc était allongé sur un tapis et une pile de coussins sous un grand auvent tendu dans la cour intérieure, tout sourire tandis que les chiots grimpaient sur lui en agitant leur petite queue. Philippa s'affairait à ramener les petits chiens égarés sur le tapis. Son visage était rosi par l'exercice, et elle était essoufflée tellement elle riait.

Will était arrivé après les chiots. Il demeura debout à côté de la tente et regarda, amusé, les chiens faire des galipettes. Deux d'entre eux passaient leur temps à se cacher sous la jupe de Philippa, puis à bondir sur leurs frères et sœurs. Elle semblait les encourager, restant sagement assise un moment avant de soulever sa jupe, d'attraper l'animal, de presser son nez contre sa tête toute douce et de rire lorsqu'il essayait de lui mordiller les cheveux.

Will se rappela la sensation de ses cheveux soyeux entre ses mains.

— Cela fait des années qu'on n'a pas ri ainsi au château, fit remarquer Amis à côté de lui.

— Il n'y a jamais eu de chiots ici ? s'étonna Will.

— Ce ne sont pas les chiens, dit le valet de chambre en jetant à Will un coup d'œil. C'est votre faute.

Mal à l'aise, il lâcha un petit rire.

— Sûrement pas ! Regardez, il s'amuse et je n'y suis pour rien.

Amis ricana.

— Je n'ai pas entendu Sa Grâce rire ainsi depuis le décès de lady Jessica. C'est vous qui avez commencé en parlant de Gulliver.

— Cela a failli me coûter ma place, lui rappela Will.

— Et c'est pourquoi vous êtes toujours là, déclara Amis avec un regard appuyé. La duchesse n'est pas stupide. Elle non plus ne l'a pas vu aussi heureux depuis des années.

— Je ne comprends pas pourquoi, s'entêta Will. Mlle Kirkpatrick l'amuse très bien toute seule.

— C'est vrai, concéda son compagnon. Mais qui va l'amuser lorsqu'elle sera partie ?

L'espace d'un instant, Will fut perdu. Ces paroles n'avaient aucun sens. Philippa, quitter le château ? Non, sa place était ici. Tout le monde à Carlyle comptait sur elle.

— Elle va à Londres, poursuivit M. Amis. Sa Grâce désire qu'elle ait la possibilité de rencontrer des gens.

Le sens de ces paroles frappa Will aussi brutalement qu'un coup de marteau. Rencontrer des gens… et se marier. Il la regarda, les joues roses, un chiot sur chaque bras, et soudain l'air parut se raréfier.

— Je pensais qu'il fallait que vous le sachiez.

Amis, ce type si perspicace, lui donna une tape sur l'épaule avant d'ajouter :

— Au cas où elle n'en aurait pas encore parlé.

Non, en effet, elle n'avait rien dit. Même après l'avoir embrassé, même après cet intermède inouï dans l'écurie. Ils avaient passé du temps avec le duc dans le jardin des Tulipes à se relayer pour lui lire *Roderick Random*, à discuter du domaine, à partager des tartes aux cerises dans la cour de la cuisine. Elle l'avait trouvé là un matin, une tartelette à la main, et avait déclaré qu'elle le décrétait vainqueur de leur pari de pêche et qu'il le méritait.

Même sans qu'ils s'embrassent, chacun avait une conscience aiguë de la présence de l'autre. Ils se parlaient facilement depuis ce fameux jour à la rivière. Philippa réagissait à tout ce qu'il disait, levait les yeux au ciel, se moquait de lui, riait avec lui, le taquinait. Pas une fois elle n'avait parlé de Londres.

Will serra si fort les dents que c'en était douloureux.

— Il n'y a aucune raison pour que je sois tenu au courant, répliqua-t-il d'un ton sec. Ce que fait Mlle Kirkpatrick, et pourquoi, ne me regarde pas.

Amis s'abstint de commentaires, mais son expression était si compatissante que c'en était insupportable.

Sans un mot, Will s'éloigna, contournant l'auvent. Une jeune femme ravissante, disposant d'une fortune et de relations chercherait un excellent parti. Et le meilleur endroit pour en trouver un était Londres. Si une chose devait le surprendre, c'était qu'elle n'ait pas encore épousé un aristo élégant. Il le regrettait, du reste, car alors... alors...

« Alors tu ne lui aurais jamais fait toutes ces choses coquines », chuchota sa conscience. Il ne l'aurait jamais vue le regarder avec intérêt, et même désir. Il n'aurait jamais été seul avec elle, ne l'aurait jamais prise dans ses bras, n'aurait pas esquivé les trognons de pomme qu'elle lui lançait. Il n'aurait jamais flirté avec elle, ne l'aurait jamais embrassée, n'aurait pas posé sa bouche sur ses seins. Des idées folles et dangereuses n'auraient jamais pris racine dans sa tête parce qu'elle aurait été d'emblée inaccessible.

Inaccessible, cela dit, elle l'avait toujours été. L'idiot qu'il était l'avait oublié.

Le duc le vit soudain.

— Vous êtes là ! Regardez ce qu'a apporté Pippa !

Il souleva un chiot pour le montrer à Will. L'animal repéra le gland sur son bonnet et se tortilla pour tenter de l'attraper. Le duc recula, surpris, ce qui fit danser le gland. Le chiot fondit dessus toutes griffes dehors. Il égratigna la joue du duc, laissant des stries écarlates, tandis que ses dents se refermaient sur le gland et qu'il arrachait le bonnet.

Carlyle poussa un cri de douleur. Philippa leva les yeux, alarmée, et Will se précipita pour attraper le chiot. Amis était déjà près de Sa Grâce ; un mouchoir à la main, il tamponnait les griffures.

— Oh, mon oncle, je suis désolée ! s'écria Philippa en accourant.

Carlyle agita la main, mais il avait pâli.

— Ce n'est rien, dit-il faiblement. Juste une égratignure.

La jeune femme se tourna vers l'un des valets qui se tenait non loin de là.

— Courez demander à Mme Potter de préparer un onguent.

— Nous devrions peut-être rentrer, Votre Grâce, suggéra Amis.

Le duc ferma les yeux tandis que son valet pressait de nouveau le mouchoir contre sa joue.

— Oui, peut-être...

Will fit signe aux deux autres valets, qui se dirigeaient déjà vers la chaise à porteurs. Ensemble, Amis et lui soulevèrent le duc et l'aidèrent à s'installer sur la chaise. Le valet précéda son maître en direction du château.

— J'espère que cela ne va pas lui causer une infection, s'inquiéta Philippa.

— La plaie n'a pas l'air très profonde, dit Will. Je fais entièrement confiance à Mme Potter.

Il promena les yeux autour de lui. Tous les domestiques étaient partis avec le duc et les chiots gambadaient dans l'herbe.

— Il faudrait rapporter ces petits diables à l'écurie.

— Oh, oui, bien sûr !

Elle souleva le couvercle d'un grand panier en osier et glissa deux chiots à l'intérieur. Will en ajouta un troisième et courut derrière celui qui était en train de creuser un trou dans l'herbe. Philippa en ramena un qui avait grimpé sur les coussins, et Will récupéra les deux derniers sous les buissons.

— Ils sont tous là, déclara Philippa avant de refermer le couvercle. Ouf !

Will rabattit le loquet du couvercle, sourd aux jappements de protestation.

— Vous avez vu comme ils ont amusé Sa Grâce ? lui dit-elle avec un sourire.

Oui, il l'avait vu. Juste avant qu'Amis lui apprenne qu'elle allait partir.

— Oui, mademoiselle Kirkpatrick.

Son ton, la fit tressaillir. Elle était échevelée et des mèches lui frôlaient les épaules, comme à l'écurie. Will dut détourner les yeux pour résister à la tentation de les enrouler autour de ses doigts, de retirer le reste des épingles de cheveux et d'allonger cette femme près de lui sous ce ciel d'azur...

Elle part à Londres.

Chercher un mari.

Un Anglais comme il faut, digne d'une héritière.

Puis : « Deux mois, chuchota la voix de Jack. Sait-elle que tu ne resteras pas à Carlyle ? »

Je pars parce que je ne peux pas rester.

C'était cela le vrai problème, il était un imbécile. Il voulait ce qu'il ne pourrait jamais avoir, et chaque fois qu'il commençait à l'oublier, le rappel suivant était plus douloureux que le précédent.

— Bonne fin de journée, mademoiselle.

Sans la regarder, il souleva le panier et se dirigea vers l'écurie.

Muette de surprise, Philippa le regarda s'éloigner à grands pas. Il était en colère. Mais pourquoi ?

Cela faisait six jours qu'il l'avait embrassée à la rivière, et trois qu'elle l'avait embrassé dans l'écurie – autant de journées magnifiques, au cours desquelles son imagination s'affolait chaque fois qu'elle pensait à lui. Par moments, son esprit s'égarait et revenait à cet instant où il avait encadré son visage de ses mains, où il lui avait adressé son sourire de pirate, et elle se demandait ce qui s'était passé derrière ses yeux. « Vous n'êtes pas censée m'apprécier », avait-il dit, puis il avait réussi à la distraire chaque fois qu'elle avait demandé pourquoi. Il parlait de la duchesse, sûrement, et il avait raison. Sa Grâce serait horrifiée d'apprendre qu'elle aimait passer du temps avec lui, et plus encore qu'elle ne pensait qu'à l'embrasser de nouveau. Cela étant, M. Montclair ne semblait pas se soucier énormément de l'opinion de la duchesse.

Elle se rappelait soudain qu'il lui avait demandé de l'appeler Will, et elle se mettait alors à rêver de ses bras autour d'elle, de ses mains sur sa peau, du goût de sa bouche sur la sienne. Elle se retrouvait fébrile et toute chaude, avec l'envie de courir comme une folle à travers le château dans l'espoir de le croiser. Elle avait cessé de le nier : elle avait envie de le voir, ne serait-ce que brièvement, dans la cour.

Aujourd'hui, elle pensait avoir tout planifié à la perfection : ils ramèneraient ensemble les chiots à l'écurie en empruntant le long sentier sinueux qui traversait le jardin, où la glycine procurerait l'intimité nécessaire pour qu'elle l'appelle *Will* et lui *mon ange*, et pour qu'ils s'embrassent encore.

Il fallut quelques minutes pour que son euphorie se transforme en stupéfaction, puis en indignation tandis qu'il contournait le château et disparaissait, comme s'il avait l'intention de porter ce panier jusqu'à l'écurie sans lui adresser la parole.

Que s'était-il passé ? M. Amis l'avait-il contrarié ? Elle ne voyait pas pourquoi. Le duc avait passé un bon moment, la duchesse était satisfaite.

Elle s'élança derrière lui.

— Monsieur Montclair ! Je voudrais vous dire un mot !

Il se retourna et continua d'aller vers l'écurie à reculons.

— À quel sujet, mademoiselle Kirkpatrick ?

— Au sujet de votre conduite !

Il haussa les sourcils. Sa foulée était plus longue que celle de Philippa, mais entre sa colère et le fait qu'il marche à reculons, elle le rattrapa aisément.

— Je vous écoute, mademoiselle Kirkpatrick.

L'usage répété de ce nom lui fit grincer des dents. Cet homme l'avait tenue dans ses bras et embrassée à perdre haleine.

— Pourquoi êtes-vous aussi guindé ? demanda-t-elle, troublée. Je croyais que nous étions devenus... amis.

Ses yeux lancèrent des éclairs.

— Un homme dans ma position doit se rappeler sa place, mademoiselle Kirkpatrick.

— Mais pas ses manières, je suppose, riposta-t-elle sèchement.

— Je vous prie de m'excuser, madame.

Il pivota et s'éloigna d'un pas rapide.

Philippa empoigna ses jupes et accéléra l'allure à son tour.

— Je n'accepte pas vos excuses. Je veux une explication. Qu'est-ce qui a changé ?

— Rien.

— Si, forcément, insista-t-elle.

— Mais non, déclara-t-il d'un ton égal avant d'ajouter à mi-voix : Malheureusement.

Elle se rembrunit.

— Que voulez-vous dire ?

Elle était essoufflée.

— Will, s'il vous plaît, parlez-moi.

Il lui adressa un regard sombre et bifurqua pour pénétrer dans la cour de l'écurie. Philippa s'arrêta à l'ombre de la voûte et s'appuya de la main au mur de pierre le temps de masser son point de côté. À l'autre bout de la cour, Will franchit une porte ouverte. Quand il ressortit quelques minutes plus tard, il avait les mains vides, et la détermination de Philippa s'était raffermie.

Tout était merveilleux, entre eux. Elle adorait le voir entrer dans une pièce. Son cœur se dilatait chaque fois qu'elle le faisait rire. Elle frémissait chaque fois qu'il lui adressait un regard brûlant dans le dos du duc ou par-dessus une assiette. Et son cœur tressautait quand le regard de Will s'éclairait à sa vue, ou lorsque son bras effleurait le sien. Avec lui, on ne parlait pas de quitter Carlyle ou d'affronter la bonne société londonienne. On ne parlait pas de sa fortune qui inciterait quelqu'un à l'épouser, on ne lui répétait pas qu'elle devait se préparer pour le jour où le duc et la duchesse mourraient et la laisseraient seule. Elle adorait être avec Will et elle pensait qu'il en allait de même pour lui.

En fait… elle était dangereusement près de tomber amoureuse de lui. Et même d'envisager un avenir avec lui. Et elle n'avait pas l'intention de le laisser s'éloigner sans qu'il s'explique sur son attitude.

Lorsqu'il arriva à son niveau, elle se planta au centre de la voûte pour l'empêcher de passer.

— Expliquez-vous, ordonna-t-elle, adoptant sans le vouloir un ton glacial de duchesse.

Il s'inclina bien bas, obséquieux.

— Je me suis emporté, madame. C'est tout.

— Comment cela ?

Il refusait de croiser son regard.

— Il vaut mieux que nous oubliions *tous deux* comment.

Philippa recula d'un pas, et il poursuivit son chemin.

— Non ! s'exclama-t-elle en courant derrière lui, abandonnant tout vestige de dignité. Pourquoi ? Que s'est-il passé ?

Il contourna l'écurie et se dirigea vers un bosquet. Il n'était pas dissimulé, mais ce serait toujours mieux que de se disputer au milieu de la route.

— Dites-le-moi, supplia-t-elle. S'il vous plaît.

Il recula lorsqu'elle fit un pas vers lui. Choquée, blessée, elle s'immobilisa. Il prit une profonde inspiration.

— Vous n'avez rien à vous reprocher. C'est ma faute. Jamais je n'aurais dû vous embrasser, ni…

Il secoua la tête brièvement, avec colère.

— Sa Grâce me congédierait sur-le-champ si elle avait connaissance de mes égarements.

Philippa rougit.

— Certes, elle n'approuverait pas, mais…

— Je ne suis pas assez bien pour vous, dit-il d'une voix sourde.

Elle se figea. « C'est à moi d'en décider », cria une petite voix intérieure.

— C'était à cela que vous faisiez allusion quand vous avez dit que je n'étais pas censée vous apprécier ?

Une ombre traversa le visage de Will – surprise, malaise, remords.

— Oui.

— Sottises, lâcha-t-elle. Vous ne pensiez pas à Sa Grâce. Vous avez dit avoir *essayé* de faire en sorte que je ne vous apprécie pas.

Cette fois, ce fut lui qui se figea, le regard méfiant.

— Vraiment ?

— Avez-vous joué avec mes sentiments ?

— *Non !* C'est précisément ce que j'essayais d'éviter.

Elle étrécit les yeux.

— Parce que j'étais une proie si facile pour un voyou comme vous ?

Il garda le silence, mais Philippa, qui l'observait depuis des semaines, vit la colère bouillonner en lui.

— Était-ce un jeu ? insista-t-elle. Un répit amusant après les tâches fastidieuses consistant à construire des ponts et à réparer des clôtures ? Séduire la vieille fille naïve ?

Sa voix se brisa, et avec elle la volonté de Will. Lâchant un juron, il s'élança vers elle et l'attira à lui. Le cœur de Philippa faillit cesser de battre lorsqu'il l'embrassa, désespéré, affamé, et puis elle s'enroula autour de lui et lui rendit son baiser avec la certitude absolue qu'il tenait à elle, qu'il la désirait, et qu'elle... elle...

Elle soupçonna qu'elle l'aimait.

— Je vous interdis, chuchota-t-il durement contre sa bouche avant de l'embrasser de nouveau avec fièvre. Ne vous dévalorisez jamais !

Elle se cramponna à lui.

— Pourquoi m'avez-vous embrassée ?

— Philippa...

— Pourquoi ?

Elle l'observa attentivement. Le temps d'un battement de cœur, elle lut le désespoir sur son visage.

— Parce que je vous désirais. Tellement... Dieu m'en est témoin, vous m'avez fasciné à l'instant où j'ai posé les yeux sur vous.

Un flot de joie la submergea.

— Alors pourquoi êtes-vous en colère ?

Il se raidit, puis s'écarta en détachant les mains de la jeune femme de ses épaules.

— Qu'espérez-vous qu'il résulte de tout cela ?

Elle ouvrit la bouche, mais aucun mot n'en sortit. Qu'espérait-elle ? Que cela continue. Qu'ils continuent à partager des commentaires spirituels, des regards amusés, des moments tranquilles de compréhension parfaite, et des baisers passionnés. Que William Montclair fasse chanter son corps et exulter son cœur. Elle voulait que tout cela ne se termine jamais.

Mais « tout cela » ressemblait presque au mariage. Si Will avouait qu'il était profondément amoureux d'elle, et que la duchesse était si émue par leurs sentiments réciproques qu'elle fléchissait et décidait finalement de leur donner son aval, ils pourraient se marier et habiter à Stone Cottage. Dans les rêves de Philippa, le duc vivait encore au moins vingt ans, et lorsque le capitaine St. James finirait par hériter, il serait si impressionné par le travail de Will qu'il le supplierait de garder son poste. Ainsi, elle aurait un mari aimant sans devoir affronter Londres, et pourrait rester à jamais à Carlyle, entourée de ceux qu'elle aimait, qui l'aimaient et la respectaient.

Son souffle s'étrangla dans sa gorge. Dieu tout-puissant ! Elle envisageait d'épouser le régisseur du domaine. La duchesse s'en évanouirait, puis elle reviendrait à elle et l'interdirait expressément. Devant son silence, Will poussa un soupir.

— Vous m'avez compris.

Affolée, elle secoua la tête.

— Non... non, attendez !

Il recula, hors de portée de sa main tendue.

— Rien ne peut sortir de tout cela. Nous le savons tous les deux. Je suis un employé et vous allez partir à Londres pour chercher un mari digne de vous.

Elle tressaillit.

— Qui vous a dit cela ?

— Amis.

Il attendit, la mettant au défi de nier. Ce qu'elle ne pouvait faire.

— Philippa, dit-il doucement, voyez-vous un avenir pour nous ?

Les pensées de la jeune femme volaient en tous sens, cherchant quelque chose de solide à quoi se raccrocher, une raison, un espoir. Mais toutes les minces possibilités qui lui venaient à l'esprit étaient balayées par son expression. Contrairement à elle, il ne voulait pas se raccrocher à un fétu de paille.

Will ferma les yeux.

— Adieu.

Il s'éloigna, et cette fois, elle n'essaya pas de le retenir.

Elle s'attarda un long moment à l'abri des arbres. Ses paroles résonnaient dans sa tête. *Je ne suis pas assez bien pour vous... Vous m'avez fasciné à l'instant où j'ai posé les yeux sur vous... Voyez-vous un avenir pour nous ?* Elles finirent par submerger les pensées heureuses et pleines d'espoir, les rêves idiots et naïfs de désir et d'amour. La folle attirance. Le sentiment qu'il était comme elle, qu'il la voyait telle qu'elle était et la trouvait ensorcelante, et qu'ils étaient faits l'un pour l'autre.

Rien de tout cela ne comptait.

Une heure plus tard, lorsqu'elle revint au château, elle rejoignit la duchesse dans le salon. M. Edwards était là, grave et sombre. Sa Grâce marchait de long en large. En voyant Philippa, elle cria presque :

— Te voilà enfin !

— Qu'est-ce qui ne va pas ?

— La France !

La duchesse se laissa tomber dans un fauteuil et prit Percival sur ses genoux.

En temps normal, Philippa se serait précipitée vers elle pour la réconforter. Aujourd'hui, elle écouta à peine M. Edwards parler, fréquemment interrompu par la duchesse. Lord Thomas s'était marié. Deux fils nés en France. L'un mort en bas âge. L'autre avait survécu. Apparemment, lord Thomas avait contracté des dettes qui l'avaient ruiné et aurait fui avec femme et enfant en Nouvelle-France.

Aujourd'hui, peu lui importait qui hériterait de Carlyle. Cela ne la concernait pas. En cet instant précis, elle avait même très envie d'être loin de Carlyle et de son régisseur.

— Pippa ?

Elle sursauta. La duchesse la dévisageait avec inquiétude.

— Oh… Euh… À quand remonte tout ceci ?

— Une cinquantaine d'années, murmura M. Edwards.

— Cinquante ans ! s'écria la duchesse. Il doit être mort, non ? Seigneur, nous n'aurons jamais de réponse ? Devrons-nous sillonner le monde entier pour retrouver cet homme et ses descendants ?

Edwards la considéra avec tristesse.

— Je dois envoyer quelqu'un là-bas, madame.

La duchesse enfouit le visage dans la fourrures de Percival et garda le silence.

— Je suis navré, ajouta l'avoué à mi-voix.

Sa Grâce releva la tête. Elle avait les yeux secs, mais sa bouche tremblait.

— Comme nous tous, monsieur Edwards.

Ce dernier se leva et s'inclina. Philippa alla s'asseoir à côté de la duchesse et lui prit la main.

— Comme s'il ne suffisait pas qu'il soit français, se lamenta la vieille dame. Un provincial ! Un seul à Carlyle, c'est plus qu'assez.

En l'entendant évoquer Will, Philippa eut un sursaut douloureux.

— Je venais vous annoncer que je suis prête à aller chez tante Diana. Mais vu cette nouvelle, si vous préférez que je reste…

— Quoi ? Mon Dieu, non, bien sûr.

La duchesse se redressa et lui adressa un grand sourire – de soulagement, à coup sûr.

— Tu dois partir, naturellement ! Quand dois-je lui dire de t'attendre ?

Elle s'était fait des illusions. Jamais la duchesse n'accepterait qu'elle épouse Will, régisseur du domaine, provincial impertinent. En outre, il ne voulait même pas d'elle si cela devait exiger tant d'efforts et de persuasion. Il était temps qu'elle affronte la réalité.

— Dès que cela pourra être arrangé.

20

Si Will avait cru qu'il se sentirait plus serein après avoir quitté Philippa, il se trompait.

Elle partit deux jours après leur confrontation. Il entendit les domestiques discuter du tumulte qui s'était ensuivi. Cela faisait plusieurs semaines qu'elle avait prévu de partir, mais tous étaient d'accord pour trouver étrange qu'elle se décide si brusquement. Mlle Kirkpatrick était toujours très attentionnée vis-à-vis des domestiques et du travail qu'ils avaient à faire. Il avait fallu trois bonnes pour tout préparer dans les temps.

« Voilà ce que tu as fait, se dit-il. Tu l'as chassée de sous son propre toit. »

Son désir de rester à Carlyle s'effondra. Il essaya de se jeter à corps perdu dans le travail, comme avant, mais il avait un mal fou à se concentrer. Sans les questions perplexes et inquiètes de Josiah, il aurait perdu la trace du bois destiné aux nouvelles granges et manqué un rapport à propos d'un cratère qui s'était ouvert dans la route du moulin et qui devait être réparé immédiatement.

Ses pensées déviaient trop souvent vers Londres, où Philippa dansait sans doute avec un Anglais bien né, un homme qui n'obéissait pas au doigt et à l'œil aux caprices d'une duchesse irascible, un homme dont le temps en Angleterre n'était pas compté. Il l'imaginait souriant à cet homme, sa fossette se creusant, cet homme l'attirant à lui pour l'embrasser jusqu'à ce qu'elle gémisse de plaisir et oublie complètement William Montclair, imbécile présomptueux.

Il ne pouvait en être autrement, il le savait, mais il en était malheureux et aigri. Il avait vu juste : retarder l'échéance ne ferait que rendre les choses plus difficiles à supporter.

Dans son accablement, il manqua un rendez-vous avec le duc. Charles Amis envoya un message à Stone Cottage, et Will jura en le lisant.

— Qu'y a-t-il, monsieur ? demanda Josiah.

— J'étais censé rendre visite au duc, hier.

Will posa les coudes sur son bureau et se passa les mains dans les cheveux.

— Vous pouvez y aller maintenant, monsieur, suggéra Josiah. Je finirai les lettres et les rapports.

Will ne bougea pas. Il se massa la nuque. Pour la première fois, il n'avait pas envie de voir le duc. Philippa ne serait pas là, mais il penserait à elle tout le temps.

— J'irai demain, marmonna-t-il en jetant le message d'Amis dans un tiroir, sur les lettres de Jack qu'il ignorait.

Le lendemain, il pleuvait à seaux, et il fut accaparé par les registres comptables. Comme il passait de plus en plus de temps à Londres, Edwards lui avait confié la plus grande partie des finances du domaine. Il n'alla pas au château.

Le jour d'après, il grimpa la colline à cheval en éprouvant un pincement de remords. Ce n'était pas la faute du duc, et le pauvre homme n'avait aucun autre visiteur. Il lui lirait quelques chapitres de *Roderick Random*, ou commencerait peut-être un nouveau roman, qui ne serait pas associé à Philippa Kirkpatrick. Il se demanda si elle le reprendrait pour le terminer de son côté, ou si elle suggérerait à son fiancé de lui en faire la lecture. C'était une auditrice attentive et passionnée.

M. Heywood l'intercepta.

— La duchesse aimerait vous dire un mot, monsieur.

Will retint son souffle. Il ne l'avait pas vue depuis des semaines, et même alors, Philippa ou l'avoué étaient présents pour servir de tampon.

— Immédiatement ? demanda-t-il, espérant repousser le moment fatidique.

Le majordome lui adressa un regard désolé.

— C'est toujours urgent lorsque Sa Grâce demande quelqu'un. Mieux vaut y aller maintenant, avant qu'elle apprenne que vous êtes au château.

— Bien sûr. Merci, monsieur Heywood.

Ce dernier l'introduisit dans le salon où Will avait eu sa première entrevue désastreuse avec la duchesse. Quel blanc-bec insolent il avait été ce jour-là, imbu de lui-même et convaincu que son employeur comprendrait le bon sens de ses explications, et applaudirait même à ses initiatives. Mais il était aussi terriblement curieux, et fasciné à l'idée de voir une vraie duchesse et l'intérieur d'un vrai château.

Aujourd'hui, cela lui était égal. Il entra et s'inclina simplement.

— Asseyez-vous, dit-elle sans préambule.

Elle portait comme d'habitude une robe grise rehaussée de dentelle blanche, et un châle bleu marine sur les épaules. Will prit un siège.

— Vous avez manqué votre rendez-vous avec le duc.

Elle se tourna vers une table sur laquelle était disposé du thé et remplit une tasse.

— Toutes mes excuses, madame, je venais justement le voir.

— Aujourd'hui, il est souffrant.

— Dans ce cas, je reviendrai un autre jour, lorsqu'il pourra recevoir une visite.

— Qu'est-ce qui vous a retenu ? voulut-elle savoir en lui tendant la tasse.

Will fixa la tasse. Philippa lui avait imposé assez souvent du thé pour qu'à présent il en boive sans déplaisir. Du moins, tel qu'elle le préparait, avec une cuillerée de miel et sans lait. La duchesse avait mis du lait et pas de miel.

— Non, merci, madame.

Elle haussa les sourcils.

— Quoi ?

Sa mère lui aurait tiré l'oreille, mais il s'entêta.

— Je ne bois pas de thé, pardonnez-moi.

Elle reposa bruyamment la tasse.

— Vous ne buvez pas de thé ! Et pourquoi cela ?

— Nous n'en buvons guère, à Boston.

Elle se rembrunit.

— Quelle impudence !

Elle but une gorgée de la tasse qu'elle venait de servir, le regard lointain, puis la reposa.

— Pourquoi avez-vous déçu les attentes du duc ?

Will serra les dents.

— Ce n'était pas mon intention, madame. Je vais arranger les choses avec M. Amis et être plus attentif à l'avenir.

Elle émit un reniflement.

— L'absence de Mlle Kirkpatrick vous rend maussade ?

Pris de court, il se raidit.

— Non.

Elle le dévisagea, visiblement peu impressionnée.

— J'espère bien que non.

— Pourquoi serait-ce le cas, madame ?

— Je ne vois pas pourquoi, en effet, dit-elle, d'un ton légèrement surpris qui parvint à donner une impression de dédain. Cependant, si vous deviez éprouver des sentiments dans ce sens, je ne saurais que trop vous conseiller de les ignorer. Elle est allée à Londres pour fréquenter la bonne société, et notamment des gentlemen célibataires riches et de bonne famille. Elle ne vous consacre certainement pas une seule pensée.

Il serrait si fort les dents que c'en était douloureux.

— Pourquoi le ferait-elle, madame ?

— Pour aucune raison, bien sûr. Je vous dis cela par bonté de cœur, afin de vous rappeler où est votre devoir.

Il garda le silence.

— Le duc continue toutefois à apprécier votre compagnie.

À l'entendre, elle ne comprenait pas que qui que ce soit le supporte, a fortiori l'apprécie.

— Tant que vous travaillerez ici, vous serez tenu de lui rendre visite deux fois par semaine.

— Tenu, répéta-t-il.

— Prié, rectifia-t-elle en plissant les yeux.

Il resta silencieux un moment, furieux.

— Je n'ai jamais considéré les visites que je rends au duc comme un devoir, madame. Il s'est montré bon et accueillant, et j'ai toujours été heureux d'aller le voir.

— Tant mieux ! Alors continuez !

Will la gratifia d'un sourire sans joie.

— Sinon je serais congédié.

La duchesse rougit et pinça les lèvres. Elle mourait visiblement d'envie de prononcer les mots et d'en finir avec lui. Absurdement, il le souhaita.

— Peut-être, dit-elle.

C'en fut trop. Sans un mot, il se leva et se dirigea vers la porte. Il entendit un tintement de porcelaine et le froissement de la soie.

— Monsieur Montclair, que faites-vous ? Arrêtez-vous ! Quelle insolence insupportable ! Vous désirez donc être congédié ?

Il s'immobilisa et se retourna. Elle était debout, les poings sur les hanches, l'air irritée, choquée, contrariée. Il se dit qu'elle essayait simplement de protéger sa chère Philippa ; il se dit que c'était une vieille femme riche, figée dans ses principes et habituée à ce que tout le monde lui obéisse.

Peu importait.

Il la gratifia de sa révérence la plus obséquieuse possible, avant de répliquer en français :

— Je m'en fiche, madame.

Sur ce, il tourna les talons et sortit.

Will alla voir le duc, mais ce fut une perte de temps. Si celui-ci se réjouit de le voir, il était faible et léthargique, et Will n'était pas d'humeur à le dérider. Au bout d'un quart d'heure, Sa Grâce se déclara trop fatigué, pria Will de revenir un autre jour, et se contenta de hocher la tête lorsque ce dernier s'excusa de ne pas être dans son assiette.

Charles Amis le raccompagna.

— Qu'est-ce qui vous perturbe ainsi ? demanda-t-il doucement.

— J'ai eu un entretien désagréable avec la duchesse. Par ma faute.

Amis le scruta.

— C'est tout ?

— Que pourrait-il y avoir d'autre ?

— Mme Amis me dit que vous ne venez plus à la cuisine. Elle a demandé si vous étiez malade. Et maintenant, vous avez oublié Sa Grâce.

— J'ai beaucoup de choses à faire, se défendit Will. J'ai été occupé.

— Et Mlle Kirkpatrick est partie depuis plus d'une semaine, ajouta Amis.

— Ah oui ? dit Will en détournant les yeux. Je ne suis pas au courant des projets de la famille.

— Will, murmura Amis, je sais que vous tenez à elle, et qu'elle vous apprécie énormément. Mais vous le savez, c'est impossible.

— En effet, dit Will entre ses dents.

— Vous devez l'oublier. Elle reviendra probablement de Londres avec un fiancé, voire un mari.

Will le considéra longuement. L'homme lui parlait en ami.

— Merci, Charles.

Il s'en alla avant qu'Amis remue davantage le couteau dans la plaie.

À dater de ce jour, il s'épuisa au travail, ne s'arrêtant que pour rendre visite au duc les jours prescrits. Les deux nouveaux ponts étaient presque terminés et la plus grande partie des réparations était déjà en route. C'était stupéfiant de voir tout ce qui pouvait être accompli dès lors qu'Edwards desserrait les cordons de la bourse ducale. Will avait mis au point un mode de fonctionnement efficace avec Josiah. Il gardait un œil sur le calendrier, attendant le jour où il plierait bagage pour de bon et souhaitant laisser les choses parfaitement en ordre. Désormais, tout était quasiment sur des rails.

Aussi, lorsqu'une nouvelle lettre de son frère lui parvint, remplie de jurons et de mots soulignés, il ne l'ignora pas comme les autres. Jack ne le suppliait pas de venir à Londres pour l'aider à gagner le marché du Français, il l'exigeait. *Il commence à envisager de se tourner vers une autre compagnie, et si cela arrive, je dirai à papa que tu as refusé d'intervenir pour le convaincre*, menaçait Jack.

Il imagina ce que dirait son père s'il apprenait qu'il n'avait pas fait le moindre geste pour aider Jack. Puis il songea à ce que ferait son père si Jack se vengeait en révélant où il se trouvait. Il sortit une feuille de papier et griffonna : *Je serai là dans trois jours*.

Il retourna au château l'annoncer à la duchesse, s'attendant qu'elle le congédie sur-le-champ, et ne s'en souciant guère. Cela n'avait plus d'importance à présent : il devrait partir dans quelques semaines de toute façon.

À sa grande surprise, elle n'en fit rien.

Elle afficha une moue mécontente lorsqu'il lui expliqua qu'on avait besoin de lui à Londres pour une affaire familiale, mais se contenta de demander :

— Combien de temps serez-vous absent ?

— Pas plus de quinze jours.

Il fallait deux jours pour gagner Londres, un seul si l'on était prêt à faire un voyage éreintant. Dix jours lui suffiraient pour conclure l'affaire, ou la considérer comme une perte irrévocable.

La duchesse but une gorgée de thé. Aujourd'hui, elle ne lui en avait pas proposé.

— Et vous partirez demain ?

— Oui, madame.

Une nouvelle gorgée de thé.

— Et le duc ?

— M. Amis connaît les livres que nous avons lus. Il pourra continuer en attendant mon retour.

Si je reviens.

Le front plissé, Sa Grâce rétorqua :

— Apparemment, il vous préfère.

Ne sachant que répondre, Will ne dit rien. La duchesse soupira.

— Vous devez vous occuper de votre famille, bien sûr. Je présume que vous en profiterez pour rendre visite à M. Edwards afin de discuter de Carlyle.

— Si vous le souhaitez, madame.

Elle lui décocha un regard irrité.

— Bien sûr que je le souhaite. Vous absenter quinze jours, c'est extraordinaire.

Attendez que je démissionne. Il ferait mieux de donner son congé dès à présent et de regagner Londres définitivement. Mais il n'aurait alors aucune raison de revenir, et, sans trop savoir pourquoi, il était incapable de prononcer ces paroles pour l'instant.

— Oui, madame.

— Allez-y, dit-elle avec raideur. Et j'espère sincèrement que votre problème familial sera résolu pour le mieux.

— Merci, madame, répondit-il, surpris par ce témoignage de gentillesse inattendue.

Le hall principal étant plus proche du salon, il emprunta l'escalier à révolution. À mi-chemin, son regard tomba sur la statue, en contrebas, et lorsqu'il atteignit le rez-de-chaussée, il prit le temps de l'examiner.

Sculptée dans un marbre blanc très pur, Persée tenait la tête de Méduse, dont les traits étaient tordus par la rage et la douleur. Tuer la Gorgone avait été un exploit remarquable, qui n'avait pu être accompli qu'avec l'aide de trois dieux et d'une déesse. Cependant le visage de Persée était détourné, car contempler son trophée aurait signifié son arrêt de mort.

Will comprenait cela. Il était arrivé à Carlyle pour des raisons personnelles et il avait accompli la tâche qu'il s'était fixée. Tel Persée, il n'osait regarder ce qu'il avait fait.

Il se dirigea vers la porte et sortit, peut-être pour la dernière fois.

21

Dès qu'elle descendit de la voiture dans Hertford Street, Philippa prit la décision de s'amuser durant son séjour à Londres.

Diana et Fanny sortirent de la maison alors qu'on déchargeait les bagages.

— Enfin, vous voilà ! s'écria Fanny en étreignant Philippa.

— Et je suis si heureuse de vous voir.

C'était la vérité. Fanny était comme une petite sœur pour elle.

— Plus ravissante que jamais, déclara la comtesse. Mais aucune étincelle dans vos yeux ! Nous allons arranger cela au plus vite.

Philippa sourit.

— Le voyage était long, ma tante. Je suis juste un peu fatiguée.

Diana avait été l'amie de cœur de Jessica et Philippa l'appelait sa tante depuis toujours.

— Dans ce cas, nous allons vous laisser vous reposer avant de vous éblouir, déclara Diana en l'entraînant vers la maison.

— Nous avons tellement de projets pour votre visite ! s'exclama Fanny. Cela fait un siècle que j'attends…

Diana les précéda dans l'escalier. Sa maison était extrêmement élégante. Ce n'était pas étonnant : Diana elle-même était extrêmement élégante, et sa demeure se trouvait dans un nouveau quartier à la mode. Cela changeait énormément d'un château vieux de plusieurs siècles, songea Philippa.

— J'ai pensé que cette chambre vous plairait.

La comtesse ouvrit une porte donnant sur une pièce ensoleillée décorée en jaune pâle et blanc, et orné d'un mobilier délicat en acajou.

— Elinor s'installe toujours ici lorsqu'elle nous rend visite. Elle aime beaucoup la vue sur le parc.

— Oh, vous saviez que cela plairait à une fille de la campagne comme moi !

Philippa retira son chapeau tout en s'approchant de la fenêtre et jeta un coup d'œil dehors. La maison se trouvait à l'angle de Park Lane et Hertford Street, d'où l'on voyait très bien Hyde Park.

— C'est merveilleux d'être si proche d'un aussi bel espace vert.

— Fort commode pour les promenades en voiture ou au bras d'un charmant gentleman, la taquina Fanny.

Philippa continua de sourire alors que cette seule pensée lui donnait envie de ramper sous le lit.

— Je pensais plutôt à la possibilité de fuir la société de temps en temps, mais bien sûr, c'est aussi pratique pour des promenades en voiture.

— Fuir la société ! s'écria Fanny, scandalisée.

— Oui, répondit Philippa avec un petit rire. Dès mon premier faux pas, quand je n'oserai plus me montrer pendant trois jours.

Diana sourit, mais Philippa lut une vague inquiétude dans son regard.

— Je n'ai aucune crainte, assura-t-elle. Toutefois, nous allons vous laisser vous reposer jusqu'au dîner. Sa Grâce m'a avertie qu'il vous faudrait renouveler complètement votre garde-robe. Nous commencerons demain par Oxford Street.

Fanny poussa un petit cri de joie, et Diana la poussa gentiment vers la porte.

Philippa demanda à Marianne de ne déballer que ce qu'il fallait pour le dîner, puis de prendre le reste de la journée pour se reposer. La bonne la remercia et Philippa s'allongea.

Cela faisait une semaine que Will lui avait dit qu'elle l'avait ensorcelé ; quatre jours qu'il lui avait dit qu'ils n'avaient pas d'avenir. Elle avait essayé de l'oublier, mais son cerveau ne cessait de revenir sur ce moment, de chercher ce qu'elle aurait pu dire ou faire pour éviter un tel dénouement.

Elle se demanda pourquoi elle s'infligeait cela. Elle s'était montrée honnête ; elle n'avait rien à regretter… sinon l'issue de leur conversation. Et maintenant elle était à Londres, loin de lui, et incapable de cesser de penser à lui.

Les yeux rivés sur le magnifique ciel de lit brodé, elle songea que c'était terminé. En réalité, cela n'avait jamais vraiment existé. Cela ne pouvait pas être de l'amour, car il ne l'aimait pas en retour.

« Ne pense pas à lui », s'ordonna-t-elle avant de rouler sur le flanc.

Tel un général se préparant au combat, Diana avait dressé la liste des boutiques où elles devaient se rendre. Philippa avait besoin de chaussures, de bas, de chemises, de jupons et de robes, de fichus, de chapeaux de paille, de capelines et de gants. Autant d'articles auxquels assortir des rubans, des boucles de chaussure et des bijoux, et l'on n'avait pas encore parlé de coiffeuse.

Philippa se prit la tête entre les mains.

— J'ignorais que j'étais aussi désespérément démodée ! s'esclaffa-t-elle.

— Oh, mais nous vous aurions gâtée même si vous étiez arrivée avec des malles remplies de vêtements du dernier cri ! assura Fanny. Dites-le-lui, maman.

— Et où vais-je porter tant de belles choses ? Je ne suis là que pour un mois ou deux, puis je retournerai à la campagne, où personne ne remarque si ma jupe est trop large ou trop étroite, ou si mon corsage a la bonne coupe.

Fanny ne put s'empêcher de rire.

— Pippa, nous sortirons presque tous les soirs. Maman est infatigable.

Philippa regarda Diana, qui soutint son regard innocemment.

— J'ai chaperonné deux sœurs qui ont fait d'excellents mariages dès leur première saison, vous savez.

Philippa prit sa tasse de thé. C'était vrai. Elinor, devenue comtesse de Darby, et Henrietta, à présent lady Sanbourne, avaient toutes deux plusieurs enfants et un mari aimant.

— Si vous en doutez, demandez à Beauchamp, renchérit Fanny, évoquant son frère aîné. Vous imaginez ? Maman a même trouvé à *George* une femme qui l'adore !

Philippa haussa un sourcil amusé.

— Même George ?

Fanny fit la grimace.

— Vous connaissez George, il se plaisait à jouer les libertins, c'est un miracle que quelqu'un ait voulu de lui, et plus encore une jeune femme aussi charmante qu'Anne.

— Fanny, la gronda doucement sa mère.

— Je ne doutais nullement de vous, dit Philippa en beurrant son toast. Mais je crains d'être un défi plus conséquent qu'Elinor ou Henriette, ou même que lord Beauchamp.

Un silence, puis Diana demanda prudemment :

— Pourquoi cela ?

La duchesse avait dû lui écrire pour l'avertir, bien sûr.

— Sa Grâce vous a parlé du régisseur.

Fanny tendit l'oreille, tandis que Diana eut un petit geste de la main.

— Ma chérie, laquelle d'entre nous ne s'est pas amourachée à un moment ou à un autre d'un homme qui n'était pas pour elle ? C'est juste la preuve que vous êtes une jeune fille saine. Quand j'étais jeune, j'étais fascinée par le précepteur de mon frère aîné.

Elle rit lorsque sa fille poussa un petit cri à la fois ravi et choqué.

— Un aveu qui ne manque jamais de me donner une leçon d'humilité. Il était pompeux et stupide, mais il lisait le latin avec tant de verve…

Philippa esquissa un sourire mélancolique. Elle avait le sentiment que si Diana rencontrait un jour Will Montclair, elle ne le trouverait ni pompeux ni stupide.

— Le meilleur moyen de soigner un caprice de jeune fille consiste à rencontrer beaucoup d'autres gentlemen, poursuivit Diana. J'ai oublié mon précepteur deux jours après mon arrivée à Londres. J'ai accepté une invitation à la soirée de lady Powell dans trois jours. Nous aurons beaucoup à faire pour remplir votre garde-robe d'ici là, mais je pense que nous saurons nous montrer à la hauteur de ce défi.

— Absolument, renchérit Fanny.

Au cours des deux jours qui suivirent, elles parcoururent tout Oxford Street, achetant plus de vêtements que Philippa n'en avait possédé de toute sa vie. Lorsque venait l'heure du dîner, elle avait mal aux pieds et la tête qui tournait. Oxford Street était une rue étonnante. On y trouvait absolument tout, de la boutique qui possédait tous les styles de souliers féminins possibles, y compris pour les poupées, aux magasins dont les vitrines étaient remplies de gravures en couleur et qu'une foule de curieux fréquentait assidûment. Des magasins spécialisés vendaient de délicats articles de lingerie. Les confiseurs et les marchands de fruits exhibaient des pyramides de fruits dont Philippa n'avait entendu parler que dans les livres, en particulier des ananas. Dans une vitrine, des bougies placées derrière des bouteilles d'alcool faisaient chatoyer celles-ci. L'effervescence et le bruit vous submergeaient ; des véhicules rutilants allaient et venaient, tirés par de splendides chevaux.

Dès que sa nouvelle garde-robe fut prête, les réjouissances commencèrent. Une réception dans l'immense jardin d'un hôtel particulier. Une soirée au théâtre. Un pique-nique sur une colline juste à la sortie de la ville. Une promenade sur la Tamise à bord du somptueux voilier de quelque aristocrate.

Sans parler des gens. Diana adorait être accompagnée si bien qu'elles ne sortaient jamais sans être au moins une dizaine. Habituée à la quiétude de Carlyle, Philippa avait l'impression d'être sur une scène.

Ou plutôt, debout sur un piédestal en attendant que quelqu'un fasse une offre. Son père lui avait légué trois mille livres ; somme très respectable pour la fille orpheline d'un officier de l'armée ne possédant pratiquement aucune famille. Mais la duchesse lui avait promis presque dix fois plus en supplément, et tout le monde à Londres le savait.

Il y avait la comtesse Mabry, qui insista pour lui être présentée et s'assit à côté d'elle à l'opéra. Elle ne cessa de bavarder, égrenant des petites questions sur son milieu et son éducation. Diana lui dit incidemment en souriant que lady Mabry avait un fils très séduisant – pas l'héritier mais le cadet. Philippa fut présentée à lord James à l'occasion d'un pique-nique. Lorsque la mère de ce dernier le força quasiment à aller se promener avec elle, elle lui demanda sur une impulsion si sa mère essayait de le marier.

— Cela crève les yeux, n'est-ce pas ? grimaça-t-il. Elle fait défiler devant moi une succession d'héritières.

Comme elle. Philippa sourit.

— Et je présume que jusqu'à présent aucune ne vous a plu.

Le visage de lord James s'adoucit.

— Ne le prenez pas mal, ni pour elles ni pour vous, mademoiselle Kirkpatrick, mais... mon cœur est déjà pris. Ma mère finira par capituler. Il le faudra.

Trois jours plus tard, lord James Mabry s'enfuyait avec Mme Ferguson, riche veuve de huit ans son aînée, et l'épousait.

— Peu importe, déclara Diana en apprenant la nouvelle. Je ne vous le destinais pas, de toute façon.

— Me le destiner ?

— Bien sûr, je ne l'aurais pas empêché, si vous aviez voulu de lui, ajouta Diana en lui tapotant la main. Je me disais que vous pourriez vous entraîner à flirter avec lui.

Philippa esquissa un sourire. Elle s'était entraînée avec Will, et lorsqu'elle songeait au résultat...

Ce fut le clou de ses débuts dans la haute société londonienne. Il y eut un charmant baronet, fort endetté, lui chuchota Diana, et le fils aîné d'un comte qui vint rendre visite deux fois à Philippa avant que Diana n'apprenne qu'il avait la petite vérole. Il y eut les libertins qui l'invitèrent à danser armés de sourires de prédateurs, les canailles qui essayèrent de l'entraîner dans des coins sombres à l'abri des regards, et même un gentleman qui se disait comte italien et prétendait vouloir lui montrer sa villa près de Venise. Diana le chassa avec un sourire, mais s'excusa plus tard auprès de Philippa.

— Ma chérie, je n'ai jamais vu une aussi piètre exhibition de gentlemen londoniens. Le beau temps a dû attirer les meilleurs spécimens à la campagne. Il ne nous reste que ceux qui n'ont ni fortune ni manières.

— Cela m'est égal, ma tante, je vous assure, affirma Philippa. En fait, je ne suis pas venue à Londres pour trouver un mari. Ce n'est pas comme commander une nouvelle robe, quand on peut décrire ce que l'on souhaite. Je suis venue pour vous voir, Fanny et vous, et m'amuser.

— Ce que ne permettent même pas tous ces bals et pique-niques guindés, soupira Diana.

— Peut-être pourrions-nous simplement… visiter Londres ? suggéra Philippa.

— La duchesse ne sera pas contente, murmura Diana.

— Allons donc ! Je lui dirai qu'il faudra que je revienne plus tôt dans la saison l'an prochain, afin d'augmenter mes chances de rencontrer quelqu'un, et ce sera l'occasion de vous rendre de nouveau visite.

Elle assortit sa remarque d'un sourire espiègle pour dissimuler le petit pincement douloureux que lui causait déjà cette perspective. La comtesse éclata de rire.

— Que c'est malin ! Bien sûr. Je veux que cette visite ne vous laisse que de merveilleux souvenirs.

« Ce serait peu probable », songea Philippa. Elle avait beau faire, elle n'arrivait pas à ne plus penser à Will. Alors qu'elle se promenait dans le parc au bras d'un inconnu, elle se demandait s'il avait terminé le pont à côté de la ferme des Smith, et lequel des jeunes chevaux convaincrait-il la duchesse de donner à Gerald et Jilly. Pendant qu'elle prenait un petit déjeuner vénitien élaboré dans le jardin d'une vicomtesse, elle se demandait s'il avait fini de lire *Roderick Random* au duc. Et assise dans la loge de Diana à l'opéra, son esprit dérivait et elle imaginait Will à côté d'elle, sa main sur la sienne, remontant le long de son bras, lui caressant la nuque jusqu'à ce que le rideau retombe et qu'il puisse l'entraîner au fond de la loge pour l'embrasser fougueusement pendant que le public applaudirait sans s'occuper d'eux…

— Cela vous a plu ? s'enquit Diana tandis que les spectateurs applaudissaient. Vous aviez l'air ravie.

Philippa se réjouit qu'il fasse sombre. Elle devait être écarlate.

— Comment ne pas aimer ?

Elle suivit la comtesse hors de la loge et elles rejoignirent le grand salon. Comme d'habitude, une douzaine de personnes saluèrent Diana, ralentissant considérablement leur avancée. Fanny, quant à elle, fut enlevée par deux jeunes filles de son âge. Philippa était devenue experte dans l'art de murmurer des banalités.

Une redingote bleu vif attira soudain son regard, portée par un homme de haute taille aux cheveux noirs indisciplinés dont la démarche n'avait rien à voir avec celle des gentlemen londoniens. L'espace d'un instant, son cœur s'emballa. Sans réfléchir, elle fit un pas dans sa direction…

L'homme se retourna. Ce n'était pas Will Montclair, mais un monsieur plus âgé au visage buriné. Il souriait à une jeune femme en robe rose pastel – sa fille, de toute évidence. Furieuse contre elle-même, elle pivota au moment où lord Ranley, l'un des amis de Diana, s'écriait :

— Mademoiselle Kirkpatrick ! C'est extraordinaire, figurez-vous que je viens de rencontrer quelqu'un de votre famille.

Il s'écarta, et Philippa se retrouva nez à nez avec un homme qu'elle n'avait jamais rencontré, mais qu'elle reconnut pourtant.

Matthew Kirkpatrick, baron de Balmedie, la dévisageait, l'air aussi stupéfait qu'elle. Grand et large d'épaules, il était légèrement voûté. Ses cheveux jadis bruns étaient presque entièrement gris et ses yeux bleus étaient perçants. Il ressemblait tellement à son père, s'il avait atteint cet âge, que Philippa en resta pétrifiée.

Son oncle se ressaisit le premier. Son regard devint glacial tandis qu'il la parcourait de la tête aux pieds.

— Ne dites pas d'absurdité, Ranley, dit-il avec ce même léger accent écossais qu'avait son père. Cette femme n'est pas de ma famille.

Après avoir gratifié Diana d'un regard noir, il se détourna et s'éloigna d'un pas rapide malgré sa canne.

Philippa aurait voulu disparaître dans le sol. Et cependant, elle n'était pas du tout surprise. Grâce au parrainage de Diana et à l'argent de la duchesse, elle avait été reçue très poliment en ville. Si elle n'avait été que Mlle Kirkpatrick, fille anglo-indienne d'un colonel de l'armée, on ne lui aurait pas réservé le même accueil. Au fond, elle avait presque attendu le moment où quelqu'un la traiterait par le mépris parce qu'elle était différente.

C'était cependant mortifiant que ce soit son oncle – dans un théâtre bondé, de surcroît.

Elle sentit vaguement le bras de Diana se glisser sous le sien, vit lord Ranley qui leur ouvrait vivement un chemin à travers la foule curieuse. Par chance, la voiture des Beauchamp se trouvait non loin, et elles y montèrent.

— Ma chérie...

Le visage de Diana était pâle dans la pénombre de l'habitacle.

— Je ne m'attendais absolument pas à... et Ranley non plus. Je suis consternée.

Philippa ferma les yeux.

— Vous n'y êtes pour rien, murmura-t-elle.

— Me pardonnerez-vous un jour ?

— Bien sûr. répondit Philippa en se forçant à sourire.

— J'avais oublié... avoua la comtesse. Jessica m'avait dit que son beau-frère était un homme cruel.

Philippa garda le silence. Jessica avait traité un jour le baron de « brute pleine de préjugés », et papa n'avait pas protesté. Philippa avait surpris cette conversation par hasard, mais elle savait depuis longtemps que son oncle ne voulait rien avoir à faire avec elle. Depuis toujours. Il avait conseillé à son frère de la donner à ses proches indiens et de refaire sa vie avec une vraie anglaise. Si Philippa l'avait découvert en lisant le courrier de son père après sa mort, cela n'avait fait que confirmer ce qu'elle savait déjà : sa famille paternelle ne voulait pas d'elle.

Diana parut rassurée.

— Bien, reprit-elle, nous ne parlerons plus jamais de lui, et je dirai à mes connaissances que c'est un homme détestable et d'une grossièreté impardonnable. Et demain, nous ferons quelque chose de si amusant que nous oublierons tout cela. C'est entendu ?

Philippa regarda Diana, qui attendait sa réponse avant tant d'anxiété. Cette femme l'aimait et voulait tellement lui faire plaisir. Mais rien, aucune soirée, aucune sortie, aucune nouvelle rencontre, ne pourrait remonter le moral de Philippa.

Elle avait cru que ce voyage à Londres l'aiderait à surmonter son chagrin après sa rupture avec Will, elle s'était trompée. Mais peut-être n'existait-il aucun moyen de surmonter une peine de cœur. Chaque fois que quelque chose l'intéressait, elle avait envie d'en parler à Will, et dès qu'elle détestait quelque chose, elle se demandait ce qu'il en dirait. En cet instant, elle ne pensait qu'à la façon dont il lui avait tenu la main quand elle lui avait parlé de son père, et à quel point cela l'avait réconfortée.

Elle avait beau se répéter qu'elle devait cesser de penser à lui, tout le lui rappelait. Elle *ne voulait pas* l'oublier.

Lord Ranley ramena enfin Fanny à la voiture. Diana et elle discutèrent des choses excitantes qu'elles allaient faire le lendemain. Philippa les écoutait à peine. Elle acquiesçait lorsque cela lui semblait approprié, puis elle alla se coucher, non pour dormir mais pour réfléchir à ce qu'elle devait faire, à ce qu'elle avait envie de faire.

Elle avait envie de rentrer à Carlyle.

— Je ne suis pas de l'humeur qu'il faudrait pour Londres, dit-elle à Diana le lendemain dans la voiture.

Elles se rendaient dans un salon de thé en plein air. Fanny était allée faire des courses dans Bond Street avec des amies, elles n'étaient donc que toutes les deux.

— J'aurais tellement voulu l'être, mais c'est indépendant de ma volonté. Je ne veux pas que vous gaspilliez encore un mois, ou davantage, à me traîner de soirées en réceptions alors que je me sens si détachée de tout ce qui m'entoure.

L'expression de Diana était l'image de la compassion et de la contrariété.

— Je ne peux rien faire pour vous aider ?

Avec un petit sourire triste, Philippa répondit :

— Si je le savais, je vous le demanderais.

La comtesse soupira et regarda par la fenêtre durant un long moment.

— Je ne vais pas vous garder de force, bien sûr, si vous préférez rentrer à Carlyle. Je ne souhaite que votre bonheur, mon enfant.

— Je sais. Et surtout, il ne faut pas vous en vouloir, ce n'est pas à cause de mon oncle.

— Cet horrible individu, marmonna Diana.

Elle garda le silence un moment, puis :

— Vous voulez me parler de lui ?

Philippa se rembrunit. Elle n'avait pas envie de parler de son oncle.

— Du régisseur, précisa la comtesse d'une voix douce.

Prise de court et anxieuse, Philippa garda le silence.

— Je comprends les inquiétudes de Sa Grâce, reprit Diana, mais j'ai vu votre chère maman aussi agitée que vous l'êtes lorsqu'elle a rencontré votre papa. Jessica ne voulait pas causer du souci à sa mère. À l'époque, le duc était déjà diminué, et la duchesse avait pris en main la gestion du domaine. Jessica était persuadée qu'elle ne trouverait jamais un homme capable de comprendre pourquoi elle se sentait tenue de rester à Carlyle pour soutenir sa mère et son frère, et aider à s'occuper du domaine. Puis, ici à Londres, où elle était venue me rendre visite parce que j'avais insisté, elle a rencontré le colonel, l'homme le moins susceptible de lui convenir.

— C'est... c'est ce qu'elle pensait à propos de papa ?

— Un militaire de quinze ans son aîné, veuf et père d'une petite fille ? Croyez-moi, c'était lui qui ne se pensait pas digne d'elle. Mais elle a toujours dit que son cœur savait, tout simplement, et qu'elle ne pouvait lutter. Leur rencontre n'a certes pas eu lieu sous les meilleurs auspices !

— Ah bon ? dit Philippa avec intérêt.

— Grands dieux, non. Il était allé au théâtre avec un groupe d'amis passablement éméchés. Votre papa s'apprêtait à partir, et de notre côté nous étions en retard.

Diana lui sourit.

— C'était ma faute, je le crains. La mode était assez extrême à l'époque, et j'étais quelque peu futile. Jessica me taquinait à ce sujet.

Son sourire se fit nostalgique.

— Nous étions donc pressées car la représentation avait déjà commencé, et le voilà qui est sorti à grandes enjambées en tempêtant contre les excès de ses amis. Dans son élan, il l'a bousculée, et elle a posé le pied dans une grosse flaque qui a maculé de boue une partie de sa robe. Il était horrifié. Mais votre papa était un vrai gentleman. Il s'est présenté le lendemain pour s'excuser de nouveau... et elle l'a reçu. Après quoi... Il a expliqué qu'il devait se dépêcher de rentrer pour s'occuper de sa petite fille qui était malade, et cela a intrigué Jessica. Et lorsqu'il vous a amenée, un jour, à sa demande, ma foi, elle était déjà entichée. Elle est tombée amoureuse de lui, mais aussi de vous.

Diana se tut tandis que Philippa fermait les yeux.

— Et tous deux souhaiteraient vous voir heureuse, même si cela doit contrarier Sa Grâce.

Philippa prit une inspiration saccadée. Le mariage de ses parents avait défié l'ordre social. Un gentleman anglais pouvait prendre une Indienne pour maîtresse, mais pas l'épouser. Le frère de son père n'avait pas approuvé leur union. La famille de Noor avait été elle aussi réticente vis-à-vis de ce mariage. Mais son père et Ammi s'aimaient, et ils avaient bravé tout le monde.

— Lorsque Jessica a compris qu'il était fait pour elle et a décrété qu'elle deviendrait sa femme, ajouta Diana, la duchesse a fini par trouver que, finalement, ils étaient parfaitement assortis. Vous voyez, Sa Grâce n'est pas si inflexible.

Cela pouvait-il se reproduire ?

— La première fois que j'ai vu Will, j'ai trouvé qu'il avait l'air d'un pirate, dit Philippa après une hésitation. Il se conduisait comme tel, aussi, intrépide et sûr de lui. Il s'est présenté à son premier entretien avec la duchesse dans la livrée d'un valet parce qu'il avait plongé dans une rivière pour sauver les cochons d'un couple de fermiers dont la charrette s'était renversée.

Diana haussa les sourcils.

— Il ne fait rien à moitié, poursuivit-elle. Jusqu'à présent, il a réussi à la convaincre à force de persuasion de construire des ponts, de réparer des routes et de modifier entièrement le système de drainage. Il est en train de sortir le domaine de l'âge de pierre en dépit de nous tous, qui nous étions installés dans une certaine routine et n'avions pas réalisé qu'il était grand temps de le moderniser. Je crois que tous les domestiques du château le connaissent et l'admirent. Et... il s'est même fait aimer du duc.

La comtesse battit des cils. C'était l'une des rares personnes étrangères à la famille à savoir à quel point le duc était diminué.

— Carlyle ?

— Oui. Ils se sont rencontrés par hasard, mais le duc s'est pris d'affection pour lui, et désormais, M. Montclair vient plusieurs fois par semaine pour lui lire *Les Voyages de Gulliver*, discuter des affaires du domaine et se moquer du roi.

Elle sourit.

— Il est censé ne rien faire de tout cela, pourtant il le fait quand même, et mon oncle ne s'est jamais aussi bien porté.

— Juste ciel, murmura Diana. Si jamais Sa Grâce le congédie, prévenez-moi, que je l'engage.

Philippa éclata de rire, mais son rire s'étrangla dans sa gorge et se transforma en sanglot.

— Et je suis en train de tomber amoureuse de lui. Tante Diana, que dois-je faire ?

La comtesse vint s'asseoir près d'elle et la prit dans ses bras.

— Ma chérie, je ne saurais vous dire. Je peux juste vous conseiller de trouver un équilibre entre les exigences de votre conscience et celles de votre cœur.

Philippa savait ce que voulait son cœur : Will. Et pas seulement pour des baisers volés à l'écurie. Il lui avait demandé si elle pourrait envisager un avenir pour eux, et elle avait dit non... Mais elle se rendait compte à présent qu'il pouvait y en avoir un si elle se montrait assez courageuse pour le saisir.

Elle avait des scrupules à l'idée de décevoir la duchesse, qu'elle aimait si tendrement. Tous les deux jours, elle recevait une lettre d'elle. Elle parlait du duc, du domaine, de la scandaleuse requête de M. Edwards qui voulait envoyer des hommes à l'autre bout du monde pour retrouver l'indésirable et fuyant lord Thomas, et du temps qu'il faisait. Pas un mot sur M. Montclair. Elle le méprisait avant même de soupçonner Philippa d'être attiré par lui.

Et pourtant, elle avait béni le mariage de sa fille unique à un officier de l'armée, troisième fils d'un baron écossais. Qui plus est, elle avait accueilli ce dernier et sa fille orpheline de mère dans sa maison et dans son cœur. Elle pouvait sûrement faire de même pour l'homme qui avait conquis tout Carlyle – Philippa incluse.

— Oui, dit-elle doucement. Oui, c'est ce que je dois faire.

22

— Où diable étais-tu passé ? s'écria Jack en guise d'accueil.

Fatigué, affamé et couvert de poussière, Will lâcha ses sacoches.

— On dirait que les affaires vont bien en Angleterre, finalement.

Jack rougit. Le bureau était beaucoup plus élégant qu'avant le départ de Will. Les fauteuils étaient en cuir, le vieux bureau avait été remplacé par un autre, aux pieds sculptés et à la surface brillante, et la fenêtre était encadrée de tentures en velours.

— L'ancien mobilier donnait de nous l'image d'une bande de lamentables contrebandiers. À présent, nous ressemblons à ce que nous sommes : les meilleurs capitaines de navires commerciaux de Nouvelle-Angleterre.

— Ah bon ?

Les yeux de son frère lancèrent des éclairs.

— Je t'ai tout raconté. Tu as lu mes lettres, n'est-ce pas ?

Will ne répondit pas.

— Sommes-nous aussi logés luxueusement ? Je suis parti avant l'aube pour faire le trajet en une journée, j'espère qu'il y a un lit confortable pour moi quelque part.

Jack soupira.

— À l'étage.

Will hissa ses sacoches sur son épaule et gagna le premier. Il en avait déjà assez de sa visite. Son frère le talonna sans cesser de parler.

— Pourquoi n'as-tu répondu à aucune de mes lettres ? J'étais sur le point d'aller te chercher je ne sais même pas où pour m'assurer que tu étais encore en vie.

La chambre de Will était telle qu'il l'avait quittée, avec en sus une couche de poussière et une odeur de renfermé. On était loin de la brise fraîche qui traversait Stone Cottage, des odeurs du jardin de Philippa, parfois même des effluves de son parfum...

— J'ai eu fort à faire, dit-il en retirant son manteau. Et je n'avais pas l'impression que tu avais besoin de mes conseils.

Jack ouvrit la bouche, puis fronça les sourcils.

— Mais nous avions convenu...

— Nous avions convenu que tu me tiendrais informé, le coupa Will. J'ai lu les lettres et j'ai eu l'impression que tu maîtrisais la situation.

Son frère s'adossa à la porte pendant qu'il s'asseyait pour retirer ses bottes.

— Je me suis demandé comment ça se passait pour toi. Pendant tous ces mois, tu ne m'en as rien dit.

— Tout s'est très bien passé, déclara Will d'un ton égal. Tu as reçu les fonds que j'ai envoyés, n'est-ce pas ?

— Oui, et ils ont été très utiles.

— Utiles ?

Il lui avait envoyé tout ce qu'il pouvait économiser, soulageant sa conscience en reversant ses gains dans la compagnie. Il avait fait parvenir à Jack plus d'une centaine de livres ; de toute évidence, son frère n'avait eu aucun mal à les dépenser.

— Bénéfiques. Vitaux, même.

Will jeta un coup d'œil dans le broc. Béni soit Jack, il était rempli d'eau tiède. Il déboutonna son gilet et retira sa chemise pour faire un brin de toilette.

— Tu as passé du temps en extérieur, commenta Jack.

— C'est la campagne. Tu as quelque chose à manger, ou je dois ressortir ?

Jack descendit en marmonnant et Will renversa le contenu du broc sur sa tête. Il avait enfilé une chemise propre lorsque son frère revint avec un plateau de viande froide, du pain, du fromage et des fruits.

— Raconte-moi pendant que tu manges, dit ce dernier en posant le plateau sur le bureau.

Will mordit dans une poire.

— J'ai eu des activités de fermier. Il a fallu construire des ponts, réparer des routes. Il y a un château, une vieille dame revêche, et comme tu l'as constaté, j'ai passé le plus clair de mon temps dehors à examiner des toitures, réparer des clôtures et me quereller avec des maçons.

— Un festival de délices.

Will s'inclina, moqueur.

— Alors pourquoi es-tu resté ? demanda Jack.

— Il n'y avait pas eu de régisseur compétent depuis trente ans. Et une fois que j'ai commencé, j'ai voulu terminer.

— Mais la gestion d'un domaine n'est jamais terminée ! s'esclaffa Jack. Tu pourrais t'y consacrer jusqu'à la fin de tes jours qu'il resterait encore du travail à abattre.

Will faillit s'étrangler sur un morceau de viande froide. Tout ce qu'il avait fait et appris durant l'année passée ne servirait à rien, et il ne pourrait jamais en parler. Mais c'était ainsi. Il attaqua le pain et le fromage en regrettant de ne pas avoir une tasse de thé au miel pour les accompagner.

— Parle-moi de cette crise qui exige ma présence.

Jack évoqua les contacts qu'il avait noués, les marchands qu'il avait rencontrés. La demande de transport maritime était exponentielle depuis que les colonies américaines, que l'on appelait à présent États, avaient été séparées des marchés anglais. Tout le monde savait que les hommes du Massachusetts étaient d'excellents marins et charpentiers de marine, qu'ils disposaient de vastes forêts de qualité pour s'approvisionner, et d'une longue histoire non seulement d'expéditions maritimes mais d'organisation de blocus – et même d'un peu de piraterie pour prouver leur supériorité de navigateurs. Si jusqu'à présent Jack avait réussi à envoyer trois cargaisons de marchandises en Amérique, ce contrat potentiel promettait bien davantage.

Will s'adossa à son siège, rassasié.

— Qui est-ce ?

— Un Français qui s'appelle LeVecque.

— Un Français qui veut transporter des marchandises entre Londres et Boston ?

Son frère détourna les yeux.

— Et Le Havre.

— En France ? s'exclama Will en fronçant les sourcils.

Jack rougit et garda le silence.

— Qu'en pense papa ? voulut savoir Will.

— C'est un très gros contrat.

Lorsque Josiah Welby devait annoncer de mauvaises nouvelles, il s'y prenait ainsi. Même si ce n'était pas sa faute, il devenait évasif et parlait à la place d'une chose positive, n'importe laquelle. Will avait essayé de lui faire perdre cette habitude déclarant qu'il préférait connaître la vérité quelle qu'elle soit.

— En quoi consiste cette cargaison ?

— Rencontre-le et dis-moi ce que tu en penses, répondit Jack, ce qui ne fit qu'accroître l'appréhension de son frère.

Il se frotta le visage, résistant à la tentation d'exiger des réponses immédiates. Jack n'était pas Josiah. Et lui-même ne commandait pas ici.

— D'accord.

— J'ai une autre chose à te dire.

Jack hésita, puis enchaîna :

— Papa se demande pourquoi il n'a pas de nouvelles de toi. Je lui ai dit que c'était moi qui m'occupais de toute la correspondance, mais il a remarqué que je ne parlais pas de toi. Je ne t'ai pas trahi, ajouta-t-il à la hâte en voyant son frère se rembrunir. Tu as donc intérêt à avoir une bonne explication sous la main.

Will en avait assez des subterfuges.

— Je vais peut-être lui dire la vérité, marmonna-t-il. Maintenant que c'est terminé, que veux-tu qu'il fasse ?

Jack poussa un soupir de soulagement.

— C'est bel et bien terminé ?

Il devrait dire oui. Il lui suffisait d'écrire une lettre d'adieu à Amis et au duc, les deux seules personnes à qui il manquerait peut-être, et de la confier à M. Edwards. Que restait-il pour lui à Carlyle à présent ?

— Presque, répondit-il. Je vais me coucher. Nous nous occuperons du Français demain.

Charles-Joseph LeVecque n'était pas le charlatan retors que Will s'était imaginé. Courtois et imposant, il se présenta comme le neveu de Jacques Necker, qui avait été ministre des Finances en France.

— Mon oncle est le seul homme qui peut sauver le roi, dit-il tandis qu'ils étaient installés dans un café à la mode dans Fleet Street. La stabilité de la France repose entre ses mains, de même que l'avenir de la monarchie.

Will ne s'intéressait pas à la politique française.

— En transportant des marchandises en Amérique ?

LeVecque sourit.

— Bien sûr. Vous aider à combattre la tyrannie britannique pour obtenir l'indépendance a coûté très cher. Le peuple français serait heureux de développer son commerce avec votre pays. Pour cela, il nous faut une flotte.

Will jeta un coup d'œil à Jack, qui hocha discrètement la tête.

— Vous ne trouverez pas de plus beaux bateaux que les nôtres. Nous sommes les meilleurs charpentiers du Massachusetts, et par conséquent du monde.

L'autre se mit à rire.

— Je n'en doute pas, je n'en doute pas ! Je dois toutefois reconnaître que, quand c'est possible, je préfère avoir à faire avec un compatriote français.

L'expression aimable de Will ne changea pas, mais Jack s'agita sur son siège.

— Nous sommes américains, monsieur, mais des Américains qui apprécient énormément notre fraternité avec la France.

L'autre eut un geste gracieux de la main.

— Bien sûr. Voyez-vous, j'ai connu un homme qui est parti pour la Nouvelle-France il y a des années. C'était un militaire, mais il a découvert pour son plus grand profit que l'on pouvait faire fortune dans la fourrures. Les castors.

Il trace un cercle sur la table du bout du doigt.

— Votre père était autrefois marchand de fourrures, n'est-ce pas ? Mon ami s'appelait aussi Montclair.

Il jeta un coup d'œil à Will.

— Je me demandais si votre père le connaissait.

À mesure que l'homme parlait, Jack était de plus en plus perplexe.

— Quoi ?

— Non, répondit Will au même moment.

LeVecque marqua une pause.

— Vous en êtes sûr ?

Will soutint son regard sans ciller.

— Ce qui a pu se passer il y a tant d'années n'a rien à voir avec notre entreprise de transport maritime d'aujourd'hui.

Le Français leva les mains en souriant.

— Non, non, naturellement ! Mais j'aime savoir avec qui je fais affaire. J'ai...

Il se pencha pour terminer d'un air de conspirateur :

— J'ai des responsabilités, vous comprenez.

Comme les deux frères gardaient le silence, il frappa la table du plat de la main et se leva.

— Je vois que vous n'êtes pas convaincu. Permettez-moi de vous présenter à quelques-uns de mes associés. Voulez-vous me rejoindre demain à Bagnigge Wells ? Les eaux là-bas sont merveilleusement bénéfiques.

Jack bredouilla son assentiment, et Will demeura immobile jusqu'à ce que le Français ait disparu.

— J'ignorais qu'il allait poser cette question ! chuchota Jack, stupéfait. Il n'a jamais évoqué le commerce des fourrures, ni même un autre Montclair. Si ça se trouve, c'est peut-être là qu'il veut en venir ? Il nous fait miroiter des cargaisons de belles marchandises parisiennes. Tu imagines le bénéfice qu'on tirerait, ne serait-ce qu'avec du champagne ? Le mobilier, la mode, même les livres. Elias Derby essaye d'ouvrir un circuit entre Boston et la Chine. Un défilé de produits français raffinés à Boston, ce serait un coup magnifique.

Will le dévisagea.

— Alors, qu'est-ce qu'il propose ? Du champagne et du mobilier ?

Jack fit la moue.

— Il s'est montré évasif sur ce qu'il a réellement l'intention d'expédier.

— Et que pourrions-nous transporter au retour ?

Les navires ne traversaient pas l'océan à vide, sauf lorsqu'ils n'avaient pas le choix. On pouvait gagner de l'argent dans les deux sens. Au départ d'Europe, les produits finis, et au départ d'Amérique, les matériaux et matières premières.

— Les marchandises habituelles, je suppose.

— Il ne faut jamais supposer. S'il s'agit d'une simple négociation pour transport de marchandises vers l'Amérique, et d'autres marchandises vers la France, pourquoi tant de mystères ? Pourquoi ne sommes-nous pas déjà en train de parler contrat ? Pourquoi s'intéresse-t-il à papa ?

— Aucune idée. Cela fait des années qu'il a cessé ses activités de trappeur.

Alors pourquoi cette insistance de la part de LeVecque ?

— Laissons tomber, Jack. Un interlocuteur aussi fuyant, il vaut mieux s'en méfier.

— Mais il a évoqué des sommes énormes...

— Tant qu'un contrat n'est pas rédigé et signé et que l'argent n'a pas été versé, ça ne vaut rien.

— Certes, mais...

— Je crois qu'il te mène en bateau, l'interrompit Will. Il profite de ton empressement pour obtenir de meilleures conditions, ou bien il joue avec toi pour servir ses intérêts, je ne sais pas. Mais demain, soit il met cartes sur table avec la cargaison et l'argent, soit on lui dit adieu.

Jack acquiesça, impressionné. Will se demanda s'il aurait eu la clairvoyance et la volonté d'être aussi ferme sans son année passée à Carlyle. Là-bas, il avait rapidement appris à ne pas laisser traîner une négociation, à s'appuyer sur ses points forts, à proposer une offre raisonnable et à s'y tenir. Avoir le poids et l'autorité de Carlyle derrière lui constituait un atout énorme, bien sûr, mais Jack et lui n'étaient pas démunis : c'étaient eux qui détenaient la flotte et l'accès au marché américain.

Cependant, Carlyle lui manquait, y compris ses disputes avec les maçons. Son intérêt pour le transport maritime, qui n'avait jamais été très profond, avait pratiquement disparu.

Bagnigge Wells se trouvait au nord de la Tamise. Will s'était rendu aux jardins de Vauxhall avant de quitter Londres, mais Jack en avait apparemment découvert d'autres. Bagnigge Wells était l'un de ses préférés.

— À l'origine, c'était la résidence de la maîtresse d'un roi, expliqua-t-il le lendemain tandis qu'ils remontaient à cheval Gray's Inn Lane en direction de Clerkenwell. On y mange plutôt bien, et dans les jardins, il y a de superbes pièces d'eau, un terrain pour jouer aux quilles et un autre pour le boulingrin.

Will avait l'impression que son frère s'était beaucoup amusé, sans lui. Il se demanda alors si Jack avait menti à tout le monde et s'il n'était pas tombé amoureux d'une femme hors de sa portée. Cela étant, il n'avait de leçon à donner à personne.

— Espérons que cet environnement agréable incitera LeVecque à en venir aux faits.

Ils payèrent les six pence requis à l'entrée et gagnèrent l'endroit où le Français leur avait donné rendez-vous. Ils le trouvèrent en compagnie d'un groupe d'hommes élégants. Il leur proposa de se joindre à eux dans le salon de thé. Jack s'apprêtait à accepter, mais Will le devança.

— Les affaires avant le plaisir, dit-il d'un ton léger mais ferme.

— Bien sûr, dit LeVecque avec un sourire narquois.

Ils traversèrent ce qu'on appelait la Longue Salle. À une extrémité, des dames buvaient du thé dans de jolis services en porcelaine, tandis qu'à l'autre, des jeunes gens posaient devant des miroirs déformants en rugissant de rire. Le regard de Will effleura les dames, élégantes créatures aux cheveux bouclés et robes de soie. Malgré lui, il se demanda si Philippa était déjà venue ici, ou si elle ne fréquentait que les salons à la mode et les jardins privés, un gentilhomme à chaque bras. Elle devait faire sensation. Une jalousie féroce lui noua l'estomac, contre laquelle il n'existait aucun remède. Avec plus de force que nécessaire, il ouvrit la porte donnant dans les jardins et sortit.

Il marcha jusqu'à ce qu'il repère un coin tranquille.

— Quelle est la nature de votre cargaison ? demanda-t-il sans détour à LeVecque.

Celui-ci haussa les sourcils et plaqua la main sur sa poitrine.

— Monsieur Montclair…

— Pardonnez-moi, monsieur, mais nous sommes très occupés, déclara Will, qui commençait à perdre patience. Vous avez eu des semaines pour jauger notre entreprise. Si vous continuez à douter de nous, peut-être devriez-vous vous mettre en quête d'une autre entreprise de transport.

Les yeux du Français étincelèrent, pourtant il hocha la tête.

— Je vois. Vous comprenez, dans ma position, je dois être tout à fait rassuré avant de tout vous révéler.

— Je ne vous ai pas suffisamment rassuré, monsieur ? intervint Jack, mi-vexé, mi-surpris.

— Si, si, jeune homme, dit-il avec un sourire condescendant. Je n'ai rien à vous reprocher, vous avez admirablement négocié.

Il coula un regard pensif à Will.

— Mais c'est vous, je pense, ajouta-t-il, l'homme avec qui traiter.

Will écarta les bras.

— Quelle est votre proposition ?

LeVecque fronça les sourcils, se rapprocha et commença à parler à voix basse.

Cinq minutes plus tard, Will se tourna vers son frère. Celui-ci était bouche bée, preuve qu'il n'avait absolument pas deviné les intentions de LeVecque.

— Vous comprenez maintenant pourquoi je recherche des gens discrets et de confiance, dit LeVecque.

Will hocha la tête.

— Votre père souhaiterait que vous acceptiez, poursuivit le Français d'un ton chaleureux et persuasif. S'il est l'homme que je crois...

— Si vous voulez que nous lui posions la question, le coupa Will, ne vous attendez pas à une réponse rapide.

LeVecque marqua une pause.

— Non, dit-il prudemment. Mais je souhaiterais savoir... Attendez, mes amis vont ajouter leurs voix à la mienne. Permettez-moi de les amener.

Sans attendre de réponse, il s'éloigna. Will fit quelques pas en fulminant.

— Bon sang ! explosa-t-il.

Son instinct lui avait dit de fuir cet homme, à raison.

— Je ne me suis douté de rien, murmura Jack, livide.

Ce n'était ni du champagne ni du mobilier raffiné que LeVecque souhaitait transporter. Il voulait faire venir d'Amérique en France des cargaisons de munitions, non seulement des mousquets et de la poudre à canon, mais des canons, des bombes et des mortiers. Il leur demandait en outre de recruter des Américains pour aller se battre pour lui en France.

— Il veut faire de nous des agents français, dit Will posément.

— Mais pourquoi ? Un traité a été signé, ne devrait-il pas s'adresser au Congrès ?

Will ricana. Il existait en effet un traité d'alliance entre la France et les États-Unis, mais uniquement pour promouvoir le commerce entre les deux nations. LeVecque, lui, voulait armer et diriger sa propre armée privée. Les soldats français en voulaient à la noblesse et au roi, et les officiers – pour la plupart eux-mêmes aristocrates – avaient du mal à les contrôler. LeVecque était un homme riche, qui avait des amis fortunés et nobles. Il sentait qu'une insurrection couvait et cherchait à se protéger. Les révolutions n'étaient pas tendres envers les élites, en général, or LeVecque avait beaucoup de choses à défendre – ou à perdre.

— Nous allons refuser, dit Jack, encore hébété. N'est-ce pas ?

— Je me demande pourquoi LeVecque semble si certain que papa serait d'accord, murmura Will, pensif.

Jack secoua la tête, impuissant.

Will ne pouvait lui expliquer le profond dilemme dans lequel le plongeait LeVecque. D'une part parce qu'il sentait que ce dernier ne leur disait pas tout, d'autre part parce qu'il était troublé par ce que l'homme avait dit sur leur père, et enfin parce que Will connaissait des choses à propos de leur père que Jack ignorait. À savoir, qu'il n'était pas né français et portait le nom de Montclair.

Seigneur ! Avant même cet imbroglio, il voulait quitter l'entreprise. Désormais, il n'aspirait plus qu'à vendre la flotte, à renvoyer Jack à la maison pour prévenir leur père que quelqu'un posait des questions dangereuses à son sujet… et à retourner à Carlyle pour y poursuivre indéfiniment sa supercherie.

Au détour du sentier qu'ils avaient emprunté au hasard, ils découvrirent d'un côté une petite rivière qui scintillait au soleil. De l'autre, des haies de buis et de houx, et une fontaine où se dressait un Cupidon chevauchant un cygne dont le bec déversait de l'eau.

Et, à l'autre bout du sentier, Philippa Kirkpatrick.

23

Philippa avait peaufiné l'art d'afficher une expression indéchiffrable alors même que ses pensées battaient la campagne.

Diana avait réuni un groupe de gens fort joyeux, sans doute pour la distraire de la débâcle de la veille. Lord Ranley se montrait particulièrement attentionné, bien qu'il n'ait pas une fois évoqué son oncle. Diana avait dû lui conseiller d'éviter le sujet, ce dont Philippa lui était reconnaissante. Elle ne voulait plus jamais penser à cet homme.

Elle songea soudain que Ranley faisait peut-être partie des gentlemen dont Diana avait espéré qu'il la courtise. Il était séduisant, charmant, et apprécié de la haute société londonienne. Il avait trente ans et possédait un ravissant domaine dans le Hampshire.

L'éventualité d'une affinité plus poussée s'évanouit le soir où, l'interrogeant sur son domaine, Ranley avait éludé et déclaré que son régisseur tenait les rênes pendant que lui-même s'occupait de choses plus intéressantes. Elle avait ressenti une colère sourde à la pensée du dur labeur de Will. Au moins, la duchesse ne se pavanait pas à Londres, dépensant tous les revenus de Carlyle pour jouer aux courses ou acheter de nouvelles redingotes.

La duchesse rêvait de la voir mariée et heureuse. Will le savait, tout comme il savait qu'elle ne l'aimait guère : il avait évoqué la duchesse lorsqu'il lui avait dit qu'ils n'avaient pas d'avenir possible.

Mais c'était avant qu'il l'embrasse désespérément et avoue qu'elle le fascinait. Avant qu'elle perçoive l'angoisse dans son regard tandis qu'il lui demandait si elle voyait un avenir pour eux. Si elle avait répondu oui… Si elle lui avait dit qu'elle était amoureuse de lui… Si elle lui avait dit que la duchesse changerait d'avis parce qu'elle l'adorait et finissait toujours par céder quand elle insistait…

Serait-il resté ? L'aurait-il prise dans ses bras pour l'embrasser de nouveau ? Aurait-il déclaré qu'il l'aimait, lui aussi ?

Il fallait qu'elle le sache. C'était devenu vital. Dès leur retour chez tante Diana, elle demanderait à Marianne d'emballer ses affaires et de louer une chaise de voyage et…

Un mouvement attira son attention. Elle jeta un coup d'œil à sa droite et… l'objet de ses pensées était là, au bout du chemin.

Le temps se figea, et ils se dévisagèrent, seuls au monde. Il avait de nouveau un air de pirate, *son* pirate, avec ses cheveux détachés et sa redingote bleu vif. Le cœur de Philippa tressaillit si violemment qu'elle crut s'évanouir. Il paraissait aussi stupéfait qu'elle.

L'homme à ses côtés lui dit quelque chose. Will se détourna en sursautant, avant de s'éloigner.

Diana racontait une histoire à propos d'une vicomtesse et de son petit chien de compagnie trop gâté, faisant rire tout le groupe. Sans un mot, Philippa tourna les talons et s'élança derrière Will.

Au bout du sentier, elle s'immobilisa : son compagnon et lui avaient disparu. Elle regarda à gauche et à droite, plissa les yeux, et aperçut sa silhouette bleue le long de la Tamise. Empoignant ses jupes, elle se mit à courir sans le quitter des yeux. À un moment, il jeta un coup d'œil par-dessus son épaule.

La voyait-il ? Essayait-il de l'éviter ou l'invitait-il à le suivre ? Il bifurqua dans le sentier et disparut derrière une haie. Le cœur de Philippa lui martelait les côtes. « Ne disparaissez pas ! » le supplia-t-elle en silence. Elle éprouvait le besoin viscéral de le voir.

Elle arrivait au tournant lorsqu'il lui saisit le bras et l'attira dans un creux de la haie directement dans ses bras, où il la réduisit au silence et répondit à toutes ses questions avec un baiser passionné et désespéré.

Elle eut l'impression d'avoir été frappée par la foudre, cœur et esprit. C'était comme si elle se réveillait après un long sommeil. Elle passa un bras autour de son cou, agrippa sa redingote de sa main libre et lui rendit son baiser, sans retenue. C'était ce qu'elle aurait dû faire la dernière fois qu'il l'avait embrassée.

— Vous êtes là, souffla-t-elle tandis qu'il appuyait son front contre le sien, aussi haletant qu'elle.

Il esquissa un sourire, lui caressa les lèvres du pouce.

— Je ne m'attendais pas à vous voir.

Elle leva vers lui un visage rayonnant, trop heureuse pour se soucier de sa remarque.

— C'est une merveilleuse surprise pour moi aussi.

Il rit, l'attira contre lui, et posa la joue sur son crâne. Son chapeau avait dû s'envoler quand elle courait. Tant pis. Elle se serra contre lui. Surtout ne plus jamais le laisser partir.

— Qu'est-ce qui ne va pas ? murmura-t-il.

Elle releva la tête, surprise.

— Vous sembliez soucieuse. J'ai eu du mal à ne pas me précipiter pour vous enlever.

Elle éclata de rire.

— Vous auriez dû ! Mais ce n'était pas nécessaire, puisque c'est moi qui ai accouru dès que je vous ai vu.

Le sourire de Will se fit plus chaleureux, plus intime. Lui soulevant le menton, il l'embrassa de nouveau.

— Nous allons causer un scandale en public, dit-il doucement.

— Cela m'est égal.

Il rit, puis soupira et lui prit la main pour l'emmener à l'écart du sentier, vers un banc sous une charmille. Philippa s'assit beaucoup plus près de lui que la décence ne le permettait et garda sa main dans la sienne.

— Vous ne vous amusez pas à Londres ?

— Non ! Les réceptions sont assommantes, les rues sales, et les gens trop frivoles. Je regrette d'être venue.

Il l'écoutait d'un air compatissant.

— Comment va tout le monde à Carlyle ? Depuis quand êtes-vous ici ?

Il hésita.

— Depuis quelques jours seulement. Le duc n'allait pas très bien ces derniers temps. Il n'est pas vraiment malade, juste fatigué et faible. Je ne l'ai pas beaucoup vu.

— Oh, non !

— Mme Potter s'occupe très bien de lui, et Amis ne le quitte pas d'une semelle. Ni l'un ni l'autre ne paraissent particulièrement alarmés. La duchesse, quant à elle, est toujours aussi combative.

Elle devina qu'il parlait littéralement. Elle se demanda pourquoi Daadee avait vu Will en son absence puisqu'elle ne l'aimait pas et l'évitait soigneusement.

Ma foi, les choses allaient changer.

— Je suis heureuse d'apprendre qu'elle va bien, dit-elle, chassant toutes ces pensées. Qu'est-ce qui vous amène à Londres ?

Cette fois, il hésita plus longuement.

— Mon frère avait besoin de moi.

Instinctivement, elle jeta un coup d'œil vers le sentier, songeant à l'homme qui était avec lui un instant plus tôt.

— J'espère qu'il ne s'est rien passé de grave.

Il fit une grimace.

— Non. Je crois que finalement, ce n'était pas si important.

— C'est un bien ou un mal ? demanda-t-elle en lui donnant un petit coup d'épaule pour essayer de le faire sourire. Une crise évitée ? Ou peut-être une occasion manquée ?

Il esquissa un sourire.

— L'un des deux, certainement.

— Égoïstement, je suis heureuse qu'il vous ait fait venir. Il est là ?

Will semblait batailler intérieurement. Il fronça les sourcils, puis posa sa main libre sur leurs mains réunies.

— Oui.

— Je peux le rencontrer ? demanda-t-elle timidement.

Deux choses lui apparaissaient soudain clairement : premièrement, elle était sincèrement profondément amoureuse de cet homme. Pas un jour ne passait sans qu'elle pense à lui. Pas une nuit ne s'écoulait sans qu'il envahisse ses rêves. Aucun des hommes qu'elle avait rencontrés à Londres ne lui arrivait à la cheville lorsqu'elle les comparait à lui. Or elle les comparait *toujours*.

La deuxième chose, c'était que si elle voulait que quelque chose sorte de cette histoire – s'ils devaient connaître l'avenir heureux qu'elle avait commencé à imaginer –, ce serait à elle de prendre l'initiative. Elle ne pouvait s'offrir le luxe de flirter en espérant qu'il la demanderait en mariage puisqu'il ne se trouvait pas assez bien pour elle. Tout le monde le prendrait pour un coureur de dot insensible, et elle pour une petite dinde, si elle ne travaillait pas activement à donner une meilleure impression.

Et pour que s'épanouisse ce désir insensé qu'elle nourrissait, ils auraient besoin d'alliés. Avec la duchesse, il faudrait déployer une force de persuasion massive. Le duc, se disait-elle, approuverait, parce qu'il aimait bien Will, et parce qu'il ignorait désormais tout des règles qui régissaient la haute société. Elle songea tout à coup que si elle pouvait rencontrer le frère de Will et entrer dans ses bonnes grâces, ce serait peut-être un premier pas pour convaincre Will qu'un avenir était possible pour eux.

— Un jour, répondit-il. Pas maintenant. J'ai cru que je rêvais quand je vous ai vue.

Il marqua une pause, avant d'ajouter d'une voix rauque :

— Vous m'avez manqué.

Le cœur de Philippa fondit. Pas d'avenir pour eux ? Ridicule ! Leur avenir était là, qui les attendait. Il leur suffisait de décider qu'ils le souhaitaient.

— Venez me rendre visite, dit-elle impulsivement.

Diana devait déjà la chercher.

— Demain. Hertford Street, chez lady Beauchamp.

Will hésita.

— S'il vous plaît, le supplia-t-elle en réalisant soudain à quel point elle s'était sentie seule depuis qu'elle avait quitté Carlyle.

Ce qui était ironique, en vérité, dans une ville si peuplée, alors qu'elle ne souffrait jamais de la solitude à Carlyle Castle. Mais peut-être était-ce la compagnie de Will qui faisait la différence.

— Vous m'avez manqué aussi. Lady Beauchamp est merveilleuse, mais Londres est un défilé incessant de lords imbus d'eux-mêmes et de dandys sans cervelle. J'ai envie de voir quelqu'un que je connais, qui me connaît et qui se soucie de moi, et qui s'intéresse aux mêmes choses que moi. Ma place n'est pas ici, et même mon oncle…

Elle se tut brusquement.

— Votre oncle ? Que s'est-il passé ?

Furieuse, elle sentit les larmes lui piquer les yeux. Matthew Kirkpatrick ne méritait pas qu'on pleure à cause de lui. Elle ne put toutefois s'empêcher de dire à Will :

— Nous l'avons croisé à l'opéra hier soir et il m'a ignorée.

Enroulant le bras autour de ses épaules, il déposa un baiser sur sa tempe.

— Qu'il aille au diable ! Pourquoi ?

Elle prit une profonde inspiration.

— Il n'a jamais accepté le mariage de mes parents parce que ma mère était indienne.

Elle tendit une main, mince et manucurée, mais plus sombre que celle de n'importe quelle Anglaise.

— Je ne ressemble pas à une demoiselle anglaise comme il faut.

Will examina sa main, puis la prit dans la sienne, grande et calleuse.

— C'est là la main d'une femme remarquable. Voyez comme elle est forte, tout comme la demoiselle elle-même.

Il entrelaça ses doigts aux siens.

— Elle est douce et chaude, comme le cœur de la demoiselle.

Il lui caressa la paume, et la bouche de Philippa s'assécha.

— Elle est merveilleusement soignée, comme tout ce à quoi tient la demoiselle.

Il porta sa main à ses lèvres.

— Elle est exquise et délicate, comme la demoiselle dans son entier, conclut-il d'une voix enrouée. Je n'ai jamais vu de main plus charmante, ni de demoiselle plus distinguée.

Il pressa sa main contre sa joue, et le cœur de Philippa lui chuchota : « Oui, c'est lui. » Comme elle avait bien fait de venir aujourd'hui !

— La quête d'un mari n'a pas encore été couronnée de succès ? demanda-t-il d'un ton léger, mais elle perçut la tension dans sa voix.

Ou peut-être voulait-elle juste que l'idée de la voir épouser un autre homme le rende malheureux.

— C'est un désastre absolu. Je n'ai pas rencontré un seul homme avec lequel j'aurais envie d'aller à la pêche ! Peut-être vais-je me résoudre à acheter un cottage à Kittleston et vivre là. Nous serions voisins, dit-elle alors même que son cœur manquait quelques battements. Vous à Stone Cottage, et moi au bout de la route à Kittleston.

Will ne dit rien, ne bougea pas.

— J'envie votre poste à Carlyle, ajouta-t-elle. Quand le capitaine héritera, il vous gardera sûrement, en revanche, ce ne sera plus ma maison. Pourtant, je ne voudrais jamais la quitter.

— Ah, te voilà ! lança une voix en français. LeVecque et ses amis veulent te parler.

Will se leva d'un bond, et gagna si rapidement le sentier que Philippa faillit tomber sur le côté. Elle se redressa, surprise, et tendit le cou pour regarder derrière lui. Il s'était planté juste devant elle, lui bloquant la vue. Il s'adressa au nouveau venu à voix basse, en français lui aussi :

— J'arrive.

L'autre pencha la tête pour tenter d'apercevoir Philippa derrière l'épaule de Will, et elle l'imita, intriguée et cependant méfiante.

— Jacques, vas-y ! aboya Will.

L'homme leva les mains en signe de reddition, recula et disparut derrière la haie.

Will se tourna vers elle.

— Je vous prie de m'excuser, je dois partir. Je... J'essayerai de passer vous voir.

Il s'inclina et s'éloigna à longues foulées rapides.

À cet instant, la tête du nouveau venu jaillit de derrière la haie. Il semblait follement curieux. Will lui attrapa le bras et ils disparurent, mais Philippa avait eu le temps de voir son visage.

Elle le connaissait, songea-t-elle, surprise, avant de réaliser que non, elle ne l'avait jamais vu. Un peu plus petit, un peu plus trapu, mais la ressemblance crevait les yeux : son teint était moins hâlé que celui de Will, mais ils avaient le même nez. Ce ne pouvait être que son frère.

Pendant un moment, elle fut trop stupéfaite pour bouger. Elle avait appris le français, comme la plupart des jeunes filles de la bonne société, cependant, n'ayant eu personne avec qui converser, sa maîtrise de la langue s'était émoussée. Will et son frère, en revanche, le parlaient couramment.

Elle avait oublié que le français était sa langue maternelle. Depuis qu'elle lui avait dit que la duchesse n'aimait pas les Français, il parlait sans le moindre accent.

Pourquoi diable ne voulait-il pas lui présenter son frère ? Cela la froissait. Elle n'avait jamais critiqué les Français, ni déclaré que les provinciaux de Nouvelle-France étaient encore pires. Elle n'avait jamais…

Comme s'il ne suffisait pas qu'il soit français… Un provincial ! Un seul à Carlyle, c'est plus qu'assez.

C'était ce que la duchesse avait dit en apprenant que lord Thomas St. James, l'héritier disparu, était parti pour la Nouvelle-France – le Canada – avec ses parents. Cinquante ans plus tôt, d'après M. Edwards.

Le père français de Will devait avoir une cinquantaine d'années.

Philippa se pétrifia. Will avait reconnu que c'était son premier emploi de régisseur. Il avait quitté l'entreprise familiale de transport maritime pour travailler à Carlyle. Pourquoi ?

Pourquoi s'était-il montré si curieux à propos du duc et de sa santé ?

Pourquoi était-il aussi évasif s'agissant de sa propre famille ?

Pourquoi avait-il dit qu'elle n'était pas censée l'apprécier ?

Quelques gentlemen bruyants firent irruption sur le sentier, la tirant de ses pensées extrêmement déconcertantes. Son cœur battait à tout rompre, réalisa-t-elle. Elle prit une profonde inspiration et secoua énergiquement la tête.

C'était de la folie ! Will n'était pas le fils de l'héritier français disparu depuis longtemps. En plus d'être une coïncidence inouïe, ce serait vraiment inimaginable qu'il connaisse son lien avec Carlyle et s'y introduise pourtant tel un espion pour accomplir une besogne difficile au cours de laquelle il se faisait régulièrement réprimander. Lord Thomas, ou son fils, n'avait qu'à se présenter sur le perron et déclarer qu'il revendiquait le château, le domaine, le duché, et personne ne pourrait l'en empêcher.

Quoi qu'il en soit, il était évident qu'elle avait encore beaucoup à apprendre sur Will. Elle pria le ciel pour qu'il vienne rapidement la voir, et s'en alla retrouver Diana.

24

Si Will il avait eu le moindre doute sur ce qu'il souhaitait, ils s'évanouirent dès qu'il posa les yeux sur Philippa.

Premièrement, il souhaitait quitter le transport maritime. Pas seulement pour éviter LeVecque et ses questions, mais parce que ce travail ne lui plaisait pas. Curieusement, se plonger dans la comptabilité de Carlyle ne l'ennuyait pas, contrairement à celle de leur entreprise.

Deuxièmement, il voulait Philippa. Désespérément, passionnément, peut-être à tort, mais il ne pouvait plus le nier. La façon dont elle l'avait embrassé à Bagnigge Wells lui donnait tant d'espoir… De même lorsqu'elle avait suggéré d'acheter un cottage à Kittleston. Si elle aussi voulait être avec lui, il devait exister un moyen pour y parvenir.

Will ignorait lequel, mais mourait d'envie de le trouver.

Pour commencer, il devait se débarrasser de Jack.

— Qui est-ce ?

Son frère le harcelait depuis la veille.

— Où as-tu rencontré une si jolie demoiselle ?

— Elle habite au domaine où je travaille.

Will prit son chapeau et enfila sa veste.

— Elle voulait des nouvelles de là-bas.

— Je comprends mieux pourquoi tu refusais de revenir à Londres ! Tu n'as cédé que parce qu'elle était là aussi ? demanda Jack en le suivant dans l'escalier. Comment s'appelle-t-elle ?

En guise de réponse, Will claqua la porte derrière lui. Au bout de quelques mètres, il jeta un coup d'œil par-dessus son épaule pour vérifier que son frère ne l'avait pas suivi.

La demeure de la comtesse de Beauchamp se trouvait dans le plus joli quartier de Londres, près de Hyde Park. Will ralentit le pas, ne sachant trop ce qu'il allait dire. Il ne pouvait poser aucune question à Philippa sans lui expliquer d'abord un certain nombre de choses. Il en avait assez d'avoir des secrets pour elle, mais malheureusement, certains d'entre eux ne lui appartenaient pas.

« Garde cela pour plus tard, » se dit-il en actionnant le heurtoir. Avant d'entreprendre quoi que ce soit d'irréversible, il devait s'assurer de ses sentiments.

La comtesse de Beauchamp était une belle femme sculpturale d'environ cinquante ans. Il comprit d'emblée qu'elle savait qui il était, mais son examen était plus songeur que soupçonneux. Et elle ne protesta pas lorsque Philippa déclara qu'elle avait envie de se promener dans le parc. Elle fit appeler sa femme de chambre – Marianne, de Carlyle, qui sourit à Will lorsqu'il porta un doigt à son chapeau pour la saluer –, et ils gagnèrent Hyde Park.

— Vous allez bien aujourd'hui ? demanda Philippa en français en lui coulant un regard de sous son chapeau.

Will lui jeta un coup d'œil, surpris.

— Très bien, merci, répondit-il lentement.

— Vous parlez français, n'est-ce pas ?

— Oui.

— Vous parlez français avec votre famille ?

— Oui, ma mère est du Québec, qui est une province francophone, dit-il rapidement.

Elle hésita et il repassa à l'anglais pour lui demander :

— Pourquoi vouliez-vous parler français ?

— J'ai remarqué que vous parlez en français avec votre frère.

Merci, Jack.

— Hier, nous étions en compagnie d'un Français, cela nous a donc semblé poli d'utiliser sa langue.

— Un Français ?

Mal à l'aise, il répondit :

— Il se renseigne pour faire affaire avec nous, mais je ne pense pas que cela aboutira. Avez-vous visité des lieux intéressants à Londres ? enchaîna-t-il pour changer de sujet.

— Plusieurs, murmura-t-elle, distraite. Quel genre d'affaires ? C'est ce qui vous a amené à Londres, n'est-ce pas ?

— Mon frère gère l'entreprise et il m'a demandé de revenir pour m'entretenir avec cet homme. Quels lieux touristiques me recommandez-vous à Londres ? Lady Beauchamp doit connaître les meilleurs endroits.

— Will, dit-elle, de quelle affaire s'agit-il ?

Il la dévisagea.

— Pourquoi ne voulez-vous pas me le dire ? S'agit-il de quelque chose… d'illicite ?

Il esquissa un sourire. Quiconque possédait un navire avait eu des activités de corsaire pendant la guerre avec l'Angleterre, sa famille comme les autres. Mais désormais, ils étaient des marchands parfaitement respectables.

— Non. C'est juste que ce n'est pas intéressant. Nous sommes dans le transport maritime.

Une petite ride apparut entre ses yeux, comme si elle ne le croyait pas tout à fait.

— Nous achetons des marchandises ici, nous les transportons jusqu'à Boston et nous les revendons, puis nous prenons une cargaison de Boston à Londres, et nous la vendons, expliqua-t-il.

— Des marchandises et des cargaisons ? répéta-t-elle.

— Dans un sens, des livres, des meubles, des rouleaux de tissu, du savon. Des panneaux de verre pour les fenêtres, des bons vins.

Elle parut déconcertée et vaguement déçue, aussi poursuivit-il sa description délibérément ennuyeuse :

— Et dans l'autre sens, nous rapportons de l'huile et des os de baleine, parfois des fourrures et des peaux. Cela suppose la tenue de livres comptables à n'en plus finir.

— Je vois.

Elle fronça les sourcils.

— Et votre frère est l'agent de cette entreprise de transport maritime.

En général, un marchand employait un agent dans chaque ville avec laquelle il faisait du commerce. M. John Hancock, le plus riche marchand de Boston, avait des agents à Londres, Manchester, Liverpool, et probablement dans une demi-douzaine d'autres villes européennes. Leur père aurait adoré avoir un agent à Londres, mais cela exigeait des relations, de la confiance, un historique de bénéfices – ce que Jack et lui étaient censés créer ici. Pour l'instant, Jack était leur agent londonien… Et Will aussi, croyait leur père.

Il hésita, et elle comprit.

— Vous en êtes tous les deux les gérants. Du moins, vous êtes censés l'être.

Il grimaça.

— En effet, mes parents nous ont envoyés ici pour ouvrir une succursale. Mais depuis des mois, mon frère n'a pas eu besoin de mon aide.

— Cependant, quand ç'a été le cas, vous avez dû retourner à Londres.

Ils avaient emprunté un sentier qui cheminait entre les arbres. Au loin, le soleil faisait miroiter un joli petit étang.

— Will, demanda Philippa en s'immobilisant, que devient Carlyle lorsque votre frère vous oblige à regagner Londres ?

— Carlyle est entre de bonnes mains.

— Non, riposta-t-elle, consterné. Le domaine est censé être entre vos mains, mais vous n'y êtes pas. Qui va s'en occuper, à votre avis ?

— On s'est passé de moi avant que j'arrive, et ce sera encore plus facile après mon départ, répondit-il sans réfléchir.

Elle écarquilla les yeux.

— Votre départ ?

L'imbécile. Il n'avait pas voulu en parler, pas aujourd'hui, pas ainsi.

— C'est un miracle que Sa Grâce ne m'ait pas encore renvoyé, dit-il avec une légèreté forcée. Ce n'est qu'une question de temps.

— Détrompez-vous. Tant que le duc désirera vous voir, elle ne vous congédiera pas. Vous ne comprenez donc pas ? Il passe en premier. Elle serait capable de garder un régisseur parfaitement incompétent, du moment qu'il amuse Sa Grâce et la sort de sa torpeur.

Will garda le silence. Il ne voyait pas comment rester à Carlyle. Philippa pâlit. Elle lui lâcha le bras comme si elle s'était brûlée.

Il prit une inspiration et baissa les yeux.

— Je ne veux pas me quereller à propos de Carlyle.

— Comment nous querellerions-nous, répliqua-t-elle d'une voix sourde, puisque vous ne serez plus là ?

Il serra les dents, luttant pour ne pas lui ouvrir son âme et lui révéler des choses qu'il devait taire. Pourquoi diable était-il venu la voir ?

Parce que son cœur ne cessait d'espérer et de rêver que cet imbroglio dans lequel il s'était mis allait se résoudre miraculeusement, et que d'une manière ou d'une autre cela se terminerait avec Philippa, sa femme, dans ses bras. Parce qu'il était encore et toujours incapable de garder ses distances avec elle. Parce qu'elle avait dit *s'il vous plaît* et *je veux voir quelqu'un qui se soucie de moi*, et parce qu'il la comprenait car il éprouvait le même besoin. Parce qu'il voulait la voir, elle, tous les jours et pour toujours.

Parce qu'il était un idiot incurable.

Un appel dans leur dos interrompit ses ruminations. Ils se retournèrent et découvrirent M. Edwards qui trottinait vers eux, essoufflé, en agitant le bras.

— Oh, non ! souffla Philippa.

Elle se dirigea vers l'avoué, et Will lui emboîta le pas.

— Mademoiselle Kirkpatrick, Dieu merci, vous voilà ! s'écria Edwards.

— Que se passe-t-il ?

— J'ai reçu un message express de Sa Grâce il y a à peine une heure.

Il jeta un coup d'œil à Will, désagréablement surpris.

— Monsieur Montclair, que faites-vous là ?

— Qu'est-ce qui ne va pas ? insista Philippa.

Will comprit que c'était grave lorsque l'avoué l'oublia pour se tourner vers elle, le visage sombre.

— Le duc. Son état s'est aggravé. Sa Grâce souhaite que vous reveniez de toute urgence…

Déjà, Philippa empoignait ses jupes et rebroussait chemin en courant, Marianne sur ses talons.

Edwards posa les mains sur ses genoux pour reprendre son souffle.

— C'est grave ? demanda Will.

L'avoué le considéra en plissant les yeux. Ses lunettes étaient de travers et les verres étaient maculés de traces de doigt.

— Monsieur Montclair, quelle est la raison de votre présence ?

— Une affaire de famille.

— Je ne voulais pas dire à Londres, répliqua sèchement Edwards. Cela, je le savais et je vous attendais d'ailleurs dans mon bureau. Que faites-vous ici, dans ce parc, en compagnie de Mlle Kirkpatrick ?

Il n'existait pas de bonne explication. Will se contenta de hausser les épaules.

— On m'a prié de vous demander de revenir à Carlyle également. Sa Grâce est dans tous ses états.

— Le duc est mourant ? s'alarma Will.

— Je prie le ciel pour que ce ne soit pas le cas.

Edwards lui adressa un regard mécontent.

— Viendrez-vous ?

— Accordez-moi une heure, répondit Will.

Philippa avait l'impression d'être à la fois enveloppée de brouillard et aussi tendue qu'une corde de violon.

M. Edwards avait prévenu Diana avant de partir à sa recherche, et celle-ci avait envoyé deux bonnes préparer ses malles. Philippa parcourut la lettre de la duchesse laissée par M. Edwards.

Le duc avait de la fièvre et ne s'alimentait plus ; il avait réclamé Pippa. La lettre de Sa Grâce frisait l'hystérie.

Quand la voiture de louage arriva, Philippa attendait déjà dans le vestibule. Marianne et elle sortirent, et les domestiques chargèrent leurs bagages.

— Écrivez-nous dès que possible, l'implora Diane. Je ne fermerai pas l'œil tant que je n'aurai pas de vos nouvelles.

— Bien sûr. Embrassez Fanny de ma part.

Philippa l'étreignit une dernière fois et grimpa dans la voiture. M. Edwards était déjà à l'intérieur.

Un coup sur le carreau la fit sursauter. Elle étouffa un cri découvrant Will sur son cheval.

— Dois-je partir devant, ou rester avec vous ? demanda-t-il à M. Edwards.

— Ne nous attendez pas, répondit l'avocat.

L'espace d'un instant empreint de tension, le regard de Will croisa celui de Philippa. Puis il fit volter sa monture et s'éloigna.

Leur conversation d'une heure plus tôt lui semblait déjà un lointain souvenir, mais elle la hanterait plus tard, soupçonnait-elle.

— Je suppose qu'elle l'a rappelé, dit-elle.

— En effet, confirma M. Edwards. Tout est bon pour ragaillardir Sa Grâce.

Voilà qui en disait long sur l'état du duc.

Deux jours plus tard, raide et ankylosée par le voyage, elle descendait de la voiture à Carlyle. On guettait son arrivée et Heywood ouvrit la porte en grand. En voyant son expression, son cœur se serra.

— Son état s'est-il un peu amélioré ? demanda-t-elle en se dirigeant vers l'escalier sans même retirer sa cape.

— Pas vraiment, mademoiselle Kirkpatrick. M. Montclair est arrivé un peu plus tôt, mais Sa Grâce dormait. La duchesse est avec lui.

Celle-ci sortit de la suite du duc, très pâle. Philippa se rua vers elle pour l'étreindre.

— Dieu soit loué, tu es là, souffla la duchesse. La fièvre ne tombe pas.

La gorge de Philippa était tellement nouée qu'elle ne put répondre. Durant cet interminable voyage, elle avait réalisé combien sa vie était précaire. La mort du duc déclencherait une cascade de changements.

Le capitaine St. James deviendrait le nouveau duc et le nouveau propriétaire de Carlyle Castle. La duchesse se retirerait dans le manoir qu'elle avait choisi plusieurs décennies auparavant et Philippa la suivrait. Mais elle craignait que la duchesse ne survive pas longtemps au décès de son fils. Elle avait soixante-seize ans, et cette ultime perte risquait d'avoir raison d'elle.

Si Philippa savait tout cela depuis longtemps, ces événements avaient toujours appartenu à un avenir lointain, de même que sa fameuse saison à Londres. À présent, ces questions la taraudaient sans merci.

Assise dans la chambre du duc plongée dans la pénombre, la main de la duchesse cramponnée à la sienne, elle s'interrogeait sans répit sur les décisions qu'elle allait devoir prendre.

Elle ne pouvait pas abandonner la duchesse. Pas maintenant, et peut-être jamais. Cela signifiait qu'elle ne pouvait pas quitter Carlyle, ce qui n'était pas une épreuve car elle adorait cet endroit. Mais quelle place occupait Will dans cet avenir ?

Tous ses rêves lui semblaient illusoires. Tandis qu'elle brossait de beaux tableaux dans sa tête, s'imaginant un avenir avec Will, lui préparait son départ. *Nous* transportons des marchandises, avait-il dit à propos de l'entreprise familiale. Son frère n'avait peut-être pas eu besoin de lui pendant des mois, mais dès qu'il le lui demandait, Will accourait. Les remarques qu'il avait faites en passant sur le temps qui lui manquait pour faire tout ce qu'il avait prévu au domaine lui revinrent en mémoire. Il n'avait jamais prévu de s'attarder à Carlyle.

Alors pourquoi était-il venu ? Pourquoi M. Edwards avait-il engagé cet homme qui ne ressemblait en rien au régisseur que la duchesse avait en tête ?

Philippa soupira. Si elle ne comprenait pas pourquoi Will avait pris ce poste, l'idée qu'il parte lui était insupportable. Le duc était peut-être mourant. La duchesse ne serait jamais plus la même. Était-ce trop demander que de ne pas perdre tous ceux qu'elle aimait en même temps ?

La duchesse se réveilla en sursaut.

— Pippa, va te coucher, ma chérie, dit-elle d'une voix lasse. S'il y a du nouveau...

Elle se tut et ses doigts se crispèrent davantage sur la main de Philippa.

— Il faut que vous dormiez aussi, Daadee.

— Pas encore, dit-elle, le regard fixe.

Une bougie solitaire brûlait sur une table près du lit, jetant une ombre légère sur la silhouette immobile. La sensation qu'il s'agissait d'une veillée mortuaire rendait Philippa nerveuse, aussi se leva-t-elle, les jambes raides, et embrassa la duchesse sur la joue avant de quitter la pièce.

Elle gagna sa chambre et regarda autour d'elle presque comme si elle la voyait pour la première fois : le haut lit et ses tentures damassées, le joli petit secrétaire devant la fenêtre donnant sur le jardin d'apparat. Le portrait de sa mère accroché à côté de la coiffeuse, son doux sourire éclairé par la lampe en dessous.

— Que ferais-tu ? chuchota Philippa.

Le sourire d'Ammi ne bougea pas. Philippa secoua la tête, le cœur lourd. Elle parlait à un tableau qui ne pouvait pas lui répondre.

Les lettres d'Ammi, en revanche, contenaient peut-être une réponse à ses questions.

Elle s'agenouilla et tira une petite malle de sous le lit.

25

Le cuir de la malle était craquelé, et les verrous en laiton oxydés. Philippa souleva le couvercle. L'inscription sur la doublure en papier avait été écrite de la main de son père : *Col. P.M. Kirkpatrick.* Philip Miles. Son prénom lui venait de son père.

Le plateau aménagé dans la partie supérieure de la malle contenait ses effets personnels, qu'il avait laissés, et ceux qu'on lui avait renvoyés d'Inde. Ses lunettes, dont la branche gauche était toujours légèrement courbée depuis que, petite, Philippa les lui avait retirées un peu trop brusquement. Son compas, à l'étui en acier tout griffé. Ses journaux intimes, soigneusement réunis, et une petite pile de lettres qu'il avait écrites d'Inde, entourée d'un ruban noir. Sa plume, un cadeau de sa seconde épouse, au manche de nacre sur lequel étaient gravées leurs initiales : *P.M.K.* entrelacé avec *J.S.S.*

Comme chaque fois qu'elle ouvrait cette malle, Philippa toucha une petite pochette en velours nichée dans un compartiment. Elle contenait les boutons du manteau dans lequel son père était décédé. Ils étaient restés entre les mains de son lieutenant qui essayait frénétiquement de le traîner à l'écart du champ de bataille. Le jeune officier les leur avait envoyés avec une lettre de condoléances exprimant son profond chagrin.

Elle souleva le plateau et le posa de côté. Dessous, leurs couleurs encore vives après toutes ces années, une pile de tissus chatoyants, un nuage de rose et d'abricot ; c'étaient les vêtements que portait sa mère le jour de son mariage. C'était une femme délicate, ils étaient trop petits pour Philippa, qui, par la taille, tenait de son père.

Elle écarta le pantalon de soie, la blouse brodée de fils d'or et d'argent, les longueurs de mousseline arachnéenne. Son père lui avait dit que la tenue de noces des dames mogholes ne devait être portée qu'une fois et jetée, mais il avait convaincu sa jeune épouse de la garder, comme le faisaient les Anglaises.

Elle laissa de côté le ravissant coffret à bijoux en ivoire sculpté de sa mère. Il contenait des bijoux que Philippa ne portait pas régulièrement : de longues chaînes en or et des rangs de perles, de grosses boucles d'oreilles ornementées qui lui auraient frôlé les épaules, des bracelets, des chaînes de cheville, un large et mince anneau doré dont son père lui avait dit qu'il ornait le nez. Il y avait aussi des bagues, pour les doigts et les orteils. Petite, Philippa adorait les essayer.

Ce soir, c'étaient les courriers qui l'intéressaient.

Il y avait deux liasses. La première contenait les lettres d'Ammi à sa mère. Elles étaient en perse, magnifiquement écrites avec des caractères enluminés. Sa daadee indienne les lui avait envoyées, et son père les lui avait traduites en anglais. Elle les avait toutes lues plusieurs fois, mais ce soir, elle les parcourut jusqu'à ce qu'elle trouve celle qui concernait sa naissance.

C'est une magnifique petite fille, maman, elle a des cheveux noirs et les joues rondes. Je n'ai jamais vu de plus beau bébé. Miles l'adore autant que moi et nous lui avons donné nos deux prénoms : Philippa Noor. J'ai hâte que vous la voyiez et la bénissiez, car c'est l'enfant d'un amour éperdu. Je prie le ciel pour qu'elle vous réconcilie définitivement avec mon mari, maman, car je l'aime plus que tout et je sais qu'il m'aime aussi. Il ne peut exister de preuve plus éclatante de notre attachement mutuel que cette enfant parfaite...

Sa Daadee avait répondu : *Tu me combles de joie ! Enfant si chère à mon cœur, te voilà devenue mère. Que Dieu vous accorde à toi et à ta fille une longue vie !*

Philippa contempla le portrait de sa mère. « Aime farouchement, semblait lui enjoindre celle-ci. Ne crains pas ce que te coûtera l'amour, redoute plutôt ce que tu risques de perdre si tu t'en prives. »

Elle plaqua les lettres contre son cœur. Il semblait toujours que quelque chose de l'Inde restait accroché à ces papiers. Ayant été élevée en Angleterre, elle ne se rappelait pas la terre natale de sa mère. Mais son père et Asmat parlaient fréquemment de l'Inde et d'Ammi afin qu'elle ne les oublie pas.

Noor avait persuadé ses parents que son bonheur était auprès d'un Anglais. Jessica avait convaincu la duchesse d'aimer l'homme qu'elle avait choisi. Comment Philippa pourrait-elle ne pas faire de même ?

Elle drapa un châle de mousseline sur sa tête, comme Ammi sur le portrait. Il était aussi léger qu'un souffle d'air. Un parfum subtil s'en dégageait.

Philippa inspira profondément. Elle avait su d'emblée que William Montclair serait source d'ennuis, qu'il mettrait à mal sa quiétude et sa sérénité. Et maintenant, elle était amoureuse de lui. Elle ignorait qui il était vraiment et pour quelle raison il était venu à Carlyle, mais quoi que lui réserve l'avenir, elle voulait le partager avec lui.

Ammi l'aurait approuvée.

Elle étudia l'écriture de sa mère jusqu'à ce qu'elle s'endorme sur le lit.

Soudain, elle se redressa brutalement, le cœur battant. La sensation d'un poids pesant sur elle la terrifia et elle redouta d'avoir pressenti la mort du duc.

Elle quitta le lit et traversa la maison en courant presque. La lumière grise annonçait l'aube. Lorsqu'elle atteignit la suite du duc, la porte s'ouvrit et la duchesse en sortit.

— Daadee… commença-t-elle, avant de s'immobiliser.

Le visage de la duchesse, gris et hagard, s'illumina.

— La fièvre est tombée. Il a demandé quelque chose à manger. Oh, Pippa, je crois qu'il va survivre !

Philippa se jeta dans ses bras en versant des larmes de joie. La duchesse recula et se tamponna les yeux.

— Je dois aller prévenir M. Edwards avant qu'il fasse venir le capitaine.

Philippa sourit, le cœur soudain léger. L'impitoyable cascade de changements ne se déchaînerait pas aujourd'hui.

Et elle savait désormais sans le moindre doute qu'elle voulait Will.

Will était parti devant, talonnant son cheval sans relâche, et arriva avant midi. Amis lui annonça la nouvelle à voix basse : le duc avait été pris d'une fièvre soudaine. Il n'avait plus d'appétit et il était presque impossible de le réveiller.

Sur ordre de la duchesse, Amis le fit entrer. Le changement survenu chez Carlyle était terrible. Il ne bougea pas quand Will s'assit à côté de lui.

— Je suis désolé que nous n'ayons pas eu l'occasion de terminer *Roderick Random*, dit-il doucement. Il lui est arrivé tant d'aventures sur les mers.

Pas de réaction.

— Amis finira la lecture. Peut-être ne devrais-je pas vous divulguer la fin, mais vous serez heureux d'apprendre que Random retrouve enfin son père après tant d'années.

Pas de réaction.

— Ça a été un honneur de vous rencontrer enfin, monsieur, ajouta-t-il d'une voix presque inaudible avant de se lever et de quitter la chambre.

Stone Cottage était calme quand il y pénétra. Il gagna le bureau. La carte indiquait ses progrès en tant que régisseur à Carlyle. Dans l'ensemble, il avait effectué un travail très honorable.

Il regarda la chaise où Philippa s'était assise.

Cette dernière savait qu'il lui cachait quelque chose. Elle avait tenté de l'inciter à se confier, à Londres. Son silence l'avait déçu.

Sa famille n'était pas contente de lui non plus. Jack avait été furieux qu'il quitte Londres à peine quelques jours après son arrivée. Ils s'étaient disputés.

— Tu m'avais juré que cela ne durerait qu'un an, l'avait accusé son frère tandis qu'il fourrait ses affaires dans les sacoches. Un an, et c'est terminé !

Il essaya de l'empêcher de passer, mais Will le contourna.

— Tu ressembles à un fantôme, ces temps-ci. Nos parents et notre sœur s'inquiètent parce que tu ne leur as pas écrit depuis une éternité. Tu devrais rentrer à la maison et parler de LeVecque à papa. Si un homme nous pose ce genre de questions, il y en aura peut-être un autre. Il faut nous préparer.

— Nous devons refuser.

— Will. *Will !* cria Jack comme son frère se dirigeait vers la porte. Que me caches-tu ?

La même interrogation que Philippa. Et là encore il ne pouvait pas lui répondre.

Quel imbécile arrogant il avait été de croire qu'il pouvait dissimuler des secrets à tout le monde sans en payer le prix ! Quoi qu'il fasse à présent, il ferait profondément souffrir quelqu'un.

Il faisait nuit quand M. Edwards frappa à sa porte. Will le fit entrer et demanda :

— Avez-vous fait bon voyage ?

Edwards le fusilla du regard, quoique sans conviction.

— Je suis éreintée. Mlle Kirkpatrick se rongeait les sangs et voulait arriver le plus vite possible.

Après une hésitation, il ajouta :

— Ç'a dû être encore plus éprouvant pour vous, j'imagine.

Will haussa les épaules. Il avait chevauché toute la nuit, la main sur son pistolet.

L'avoué entra et se laissa tomber sur le canapé du salon. Will apporta deux verres de porto sans lui demander son avis, et Edwards lui adressa un regard reconnaissant.

— Il est mourant ? demanda Will sans détour.

— Nul ne le sait, mais Sa Grâce n'est plus un jeune homme. Seigneur, les choses ne sont pas censées se passer ainsi.

L'avoué inclina son verre et regarda la lumière jouer à travers le liquide sombre.

— Quand un homme hérite d'un titre, sa mission première consiste à assurer sa succession en engendrant un héritier, ou trois ou quatre, si possible.

— Pourquoi le duc n'a-t-il pas fait cela ?

— Il était jeune, il n'avait même pas trente ans, soupira Edwards. Il a eu peu d'occasions de se marier avant le... l'incident. L'ancien duc était un homme tyrannique qui voulait choisir lui-même la femme qui épouserait son héritier.

Will hocha la tête. Philippa lui avait parlé de l'ancien duc, cruel et autoritaire.

— Je ne vous étonnerai pas en disant que peu l'ont pleuré. Il est mort d'une apoplexie. S'il existe un homme plus colérique, je ne l'ai jamais rencontré. Et pendant exactement huit mois, ce fut comme si une nouvelle ère se levait sur Carlyle. Des décennies de tyrannie s'achevaient. Le domaine était entre les mains d'un jeune duc séduisant et vigoureux. Bientôt, il y aurait une nouvelle duchesse, une maison remplie d'enfants, une nouvelle présence au Parlement.

Edwards sirota son porto.

— C'était un jeune homme intelligent. Doux mais à l'esprit vif. Il aurait pu être diplomate, conseiller particulier de la reine, ambassadeur… Quelle tragédie !

— Vous étiez là ? demanda Will.

Edwards acquiesça.

— C'était M. Norton à l'époque qui s'occupait des affaires du domaine, et j'étais son employé. Dans l'idée bien sûr de lui succéder. De même qu'un noble doit avoir un héritier, un avoué doit prévoir son remplaçant.

— Vous avez donc grandi sur le domaine, dit Will.

Edwards sourit.

— De l'autre côté de Kittleston. Pas loin. Ce furent huit mois enivrants. Un peu comme la fin d'un siège, quand tout le monde est exalté à la perspective de jours heureux.

Will essaya d'imaginer le duc en jeune homme d'à peu près son âge. Il avait dû se sentir libéré par la mort de son père, enfin capable d'être lui-même. Quels avaient été ses espoirs et ses projets ?

— Lorsqu'un homme hérite d'un titre de noblesse, il y a des formalités à respecter, reprit Edwards, des demandes à soumettre, etc. Sa Grâce était allée à Londres le revendiquer et, je crois, jeter un peu sa gourme. Il s'est lié d'amitié avec une bande de jeunes aristocrates, et n'était tout simplement pas préparé à leur niveau de débauche. C'est le cheval d'un autre gentleman qui l'a blessé.

Edwards fit tourner son porto dans son verre.

— L'homme était tellement ivre qu'il tenait à peine en selle. Sa Grâce essayait de le persuader de monter dans une voiture quand le cheval s'est cabré. On a ramené le duc à Londres dans une charrette. Tout le monde pensait qu'il serait mort le lendemain matin.

Will alla chercher la bouteille de porto. Edwards tendit son verre et il le remplit sans mot dire.

— Comme vous l'imaginez, cela a causé un terrible scandale. L'autre garçon a quitté Londres. Quelques années plus tard, il s'est brisé le cou lors d'une course de chevaux. Ivre, naturellement. Quant au duc…

Will respecta le silence de l'avoué. Jamais il n'avait autant parlé.

— Un duc n'est pas un homme comme un autre, reprit Edwards. Comme vous l'avez vu, il a des responsabilités, des obligations. Non seulement envers sa famille, mais envers un grand nombre d'autres gens, de sa génération et des générations futures. En plus de plonger ses proches dans l'affliction, son décès causerait un énorme bouleversement. À l'époque de sa blessure, son seul héritier était son frère Stephen, qui avait quatorze ans et n'était pas du tout à la hauteur de la tâche. C'est ainsi que Sa Grâce la duchesse a commencé à endosser les responsabilités.

Will s'agita sur son siège.

— Mlle Kirkpatrick m'a averti : l'état du duc doit rester secret.

Edwards eut un sourire bref.

— Elle a raison. Ces trente dernières années, cela a été soigneusement dissimulé dans la mesure du possible. Si l'ampleur de son incapacité était révélée, la Couronne et les tribunaux pourraient prendre certaines mesures. Il faudrait désigner quelqu'un pour gérer ses terres et ses revenus.

— Mais pas une femme, dit Will.

Edwards confirma en secouant la tête.

— Elle s'en est admirablement bien sortie, fit remarquer Will.

S'il avait été horrifié par l'état du domaine au début, il réalisait à présent l'énormité de la tâche. Demander cela à une mère plongée dans le chagrin, une femme qui n'avait jamais eu l'intention ni prévu de s'en occuper... Il respectait son travail – elle avait pris les choses en main pendant tant d'années sans autorité reconnue ni contrôle.

— En effet, reconnut Edwards. Et jusqu'à l'an dernier, c'était au bénéfice de lord Stephen. Il demeurait l'héritier. Elle tenait à lui comme à la prunelle de ses yeux. Il souhaitait rester à Kittleston en tant que pasteur le plus longtemps possible, et elle ne pouvait pas le lui refuser. Mais à présent... à présent, c'est un autre qui va hériter.

Will s'éclaircit la voix.

— Le capitaine St. James.

Edwards tendit son verre pour qu'il le lui remplisse.

— Les lois sur la succession sont strictes, monsieur Montclair. Je vous le dis car je crois que chez les Américains les choses se passent différemment.

Will inclina la tête.

— Un duché n'a rien à voir avec une maison ou de l'argenterie. Sa transmission répond à une description très précise. Carlyle revient à l'aîné des fils légitimes du duc et à ses héritiers. En l'occurrence, le duc n'a pas d'enfants, de sorte que l'on s'intéresse au duc précédent, et à ses autres héritiers. Lord Stephen étant décédé sans fils, nous remontons au troisième duc et à ses fils, puis au deuxième duc, et ainsi de suite. Le capitaine St. James est l'arrière-petit-fils du troisième duc. Maximilian St. James, dont vous avez aussi entendu parler, est l'arrière-arrière-petit-fils du deuxième duc.

— Mlle Kirkpatrick me l'a dit, en effet. Le capitaine St. James héritera, et jusqu'à ce qu'il ait un fils, Maximilian sera son héritier.

Edwards inclina la tête en arrière et fixa le plafond. Il devait commencer à être ivre, après trois verres de porto.

— En fait, ce n'est pas si certain que cela, dit-il doucement. Le troisième duc avait trois fils. Le duc actuel descend de l'aîné, bien sûr, et le capitaine du benjamin. Mais il y avait un autre garçon, un certain Thomas. Sa mère l'a volé et emmené en France quand il était enfant il y a plus de quatre-vingts ans.

Will se figea.

— Volé ?

— L'enfant a disparu sans laisser de traces, murmura Edwards. Mais ce serait un héritier potentiel – le premier sur la liste, du reste, éclipsant le capitaine St. James. J'ai envoyé un homme en France pour tenter de le retrouver, et vous savez où est allé Thomas ? En Nouvelle-France, monsieur Montclair. Peut-être étiez-vous voisins.

Edwards souriait comme s'il venait de faire une bonne blague.

— Vous l'avez donc retrouvé.

— Pas encore. Tout ce que je sais, c'est qu'il est parti pour la France avec sa femme et son fils il y a cinquante-quatre ans.

— C'est une bien longue disparition. Peut-il être encore vivant ?

— Je l'ignore, monsieur Montclair. Mais nous devons le chercher jusqu'à ce que nous soyons sûrs que non.

Edwards sourit de nouveau.

— Après tout, il serait duc, ou son fils le serait. Voilà qui serait une sacrée surprise pour un vieux soldat français vivant en Amérique, vous ne croyez pas ?

— Certes, répondit Will.

Ils burent en silence.

— Et s'il est encore vivant, mais que vous ne le trouvez pas à temps ? reprit Will. Si le duc…

Il ne termina pas sa phrase.

— La Couronne désire en avoir la certitude avant qu'un titre soit conféré à un héritier, expliqua Edwards. Vous savez pourquoi ?

Will secoua la tête.

— Parce qu'une fois le titre accordé, c'est irréversible. On ne peut plus le lui retirer. Je ne veux pas commettre une erreur car s'il devait apparaître un autre héritier plus proche alors que le duché a été transmis au capitaine St. James, ce serait trop tard. Vous comprenez ? On ne transfère pas un duché comme un acte de propriété. Lord Thomas ou ses fils auraient beau protester auprès du roi lui-même, cela ne changerait rien. C'est pourquoi je me donne un mal de chien pour retrouver lord Thomas, ses enfants et ses petits-enfants.

Will s'éclaircit la voix.

— S'ils n'ont pas fait parler d'eux pendant tout ce temps, cela signifie peut-être que le domaine et le titre ne les intéressent pas, non ?

M. Edwards se pencha en avant.

— Peut-être ignorent-ils qu'ils en sont les héritiers.

— Et s'ils n'en voulaient pas, même s'ils le savaient ? insista Will.

— Dans ce cas, je dissimulerais leur existence, afin que le capitaine puisse revendiquer le titre sans contestation.

— Vraiment ? s'étonna Will.

L'avoué le considéra un long moment, le regard perçant.

— Oui, monsieur Montclair. La Couronne ne peut pas retirer un titre, mais la présence d'un autre héritier compliquerait la revendication d'un éventuel fils du capitaine. Cela pourrait plonger le domaine dans une vacance ou le faire revenir intégralement dans le giron de la Couronne.

— Comment cacheriez-vous… ?

— En détruisant toute trace d'eux dans les registres familiaux, répondit tranquillement Edwards. En brûlant toutes les lettres et tous les courriers des enquêteurs, et en les payant grassement pour m'assurer de leur silence. Et lorsque le capitaine réclamera le titre, je ferai en sorte qu'il l'obtienne.

Will le fixait, yeux ronds.

— Je suis dévoué à Carlyle, je tiens à préserver le domaine pour les métayers et les familles qui vivent ici, et pour les générations à venir.

Il dévisagea Will avec intensité.

— S'il existe un autre héritier, il a intérêt à se faire connaître rapidement, sans quoi il perdra toutes ses chances d'obtenir Carlyle.

Ces paroles résonnèrent dans le silence. Puis Will poussa un long sifflement.

— Quelle histoire remarquable, monsieur Edwards !

— N'est-ce pas ? murmura ce dernier sans le quitter des yeux.

Will hocha la tête en évitant son regard.

— Je vais retourner au château, reprit Edwards en se levant. Merci pour cette conversation, monsieur Montclair.

Après son départ, Will marcha de long en large dans la petite maison. Il s'arrêta devant la carte de Carlyle, examina le domaine, les champs, les forêts, les rivières et les routes. Le moulin, les boutiques, les maisons, le château.

Edwards lui avait fait clairement comprendre ce qu'il devait faire. Non pas ce qu'il souhaitait, mais ce qui était juste.

Il s'assit à son bureau et ouvrit son encrier.

Quand il eut terminé, les bougies étaient presque entièrement consumées. Ses yeux le piquaient, et lorsqu'il s'étira, il vit que le jour commençait à poindre. Il décida d'aller dormir quelques heures. Alors qu'il pinçait les mèches des bougies, on tambourina à la porte.

— Will ! cria Philippa. Ouvrez !

Le duc. Le cœur lourd, il courut dans le vestibule.

— Que se passe-t-il ?

Elle se précipita à l'intérieur, échevelée, sa robe froissée, mais le visage rayonnant.

— La fièvre est tombée. Il va se rétablir.

26

Il la dévisagea sans comprendre. Il était tellement sûr qu'elle venait lui annoncer le décès de Carlyle.

— N'est-ce pas merveilleux ? demanda-t-elle avec un grand sourire qui creusa ses fossettes.

— Si, dit-il en lui caressant la joue. C'est la meilleure nouvelle que j'aie jamais entendue.

Et il l'embrassa.

Passionnément.

Philippa lui rendit son baiser avec fougue. Le dos de Will heurta le mur. Il la fit pivoter pour que ce soit elle qui se trouve dos au mur, et il continua à l'embrasser jusqu'à ce que le sol semble basculer.

— Oh ! s'écria-t-elle en riant et en s'accrochant à son cou. Nous sommes en train de tomber !

— Je vous tiens, chuchota-t-il contre sa tempe.

— Je sais, souffla-t-elle. Moi aussi, je vous tiens, et je ne désire rien d'autre.

Le souffle de Will s'affola à la façon d'une bourrasque hivernale secouant les voiles d'un navire.

— Philippa, attendez, parvint-il à dire.

— Écoutez-moi, le coupa-t-elle en prenant son visage entre ses mains. Je sais ce que je veux. C'est vous. Pas un gentleman londonien, pas un hobereau de la région, pas je ne sais quel aristocrate. *Vous.*

Il ouvrit la bouche, et elle l'embrassa pour l'empêcher de protester.

— Je vous aime, murmura-t-elle. Que cela suffise pour l'instant. S'il vous plaît.

C'était à la fois la chose la plus belle et la pire qu'elle puisse dire. La plus belle, parce que son cœur se fit léger, parce que tout semblait possible, parce qu'il avait envie de hurler de joie.

La pire… parce que cela le tentait affreusement, au-delà de toute raison, de toute prudence, et au mépris de ses derniers scrupules.

Il l'embrassa, la plaquant contre le mur de tout son poids. Il lui attrapa les poignets et lui cloua les bras au-dessus de la tête.

— Je vous aime, chuchota-t-il. Je vous veux. Que Dieu me vienne en aide, mais c'est ainsi.

— Dieu n'a pas besoin de vous venir en aide ! Je vous veux aussi. Prenez-moi. Tout entière.

Vu les lettres qu'il avait passé la nuit à écrire, il n'existait qu'une seule réponse honorable à cette requête. Pourtant, ce qui lui restait de conscience se brisa à ces mots ; et il se laissa entraîner dans un tourbillon de désir affolant.

Il l'embrassa. C'était peu de chose, un baiser. Du moins, avec les autres femmes qu'il avait connues. Mais embrasser Philippa, c'était comme aspirer une bouffée d'air frais, ouvrir les yeux sur une matinée ensoleillée. Elle lui rendit son baiser comme si elle ressentait la même chose. Elle enroula une jambe autour de la sienne pour se coller contre lui.

Lui lâchant les poignets, Will se mit à la caresser fiévreusement, visage, épaules, hanches, dos. Son fichu, si elle en avait eu un, avait disparu. Ses seins débordaient presque de son corsage, festin de peau veloutée couleur bronze, douce et chaude sous ses lèvres et sa langue. Elle haletait, ses chuchotements le rendaient fou. Il était aussi dur que l'acier. Son corps entier palpitait de désir. Jamais il n'avait rien désiré davantage que faire l'amour à Philippa.

Contre un mur.

Dans le vestibule de Stone Cottage, la porte ouverte sur le reste du monde.

Il releva la tête. Une partie du brouillard se dissipa sous son crâne. Cette maudite conscience se rappelait faiblement à lui.

Philippa lui prit la main.

— Venez, chuchota-t-elle avec impatience.

Elle l'entraîna vers l'escalier, mais sa conscience recommença à se manifester. Philippa s'arrêta sur la première marche, l'attira à elle et noua les bras autour de son cou.

— S'il vous plaît, dit-elle. Arrêtez-moi uniquement si vous n'avez pas envie de me faire l'amour.

Impossible ! Ses derniers scrupules étouffés, pour de bon cette fois, Will ferma la porte d'entrée et la laissa l'emmener dans sa chambre.

Les premiers rayons du soleil pénétraient par la fenêtre lorsqu'ils entrèrent dans la chambre. Un bon présage, songea Philippa. Une nouvelle aube, une nouvelle *vie* se levaient. Son cœur battait, fort et sincère, débarrassé de toutes craintes et incertitudes, déterminé à choisir avec audace.

Elle choisissait Will.

Tant pis pour le scandale. Tant pis si la duchesse était ulcérée et inquiète. Philippa savait qu'elle avait raison. Will était son destin, pour le meilleur et pour le pire. Quant à ses secrets… elle verrait plus tard.

Il ne portait pas de veste et avait retroussé les manches de sa chemise. Elle réalisa qu'il avait dû veiller toute la nuit ; ses doigts étaient tachés d'encre et son menton noirci par un chaume de barbe. Elle se hissa sur la pointe des pieds pour l'embrasser tandis qu'il déboutonnait son gilet.

— Il semblerait que nous n'ayons pas beaucoup dormi, ni l'un ni l'autre, murmura-t-elle.

— Non, en effet.

Il retira ce qui restait d'épingles dans ses cheveux et glissa les doigts. C'était si bon qu'elle avait envie de ronronner.

— Dans ce cas, nous devrions nous coucher, déclara-t-elle en lui enlevant le gilet.

Will voulut l'attirer à lui, mais elle résista en riant.

— Toutes les lingères vous ont vu sans chemise.

Il sourit pendant qu'elle lui dénouait sa cravate.

— Envieuse ?

— Désespérément !

— L'incident s'est produit dès mon deuxième jour à Carlyle. Auriez-vous eu des pensées coquines depuis lors, mademoiselle Kirkpatrick ?

Elle rougit et le regarda tirer sa chemise de son pantalon.

— Coquines ?

Il fit passer la chemise par-dessus sa tête et la laissa tomber au sol. Philippa en eut le souffle coupé. Il était magnifique. La lueur pâle du soleil matinal de cette fin d'été soulignait ses muscles sculptés. Will avait passé cinq mois à travailler avec les ouvriers et cela se voyait. Il était mince et athlétique, bien plus beau que n'importe quelle statue grecque.

Il se figea lorsqu'elle le toucha doucement.

— Oui, chuchota-t-elle, fascinée. Des pensées très coquines.

— Parfait, dit-il.

Il la prit par la taille et la souleva. Philippa se cramponna à ses épaules nues tandis qu'il la portait jusqu'au lit. Son lit. *Leur* lit, aujourd'hui.

Il la déposa délicatement contre les oreillers, puis s'accroupit devant elle. Pressée de sentir sa peau contre la sienne, elle s'attaqua aux agrafes de sa robe, mais Will l'interrompit.

— J'en ai rêvé, murmura-t-il.

Il posa les pieds de Philippa de part et d'autre de ses genoux, l'immobilisant tandis qu'elle voulait instinctivement retirer ses chaussures.

— Dans la salle de classe, poursuivit-il dans un chuchotis rocailleux. Quand vous êtes tombée sur moi.

Philippa tressaillit.

— Je vous ai imaginée ainsi.

Il lui caressa la cheville et elle retint son souffle. Comment une cheville pouvait-elle être aussi sensible ?

— Et ainsi...

À présent, ses doigts effleuraient ses mollets, remontant sa jupe. Elle appuya la tête contre les oreillers et ferma les yeux pour mieux se concentrer sur ce qu'elle éprouvait.

— Ma belle princesse du château.

Il se hissa au-dessus d'elle, les mains de chaque côté de sa tête et la gratifia d'un baiser brûlant.

— Je ne suis pas une princesse, parvint-elle à dire.

D'instinct, elle plaqua les genoux contre sa taille, et fit courir ses mains sur ses bras nus, fascinée.

— Ma princesse, s'obstina-t-il. La dame qui a ravi mon cœur. Je vous assure de mon amour éternel.

Il inclina la tête et posa les lèvres à la naissance de ses seins, lui arrachant un gémissement.

Elle s'était demandé à quoi il ressemblait sans chemise. Cela dépassait tout ce qu'elle avait imaginé.

Elle s'était demandé ce qu'elle ressentirait lorsque sa bouche toucherait son corps. Cela dépassait ses rêves les plus fous.

— Si vous êtes à moi, alors je peux vous donner des ordres ?

Will éclata de rire contre sa poitrine. Les pointes de ses seins se dressaient à quelques centimètres de sa langue. Elle rougit. Elle devait être terriblement dévergondée pour imaginer sa bouche à cet endroit-là.

— Absolument, répondit-il en la regardant entre ses paupières mi-closes. Que m'ordonnez-vous de faire ?

Elle ouvrit la bouche, mais ne savait même pas quoi demander.

— Tout.

— Hmm.

Il passa le doigt le long de son décolleté, puis tira sur son corsage, dénudant ses seins.

— Y compris ceci ? demanda-t-il.

Il passa la langue autour de la pointe rose foncé avant de le prendre entre ses dents.

Philippa faillit bondir et tomber du lit.

— Oh mon Dieu ! haleta-t-elle. Seigneur...

— Dois-je arrêter ?

— Non !

Il l'embrassa, la mordilla, la suça jusqu'à ce qu'elle soit crispée de désir.

— N'arrêtez pas ! s'écria-t-elle quand il s'écarta.

— Ce n'est que le début. Que désirez-vous que je fasse ?

— Tout !

Elle essaya de le ramener à elle, mais il résista.

— Je sais ce que je demande, mais je ne suis pas certaine de la manière dont il faut s'y prendre ! s'exclama-t-elle, frustrée.

— Je peux vous montrer ?

Une étincelle espiègle brillait dans ses yeux.

— Oui !

Elle avait réussi à se redresser, mais il appuya doucement sur ses épaules pour la rallonger, avant de lui écarter davantage les genoux. Tout en la caressant, il retroussa sa jupe et son jupon.

— Comme ceci, dit-il dans un murmure rauque.

Il affichait une expression presque farouche, et elle avait l'impression que son regard lui embrasait la peau tandis qu'elle était étendue devant lui, jambes écartées telle une petite dévergondée.

— J'ai rêvé de vous voir ainsi.

Philippa déglutit. Quelque chose se mit à palpiter entre ses cuisses, sous ses jupes, *là* où il la regardait.

— Vous êtes si belle, dit-il en croisant son regard. Vous devriez m'arrêter.

Non seulement Philippa secoua la tête, mais elle remonta ses jupes jusqu'à la taille. Will se pétrifia. Il la parcourut du regard, cheveux emmêlés, seins débordant de son corsage, jambes largement ouvertes.

— J'ai envie de vous, chuchota-t-elle. Ayez envie de moi.

Par pitié, prenez-moi !

— Je vous veux comme je n'ai jamais rien voulu de toute ma vie.

Les mains tremblantes, il remonta lentement à l'intérieur de ses cuisses. Les yeux de Philippa volèrent vers le plafond. Elle se mordit la lèvre pour ne pas crier.

Il passa le pouce le long du pli de l'aine, décrivit des volutes sur sa cuisse, son ventre, et enfin, *enfin*, plus bas.

Et puis soudain, il cessa. Elle rouvrit laborieusement les yeux, le vit courber la tête. Il porta son poing à sa bouche, le souffle rapide et bruyant.

Elle se redressa et l'embrassa. Encadrant son visage de ses mains, elle l'attira sur elle, enroula les jambes autour de ses hanches.

— Embrassez-moi, chuchota-t-elle. Faites-moi l'amour. Je vous le ferais, moi, si je savais comment.

Il la regarda et un sourire lui incurva les lèvres.

— Si c'est un ordre...

Insinuant la main entre ses cuisses, il pressa la paume contre son mont de Vénus, puis glissa un doigt entre les pétales de son sexe. Philippa tressaillit violemment. Il recommença lentement, et cette fois elle se cambra spontanément.

Et c'est ainsi qu'il lui apprit à faire l'amour, lui murmurant des mots grivois à l'oreille, parfois en français, sa main impudique s'activant entre ses jambes, lui arrachant gémissements, frissons et soupirs d'extase. Elle ondulait contre lui, impatiente, passionnée, le suppliant d'aller plus loin encore.

— Laissez-vous aller, ma chérie, chuchota-t-il. J'aime vous voir ainsi...

Elle lui mordit le cou, trop fébrile pour l'écouter et impatiente qu'il la rejoigne dans cette frénésie insensée. Il rit tout bas et introduisit un doigt en elle.

Philippa rejeta la tête en arrière et enfonça les talons – toujours chaussée – dans le matelas, puis elle chuta, comme dans un puits, à travers une cascade, dans un abîme de pures sensations.

Will glissa un autre doigt en elle, et elle eut l'impression que son corps entier vibrait à la façon d'une corde de harpe.

Quand elle réussit à reprendre son souffle, elle murmura :

— C'était... c'était un merveilleux début.

Il rit, le visage au creux de son cou.

— Comment cela, ma douce ?

Elle se redressa. Le soleil baignait la chambre d'un éclat rosé. Elle repoussa ses cheveux et entreprit de dégrafer sa robe.

— Il y a trop de vêtements !

Will roula sur le dos et replia le bras derrière sa tête pour se repaître du spectacle.

Elle se mit à genoux et se débarrassa de son corsage. Celui-ci vola au sol. Sa jupe suivit le même chemin, ainsi que son jupon.

Elle marqua une pause. Il lui restait son corset, sa chemise, ses bas et ses chaussures. Will l'observait, mais son sourire s'était estompé. Elle posa un pied sur son ventre.

— Serai-je la seule à être dévêtue ?

Il lui ôta sa chaussure, la jeta au loin et lui caressa le pied.

— Je savoure immensément ce déshabillage.

Philippa rougit et commença à s'escrimer sur le nœud de son corset.

— Vous pourriez m'accorder le même plaisir, riposta-t-elle.

Il fut beaucoup plus rapide qu'elle. Le temps qu'elle passe sa chemise par-dessus sa tête, il était debout, entièrement nu, les mains sur les hanches.

Beau comme un dieu.

— Comment cela s'appelle-t-il ? souffla-t-elle. Cette chose que vous avez faite qui m'a donné tant de plaisir.

— La petite mort, dit-il en français.

— La petite mort ? répéta-t-elle. Je ne me suis pourtant jamais sentie aussi vivante. Je devrais peut-être essayer de nouveau, je m'efforcerai d'être plus attentive.

Il rit et la cloua sur le lit avant de se hisser sur elle.

— Si vous êtes plus attentive, c'est que je m'y serai mal pris.

— Pourquoi ? demanda-t-elle en glissant la main entre eux. Peut-être serez-vous trop pris par votre propre plaisir pour vous occuper de moi...

Elle se risqua à toucher son érection et il tressaillit.

— Dieu que vous me tentez, ma douce ! dit-il d'une voix rauque.

Elle s'enhardit, fit courir sa main sur toute la longueur de son sexe. Il jura et voulut se dégager.

— S'il vous plaît, laissez-moi vous toucher.

Il essaya de rire.

— Les désirs de ma princesse sont des ordres.

Et c'est ainsi qu'il lui permit de l'explorer tout son soûl. Sa concentration vacilla lorsqu'il la caressa à son tour, jusqu'à ce qu'elle halète et se cabre. Alors, il roula de nouveau sur elle.

Elle souleva les hanches, impatiente.

— J'ai envie de vous, dit-il d'une voix tremblante. Philippa, ma chérie, mon ange…

— Oui, oui, ensemble… dit-elle, le cœur tambourinant.

Il entra en elle d'un coup de reins fluide.

Philippa ferma les yeux et prit une brusque inspiration. Elle ne s'était jamais sentie aussi comblée, aussi vulnérable, aussi proche d'un autre être humain. Il marqua une pause, l'incita à nouer les jambes autour de ses hanches, puis s'enfonça davantage, tandis qu'elle lui agrippait les épaules avec la sensation.

Elle avait l'impression d'être à nu, de ne rien lui cacher, de se livrer entièrement.

Il ne remua que lorsqu'elle lui embrassa le torse. Lentement, il creusa les reins. Philippa étouffa un cri et vint à sa rencontre.

Elle en avait rêvé, mais la réalité dépassait de très loin tous ses rêves.

Lorsque le tourbillon de sensations la balaya de nouveau, elle n'eut pas le temps de reprendre son souffle qu'elle chutait de nouveau dans le puits sans fond de la jouissance. Elle sentit à peine Will se raidir au-dessus d'elle avant de s'arracher à ses bras et à ses jambes, la laissant haletante et frissonnante de plaisir.

Durant de longues minutes, seul le bruit de leurs respirations entrecoupées brisa le silence. Rouvrant les yeux, Philippa regarda Will allongé à côté d'elle. Il s'était arraché à elle au moment où elle le voulait plus proche encore. Il la prit dans ses bras, lui caressa les cheveux et l'embrassa tendrement.

Avec un soupir d'aise, elle posa la tête sur son épaule et se mit à dessiner des cercles sur la poitrine de Will tout en se demandant comment ils allaient annoncer la chose à la duchesse. Le duc serait content. Les autres à Carlyle seraient... très surpris.

— Il faut que je vous ramène à la maison avant qu'on ne remarque votre absence, murmura-t-il.

Elle se blottit contre lui.

— Personne ne remarquera que je ne suis pas là. La duchesse sera au chevet du duc.

Il soupira.

— Vous venez de nommer les deux personnes qui vous réclameront en permanence.

Elle pouffa.

— Et les deux personnes qui me pardonneront tout !

Elle lui embrassa la mâchoire.

— Du reste, je suis déjà à la maison, ici, avec vous. Toujours et à jamais.

Le sourire de Will disparut. Il bascula sur le côté pour lui faire face.

— Philippa.

Elle lui caressa le visage, incapable de cesser de sourire.

— Oui, mon ange ?

— Je dois quitter Carlyle.

27

Pendant un instant, elle continua à sourire.

Puis les mots commencèrent à pénétrer dans son cerveau, et elle s'écria :

— Oh, mais bien sûr ! Nous avons quitté Londres si soudainement, votre frère doit s'interroger…

Il posa l'index en travers de ses lèvres.

— Non, mon ange.

Elle cessa de sourire.

— Je… je ne reviendrai pas.

Elle le scruta, une expression perplexe sur son adorable visage. Puis elle se redressa abruptement.

— Non ! Que dites-vous ? *Non,* répéta-t-elle avec force.

Will s'assit à son tour. Le soleil inondait la chambre à présent. Le jour s'était levé, un jour nouveau et lumineux. Finies les mensonges et des demi-vérités, adieu les désirs et les souhaits qu'il avait nourris en dépit du bon sens.

— Il le faut. J'ai donné ma parole.

Elle le dévisagea, bouche bée. Dieu que c'était difficile de lui annoncer cela. Ça l'aurait été même s'il n'avait pas passé ces dernières heures à la faire sienne, à prétendre qu'elle pourrait l'être à jamais.

— À qui ?

Il se passa la main dans les cheveux.

— Mon frère. Un an à Carlyle, pas plus. Je le lui avais juré et le délai sera écoulé sous peu.

Le lendemain, de fait.

— Expliquez-lui que vous devez rester, s'écria-t-elle. Il n'a pas autant besoin de vous que nous !

— Je ne peux pas, dit-il doucement. Je… Le reste de ma famille ignore que je suis ici. Mon père s'est étonné – et fâché – de n'avoir plus de mes nouvelles depuis longtemps.

— Eh bien, vous n'avez qu'à le lui dire !

Elle arrondit soudain les yeux et blêmit.

— Est-ce… est-ce de moi que vous ne voulez pas leur parler ?

— *Non !* gronda-t-il en serrant les poings pour s'interdire de la prendre dans ses bras. Cela n'a absolument rien à voir avec vous.

Elle le dévisagea, ses lèvres entrouvertes sur une moue de désarroi. Avec ses longs cheveux noirs retombant sur ses épaules, son corps parfait à la peau cuivrée, c'était la plus belle femme qu'il ait jamais vue. La plus intelligente, la plus vive, la plus sensible qu'il ait jamais connue. Elle le faisait rire, elle lui donnait envie d'être meilleur. Et il lui brisait le cœur.

— Will, dit-elle en lui saisissant le bras, dites-leur la vérité. Leur réaction pourrait vous surprendre. Écrivez-leur ! J'irai avec vous à Londres pour convaincre votre frère que vous devez rester ici. Nous avons besoin de vous. *J'ai* besoin de vous.

— C'est impossible. Croyez-moi, mon père entrera dans une rage folle s'il apprend ce que j'ai fait, ajouta-t-il, comme elle s'apprêtait à protester.

Elle le lâcha.

— Pour quelle raison ?

Un silence, puis :

— Je ne peux pas vous le dire.

Elle fronça les sourcils.

— Alors pourquoi avoir pris ce poste s'il y était à ce point opposé ?

Encore une question à laquelle il ne pouvait pas répondre. Il se retourna et posa les pieds au sol.

— Je vais vous raccompagner au château.

Il se leva et commença à s'habiller.

Philippa descendit du lit elle aussi et entreprit de récupérer ses vêtements, quoique beaucoup plus lentement. Il était déjà entièrement habillé qu'elle n'avait mis que ses bas, sa chemise et son corset. Et s'il se fiait à son expression, elle allait lentement parce qu'elle réfléchissait.

— Êtes-vous venu à Carlyle sous de faux prétextes ? demanda-t-elle en attachant son jupon.

— Qu'entendez-vous par faux prétextes ? répondit-il en secouant sa jupe.

— Aviez-vous l'intention de faire autre chose que le travail du régisseur ?

— Non.

Il dénicha ses chaussures et les posa devant elle.

— Avez-vous menti à M. Edwards pour obtenir le poste ?

— Non.

— Alors il savait que vous comptiez partir au bout d'un an ?

Il grimaça. La dernière chose qu'il avait faite durant cette longue nuit avait été d'écrire à Edwards pour lui donner sa démission. Elle était sur son bureau, en bas.

— Il ne m'a pas posé la question, et je ne le lui ai pas dit.

— C'est une forme de duperie ! déclara-t-elle en lui arrachant sa jupe des mains.

— Peut-être, concéda-t-il. D'un autre côté, la duchesse a envie de me congédier depuis mon arrivée. Elle sera ravie d'y parvenir enfin.

— Je vous ai dit qu'elle ne vous renverrait pas tant que le duc apprécierait votre compagnie, lui rappela-t-elle en enfilant son corsage.

— Ce n'est pas un argument pour garder un régisseur, vous le savez très bien.

Elle le fusilla du regard, lui tourna le dos et rassembla ses cheveux qu'elle noua en chignon. Will n'en ratait pas une miette. Il adorait ses cheveux. Il les sentait encore dans ses mains, sur son torse. La courbe satinée de sa nuque sous ses doigts. La cambrure de sa colonne vertébrale tandis qu'elle ondulait contre lui.

Sans le regarder, elle sortit en trombe et descendit l'escalier. Will la suivit en silence. À la porte, elle pivota pour lui faire face.

— Qu'est-ce qui vous ferait changer d'avis ?

— Rien, dit-il, les mâchoires crispées.

Des larmes de colère étincelaient dans les yeux de Philippa.

— Même si je vous supplie ?

Will sentit les doigts glacés de la mort se refermer sur son cœur. Il brûlait de dire oui, de lui jurer de faire tout ce qu'elle lui demanderait.

Mais il garda le silence, et une larme roula sur la joue de Philippa.

— Malgré ce que nous avons partagé ? Bien que vous m'ayez fait l'amour ? Will... Je... je vous aime et je désire rester avec vous jusqu'à la fin de mes jours. Vous ne m'avez pas entendue ?

Les doigts décharnés de la mort lui déchiquetaient les entrailles.

— Si, j'ai entendu.

Elle le frappa, et son poing atterrit à l'endroit précis où son cœur était en train de voler en éclats.

— Comment osez-vous ! s'écria-t-elle d'une voix tremblante. Comment osez-vous ? Je vous *aime*. Vous avez dit que vous m'aimiez et vous m'avez fait croire...

Quelque chose se brisa en lui. Il la ramena dans ses bras et l'embrassa, un dernier baiser désespéré qui devrait lui durer le reste de sa vie. Elle lui martela le torse d'une main et lui agrippa les cheveux de l'autre pour le garder contre elle et le punir de la faire souffrir.

— Je vous aime, dit-il.

Comme s'il tentait une dernière fois d'échapper à la destruction, son cœur se déchaînait contre ses côtes, si violemment que ses mains en tremblaient.

— Jamais je n'aimerai quelqu'un comme je vous aime. Vous possédez mon cœur à jamais, si stupide et inutile que cela puisse être.

— Alors ne me quittez pas. Par pitié.

Les yeux brillants de larmes, elle le regardait d'un air si implorant qu'il crut que ses nerfs allaient la lâcher.

Il prit une profonde inspiration.

— Je ne suis pas... je ne suis pas l'homme que vous croyez. Vous méritez mieux. J'ai essayé de ne pas vous aimer, j'ai essayé de vous empêcher de m'aimer, dit-il, au désespoir. Mais j'ai échoué et cela me hantera jusque dans la tombe.

Il essuya ses larmes.

— Je n'ai pas d'excuses.

Elle recula.

— Alors vous ne m'aimez pas ! Parce que si vous m'aimiez, vous m'expliqueriez ce qui se passe, quelle qu'en soit la raison. Vous auriez suffisamment confiance en moi pour le faire.

Il n'osa pas ouvrir la bouche.

Elle le considéra avec amertume durant ce qui lui parut un interminable moment, puis elle fit volte-face et traversa précipitamment le jardin.

La mort sourit et, portant le coup de grâce, elle arracha le cœur de Will.

Philippa tremblait encore quand elle arriva au château.

À l'instant où Will avait ouvert la porte, elle avait su qu'elle avait eu raison. Son visage s'était illuminé quand elle lui avait dit que le duc vivrait. Il l'avait embrassée avec passion et amour. Et même s'il avait hésité, obéissant à quelque vague notion d'honneur, dès qu'elle lui avait pris la main, il l'avait suivie. La seule pensée de sa bouche sur son corps... « C'est lui ! » chantait son cœur, sourd et aveugle à tout hormis la conviction qu'il était fait pour elle et qu'elle était faite pour lui.

Ce qui rendait son intention de quitter Carlyle complètement absurde. Il se souciait de ce domaine. Il s'était attaché au duc. Il l'aimait elle. Elle avait vu son expression quand il parlait des métayers et de M. Amis, et même des filles de la blanchisserie. Philippa aurait parié son âme qu'il voulait rester.

Alors pourquoi n'essayait-il même pas de convaincre sa famille ?

Il y avait autre chose, forcément. Un homme qui plongeait dans une rivière pour sauver des cochons, qui affrontait une duchesse en livrée de domestique, qui se promenait dans les appartements privés du duc et le charmait... Il n'avait rien fait dont il puisse avoir honte. En outre, il disait que son père était affectueux et aimant.

C'était peut-être *elle* la raison. Peut-être que Will n'avait jamais eu l'intention de l'épouser. Peut-être que sa famille ne voudrait pas d'elle, ou serait furieuse qu'il l'ait déshonorée. Quoi qu'il en soit, cela n'expliquait pas qu'il soit si farouchement déterminé à partir.

Elle passait à côté de quelque chose, mais quoi ? Comment le faire changer d'avis alors qu'elle ignorait ses motivations ?

Elle courut jusqu'à sa chambre, et surprit Marianne qui apportait un pichet d'eau chaude.

— Mademoiselle Kirkpatrick, je croyais que vous dormiez encore !

— J'étais sortie me promener, mentit-elle sans un battement de cils. Je n'arrivais pas à dormir, après m'être tant inquiétée pour le duc. J'aimerais prendre un bain.

Marianne écarquilla les yeux.

— Maintenant, mademoiselle Kirkpatrick ?

C'était terrible de demander au personnel de faire chauffer des litres d'eau alors que les tâches matinales étaient si nombreuses. Elle répondit pourtant :

— Dès que possible, s'il vous plaît.

Marianne fit une révérence et sortit d'un pas rapide.

Philippa tourna en rond dans sa chambre tout en se déshabillant distraitement. Comment osait-il lui faire l'amour, affirmer qu'il l'aimait, pour lui annoncer ensuite qu'il avait l'intention de la quitter ?

Elle jeta un coup d'œil au portrait de sa mère. « Je ne baisse pas les bras, lui promit-elle silencieusement. Comment le convaincre ? »

Quand les domestiques eurent apporté la baignoire et l'eurent remplie, Marianne s'affaira tandis que Philippa se frottait le corps avec soin. Son père prétendait qu'un bain était idéal pour résoudre les problèmes. Elle le soupçonnait de vouloir juste persuader une petite fille têtue de se laver, mais elle devait reconnaître qu'il avait raison.

Il y avait trois possibilités, décida-t-elle. Premièrement, s'il voulait réellement partir, elle n'aurait d'autre choix que de s'y résoudre. Mais il devrait la persuader au-delà de tout doute possible qu'il le souhaitait sincèrement.

Deuxièmement, le convaincre qu'il pouvait rester. Que le duc et même la duchesse voulaient qu'il reste. Que tout le monde le souhaitait. Le convaincre qu'il y avait sûrement un argument capable de persuader sa famille de le laisser rester. Elle se rendait bien compte qu'elle lui demandait de trahir la promesse faite à son père, mais s'il souhaitait rester, c'était mal, assurément, de la part de son père de l'en empêcher.

Quant à la troisième solution, elle espérait ne pas y avoir recours, mais elle devait l'envisager : s'il ne voulait pas rester, elle partirait avec lui.

Elle s'habilla et alla trouver la duchesse. Ce fut l'avoué qu'elle vit en premier.

— Avez-vous des nouvelles du duc ? s'enquit-elle après l'avoir salué.

— Oui, Mme Potter dit qu'il se remet splendidement, même si cela va prendre du temps.

— Bien sûr. C'est une excellente nouvelle.

Elle s'humecta les lèvres.

— Auriez-vous par hasard parlé avec M. Montclair récemment ?

L'avoué haussa les sourcils.

— Pas plus tard qu'hier soir. Vous aviez une requête à lui transmettre ?

Philippa prit une profonde inspiration.

— Je me demandais s'il vous avait annoncé qu'il avait l'intention de quitter Carlyle définitivement.

Edwards sursauta.

— Non. C'est ce qu'il vous a dit ?

Elle hocha la tête.

— Êtes-vous certaine d'avoir bien compris ? s'enquit M. Edwards avec une expression curieuse.

— Hélas, oui.

— Je pensais... murmura-t-il.

Il paraissait désagréablement surpris.

— Je vois que je me trompais.

— Qu'y a-t-il ? insista-t-elle. Que pensiez-vous ?

Il la dévisagea, et son regard scrutateur déclencha une sirène d'alarme. Que savait-il ?

— Je le trouvais extrêmement prometteur, dit-il finalement. S'il est décidé à partir, cependant, tout cela n'aura servi à rien et je vais devoir reprendre mes recherches. Y avait-il autre chose, mademoiselle Kirkpatrick ?

— Non, murmura-t-elle. Je ne crois pas.

Il s'inclina et s'éloigna. Déconcertée, Philippa poursuivit son chemin jusqu'au salon de la duchesse. C'était là qu'on la trouvait généralement le matin, prenant son petit déjeuner en compagnie de Percival. La pièce était vide. Elle avait dû emporter son petit déjeuner dans la chambre du duc.

Philippa aurait dû aller le voir, pourtant, elle se laissa tomber sur le sofa, submergée par l'inquiétude, soudain. Edwards était mécontent du départ de Will, mais rien de plus. Elle s'était attendue que l'avoué l'exhorte à rester, elle devait l'admettre. Or, si M. Edwards, son fervent défenseur depuis le début, était prêt à le laisser partir sans rien dire, il serait encore plus difficile de convaincre la duchesse.

Sa gorge se serra à la pensée de quitter Carlyle. Elle voulait être avec Will. C'était son âme sœur, elle en avait la certitude. Avec personne d'autre elle n'avait ressenti ce qu'elle éprouvait avec lui.

Si elle était prête à renoncer à Carlyle pour lui, elle n'en rêvait pas moins d'avoir les deux.

Elle contempla le portrait de sa belle-mère. Jessica avait choisi sa famille plutôt que l'amour, jusqu'à ce que l'amour la rattrape. Elle avait alors convaincu sa famille d'aimer aussi l'homme qu'elle aimait. L'amour ou la famille ? *Pourquoi ne puis-je avoir les deux ?*

Philippa ferma les yeux. Seigneur, elle en était à demander conseil à des tableaux... C'était pitoyable.

Elle rouvrit brusquement les yeux.

Le portrait venait de lui donner la réponse.

28

Will fit ses bagages comme un homme partant pour la potence.

Mme Blake et Camilla arrivèrent peu après le départ de Philippa. N'ayant pas le cœur de leur annoncer qu'il partait définitivement, il se contenta de leur dire qu'il ne dînerait pas. Il se détourna, fit une pause et demanda :

— Puis-je avoir une tasse de thé ?

Mme Blake le considéra les yeux ronds. C'était une première.

— B... bien sûr, monsieur.

— Avec du miel.

— Oui, monsieur Montclair.

Il était assis à son bureau lorsque Camilla le lui apporta. Will la remercia et elle le gratifia d'une joyeuse révérence. C'était une gentille fille. Elle lui manquerait, ainsi que Mme Blake, et ses *gulab jamun* onctueux.

Il but le thé avec plaisir. Bon sang, voilà qu'il aimait le thé maintenant ! Il sortit un papier du tiroir. Sur le coin du bureau se trouvait son travail de la nuit : un résumé détaillé pour Edwards des travaux accomplis ou en cours, et de tout ce qu'il avait promis aux divers artisans et métayers pour l'avenir.

Il avait également esquissé son projet pour démarrer un programme d'élevage, non de chevaux de course mais de bétail, et d'autres animaux. Il avait inclus l'échéancier révisé des loyers qu'il envisageait de mettre en place, ainsi qu'un argumentaire quant à l'intérêt d'un canal permettant le transport de marchandises depuis et jusqu'au domaine. Il avait même défendu une révision des aides aux nécessiteux et une augmentation des investissements consacrés à l'éducation des enfants du village. Si le domaine payait les frais de scolarité des plus jeunes, ils constitueraient une main-d'œuvre compétente capable de gérer Carlyle dans les années à venir.

S'il n'avait pas achevé ce dont Philippa l'avait chargé, à savoir, remettre le domaine en ordre pour l'héritier, il avait grandement progressé. Le prochain duc hériterait d'un domaine considérablement plus moderne, et en bien meilleur état. Pour cela au moins, Will éprouvait une certaine fierté.

Cela ne compensait pas le fait qu'il avait traité Philippa de manière indigne.

Il lui devait une explication. Seigneur, il l'avait allongée sur son lit et il lui avait fait l'amour. Il s'était certes retiré avant la fin, mais il avait batifolé avec une jeune fille de la bonne société.

Une jeune fille qui l'aimait.

Une jeune fille qu'il aimait éperdument.

Philippa ma chérie, écrivit-il, avant de jeter sa plume à travers la pièce.

Il fit quelques pas dans le couloir et vit sa malle. Il s'en détourna et sortit par l'arrière, évitant la cuisine où il entendait Mme Blake appeler Camilla.

Ils lui manqueraient, tous : Mme Blake, Camilla, Josiah, les Amis, Edwards, le duc, et même la duchesse, bizarrement. Il s'était attaché à ce domaine et aux gens qui y vivaient. Mais sans Philippa, il serait déjà parti.

Philippa.

Il sella Gringolet. Il devait y avoir un moyen, il pouvait raconter une partie de la vérité sans trahir son père. Et peut-être, s'il en disait juste assez à Philippa, elle comprendrait et l'accepterait tel qu'il était.

Le cerveau fonctionnant sans relâche, il éperonna Gringolet.

Cette fois, Philippa se rendit à Stone Cottage à cheval. Elle sauta à terre avant même qu'Evalina soit arrêtée et courut dans la maison. Une malle était posée dans le vestibule. Son cœur manqua un battement.

— Will ? appela-t-elle en courant d'une pièce à l'autre.

La maison était silencieuse. Elle grimpa l'escalier en priant le ciel pour qu'il soit là, qu'il continue à faire ses bagages, qu'il se soit endormi…

La porte de la chambre s'ouvrit lorsqu'elle la poussa. Elle était vide. Le lit était fait, il n'y avait plus rien sur le bureau, aucune autre paire de bottes derrière la porte. Une petite brise agitait les rideaux, portant des effluves de son savon à barbe.

« La dame qui a ravi mon cœur. Je vous assure de mon amour éternel. »

Elle redescendit. La porte de la cuisine était ouverte et elle vit Mme Blake qui jetait du maïs à quelques poules.

— Ah, mademoiselle Kirkpatrick ! s'exclama la cuisinière avec un grand sourire. Je ne savais pas que vous étiez là. Dois-je apporter une autre tasse de thé ?

Philippa haussa les sourcils.

— Une autre ?

— M. Montclair m'en a demandé ce matin. C'est bien la première fois. Peut-être qu'il s'habitue enfin à nos coutumes anglaises.

— Peut-être. Savez-vous où il est ?

— Il est parti à cheval il y a une heure, intervint Camilla. Il avait l'air préoccupé.

La gorge de Philippa se noua.

— Il portait une tenue de voyage ?

— Non, mademoiselle, répondit Camilla, surprise. Il était comme d'habitude. Il n'est revenu de Londres qu'hier.

Elle hocha la tête, étourdie de soulagement. Elle ne l'avait pas raté.

— Bien sûr. Une tasse de thé me ferait grand plaisir, madame Blake. Merci.

— Je vous apporte ça tout de suite.

Par habitude, Philippa alla dans le bureau. La grande carte était encore au mur. Elle s'en approcha et s'efforça de dresser la liste de ce qu'il avait réparé et reconstruit. Le pont qui s'était écroulé sous Gerry et Jilly Smith. Deux ponts entièrement nouveaux. Des clôtures réparées, le lac du moulin vidé, les toitures de nombreuses granges et maisons rénovées et leurs façades refaites. Les routes qui sillonnaient le domaine aplanies et nivelées. Elle avait même remarqué de nouvelles couches de chaux dans la cour des communs, et dans tout le château, des canalisations avaient été réparées ou remplacées. Il avait bel et bien réussi à remettre le domaine en état en l'espace de quelques mois, tout en se battant sans cesse avec la duchesse.

Elle vit la lettre sur le bureau. *Philippa ma chérie*, lut-elle. Il n'y avait rien d'autre. Un mot d'adieu, supposa-t-elle. Il y avait un papier plié à côté. Philippa l'ouvrit sans état d'âme ; c'était une lettre de démission pour M. Edwards. La liasse plus épaisse était un catalogue exhaustif de tout ce qu'avait fait Will, et de tout ce qui pouvait être encore fait, espérait-il.

Comment pouvait-il quitter un endroit dans lequel il avait mis tant de lui ?

Elle était assise sur sa chaise habituelle quand Mme Blake entra avec un plateau. Philippa la remercia.

— Madame Blake ! appela-t-elle alors que la cuisinière s'apprêtait à repartir. Trouvez-vous que M. Montclair a été un bon régisseur ?

— Mon Dieu, mademoiselle Kirkpatrick, plutôt deux fois qu'une ! Excellent, si vous voulez mon avis. Le jeune Josiah Welby le vénère. Il l'emmène partout et lui enseigne le métier de régisseur. Josiah n'aime pas beaucoup son apprentissage de meunier, il aimerait bien un poste comme celui de M. Montclair.

Philippa hocha la tête.

— Que pensent les métayers de M. Montclair ?

Mme Blake prit un air songeur.

— C'est étrange que vous posiez cette question. Il se trouve qu'il les a presque tous fait venir ici pour réviser les loyers et se renseigner sur l'état de leurs fermes. Je leur ai fait envoyer plus de pain que tout ce qu'il a pu manger lui-même.

Avec un petit reniflement, elle ajouta :

— Et je sais que Maria Amis lui donne à manger au château, comme si je ne faisais pas d'excellentes tartes ici ! Mais ce jeune homme se tue à la tâche, mademoiselle.

Avec un hochement de tête catégorique, elle ajouta :

— Ce qu'il lui faut, c'est une femme. Pour qu'il ait envie d'aller se coucher avant de brûler toutes les chandelles de la maison toutes les nuits.

— C'est ce qu'il fait ? dit Philippa avec un faible sourire. Est-il aussi compétent que M. Grimes ?

Mme Blake hésita.

— M. Grimes était un homme bien, dit-elle, prudente. Mais il avait beaucoup vieilli. Et M. Edwards... ma foi, il n'est pas régisseur, pas vrai ? M. Montclair est une bénédiction, et personne par ici ne vous contredira.

Elle lui adressa un clin d'œil.

— Et s'il cherche une femme à Carlyle, je connais plus d'une jeune fille au domaine qui sera enchantée de l'avoir.

Philippa s'esclaffa.

— Je le crois sans peine. Merci, madame Blake. J'espère que M. Montclair continuera à gérer Carlyle pendant longtemps.

— C'est notre vœu à tous, mademoiselle, assura la cuisinière avant de sortir.

Philippa ferma les yeux. Elle l'espérait plus que quiconque.

Elle resta assise avec son thé et ses pensées jusqu'à ce qu'un cheval passe au galop devant la fenêtre en direction de l'écurie. L'éclair de redingote bleu vif la fit sourire. Son pirate. Son ami, son complice, son amant. Son amour.

Elle se trompait peut-être sur beaucoup de choses, mais de cela, elle était certaine. Elle joignit les mains, sentant le poids inhabituel des bijoux d'Ammi, les bracelets sur ses bras, les bagues à chaque doigt. Aujourd'hui, elle portait tout pour se remémorer que l'amour ne pouvait être une erreur et méritait qu'on se batte pour lui.

Elle entendit des voix à l'extérieur. Mme Blake devait lui annoncer qu'elle était là, et peut-être avait-il déjà remarqué Evalina. Puis le bruit de ses pas. Philippa se leva et attendit qu'il s'encadre sur le seuil.

Une barbe de trois jours lui couvrait les joues et le menton, et ses cheveux en bataille lui touchaient presque les épaules. Il avait plus que jamais l'air d'un pirate, et jamais elle ne l'avait autant aimé.

— Enfuyez-vous avec moi, dit-il sans préambule.

Philippa cilla, puis un sourire lui incurva lentement les lèvres.

— Au diable, mes promesses. Je vous aime, Philippa. Je n'ai pas grand-chose à vous offrir, mais tout ce que je suis et tout ce que je possède, je veux le partager avec vous.

Il tendit une main suppliante.

— Si vous acceptez un pauvre capitaine de navire marchand, mon ange, mon cœur et ma main sont à vous.

Le cœur de Philippa papillonna follement tandis qu'elle glissait sa main dans la sienne.

— Pour le meilleur et pour le pire.

Il l'attira à lui et porta sa main à ses lèvres avant d'enrouler le bras autour de sa taille.

— Jusqu'à ce que la mort nous sépare, compléta-t-il.

Ses yeux commençaient à briller et il sourit :

— C'est oui ?

— C'est exactement ce que j'étais venue proposer. Si vous ne voulez pas rester ici, je partirai avec vous. C'est la seule solution.

Il rit, puis il l'embrassa avec une ardeur qui fit bondir son cœur et apaisa ses angoisses.

— J'ai essayé de partir, souffla-t-il. Mes bagages sont prêts. Vous n'étiez pas au château. Je vous ai brisé le cœur, que Dieu me pardonne. Mais je n'ai pas pu. J'ai chevauché jusqu'à ce que je trouve un moyen de vous demander d'être mienne.

— Vous avez oublié ? s'esclaffa-t-elle. Je suis à vous depuis ce matin.

— Oh non, je n'ai pas oublié, dit-il d'une voix rauque. Loin de là.

Philippa rougit et une bulle de joie éclata dans son cœur.

— Je suis à vous depuis plus longtemps que cela, lui dit-elle doucement. Depuis que vous m'avez jeté les noix à la figure. Depuis que vous m'avez entraînée dans un concours de pêche. Depuis que vous m'avez invitée à venir voir les chiots et que vous m'avez embrassée dans la paille.

— Je savais que c'était une bonne idée, les chiots, murmura-t-il.

Elle plissa le nez et il la gratifia d'un grand sourire.

— J'ai une question, dit Philippa.

— Une seule ?

Il la taquinait. Elle sourit à son tour et s'efforça de faire taire le bourdonnement dans sa tête. Cette question, elle voulait la poser d'un ton léger, parce que ce serait l'occasion, la seule, de le prendre par surprise et de discerner ses vrais sentiments.

— Vous m'avez dit que le transport maritime ne vous intéressait pas vraiment. Envisageriez-vous une autre fonction ?

Étonné, Will demanda :

— Que voulez-vous dire ?

Philippa agrippa sa veste, la bouche sèche.

— Héritier du duché de Carlyle.

29

Il écarquilla les yeux.

— Quoi ?

Elle soutint son regard.

— Je sais qui vous êtes.

— Bien sûr, dit-il, vaguement perplexe. Mais on ne choisit pas un héritier en publiant une annonce. Edwards me l'a expliqué hier soir.

Avec un petit rire nerveux, elle répliqua :

— Je sais comment on désigne un héritier. C'est pourquoi je vous ai proposé ce poste.

Will marqua une pause.

— Ah. Pas vous aussi.

Elle battit des cils.

— Pardon ?

— Edwards a sous-entendu que je pourrais être issu d'une branche française de la famille. Ses membres ont disparu en Nouvelle-France il y a plusieurs décennies, paraît-il. Ce qui coïncide avec mon histoire familiale. C'est très romantique, mais insensé.

Elle hésitait lorsqu'elle surprit une vigilance particulière dans son regard. Elle se rappela alors avec quel talent il s'était moqué d'elle et l'avait provoquée pour qu'elle ne l'aime pas et garde ses distances. C'était un bon comédien, mais elle l'étudiait et essayait de le cerner depuis trop longtemps pour être dupe.

— Bien sûr que c'est insensé, acquiesça-t-elle. Je vous l'ai dit, je sais qui vous êtes.

— Je l'espère bien, vu que vous venez de promettre de vous enfuir avec moi.

Il lui adressa un clin d'œil, mais Philippa avait perçu son hésitation, infime et cependant bien là. Son assurance grimpa en flèche.

— C'est vrai, et je le ferai, confirma-t-elle. Retournerons-nous à Boston pour vivre près de vos parents ? J'ai hâte de rencontrer Jack, aussi. J'espère qu'il m'aidera à améliorer mon français.

Elle fixa sur lui un regard innocent.

— Vont-ils m'aimer ? J'espère qu'ils ne me trouveront pas trop fière parce que je viens de Carlyle Castle. Je veux leur apporter des cadeaux. Je compte sur vous pour me conseiller. Peut-être un service à thé de la faïencerie Tate. Maximilian et Bianca seraient ravis d'en concevoir un pour votre mère.

Will semblait pétrifié.

— La duchesse va terriblement me manquer, poursuivit-elle. Le duc aussi. Qui va lui faire la lecture lorsque nous serons partis tous les deux ?

— Amis, répondit Will d'une voix rauque, avant de se racler la gorge. Il a déjà repris la lecture de *Roderick Random*. Je suis certain qu'il continuera.

— Vous avez eu un effet tellement réparateur sur lui. Je vous en serai éternellement reconnaissante, ainsi que la duchesse. Ce ne sera pas pareil de n'avoir que des lettres de lui, mais j'espère que nous correspondrons régulièrement.

— Oui, murmura Will.

Elle voyait presque les pensées virevolter sous son crâne.

— Elle voudra tout savoir de notre nouvelle vie, enchaîna Philippa, impitoyable. Boston est-elle une ville très différente de Londres ? De Kittleston, en tout cas, c'est certain ! Il faudra que je fasse des croquis de tout Carlyle pour ne rien oublier, et pour les montrer à tout le monde quand je serai dans ma nouvelle maison.

Étouffant un juron, il marcha à grands pas jusqu'à la fenêtre, et appuya les mains sur l'encadrement.

Philippa attendit.

— À quoi jouez-vous ? lâcha-t-il finalement.

— À rien, répondit-elle d'une voix un peu chevrotante. Quel mal y a-t-il à vous interroger sur votre famille, qui sera bientôt la mienne, et à exprimer l'espoir que la duchesse m'écrira souvent en Amérique ?

Elle *savait* qu'elle ne se trompait pas. Mais elle ne comprenait pas pourquoi il était si déterminé à le nier. Elle inspira un grand coup et reprit :

— Vous manquerez à tout le monde ici, vous savez. Les métayers sont si heureux d'avoir un régisseur compétent et attentionné. Vous connaissez le domaine par cœur, désormais, mieux que ne l'a jamais connu M. Grimes, je crois, et vous avez impressionné jusqu'à M. Edwards, ce qui n'est pas peu dire. C'est peut-être lui à qui vous manquerez le plus.

Will semblait transformé en statue de pierre.

— Le duc sera triste aussi. Comme vous dites, c'est un vieux monsieur, il aura du mal à se remettre encore d'une telle perte. Vous savez à quel point sa sœur et ses frères lui manquent.

Will tressaillit et ses épaules se raidirent visiblement.

— Même la duchesse vous regrettera, poursuivit Philippa d'une voix douce. Elle porte tant de fardeaux depuis si longtemps, non seulement le domaine, mais les soins apportés au duc, sachant qu'elle pourrait le perdre comme elle a perdu tous ses autres enfants. Elle qui rêvait d'avoir un petit-fils...

— Arrêtez, dit-il en levant la main

Il se retourna lentement. Son visage était fermé.

— On n'a pas besoin de moi ici, Philippa. Un autre régisseur compétent viendra. Il y a deux héritiers, formés pour recevoir le titre et qui se tiennent prêts.

— Mais ce n'est pas *vous* ! explosa-t-elle.

— Je ne suis pas celui pour qui vous me prenez !

— Prouvez-le. Quel est le nom de naissance de votre père ?

Il pâlit.

— Peu importe. Je le connais, dit-elle en le rejoignant et en posant la main sur son bras. Il vous a dit de ne jamais vous approcher de Carlyle Castle, n'est-ce pas ?

— J'ai donné ma parole, dit-il d'une voix sourde. J'ai juré de ne jamais révéler à qui que ce soit...

— Je comprends.

Elle avait l'impression d'avoir la gorge à vif à cause des larmes, du manque de sommeil et du torrent d'émotions qui faisaient rage en elle.

— Mais exigerait-il de vous la même promesse s'il était ici et maintenant, à votre place, cette place que vous occupez depuis plusieurs mois ? S'il savait ce que *vous* savez de cette famille et du château et de tous les gens qui vivent sur le domaine ?

Will garda le silence.

Elle appuya sa joue contre son épaule.

— Je vous choisis quand même, souffla-t-elle. Pour toujours.

Il l'enveloppa de ses bras.

— Bon sang, gronda-t-il, je suis incapable de vous dire non. Je pourrais tout quitter sans regret... mais vous...

Il appuya sa tempe contre la sienne.

— Vous êtes une source constante d'émerveillement et de ravissement pour moi, mon ange.

— Souvenez-vous-en quand nous nous disputerons, dit-elle.

— Sommes-nous en train de nous disputer ?

Elle secoua la tête.

— J'espère encore vous convaincre, cependant, si vous demeurez catégorique, je cesserai.

Elle ne put s'empêcher d'ajouter :

— Mais je crois que vous refusez par peur de ce que dirait votre père et de ce que croirait la duchesse. Et je pense que vous vous trompez dans les deux cas. S'agissant de Sa Grâce, du moins, j'en suis certaine.

— Vraiment ? marmonna-t-il.

— Je la connais depuis que j'ai trois ans. Je connais son cœur.

Pendant un long moment, il se contenta de lui caresser le dos. Puis il demanda :

— En supposant que vous ayez raison, quel était votre plan pour la suite ?

Elle haussa les épaules.

— Je n'ai aucun plan. Je pensais que si vous succombiez à mes ruses pour vous arracher la vérité, nous pourrions régler le reste ensemble.

Il ne put s'empêcher de rire.

— Vous avez trouvé ma plus grande faiblesse : *vous*.

Philippa leva les yeux vers lui.

— Et notre plus grande force : *nous*.

— C'est de la folie, vous le savez.

— Non. Je crois qu'ils seront plus heureux que vous ne le pensez. Ils écouteront. Sinon... Alors c'est qu'ils ne sont pas ceux que je croyais. Et je ne voudrai plus jamais entendre parler d'eux. S'ils se détournent de nous avec colère et dégoût, je préparerai mes bagages et partirai avec vous sur-le-champ.

— Je crains que les choses ne se passent pas aussi bien que vous l'espérez.

Elle tira doucement sur sa veste.

— Mais imaginez que cela se passe aussi bien. Cela ne vaut-il pas la peine d'essayer ?

Will la lâcha et se mit à arpenter la pièce, plongé dans ses réflexions.

Philippa osait à peine respirer. Elle avait vécu ici toute sa vie et était prête à parier tout ce qu'elle possédait qu'en apprenant la nouvelle, la duchesse serait stupéfaite et choquée, certes, mais qu'une immense allégresse envahirait bientôt tout le château.

Finalement, Will s'immobilisa devant la carte géante de Carlyle. Philippa le vit suivre des yeux les routes, les ruisseaux, les vastes portions de terre où les papiers indiquant ce qu'il y avait à faire avaient disparu. Grâce à lui. Grâce à ces efforts, à son travail, à sa détermination sans faille. Impossible d'imaginer qu'il ne se souciait pas du domaine.

— Très bien, dit-il, presque pour lui-même. Tout le monde fait un pari fou un jour ou l'autre.

Le cœur de Philippa fit un grand bond.

— Et resterez-vous, s'ils sont accueillants ?

Il fixa des yeux la carte encore un moment avant de se tourner vers elle. Le regard sombre il lui prit les mains.

— Je n'y crois guère, mais…

Avec un petit sourire penaud, il termina :

— Je me suis quelque peu attaché à ce lieu.

— Pas autant que je me suis attachée à vous, je pense, souffla-t-elle, rayonnante.

Il l'enlaça et l'embrassa de nouveau jusqu'à ce qu'elle soit éblouie et hors d'haleine.

— Dieu que je vous aime, murmura-t-il. Dites-moi encore…

— Je vous aime, je vous aime, je vous aime. Et rien, absolument rien ne changera quoi que ce soit à cela.

— Même si l'on me rit au nez ? Même si l'on m'ordonne de quitter les lieux en me traitant de menteur et d'imposteur ?

— Dans ce cas, nous partirons pour Londres, pour l'Amérique, pour n'importe quel autre endroit où le nom de Carlyle ne sera plus jamais prononcé à voix haute, promit-elle.

Il laissa échapper un petit rire.

— Vous êtes sûre de vous ? s'enquit-il.

Elle hocha la tête.

— Vous aimez Carlyle, reprit-il. C'est de *vous* qu'on a besoin ici. C'est vous qui faites sourire le duc et apaisez la duchesse quand elle est nerveuse. Tout le monde me mépriserait à tout jamais si je les privais de vous.

Après une hésitation, il ajouta :

— Et peut-être me mépriseriez-vous vous-même.

— Jamais !

Il la dévisagea, puis :

— Je suis prêt à courir le risque uniquement pour vous.

— Vous devriez le souhaiter pour vous également, commença-t-elle.

— Non. Je n'étais pas censé occuper ce poste. Mais je suis tellement heureux de l'avoir fait, et si la seule chose qui en sort c'est vous, ce sera la meilleure décision que j'aurai prise de toute ma vie.

Il s'empara de sa main et la porta à ses lèvres.

— Philippa Noor un-nisa, vous acceptez de m'épouser, n'est-ce pas ?

— Oui. Avec joie.

Elle devait littéralement irradier de bonheur et le visage de Will se fendit d'un large sourire.

— Pour la dame que j'aime, j'affronterai des monstres marins et des dragons, et même une duchesse.

30

Ils gravirent la colline ensemble, tenant Evalina à la longe. Philippa s'accrochait à lui comme s'il risquait de disparaître, se délectant du plaisir inouï d'avoir sa main dans la sienne. Au vu et au su de tous. Il était à elle et elle était à lui, et advienne que pourra.

Pour autant, elle ne voyait aucune raison d'affronter la tâche la plus ardue en premier, aussi lorsqu'ils furent au château, se dirigea-t-elle vers la suite du duc. Will lui coula un bref regard, mais la suivit sans protester.

— Sa Grâce est réveillé ? demanda-t-elle lorsque M. Amis ouvrit la porte.

— Oui, mademoiselle, mais il est morose.

Voyant Will, il ajouta :

— Peut-être êtes-vous venus l'égayer ?

Philippa afficha un sourire déterminé.

— Assurément !

Le duc était étendu sur la chaise longue, une couverture remontée sur la poitrine. Les lumières colorées des vitraux tombaient sur sa silhouette qui évoquait une effigie dans une église. Son visage était tourné vers la fenêtre, ses yeux clos, et sa main qui reposait sur son torse était pâle et maigre. Philippa demanda à M. Amis et au valet de partir, puis elle fit signe à Will de s'approcher.

— Bonjour, mon oncle, murmura-t-elle en tirant une chaise près de lui.

Le duc s'agita.

— Ah, Pippa, dit-il d'une voix faible. Tu es venue me faire la lecture ?

— Pas aujourd'hui. J'ai amené un visiteur.

— Je ne me sens pas très bien…

— Cela vous fera plaisir de le voir, j'en suis certaine. Il vient de la part de Lemuel.

Le duc ouvrit les yeux, tourna la tête, regarda Will et son regard s'anima un peu.

— C'est vous ! Mais tu sais Pippa, ce n'est pas Lemuel…

— Mais il lui ressemble beaucoup, n'est-ce pas ? dit-elle.

Carlyle souleva laborieusement la tête et observa Will.

— Approchez, que je vous voie.

Will avança docilement sans mot dire, et le duc commença à hocher la tête.

— Oui, bien sûr. Lemuel me regardait exactement comme cela…

Il esquissa un sourire.

— Vous me disiez que je me trompais, mais j'avais raison. J'en étais sûr ! Tu es témoin, Pippa. Dès que je l'ai vu, j'ai su qu'il ressemblait beaucoup à Lemuel.

Ravie, elle pressa la main de Will.

— Absolument, mon oncle. Je suis certaine que Lemuel en conviendrait aussi, n'est-ce pas, Will ?

Ce dernier répondit :

— En aucun cas. Il se donnerait un mal de chien pour prouver que c'est lui qui avait raison et que Joffred avait tort.

Philippa arrondit les yeux, et le duc éclata de rire. Un rire rouillé, mais joyeux, et de plus en plus puissant.

— C'est bien vrai ! C'était un diable quand on le prenait en défaut. C'est pour cela que nous devions consigner nos paris, parce que Lemuel affirmait systématiquement que c'était lui qui avait gagné.

Le sourire de Carlyle était triomphant.

— Mais ce n'était pas le cas. Nous avons fait tant de courses, et j'en ai gagné plus de la moitié. Mon cheval était meilleur que le sien. Tu le connais, Pippa. Mon Nestor. Bien plus fort.

Will se racla la gorge.

— Aucun cheval n'était meilleur que Hengroen. Pas même Nestor.

Philippa faillit bondir de son siège, stupéfaite, tandis que le duc riait de nouveau. Hengroen... Voilà comment s'appelait l'autre cheval de bois, celui qui avait disparu et dont elle avait oublié le nom quand ils visitaient la nursery ! Elle était certaine que personne à Carlyle n'avait pensé à Nestor ou à Hengroen depuis au moins une décennie. Elle dévisagea Will, bouche bée. Pendant tout le temps qu'ils avaient passé là-haut, il avait dû chercher Hengroen.

Elle avait eu beau être absolument sûre d'elle, Will venait de lui fournir une preuve irréfutable.

— M. Montclair est le fils de Lemuel, mon oncle, dit-elle tout à trac.

Le duc lui tapota la main.

— Il doit l'être. Personne d'autre n'oserait prétendre que Hengroen était plus fort que Nestor. Et cela fait des années qu'on ne m'a pas appelé Joffred...

Il sourit.

— C'était ainsi que me surnommait Jessica. Comme elle me manque !

Il regarda Philippa, ses yeux délavés débordants d'amour et de tristesse.

— Je suis si heureux qu'elle nous ait laissé ta si chère personne.

La gorge de Philippa se noua douloureusement.

— Que signifie Joffred ? demanda-t-elle, luttant pour ne pas pleurer.

— John Frederick, répondit Will d'une voix douce.

Le duc souriait encore.

— Et moi, je l'appelais Billy la Mule ; il détestait cela, bien qu'il soit aussi têtu qu'une mule. C'est ainsi qu'il est devenu Lemuel. Il rêvait d'explorer des terres lointaines et de rencontrer des peuples étrangers, comme Gulliver.

Il poussa un soupir.

— Il est là, lui aussi ?

« Ne te trahis pas », tel était l'avertissement qui résonnait sans cesse dans le cerveau de Will depuis un an. Il fut stupéfait de découvrir à quel point c'était bon de baisser la garde.

Depuis tout petit, il entendait parler du grand frère de son père. À en croire ce dernier, il était le fils espiègle et turbulent tandis que son grand frère était le gentil, le calme et l'honnête, celui qui ne mentait jamais au sujet des tartes qu'ils dérobaient à la cuisine ou des murs du château qu'ils essayaient d'escalader... mais se laissait entraîner dans toutes ses folies. Son père riait toujours quand il parlait de Joffred, mais devenait nostalgique et silencieux lorsque Will lui demandait pourquoi ils ne lui avaient jamais rendu visite ou pourquoi il ne lui écrivait pas.

— Non, monsieur, il n'est pas là, répondit-il au duc.

— Ah, c'était trop demander ! Il m'a bien dit qu'il ne reviendrait jamais.

Will tressaillit, et se pencha en avant.

— Pourquoi a-t-il dit cela ?

Le duc regarda au loin, avant de répondre :

— L'armée. Il est parti à l'armée, n'est-ce pas ? Mère était terrifiée à l'idée qu'il se fasse tuer... Et c'est ce qui est arrivé.

Carlyle fronça les sourcils.

— Ç'a dû être terrible. Mais Lemuel s'y attendait. Il disait qu'on allait les envoyer à l'autre bout du monde et il doutait de rentrer un jour. Il détestait naviguer.

Le duc regarda Will.

— Et vous, l'océan ne vous fait pas peur. Vous êtes venu jusqu'ici. De très loin, est-ce que je me trompe ?

Abasourdi, Will hocha la tête. C'était la vérité. Son père les avait envoyés Jack et lui parce qu'il ne voulait pas prendre la mer lui-même. Détail ironique pour le propriétaire d'une flotte de navires marchands, il détestait naviguer.

Le duc afficha de nouveau un sourire triomphal.

— Encore un point en ma faveur, Pippa ! Je pourrai narguer Lemuel...

Il se tut, soudain perdu.

— Mais non, il ne reviendra jamais, marmonna-t-il, l'air las.

— Nous allons vous laisser vous reposer, dit doucement Philippa.

Le duc chercha la main de Will, sur laquelle il exerça une pression étonnamment forte.

— Je me réjouis qu'il vous ait envoyé. Vous êtes un brave garçon de nous donner de ses nouvelles.

Philippa se pencha et effleura d'un baiser la joue du duc.

— À plus tard, mon oncle, chuchota-t-elle avant de prendre la main de Will et de l'entraîner hors de la pièce.

Dans le couloir, elle lui fit face.

— Hengroen !

— Le cheval du roi Arthur. Tout le monde n'appelait donc pas son premier cheval Hengroen ?

— Non !

Philippa s'esclaffa, à la fois enchantée et étourdie.

— Nous n'avons pas été élevés uniquement avec *Les Voyages de Gulliver*, vous savez.

Elle rit de nouveau, et se hissa sur la pointe des pieds pour nouer les bras autour de son cou.

— Personne d'autre n'aurait pu connaître le nom de ce cheval.

Will haussa les épaules et l'enlaça.

— Jack le connaît. Mais attention, pour rien au monde je ne changerais de place avec lui, précisa-t-il avant d'embrasser Philippa.

Quelle importance qu'ils soient juste devant la suite du duc où n'importe qui pouvait les surprendre ?

— Hem, hem…

Quand Will entendit le bruit, cela faisait probablement un moment déjà que la personne toussotait. Il releva la tête à contrecœur et Philippa regarda pardessus son épaule.

— Oh, monsieur Edwards ! s'exclama-t-elle, un peu essoufflée.

Will la lâcha et se tourna lentement vers l'avoué.

— Quelle surprise de vous voir ici, monsieur Montclair, dit celui-ci d'un air contrarié. J'avais cru comprendre que vous nous quittiez.

— C'était mon intention. J'ai failli oublier quelque chose qui m'était très cher et j'ai dû revenir le chercher.

Il hésita, jeta un coup d'œil à Philippa, qui, toujours rayonnante d'assurance et d'amour, se serra contre lui.

Après tout, pourquoi pas ? Ils l'avaient déjà annoncé au duc.

— Monsieur Edwards, je crois que vous me soupçonnez depuis un moment d'être davantage qu'un type ordinaire cherchant un emploi.

L'avoué haussa un sourcil.

— Pourquoi soupçonnerais-je cela ?

— Parce que vous êtes un homme intelligent et perspicace, intervint Philippa. Certains diraient même rusé.

Edwards posa la main sur son cœur et s'inclina comme s'il s'agissait d'un compliment. Will ravala un rire et ajouta :

— Et parce qu'il n'y avait absolument aucune autre raison pour que vous engagiez un humble marin américain débarquant en Angleterre et totalement dénué d'expérience, pour gérer un vaste domaine loin de toute côte.

— Il me fallait quelqu'un rapidement, se défendit Edwards. Je vous ai interrogé longuement sur le sujet avant de vous offrir ce poste.

— En effet, vous m'avez interrogé sur ma famille.

M. Edwards esquissa un sourire.

— Je voulais être sûr de votre moralité.

— Et n'avez-vous pas été enchanté de voir de quelle façon il a géré le domaine ? s'enquit Philippa.

Edwards hésita.

— Si, mademoiselle Kirkpatrick. Son travail a été satisfaisant.

Elle haussa les sourcils avec la même autorité que si elle était maîtresse des lieux.

— Satisfaisant ? répéta-t-elle.

— Extrêmement satisfaisant, madame, rectifia Edwards.

Philippa essaya sans grand succès de dissimuler un sourire ravi. Will devina qu'elle jubilait à la perspective de voir la tête de M. Edwards lorsqu'il apprendrait la vérité.

— Je suis heureux de l'entendre, déclara Will qui s'amusait beaucoup lui-même.

Depuis un an qu'il travaillait avec Edwards, c'était agréable de savoir une chose que l'autre ignorait.

— Je sais combien il est difficile de remporter votre approbation, ajouta-t-il.

Edwards courba la tête, arborant toujours ce petit sourire qui en révélait si peu.

— Cependant vous vous trompez. Je ne suis pas celui pour lequel vous me prenez, dit Will.

Le sourire d'Edwards vacilla.

— Et pour qui vous prendrais-je, je vous prie ?

— Un descendant de…

Will tourna les yeux vers Philippa, qui précisa :

— Lord Thomas St. James.

Will hocha la tête. Cette théorie l'avait éminemment amusé. Combien d'héritiers les Carlyle avaient-ils perdus au fil des ans ?

— Par ma mère, pensiez-vous ? Sa famille est française, certes. Elle descend d'aristocrates français aussi distingués que ceux d'ici, je pense. Mais ce ne sont pas les St. James.

Edwards les considérait alternativement.

— Je suppose que Mlle Kirkpatrick vous a dit ce nom.

— Uniquement le nom. Le reste, je l'ai deviné. Vous étiez beaucoup trop intéressé par mes parents. Toujours à me demander quelles étaient les habitudes de mon père et comment ma famille s'était retrouvée à Montréal.

— Je suis de nature curieuse. Pardonnez-moi si j'ai été trop intrusif, monsieur Montclair.

— La vérité est plus singulière que vous ne le croyez.

Encore une fois, l'avoué les dévisagea tour à tour, sa curiosité visiblement piquée.

— Comment cela ?

Malgré lui, Will se raidit. Il prit une profonde inspiration, puis :

— Mon père… mon père est…

Les mots lui semblaient tellement étranges, telle une langue étrangère qu'il ne maîtrisait pas. C'était une chose que de dire la vérité au duc, qui ne discutait jamais, c'en était une tout autre de l'annoncer à Roger Edwards, qui allait disséquer son récit.

Philippa s'engouffra dans la brèche.

— Monsieur Edwards, vous l'avez forcément constaté. Je suis certaine que vous n'avez pas fait que réfléchir assis à votre bureau. Pourriez-vous déceler l'erreur de votre analyse et voir ce qui se trouve sous votre nez ?

L'avoué étrécit les yeux.

— À Londres, j'ai eu le plaisir de croiser le frère de M. Montclair, enchaîna-t-elle. Sur le moment, il m'a semblé familier, ce qui était impossible : je le voyais pour la première fois. C'est seulement aujourd'hui que j'ai compris où je l'avais vu.

— Où ? voulut savoir Edwards.

Elle sourit.

— Dans le salon de la duchesse.

Edwards cilla et Will la considéra avec étonnement.

— Le portrait, dit Philippa.

L'avoué tourna vivement la tête vers Will et le parcourut de la tête aux pieds avant de s'attarder sur son visage.

— Quel portrait ? demanda Will.

— Dieu miséricordieux ! murmura Edwards.

— Quel portrait ? répéta Will.

Philippa adressa un signe de tête à Edwards, qui hocha lentement la tête en réponse.

Ce portrait était déterminant, à l'évidence. Pourquoi Philippa ne lui en avait-elle pas parlé ? Avant qu'il puisse de nouveau poser la question, elle lui prit la main.

— Venez. Je vais vous le montrer.

31

Le salon de la duchesse se trouvait dans la partie la plus ancienne du château, la tour méridionale, où des dames Plantagenêt avaient brodé les tentures accrochées dans la salle des Tapisseries pendant que leurs seigneurs se livraient à des joutes. Il était beaucoup plus moderne maintenant, une succession de comtes puis de duchesses ayant amélioré la suite pour en faire la pièce la plus élégante et la plus confortable du château. Les meurtrières étaient dotées de fenêtres à meneaux, deux poêles à bois complétaient l'immense cheminée, et un épais tapis recouvrait le sol de pierre.

Will balaya la pièce du regard dès qu'ils entrèrent. Philippa se demanda ce qu'il en pensait. Même les appartements du duc, qu'il avait vus, ne pouvaient rivaliser avec ceux-ci. C'était le domaine privé de la duchesse depuis soixante ans, raffiné et reflétant parfaitement ses goûts.

— Voici le portrait.

Elle désigna inutilement le seul tableau que comptait la pièce. Mais quel tableau !

Exécuté par Thomas Hudson, un portraitiste en vogue à son époque, il représentait la duchesse entourée de ses enfants. À leurs pieds, un luxueux tapis persan, derrière eux, une élégante tenture en satin partiellement tirée derrière un bouquet de plumes d'autruche, et laissant voir au loin des collines couronnées d'arbres. Les terres de Carlyle, supposait Philippa. Jeune, belle et sûre d'elle, la duchesse trônait dans un fauteuil en bois sculpté digne d'Henry VII. Les plis de sa robe de soie bleue chatoyaient, les rangs de perles autour de son cou luisaient doucement. John, le fils aîné, était appuyé nonchalamment contre le fauteuil, les bras croisés, ses yeux gris, vifs et perçants, un petit sourire aux lèvres. Assis sur les genoux de sa mère, Stephen, le benjamin, devait avoir trois ou quatre ans ; ses boucles blondes encadraient ses joues roses et une main potelée agrippait le collier de la duchesse. Jessica, la seule fille, avait une dizaine d'années. C'était encore une fillette, mais dont la beauté future était déjà évidente. On aurait dit qu'elle allait bondir de la toile et jeter son bouquet de pivoines au spectateur – de fait, elle avait raconté à Philippa qu'elle en rêvait durant les interminables séances de pose. L'artiste avait voulu qu'elle tende une brassée de fleurs comme une offrande pour sa mère, et elle se rappelait en riant les crampes dans les bras dont elle avait souffert.

En général, c'était Jessica que Philippa regardait avec le plus d'attention. Elle adorait ce portrait de sa belle-mère, et, petite, elle avait aimé l'écouter raconter les séances de pose. Comment William avait glissé une souris dans la poche de John. Comment John s'était vengé en insistant pour que le peintre ajoute des plumes d'autruche qui faisaient éternuer William. Comment Jessica avait perdu patience et piétiné les fleurs si bien qu'on l'avait envoyée en cueillir d'autres sous l'œil sévère de sa gouvernante. Comment le petit Stephen avait fourragé parmi les accessoires du peintre et sali un tapis hors de prix.

Mais Philippa savait que Will ne regardait qu'un visage sur la toile aujourd'hui : lord William St. James, le cadet.

Son père.

Il s'était arrêté devant le portrait, comme pétrifié. Le tableau était presque grandeur nature, et quand elle était petite, Philippa le trouvait si vivant qu'elle parlait parfois aux personnes représentées. Elle se demanda si Will était tenté d'en faire autant. Les mains pendant à ses côtés, la tête inclinée, il absorbait tout, et son visage...

Philippa regarda la toile en essayant de voir lord William pour la première fois, tel que son fils le découvrait. Il avait deux ans de moins que John, était un peu plus petit mais plus large d'épaules. Il devait avoir seize ou dix-sept ans, pas encore tout à fait adulte, le bras sur les épaules de son frère aîné. Tout le monde disait que le duc et lui étaient étonnamment proches, les meilleurs des amis. Lord William avait les cheveux noirs et un regard espiègle. Il avait un petit sourire malicieux... le même que Will quand il taquinait Philippa et lui donnait envie de s'arracher les cheveux et de se quereller avec lui avant de l'embrasser pour le faire taire.

Elle tressaillit. Comment avait-elle pu être aussi aveugle ? Certes, c'était son frère, Jack, qui était le portrait craché de lord William, mais elle aurait dû reconnaître Will depuis longtemps.

— Que... À quand remonte ce tableau ? demanda Will à mi-voix.

— Une quarantaine d'années.

— Pourquoi l'ancien duc n'y figure pas ?

Philippa jeta un coup d'œil à M. Edwards, qui les avait suivis. Lui aussi contemplait le portrait. Il avait le front plissé, et ses lèvres remuaient silencieusement comme s'il débattait avec lui-même. Lorsqu'elle le regarda, il sursauta, inclina la tête et quitta la pièce à la hâte. Il courait probablement rejoindre son bureau pour se replonger dans les archives de la famille.

— L'ancien duc était froid et sans cœur, répondit-elle. C'est la duchesse qui a commandé ce portrait, pas lui, mais il a refusé de poser. Il trouvait le peintre présomptueux et considérait que toute cette affaire était une perte de temps. D'après ce que j'ai compris, il passait la majeure partie de l'année à Londres tandis que la duchesse et les enfants restaient ici.

Elle marqua une pause et scruta le visage de Will.

— Si vous souhaitez le voir, il y a un portrait de lui dans la galerie.

— C'est ce qu'on m'a dit, murmura-t-il ans cesser de regarder son père. Que le vieux Carlyle était insensible et arrogant, buté et brutal.

Philippa inhala brièvement, comprenant soudain.

— Est-ce pour cela que votre père n'est jamais revenu ?

Pour la première fois depuis qu'il était entré, Will tourna les yeux vers elle.

— Ce n'est certainement pas à moi de le raconter. Mais il disait qu'il ne pouvait pas rentrer, ajouta-t-il en regardant de nouveau le portrait.

Son expression lui sera le cœur – interrogateur, mélancolique, furieux, blessé. Qu'est-ce qui avait retenu lord William loin de l'Angleterre pendant trente ans, laissant croire à sa famille qu'il était mort ? Et pourquoi avait-il révélé à son fils – à l'un des deux en tout cas – la vérité ?

Dans son dos, la porte s'ouvrit.

— Philippa ! s'exclama la duchesse. Et M. Montclair. Que faites-vous ici ? s'enquit-elle un ton froid et impérieux.

Philippa prit la main de Will, et les yeux de la duchesse s'assombrirent, entre inquiétude et colère.

— C'est moi qui l'ai amené, dit-elle. Il y a une chose que vous devez savoir.

Sa Grâce pénétra dans la pièce, l'image même de la réprobation.

— Je ne vois vraiment pas laquelle. Il a démissionné, non ?

— En effet, répondit Will.

— Dans ce cas, je me demande pourquoi vous êtes encore à Carlyle.

— Peut-être plus pour longtemps, dit-il dans sa barbe.

La duchesse l'entendit.

— Je ne vous retiens pas.

— Arrêtez ! s'exclama Philippa. Arrêtez, tous les deux !

Ils la dévisagèrent bouche bée. Will se ressaisit le premier. L'ombre d'un sourire insolent flotta sur ses lèvres, et il fit un petit geste comme s'il lui cédait la parole.

— Philippa, gronda la duchesse, écoute-moi...

— Non, cette fois, c'est vous qui allez m'écouter. Et écouter M. Montclair.

Elle lui jeta un coup d'œil, et devant son sourire amusé – presque fier –, elle ne put s'empêcher de sourire à son tour.

— Écouter Will, corrigea-t-elle.

La duchesse se raidit.

— Je ne souhaite rien entendre de sa bouche. Et s'il t'a manipulée et séduite, je le ferai jeter dehors manu militari !

— Non, vous ne ferez pas une telle chose, affirma Philippa en ignorant l'air choqué de la duchesse.

Elle s'assit sur le sofa et tendit une main implorante.

— Daadee, écoutez ce qu'il a à vous dire, faites-le pour moi.

Affichant une expression hostile, la duchesse traversa la pièce et s'assit.

— Eh bien ? dit-elle d'un ton tranchant.

Philippa tapota la banquette à côté d'elle et Will la rejoignit. Il regarda la duchesse, puis baissa les yeux, croisa les mains, les décroisa, et regarda de nouveau le portrait.

— S'il ne veut pas parler, c'est moi qui vais m'en charger, déclara la duchesse d'une voix tremblante. Écoute-moi, ma chère enfant. Ne te laisse pas duper par les paroles mielleuses d'un homme. Tu ne le connais pas suffisamment pour… te jeter à son cou. Par pitié, ma Pippa chérie, ne me dis pas que tu es amoureuse et que tu as l'intention de faire fi de toute prudence… Tu sais que je ne peux rien te refuser, mais je t'en supplie, ne me demande pas cela. Cela me briserait le cœur.

Will leva les yeux et fronça les sourcils. La duchesse lui adressa un regard venimeux.

— Je savais que c'était une erreur de vous engager.

À sa stupeur, Will sourit. Il se cala plus confortablement sur le canapé.

— Attendez de connaître la suite, dit-il.

La duchesse porta la main à sa bouche comme si elle avait un haut-le-cœur, et Philippa adressa un regard de reproche à Will.

— Je vous en prie, Daadee, laissez-lui une chance de tout vous expliquer. Il ne s'agit absolument pas de moi.

Will leva les yeux au ciel, mais reprit son sérieux. Il prit une profonde inspiration, jeta un coup d'œil à la duchesse, puis se lança.

— Je vous dois des excuses, madame. Il y a une chose que je ne vous ai pas dite à mon sujet.

— Je doute fort que cela m'intéresse, dit-elle, mais sa voix était moins coléreuse qu'abattue à présent.

Philippa vit une larme perler au coin de son œil – la duchesse croyait que tout était perdu. Elle se mordit la lèvre pour ne pas exploser et annoncer la nouvelle elle-même.

Will parut chercher ses mots, puis il porta la main à son foulard autour du cou, le dénoua d'un geste sec et ouvrit le col de sa chemise sous les yeux horrifiés de la duchesse. Il fit passer par-dessus sa tête une chaîne à laquelle était suspendu un petit médaillon en argent.

Philippa écarquilla les yeux en se rappelant qu'il avait lui-même ôté sa chemise et l'avait jetée de côté. Il n'y avait pas de chaîne quand il lui avait fait l'amour.

Il la tendit à la duchesse, qui semblait transformée en statue de marbre. Philippa se pencha en avant pour voir ce que Will avait pris tant de peine à lui dissimuler, même au plus fort de leurs élans passionnés, et la duchesse sortit brusquement de sa transe. Elle bondit presque pour s'emparer de la chaîne et poussa un petit cri.

— Qui vous a donné ceci ?

— Mon père.

La duchesse pâlit.

— Il a porté cette chaîne toute sa vie, poursuivit Will. Sa mère la lui avait offerte, m'a-t-il dit quand j'étais enfant.

Sa Grâce émit un bruit étranglé.

— Il ne l'a retirée que lorsque mon frère et moi sommes partis pour l'Angleterre. Il m'a dit que cela avait été pour lui un porte-bonheur et qu'il espérait qu'il en serait de même pour moi.

— Un porte-bonheur, répéta-t-elle d'une voix sans timbre.

Philippa ne put se contenir davantage.

— Vous ne voyez pas... ?

— Non !

La duchesse leva vers Will un regard qui jetait des éclairs.

— Où avez-vous trouvé ceci ? demanda-t-elle, le médaillon serré dans son poing.

Will jeta un coup d'œil à Philippa, l'air de dire « je vous avais bien dit que cela se passerait mal ».

— C'est mon père qui me l'a donné.

La duchesse bondit sur ses pieds.

— Je vais vous faire arrêter pour vol, siffla-t-elle. Quant à votre père, il l'a dérobé à un mort et mérite la potence, termina-t-elle d'une voix brisée.

Philippa se leva et lui prit les mains.

— Regardez le portrait, l'implora-t-elle. Comprenez ce qu'il est en train de vous dire.

La duchesse ferma les yeux avec force et secoua la tête. Philippa serra doucement leurs mains jointes.

— Votre William est encore en vie, souffla-t-elle. Et ses fils sont ici, en Angleterre.

La duchesse rouvrit vivement les yeux.

— Ses fils ?

— Le jeune frère de Will est à Londres. Ils sont venus ensemble. Je l'ai vu alors que j'étais chez tante Diana, il s'appelle Jack. Daadee, c'est le portrait craché de son père. On aurait dit votre William descendu de ce tableau.

— Pippa, j'ai pleuré sa perte une fois. Je ne peux pas recommencer.

Elle semblait vieille et terrifiée, bien que ses yeux soient animés d'une folle lueur d'espoir.

— Et je préférerais me jeter dans la rivière plutôt que de vous donner de faux espoirs, dit Philippa. Le duc l'a reconnu immédiatement. Il n'a simplement pas réalisé que c'était le fils de William et non William lui-même. Mais Will – M. Montclair – sait des choses que seul lord William a pu lui dire. Il a appelé Sa Grâce Joffred.

La duchesse serra la main de Philippa à lui faire mal.

— Il a donné le nom du vieux cheval de bois, pas Nestor, celui de William : Hengroen.

La duchesse prit une inspiration tremblante.

— Permettez-lui d'envoyer chercher son frère, supplia Philippa. Vous *saurez* à l'instant où vous verrez Jack.

La duchesse la scruta sans mot dire, comme si elle s'efforçait de sonder son âme. Puis elle se libéra et recula.

— Jeune homme, dit-elle à Will d'une voix frémissante, votre revendication est très choquante et littéralement impossible. Que ferez-vous si je vous dis que je n'en crois pas un mot ?

Will se leva.

— Je ne vous le reprocherais pas, répondit-il d'un ton égal. C'est en effet incroyable. Je partirais et rejoindrais mon frère à Londres.

— Vous partiriez, comme cela ? Et ne reviendriez jamais à Carlyle ?

Il lui adressa l'une de ses révérences insolentes.

— Comme je l'avais prévu depuis le début.

Elle fronça les sourcils.

— Pardon ? C'est ridicule. Qu'y gagneriez-vous ?

Will semblait avoir conclu que l'entretien était terminé et qu'il n'avait plus de raison d'être déférent.

— J'ai déjà eu ce que je voulais.

Le regard de la duchesse se porta sur Philippa, accusateur, et Will secoua la tête.

— Allons, madame, quelle indélicatesse ! Je voulais simplement dire que j'avais satisfait ma curiosité concernant Carlyle, ce à quoi j'aspirais depuis des années. Mon père m'en a dit juste assez pour me rendre fou de curiosité, et lorsque l'occasion s'est présentée, je l'ai saisie. Maintenant que j'ai vu le domaine, je peux rentrer chez moi la conscience tranquille.

— Une simple curiosité ! Je n'en crois rien. Que vouliez-vous réellement de Carlyle ?

Will regarda Philippa, et lui adressa un sourire doux et chaleureux.

— De Carlyle, rien, madame. Rien du tout.

— Vous avez l'intention de séduire ma petite-fille pour qu'elle s'enfuie avec vous !

— Si c'est le cas, il a réussi, intervint Philippa. S'il s'en va, je pars avec lui.

— Quoi ? s'écria la duchesse.

Philippa se tourna vers Will. Les bras croisés, les pieds légèrement écartés, il avait l'air détendu et indifférent à ce qui se passerait ensuite. Mais son col était encore ouvert et elle vit la pulsation rapide à la base de son cou. Quel bon acteur !

— Je l'aime, Daadee. Peu importe qui il est et d'où il vient. Et surtout, je le crois. J'ai deviné son identité avant qu'il ne me la révèle. Il ne comptait pas vous l'apprendre, ni à aucun d'entre nous. Si vous ne croyez rien d'autre, croyez au moins cela.

La duchesse les regarda tour à tour, puis baissa les yeux sur la chaîne. Le front plissé, elle frotta doucement le médaillon du pouce. Philippa mourait d'envie de savoir ce qu'il représentait.

— Pourquoi nous aurait-il laissé croire qu'il était mort ? demanda la duchesse d'une voix étouffée. L'armée nous a annoncé qu'on l'avait retrouvé... brutalisé, martyrisé.

Elle retourna le médaillon et cette fois Philippa aperçut l'écusson des Carlyle gravé dans l'argent.

— Mais ce médaillon n'était pas sur lui, murmura la duchesse. J'ai écrit à tout le monde, des généraux aux lieutenants les moins gradés... Serait-ce possible ? Toutes ces années... Sans une nouvelle ?

Will baissa les yeux.

— Je ne sais pas. Tout ce qu'il m'a dit, c'était qu'il ne pourrait plus jamais retourner à Carlyle.

Il marqua une pause, comme s'il hésitait à prendre une décision.

— Je crois qu'il a fait une chose impardonnable à la guerre.

— Pour le cœur d'une mère, presque rien n'est impardonnable, dit la duchesse dont la voix se brisa.

— Je ne pense pas que c'était vous qu'il craignait, murmura Will.

— Son père, devina la duchesse. Que Dieu me pardonne d'avoir épousé ce monstre sans âme.

Elle inspira profondément tandis que Philippa la considérait en arrondissant les yeux. Même Will paraissait stupéfait.

— Pourquoi ne m'a-t-il pas écrit, plus tard ?

Décontenancé, Will se racla la gorge.

— Il... il était français, alors, madame.

— Français !

Il haussa les épaules.

— Lorsqu'il est arrivé à Montréal et a rencontré ma mère, il n'était qu'un marchand de fourrures.

— Cela fait trente ans que son maudit père est mort !

— Il ne le sait pas.

La duchesse alla se planter devant le tableau. Elle le contempla un long moment. Puis elle se retourna et dévisagea durement Will. Philippa vint à ses côtés et il lui prit la main.

— Attendez ici, aboya la duchesse avant de pivoter et de quitter la pièce au pas de charge.

32

Will regarda Philippa. Elle avait les yeux ronds et les lèvres entrouvertes.

— Je n'en sais rien du tout, dit-elle, devançant sa question.

— Eh bien...

Il haussa les épaules pour dissimuler une pointe de... regret ? De déception ?

— Je n'attendais rien de plus.

C'était vrai. Quand son père lui avait fait jurer le secret, il l'avait prévenu que de toute façon personne ne le croirait. « Ils pensent que je suis mort depuis trente ans. Même ta mère a du mal à le croire. » Et Will avait promis, en dépit de toutes les questions qui le rongeaient.

Il avait eu l'intention de tenir sa promesse, mais lorsque Edwards lui avait donné le nom de la famille pour laquelle il travaillait et lui avait proposé un poste au domaine, il avait vu là un signe du destin. Et il avait sauté sur l'occasion.

Il s'était attendu à être admiratif et impressionné, mais aussi dégoûté par la pompe et les exigences cruelles de la noblesse. Son père avait évoqué des mariages arrangés sans amour, des enfants qui ne voyaient jamais leurs parents, des jeunes gens qui menaient une vie de débauche et des jeunes filles mariées avant d'avoir dix-huit ans. Will était sûr de quitter Carlyle convaincu que son père avait bien fait de couper les ponts.

Il lui avait fallu trois mois pour réaliser que le duc n'était pas le père de son père, le vieux tyran qu'il avait redouté, mais un homme qui avait à peu près l'âge de son propre père. Puis il avait découvert que la famille s'était réduite comme peau de chagrin. Et que tous les ordres venaient de la mère du duc. Pourquoi était-ce elle qui dirigeait le domaine ? Tout ce qu'il apprenait ne faisait qu'accroître sa curiosité.

Lorsqu'on l'avait enfin envoyé à Carlyle, Will avait été bel et bien impressionné par le château. Quant à ses occupants... Il s'était complètement trompé sur leur compte.

Toutefois, il avait vu ce qu'il était venu voir. De fait, il aurait déjà dû être en route pour Londres, sans que quiconque ait découvert ses secrets.

Mais il aurait laissé son cœur derrière lui.

Alors qu'il chevauchait à travers Carlyle pour la dernière fois, il avait à peine prêté attention à ce qui l'entourait. Il ne voyait que Philippa, accoudé à un pont, belle et curieuse. Philippa, s'avançant vers lui, en colère, frémissante dans une robe de la couleur du soleil couchant. Les souvenirs l'assaillaient de toutes parts. Son sourire triomphant quand elle gagnait un pari, son expression chaque fois qu'elle mordait dans un *gulab jamun*, sa posture résignée lorsqu'il l'avait aperçue à Bagnigge Wells, et la joie qui avait illuminé son visage quand leurs regards s'étaient croisés.

La sensation de sa bouche sur la sienne.

Ses gémissements quand il l'embrassait.

Ses cheveux soyeux sous ses mains. La douceur de sa peau sous ses doigts.

L'éclat dans son regard quand elle s'était approchée de lui, nue comme au premier jour. La musique de son rire. L'euphorie qui le gagnait quand il la faisait rire et qu'elle nouait les bras autour de son cou.

Et surtout, le tremblement dans sa voix quand elle lui avait dit *je vous aime*. Comme si elle savait qu'il allait lui briser le cœur.

S'il avait fait une promesse à son père, ce dernier lui avait aussi conseillé de vivre sa vie de manière à mourir sans regret. Or il était écrasé par les regrets à peine quelques heures après avoir quitté Philippa. Il avait alors fait volter son cheval et regagné Stone Cottage. Si elle voulait bien de lui, il courrait le risque d'être renié par son père.

Et dès qu'il l'avait vue qui l'attendait, son regard sombre brillant d'amour, il avait su qu'il avait bien fait. Jamais il ne regretterait sa décision.

Quant au reste... Il ne savait trop ce qu'il regretterait. Il était toutefois prêt à admettre, debout dans le somptueux salon de la duchesse, sous l'œil amusé et suffisant de son père adolescent, qu'il espérait être cru. Carlyle s'était insinué dans son cœur et dans son âme. Malgré lui, il en était venu à aimer cet endroit, et il n'aspirait qu'à rester.

Les chances étaient cependant minces. Sa Grâce était probablement en train de rassembler des valets pour l'expulser. Edwards rédigeait peut-être une plainte en justice contre lui.

Tant pis. Toute cette folle aventure en valait la peine puisqu'il repartirait avec Philippa, et cela, son père le comprendrait.

La jeune femme semblait perturbée par l'absence prolongée de la duchesse. Son visage exprimait une profonde inquiétude.

— Non... je ne peux pas croire qu'elle rejetterait tout en bloc, murmura-t-elle.

Will regarda de nouveau vers le portrait. « Pas de regrets », semblait chuchoter son père d'un air entendu. Il hocha la tête, lui tourna le dos et attrapa la main de Philippa.

— Partons, dit-il.

— Où ? protesta-t-elle tandis qu'il l'entraînait hors de la pièce d'un pas vif.

— Dehors. Loin.

— Non, dit-elle en tirant sur sa main. Par ici.

Elle lui fit gravir un interminable escalier étroit aux marches de pierre inégales et, soudain, ils furent dehors.

Will retint son souffle. Ils étaient au sommet de la plus haute tourelle du château. Son père lui en avait parlé. C'était la plus haute tour du comté, construite par un ancêtre normand qui avait épousé une Saxonne et comptait bien la garder, même si une armée d'envahisseurs se lançait à l'assaut du château.

Il tourna lentement sur lui-même. La vue était époustouflante. Philippa se rapprocha de lui comme le vent les fouettait, et il lui entoura les épaules du bras.

— D'ici, on voit presque tout Carlyle, dit-elle. Là-bas, c'est Stone Cottage – dont on aperçoit le toit et les cheminées derrière les arbres – et la rivière. On voit même Kittleston au loin. Et là, c'est la route de Londres.

Will évita cette direction.

— J'adorais venir ici quand j'étais petite. À une époque, j'aimais bien peindre, et je venais avec mon chevalet. Ici, on a conscience de notre petitesse, et en même temps de notre importance s'agissant de cette terre et de cet endroit.

Elle appuya la tête contre son épaule.

— Durant sept cents ans, des membres de votre famille se sont tenus sur cette tour, Will. Vos ancêtres voudraient que vous soyez ici.

— Pas sans vous.

Elle sourit.

— Ce ne sont pas mes ancêtres.

— Certes, mais ce seront nos enfants, vous êtes donc essentielle pour eux également.

Elle se lova contre lui et il l'enveloppa de sa veste.

« C'est elle », martelait son cœur.

Il n'aurait su dire depuis combien de temps ils étaient là, serrés l'un contre l'autre, lorsqu'un bruit les fit se retourner. La duchesse se tenait en haut des marches, M. Edwards juste derrière elle. Le médaillon en argent brillait dans sa main à la lueur déclinante du soleil.

— S'il vous plaît, nous souhaiterions vous parler, dit Sa Grâce d'un ton guindé. William.

33

Ils demandèrent à Philippa d'attendre à l'extérieur de la salle des Tapisseries. Au bout d'un moment, M. Edwards en sortit. Il leva les mains tendues, la voyant bondir sur ses pieds.

— Patience, mademoiselle Kirkpatrick.

— C'est précisément ce dont je manque !

Mais elle sourit, et il vint s'asseoir à côté d'elle dans l'embrasure d'une des fenêtres.

— Comment avez-vous deviné ? demanda-t-il.

— Par hasard. Lady Beauchamp et moi étions au jardin de thé de Bagnigge Wells. Je m'ennuyais, quand soudain j'ai aperçu Will. Je lui ai couru après, et nous avons parlé…

Elle marqua une pause et rougit. Il l'avait embrassée à perdre haleine. C'est alors qu'elle avait réalisé qu'elle l'aimait. Si quelqu'un lui avait dit que le soleil s'était levé et que des anges avaient chanté au moment où elle avait levé les yeux et l'avait vu au bout de ce chemin, elle l'aurait cru.

— Son frère l'accompagnait. Je n'ai pas eu l'occasion de lui parler – je comprends maintenant pourquoi Will ne tenait pas à ce que je le rencontre –, en revanche, j'ai vu son visage.

— Et vous l'avez reconnu ?

Elle secoua la tête.

— Je me suis dit qu'il me faisait penser à Will. Ils se ressemblent en effet, comme des frères. Ce n'est que plus tard, quand j'ai pris le temps d'étudier le portrait, que j'ai réalisé que Jack, ou Jacques, comme l'a appelé Will, ressemblait comme deux gouttes d'eau à lord William. C'est alors que j'ai compris.

— Votre perspicacité dépasse largement la mienne, mademoiselle Kirkpatrick.

— Vous pensiez que c'était l'un des descendants de lord Thomas.

— Je soupçonnais quelque chose de ce genre, avoua-t-il avec un sourire contrit.

— À quel moment ? voulut-elle savoir. Je me suis souvent demandé pourquoi vous l'aviez embauché alors qu'il n'avait aucune expérience, aucun lien avec la région, et qu'il était le contraire d'un régisseur susceptible de convenir à Sa Grâce.

Un petit sourire ironique joua sur les lèvres de l'avoué.

— À l'instant où j'ai posé les yeux sur son visage, je l'ai soupçonné d'être un St. James. Lequel ? Je n'en avais aucune idée. Un descendant de lord Thomas ? Sa famille était française. Il avait un accent français et a admis qu'il s'exprimait en français chez lui. Et puis, il a manifesté une grande curiosité pour Carlyle dès que je l'ai mentionné. La coïncidence aurait été extraordinaire, mais…

Il haussa les épaules.

— Je ne voulais pas le laisser filer, au cas où mon instinct ne m'aurait pas abusé.

— Vous avez engagé un homme pour gérer le domaine sur un coup de tête ? s'exclama Philippa.

Il parut offensé.

— Je me suis longuement entretenu avec lui. Je l'ai gardé à Londres tout l'hiver pour l'évaluer et le surveiller. J'ai attendu dans l'espoir qu'il se trahirait d'une manière ou d'une autre. J'ai fait enquêter sur lui.

— Enquêter ? s'exclama-t-elle.

M. Edwards acquiesça.

— J'ai envoyé deux hommes en Amérique la semaine qui a suivi son embauche. Ils sont revenus il y a un mois avec des renseignements qui m'ont laissé excessivement perplexe. La famille de sa mère n'était certainement pas liée à lord Thomas. Ils étaient de Montréal depuis plusieurs générations. Son père était encore plus obscur, un trappeur et négociant en fourrures du Grand Nord, impossible d'apprendre quoi que ce soit sur son passé. Je craignais de m'être trompé, ou d'être tombé sur le descendant d'un enfant illégitime d'un duc précédent.

— Ce qui n'aurait pas fait de lui un héritier...

L'avoué haussa une épaule.

— Qui sait ce qu'a fait lord Thomas en Amérique ? Il était endetté. Un changement de nom, et il a pu devenir un homme nouveau sans plus aucun lien avec son passé. Au désespoir, j'ai essayé de provoquer M. Montclair pour l'inciter à avouer son lien...

— Quand ?

— Le soir où nous sommes rentrés de Londres.

Il retira ses lunettes et en essuya les verres.

— Sa Grâce étant si malade, peut-être mourant, le temps pressait. Je lui ai expliqué les règles de l'héritage. C'est tout juste si je ne lui ai pas demandé de révéler la vérité, au cas où il pourrait revendiquer Carlyle, mais il n'en a rien fait.

Il rechaussa ses lunettes.

— Vous seule avez pu lui soutirer cette information. Je me sens un peu bête d'avoir négligé de m'intéresser à son frère.

Elle sourit. Will n'avait rien reconnu, jusqu'à ce qu'elle parle d'emporter des dessins du château et du village pour les montrer à sa famille. Elle comprenait à présent pourquoi il avait résisté aussi obstinément. Il n'y avait aucun moyen de les présenter à sa famille sans que son père apprenne ce qu'il avait fait. Si Will n'avait pas souhaité revendiquer Carlyle, il avait été prêt à se confesser à son père… pour elle.

Au bout d'un long moment, Will sortit de la salle des tapisseries. Il jeta un coup d'œil à Edwards, qui s'empressa de rejoindre la comtesse et referma la porte. Will vint s'asseoir à côté de Philippa et l'enlaça.

— Alors ? demanda-t-elle.

— J'ai l'autorisation de rester, mais je suis tout juste toléré.

— Non ! Elle croit sûrement…

— J'en ai dit suffisamment pour la convaincre que c'était possible, la coupa Will avec un grand sourire. Elle souhaite rencontrer Jack, et bien sûr, elle va écrire à mon père. Elle n'arrivera pas à y croire tant qu'elle n'aura pas eu de ses nouvelles.

— Mais elle vous croit, dit-elle avec un sourire triomphal. J'en étais sûre !

— Non sans avoir résisté, précisa-t-il. Lorsqu'elle a commencé à y croire, elle s'est de nouveau indignée, déclarant que je l'avais tourmentée et provoquée alors que je savais qui elle était. Pendant un moment, j'ai cru qu'elle allait réclamer une grosse cuillère en bois pour me taper sur les doigts comme le faisait ma tante Emily.

— Non ! pouffa Philippa.

— Je me tiendrai sur mes gardes, au cas où. Et ensuite… nous avons parlé de vous.

Philippa demeura silencieuse.

— Vous êtes son trésor le plus cher, dit-il d'une voix douce en lui caressant le bras. Elle serait prête à me confier Carlyle, mais pas vous.

— Et moi, je n'ai pas mon mot à dire ! protesta-t-elle en faisant mine de se lever.

Il l'en empêcha.

— Je l'ai convaincue. Je lui ai dit que si elle ne voulait pas de moi, c'était parfaitement compréhensible.

Je lui ai proposé de partir, mais uniquement avec vous.

Il pressa son visage contre ses cheveux et inspira profondément.

— À partir de maintenant, là où vous irez, j'irai. Et je n'irai nulle part sans vous.

— Et... maintenant ?

Will jeta un coup d'œil autour de lui et l'attira sur ses genoux. Elle rit et glissa les bras autour de son cou.

— Vous m'avez promis de m'épouser, lui rappela-t-il.

— Vous pensiez que j'avais changé d'avis ?

— Ma foi, quand vous avez dit oui, je m'attendais à tout autre chose.

Elle rit de nouveau.

— Et maintenant que vous êtes héritier de tout ceci, je risquerais de moins vous aimer ?

Will ne rit pas, lui.

— Non. Je suis peut-être l'héritier de tout ceci, comme vous dites, mais je reste moi-même. Je ne serai jamais un gentleman élégant et raffiné. Je passerai ma vie à réparer des toits et des clôtures avec les métayers. Je ne suis pas le genre d'homme à laisser quelqu'un d'autre s'occuper de Carlyle.

— Je sais, souffla-t-elle.

— Et je ne suis *pas* l'héritier de tout ceci, reprit-il. C'est mon père qui le sera s'il accepte cet héritage. Je soupçonne qu'il n'en voudra pas. Ce qui fait de moi un simple régisseur. Mais qui vous aime passionnément.

Elle lui caressa la joue.

— C'est ce que vous étiez quand je suis tombée amoureuse de vous. Et, oui, je veux toujours vous épouser.

Jack arriva quatre jours plus tard, soupçonneux et contrarié. Will lui avait écrit pour lui demander de venir à Carlyle sans entrer dans les détails. Il préférait tout lui raconter en personne. À la fin de ses explications, son frère le dévisagea, stupéfait.

— Pourquoi ne m'as-tu rien dit ?

— Papa m'avait fait jurer de garder le secret.

— Tu savais tout ! explosa son frère. Pourquoi est-ce à *toi* qu'il a raconté toute l'histoire ?

— Pas toute l'histoire, objecta Will. Seul papa la connaît.

Un sourire fendit enfin le visage de Jack.

— Oui, concéda-t-il. Et Dieu merci, il ne tardera pas à arriver.

— Quoi ?

Manifestement ravi, Jack hocha la tête.

— Il en avait assez que nous tournions autour du pot et il annonçait dans sa dernière lettre qu'il prendrait le prochain navire Montclair à destination de Londres. Il sera là à la fin du mois.

Il sourit de nouveau.

— Tu dois être ravi. Tu pourras lui présenter ta fiancée, ainsi qu'à notre mère et à notre sœur.

Il ajouta à l'adresse de Philippa :

— Ils vont vous adorer.

Avec un salut galant, il porta sa main à ses lèvres et ajouta :

— Et moi aussi, je crois.

Philippa rayonnait. Will savait ce qu'elle pensait. La famille St. James allait enfin être réunie, le fils et le frère disparu, revenu d'entre les morts.

Et quant à lui... de sérieux ennuis l'attendaient.

— Philippa, acceptez-vous de m'épouser maintenant ? Demain ?

— Avant qu'elle n'ait l'occasion d'en apprendre davantage à ton sujet ? ironisa Jack. Bien joué, Will.

Il se tourna vers Philippa et articula silencieusement : « Fuyez ! »

Elle éclata de rire.

— Et moi qui pensais qu'un Montclair St. James, c'était déjà beaucoup. Comment vais-je en supporter deux ?

— Nous bannirons Jack, suggéra Will.

Elle feignit d'être horrifiée.

— Et qui sera votre témoin à notre mariage ?

— Edwards, décréta Will. Il me doit bien cela.

— La duchesse viendra-t-elle si je vous épouse demain ?

— C'est vous qui devrez lui poser la question. À coup sûr, elle refusera si c'est moi. Alors, vous acceptez ?

« Si j'accepte ? songea-t-elle. Tous les jours et pour toujours. »

— Oui ! dit-elle avant d'embrasser l'amour de sa vie.

Épilogue

Un son de cloche auquel elle n'était pas habituée réveilla Philippa. Elle ouvrit brusquement les yeux, reconnut la chambre jaune vif chez Diana et se détendit. Ils étaient arrivés à Londres deux jours plus tôt.

À côté d'elle, son mari depuis quatorze jours contemplait le plafond.

— Bonjour, dit-elle en se blottissant contre lui, la main posée sur son torse.

Il inspira profondément et couvrit sa main de la sienne.

— Cela reste à voir.

Philippa se hissa sur le coude. Elle ne l'avait jamais vu aussi tendu. Ils étaient venus à Londres pour accueillir le *Mary Catherine*, le navire qui amenait ses parents et sa sœur en Angleterre. Un messager leur avait annoncé la veille que le navire avait fait escale à Plymouth et serait à Londres aujourd'hui.

— Il risque d'être furieux ? demanda-t-elle doucement.

— Il y a de très grandes chances.

— Qu'est-ce que cela signifie ?

Il fit une petite grimace.

— Espérons que tu ne seras pas veuve avant la tombée du jour.

Philippa était étonnée. Jack lui avait assuré que tout se passerait bien, mais elle trouvait Will étrangement inquiet. Lorsqu'elle lui avait dit que son frère était optimiste, il avait répliqué :

— Ce n'est pas Jack qui n'a pas tenu parole. Il n'a rien à craindre, lui.

Elle n'aimait pas le voir ainsi, elle préférait son pirate sûr de lui, espiègle et rieur. Elle repoussa les couvertures, s'assit et commença à déboutonner sa chemise de nuit.

— Tu devrais peut-être attendre ici et me laisser aller lui parler.

— Il me retrouverait, dit Will qui regardait ses mains avec intérêt.

Philippa fit passer sa chemise de nuit par-dessus sa tête et la laissa tomber au sol.

— Si ce doit être notre dernière matinée ensemble, tâchons d'en profiter.

— Tu as bien raison.

Son expression se fit plus concentrée et ardente lorsqu'elle grimpa à califourchon sur lui. Il fit courir ses mains le long de ses cuisses.

S'appuyant sur ses épaules, elle se pencha et effleura ses lèvres des siennes.

— Je vais essayer de te donner envie de me revenir sain et sauf.

Il sourit et l'embrassa. Philippa tira sur le ruban de sa tresse et secoua ses cheveux.

— Dieu tout-puissant, gronda-t-il en prenant ses seins en coupe. Je marcherais sur des braises pour te revenir.

Elle lui caressa le ventre, toujours aussi fascinée par son corps. Ses muscles étaient si durs, sa peau si différente de la sienne. Chaque fois qu'elle promenait la main sur son érection, il contractait le ventre et retenait son souffle.

— J'ai compris, grogna-t-il, tu comptes me tuer avant que quelqu'un d'autre le fasse.

Elle rit et se souleva pour le guider en elle.

— Voyons si tu vas survivre.

Il survécut. Will était un amant passionné et inventif. Et elle était une élève enthousiaste.

— Un jour, haleta-t-elle quand ils retombèrent sur terre après avoir fait l'amour avec ardeur, j'apprendrai vraiment le français.

Will rit et roula sur elle.

— Je t'aime, chuchota-t-il en français.

— Ces mots-là, je les connais.

— Ce sont les seuls que tu as besoin de connaître, déclara-t-il.

Diane avait proposé de leur faire monter un plateau à l'étage, mais Will, qui trouvait étrange l'habitude anglaise de prendre son petit déjeuner au lit, avait décliné. Ils s'habillèrent donc pour descendre dans la salle à manger.

Il s'immobilisa devant la porte.

— Je dois aller retrouver Jack.

Elle fit la moue. De l'intérieur de la pièce leur parvenaient des cliquetis de vaisselle et des bruits de voix : Diana, Fanny et la duchesse.

— Tu n'entres pas dire bonjour ?

Il sourit.

— Je lui ai promis de le rejoindre il y a une demi-heure. Il sera déjà contrarié.

— Tu aurais dû me dire…

— Je l'ai fait : « Plus vite, ma chérie, plus fort. »

Il lui adressa un clin d'œil et elle rit avant de prendre son visage entre ses mains et de lui souhaiter bonne chance.

— J'en aurai besoin.

Il partit et Philippa entra dans la salle à manger.

— Bonjour, mesdames.

— Bonjour, dit la duchesse en haussant un sourcil en voyant qu'elle était seule.

— Will vous prie de l'excuser, il a dû aller rejoindre son frère.

— Bien sûr. Fanny, demande une autre théière, ordonna Diana.

Lorsqu'elle avait su qu'ils venaient à Londres, Diana avait aussitôt proposé sa maison. Will aurait préféré que tout le monde reste à Carlyle, et que seuls Jack et lui aillent accueillir leur père. La duchesse l'avait écouté en silence, de plus en plus rouge, jusqu'à ce que Will le remarque enfin. Il s'était tu, puis, avant même que Philippa intervienne, il avait demandé à la duchesse de l'accompagner.

— Comme c'est excitant ! s'enthousiasma Fanny. Vous vous rendez compte, Pippa, c'est votre famille, à présent.

Philippa jeta un coup d'œil à Sa Grâce, qui sirotait son thé en affichant un calme trompeur.

— J'ai hâte de les rencontrer.

— Comment ai-je pu ne rien soupçonner ! éclata soudain la duchesse. Mon propre petit-fils, sous mon nez !

— Il ne le souhaitait pas, répliqua Philippa en beurrant son toast. Et sincèrement, qui aurait pu deviner qu'il viendrait travailler comme régisseur ?

Elle lui avait suggéré un jour d'essayer de charmer la duchesse. Pas étonnant qu'il lui ait ri au nez, lui qui s'efforçait de se faire détester de crainte qu'elle ne risque de le reconnaître.

— Il aurait pu se montrer plus agréable tout de même !

Philippa ne put dissimuler un petit sourire. Il s'était montré très agréable avec elle. La vieille dame fronça les sourcils.

— Ne te moque pas de moi, Pippa.

— Non, Daadee.

Elle remarqua que la main de la duchesse tremblait légèrement. Elle devait appréhender cette rencontre tout autant que Will. Peut-être même davantage. Son propre fils lui avait laissé croire pendant trente ans qu'il était mort, et personne ne savait pourquoi. Il avait mené la quasi-totalité de sa vie loin d'elle. C'était un étranger, mais il n'en restait pas moins son enfant.

Après le petit déjeuner, elles n'eurent rien d'autre à faire que d'attendre. Will et Jack avaient prévu d'aller à la rencontre de leur famille sur le quai, de tout expliquer, puis de les ramener ici, à Hertford Street. Diana et Fanny s'en allèrent pour la journée afin de les laisser entre eux. La maison paraissait immense et vide en leur absence, et seul le tic-tac de la grande horloge dans le hall brisait le silence.

La duchesse arpentait le salon, les mains jointes comme pour une prière. Philippa essaya de lire, fit un peu de broderie, et joua quelques morceaux de clavecin avant d'abandonner quand la pendule sonna deux coups. Cela faisait des heures que Will était parti.

— Voulez-vous que je demande du thé ? proposa-t-elle à la duchesse.

Celle-ci tourna la tête vers elle. Elle avait les pupilles dilatées par l'angoisse.

— Et s'il refuse de me voir ?

Philippa se mordit la lèvre. Will avait la même inquiétude. Il redoutait que son père soit si occupé à le sermonner qu'il ne veuille même pas venir à Hertford Street, mais surtout, il redoutait que William St. James ne souhaite jamais retourner à Carlyle.

Il avait toutefois promis de leur faire parvenir un message si c'était le cas, et pour l'instant rien n'était arrivé.

— Peut-être que le navire a eu du retard. Nous pourrions aller nous promener dans le parc…

À cet instant, les roues d'une voiture retentirent dans la rue. Philippa retint son souffle et la duchesse se figea. Le bruit se rapprocha, puis cessa. Un cheval hennit.

La duchesse prit la main de Philippa, le visage livide.

Une voix d'homme résonna dans la rue. *Jack*. Le cœur de Philippa fit un grand bond.

Le bruit du heurtoir les fit sursauter toutes les deux. Diana avait dû demander au majordome de se tenir prêt, car la porte s'ouvrit aussitôt. D'autres voix leur parvinrent, certaines féminines. La duchesse resserra son étreinte.

Quelques interminables minutes plus tard, la porte du salon s'ouvrit. Will entra, suivi par deux femmes.

— Madame... permettez-moi de vous présenter ma mère, Mme Montclair, et ma sœur, Mlle Sophia Montclair. Maman, Sophie, voici la duchesse de Carlyle.

Sa Grâce laissa échapper un petit bruit. Elle aussi s'appelait Sophia. La plus âgée des femmes, grande, mince et belle, avait à peu près l'âge de Diana. Elle regarda la duchesse droit dans les yeux et la gratifia d'une gracieuse révérence.

La jeune fille à ses côtés avait des cheveux noirs brillants et promenait son regard sombre sur la pièce d'un air émerveillé. Will lui jeta un coup d'œil, et elle s'inclina en hâte.

— Madame, c'est un grand plaisir de faire enfin votre connaissance, dit Mme Montclair avec un accent français.

— Pour moi également, dit la duchesse d'une voix chevrotante.

Elle serrait les doigts de Philippa avec tant de force qu'elle ne les sentait plus. Jack passa la tête dans la pièce, lança un regard circulaire, puis jeta un coup d'œil par-dessus son épaule et hocha la tête.

Philippa retint son souffle.

Un homme s'avança lentement dans le salon. Il était aussi grand que Will, avait de larges épaules, des cheveux noirs striés de gris et un visage buriné.

La duchesse poussa un cri de joie.

— *William !*

L'expression méfiante de l'homme disparut, et un sourire qui ressemblait étonnamment à celui de Will éclaira son visage.

— Mère, dit-il doucement, c'est bon de vous revoir !

13661

Composition
FACOMPO

Achevé d'imprimer en Italie
par GRAFICA VENETA
le 2 octobre 2022

Dépôt légal : novembre 2022
EAN 9782290372494
OTP L21EPSN002450-404309

ÉDITIONS J'AI LU
82, rue Saint-Lazare, 75009 Paris

Diffusion France et étranger : Flammarion